U0630784

老爸老妈的春天

夏景 ◎著　　许洁 ◎主编

中国青年出版社

许洁+夏景/文

老年是

也是最重要

小说里小乐和婆婆妈妈共处一个屋檐下的种种"闹剧"，似乎是不可避免的"战争"，但是放到现代家庭生活中，都是独生子女，哪能拒绝父母上门？你是怎么看待父母参与儿女生活这个问题的？

《老爸老妈的春天》这本书，主要写的是生于五十年代的父母，和生于八十年代的儿女两代人之间的故事。

书中有三位退休母亲，她们以不同的方式，面对自己和儿女的生活：

张如芬早年工作投入过多，对孩子对家庭关心甚少，退休后，为了弥补遗憾，

人生最后的一堂课

变得事无巨细全权包办。这样的情形，其实在很多家庭都可以看到：孩子尚小，父母觉得照顾小孩是种负担，缺乏耐心，或暴力或冷漠，让孩子在最需要关爱的年龄，却饱尝孤独和恐惧。等到孩子成年了，该自己飞翔了，家长却又处处控制，事事批评，美其名曰是为你好，其实反射出的，只是自己对生活的担忧和胆怯。

至于赵素棠，则是典型的一辈子以家庭为主的母亲，愿意替别人操心替他人着想，像老母鸡护小鸡一样围着孩子锅台团团转。而且她跟什么人，都不分你我，纠缠不已。还以为这就是亲密是和谐，却没意识到破坏了轻松自在的良好关系。这种热切参与他人生活的人，往往也特别容易被他人所伤害，所以赵素棠总感觉自己被儿女嫌弃了，满口怨言，认为自己好心没好报。

高稚影高大夫，是个早年离异的单身母亲，女儿身有残疾，两人相依为命。孩子感觉自己年龄大了，应该离开母亲独立了。高稚影虽然特别担心，但是没有阻拦，因为她一直鼓励女儿要比正常人更自立更勇敢。她送女儿去了出租屋，看见水池里有脏碗，也没有帮忙去洗。因为她想：孩子大了，就应该自觉地离她远一点，过多的影响和关爱，会成为她成长的负担。

高稚影是我心目中一个比较完美的母亲形象。她知道什么可为什么不可为，也知道什么阶段去做什么事情。不过我们在身边看到的，更多却是像书中张如芬和赵素棠这样没有界限感的母亲，因为自己的处处插手，让大家都痛苦不堪。

在很多二三线城市，都有大量杜小乐李春来这样的年轻人，单位、父母家、自己家，都在很近的范围内。不说每天，至少一周好几次吧，会互相串门嘘寒问暖。更有不少像赵端端这样进城后把父母接来跟自己住的。要离开父母的关注和关心，几乎是不可能的。小乐呢，因为怀孕生子，婆婆妈妈一起上门，谁都想占领关心的高地，谁都不愿意当落后分子，结果让小乐感觉活力被消耗，被控制得密不透风，终因积累过多愤怒而情绪崩溃。

父母过多地参与成年儿女的生活，我是不赞同的。但这在中国却是个很普遍的问题，常常看到的情形是，儿女不满意，父母也不高兴。噢，学费房子车子工作结婚孩子，哪一样不让父母包办，一转身却又大喊大叫要独立要自由……有本事你别啃老呀，有本事你十八岁就离开家啊！你总不能一边要独立一边又抱着父母的大腿不撒手吧！儿女呢，儿女则说：你老这么处处辖制着我，工作赚钱、恋爱情感、同事朋友、孩子教育、夫妻关系，样样都要批评都要插手，可也没见你比谁混得更高明啊，怎么就这么多意见和建议啊？都快二十二世纪了，你说的还是哪个朝代的教训啊？

这，可能就是中国的现实吧。独生子女政策，更加剧了父母参与儿女生活的热情。但传统的家庭观念，确实又发生着很大的变化。我相信理性的父母，总会懂得要适时放手，聪明的孩子，也总会体谅父母的苦心。

> 小说里赵端端的爸爸老赵头对外孙小皮的教育，让人爆笑，也引发出家庭矛盾，这是存在于很多家庭的"隔代溺爱"问题，你怎么看？

隔代溺爱，这可不是什么新问题，自古就有不疼儿子疼孙子的说法。一个原因是人老了，耐心有了，时间有了，经验也有了，对小孩子不会再像年轻时那么容易烦躁了，而且因为不是父母，娇宠起孙子来也没有压力。

书中的老赵头是个从陕北农村进城来帮女儿带外孙的姥爷。他自有自己的生存智慧，朴实简单顺其自然。他喜欢外孙像田间地头的野草一样生机勃勃。可闺女赵端端却不这么想。她一心要让儿子考进外语实验学校，因而早教就显得特别重要，但因为经济拮据，无力让儿子上价格昂贵的补习班，只能委托父亲盯紧一点。偏偏赵栓锁毫不在乎，他更关心外孙有没有玩得痛快，而不是会不会念波泼摸佛。

隔代教育，确实是个新时代下的新问题。对五十年代出生的人来说，自己孩子小的时候，大多很少盯过他们的学习，孩子主要靠学校和老师。尤其是小学阶段，补习班家教之类的，也没有像今天这么流行。

但八十年代的年轻父母，就明显不同了。大家都在抓，都在学了这个学那个，你不抓紧，立刻就落后了。端端的紧迫感是有道理的，和父亲急红眼闹矛盾，也就在所难免了。

偏偏小皮又不是个老师眼里的乖巧孩子。他没心没肺的，好奇心模仿能力都特别强，要学唢呐、要搞笑、要跟妈妈斗智斗勇，还得不让自己的嘴巴吃亏……他可太忙了，哪里有时间坐下来学算术拼音呢？

这样的调皮孩子，自然不被老师待见，甚至在全幼儿园的参观活动中，被老师锁在教室里，不许出来。幸好他有一个无论怎样都疼爱他、拿他当宝贝的姥爷，他才得以保持住自信，关键时刻，靠自己的才华脱颖而出。

书中的这对爷孙，讲的其实并不全是隔代溺爱的事情，而是教育的不同方法的问题。小皮遇到了一个懂他的姥爷，他的童年就比较快乐，正是这点没有被妈妈打压下去的快乐，让他抓住机会，脱颖而出。

所以，教育真的是因人而异的事情，一个天性纯真潇洒随意的孩子，是不能用太多的条条框框来约束的。赵栓锁的聪明也正在于此：他将小皮当撒欢的小狗，尽可能让他过得自由自在。少说教、多陪伴——其实，这才是最好的教育方式。

> 小说里三个退休妈妈的故事，让我们感受到了退休后的老人在生理、心理上的一系列变化，在社会的包容度日益降低的今天，我们要以什么样的心态来看待和对待"老妈比儿子还会作"的问题呢？

我一直觉得，中国的传统文化里，有一种很奇怪的心智"倒退"、"逆生长"的不良现象。对什么都不懂的孩子，有特别多的规矩和要求，要处处讲礼、要尊老爱幼、要努力学习、要胸怀大志！几乎所有关于做人的苛刻要求，都要让小孩子学会。像"二十四孝"里，就有很多类似的奇谈怪论：怕父亲睡着被蚊子咬，小孩子就坐在旁边，宁可让自己被蚊子咬。这样的场景，比比皆是，令人骇然。

但老人呢？却正好相反。就因为是老人了，就要处处让着他：发脾气、讲怪话、不讲理、当街闹……都是可以原谅的。仿佛活的时间越长，智商和情商反而越来越低了似的。甚至还有一个词，叫老小，意思是老了，就跟孩子似的，可以用另一套标准来要求了。

是不是因为有这样的文化，倚老卖老的，才特别多？

所谓社会包容度日益降低，我觉得可能只是因为人们看待事情，越来越理性的结果。

人老了，是应该得到尊重。但如果所懂的人生道理并没有随着年龄而增长，甚至越老还越不懂事了，那么得到的最多只有怜悯和承让，怎么可能还有尊重呢？

我想，大部分老人，也不会愿意是这个结果吧。

很早以前，有本书，就叫《随时间而来的智慧》，年轻时我以为，智慧这个东西，就像白头发、皱纹、松弛、掉牙等等生理变化一样，自然而然就会随着你的变老，而渐渐来到。后来才发现，智慧真的不属于生理范畴，很多人，老是老了，可智慧一点没有增加，甚至还不如几岁时那么可爱懂事、与人为善了。

是不是经常会见到类似的老人，将自己当做一个大婴儿，一不高兴就要哭就要闹？是儿女，你就得让着我，就得事事都听我的。是路人，你就得拿我当弱者，就得帮助我照顾我，一旦达不到要求，立刻撒泼打滚，哭哭啼啼，活脱脱四岁小儿的嘴脸？

这就是传统文化中纵老惯老的恶果。换作一百年前，可能还有市场，但社会进步到今天，人们接触到这么多不同的文化，看到听到那么多故事，会比较会分析，如此做派，又自私又蛮横，怎么可能赢得包容呢？

事实是，感受到最大痛苦、感觉被抛弃被欺负的，正是那些没有在岁月的流逝中，学到人生智慧，不宽容、不付出、爱占便宜、蛮横势利的老人们。

仅仅因为老了，就可以理直气壮、为所欲为了，这是多么奇怪的想法啊！所以，我们就很容易看见老人在"作"：家里"作"，街头"作"，公园"作"，公交车上"作"，明明知道这样不对，也不再去做改变，因为"我已经这么老了，就想图个自在"，同时呢，也不反省，"这年龄了，又不求名求利，反省有什么用？"

抱着这么顽蠢的念头，怎么会不越老越敢"作"呢？

上面的几个问题，似乎都是在说"问题"，但是细想一下，这些矛盾，真的都是"问题"吗？还是正常存在的？以前难道就没有这些"问题"？为什么到了当下就日益突出了呢？

近一段时间，舆论似乎对老年人很不利。尤其是对五十年代出生的一批人。大家都说，这代人的教育空窗期太长，青少年时期，所接受的价值观，不仅扭曲，还很虚伪。所以，这群人中，最容易出现盲目轻信、无知好斗的类型。他们的生命力，似乎只有在人和人的斗争中，才能被激发出来。

而这样的特性，和现代社会渴望平凡、安静、少事、节制、注重隐私、互不干扰大不相容，于是曾经隐性或埋藏的矛盾，渐渐浮到了水面，变成了问题。

这可能还是时代、观念的变化带来的结果吧。

换作二十年前，一个重男轻女的婆婆，或是紧盯女儿家事的丈母娘，即便赤裸裸地、不顾他人感受地提要求，可能还是能被理解、被隐忍的。但现在，无论是文化不高的赵素棠还是咄咄逼人的张如芬，都会在表达上掩饰、变换，可还是会引起家庭矛盾。

和旧时代不同，现代家庭的凝聚力，已经大不如前，子女的独立性渐强，父母的控制力、影响力渐弱，这就使得曾经的问题，在当下特别突出。

> 子女长大了要独立，要成家立业，但是长大独立了以后反而更紧密地和父母捆绑在了一起。就像小说里的四个年轻女性，时刻在和父母的"问题"中挣扎，以为能靠自己的翅膀飞翔却反而更被束缚住了手脚。这是为什么？是因为只有一个孩子，所以父母的关注点更为集中了吗？

父母总想将孩子捆绑在自己身上，处处干涉，事事参与，这跟独生子女的政策肯定是有关系的，但应该不是唯一的原因吧。

如果在一个安宁、祥和，生活有保障、未来有希望、人际关系友好、幸福感普遍比较强的社会，父母和子女的关系，也会是比较理性自然的。父母会放心将孩子交给社会，即便子女走点弯路，他也不会太过恐惧担忧。因为不管怎样，衣食能有保证，生老病死会有着落。犯点错，虽然不是那么让人高兴的事儿，但人总要为自己负责，权当是交了学费吧！

但在中国，竞争这么激烈，不确定的因素这么多，怎么敢随便犯错呢？犯错、走弯路、落于人后，那就意味着被社会抛弃、改变阶层、影响后代。这，似乎是一个不能犯错、不敢落后的时代。

于是父母们恨不能将自己所有的人生经验，一股脑地灌输给子女；恨不能将所有的力气，都放在孩子的身后，推着他走向成功和幸福。

于是，我们看到，多少父母，理直气壮地替已经工作，甚至结婚生子的子女出主意、做决定。絮叨、批评、指责、引诱、操控、间离……目的只是为了一个：让他好！

真的能好吗？

一个从不敢犯错、处处听从他人安排的人，还能有多少勇气，展开翅膀呢？飞翔是什么？除了直上云霄，还要俯冲落地啊。这一整套动作里，既可享受高高在上的快感，也要克服跌入谷底的恐惧。

近三十年，中国确实发生了很大的变化，阶层分化、贫富差距、司法不公，加剧了社会的动荡感。但如果做父母的，只因自身缺乏勇气、对生活担忧、对未来恐惧、不甘寂寞、难耐孤独，就想靠操纵子女的生活，来满足自己依然有控制力的幻觉，这是自私，不是爱。

> 从老太太跳广场舞和街坊的冲突，到老年人不该在早晚高峰出行的言论，老年人的生活到底该怎么过？他们怎么和年轻人的生活相协调？大家如何能互相体谅、包容与和谐相处？

最近关于大妈跳舞唱歌惹众怒、或是公交车上跟年轻人抢座位的新闻很多，老年人，突然变成了一个不讲道理、不顾他人、疯疯癫癫、贪图便宜、毫无教养的群体，以一种社会公害的形象，进入了人们的视线。这到底是出了什么问题？

就像之前的那个问题，曾经从没觉得是问题的问题，甚至在很多外国人眼里，老年人广场舞，还是中国的一道独特风景，怎么突然一夜之间，就变成了过街老鼠？

看韩剧，那里的家庭妇女、大妈大婶们，也会聚在一起唱歌跳舞，声音也很大，也有卡拉OK等设施，但他们是在室内，关起门来，谁也影响不到。

广场舞从风靡一时，到人人喊打，除了政府应该提供特别的场地，更好地服务这个群体以外，和人们视野的开阔，也是有关系的。

这些年，出国的人越来越多，发达国家的安静、清新、人与人有礼有节的交往方式，让人耳目一新。在日本，甚至会特别警告外国人，在地铁或拥挤的地方，随便盯人看是很不礼貌的行为，最好不要有视线的接触，因为容易激发不悦。

但在中国，很少有人会明白适当的距离也是一种文明，大杂院小胡同的文化，熏陶出了你家筷子可以随便伸进我家碗里的交友方式，既然同悲同喜同乐都可以，同手同脚跳个舞算什么呢？

于是，只要稍微有块空地，闲人就会聚集在一起。音乐声越大，仿佛可以喧哗的理由也就越足。除了锻炼身体，还能让退休老人、无业中年人们产生一种实实在在的、尚未被社会抛弃或无视的存在感、集体感，似乎从这些活动中，陡然增添了有别凡人、挑战世俗的勇气。

另一个原因，则是广场舞和广场舞音乐的问题。广场，在中国历来是和群众运动联系在一起的。政治神话破灭的今天，人们会对类似的集体亢奋，产生厌恶情绪。加上广场舞音乐不是红歌，就是口水歌，歌词不是口号，就是儿歌，没有内涵，毫无美感。

对很多中老年人来说，这些红歌，是年轻时的美好记忆；但对大部分年轻人来说，不仅完全没有感觉，而且认为聒噪难听。这就像用高音喇叭每天对着老年人放周杰伦一样，他们也做不到无怨无悔吧？

对广场舞的批判，倒是一场挺好的公民教育，让大家明白，自己喜欢的，不能强求他们也喜欢，尤其是不能以自己的好恶，来干扰他人的生活。

所以，这个问题的解决，一是老年人，需要特别的场地，要有文明意识，以不干扰到他人为基本准则。二是年轻人，要明白大妈的群歌群舞，和你的上网聊天一样，也是一种交往的需求。

> 如今，网络上针对社会上"老太太讹诈"等事件有种说法，说"不是老人变坏了，而是坏人变老了"，说的是因为当年的时代背景所以才引发今天的"老太太事件"。你觉得这种说法如何？

五十年代出生的那群人特别的时代背景，造就出特殊的性格特征，之前我们已经分析过了。不过说到"老太太讹诈"，我倒觉得这并不是五十年代的老太太们干的。她们中间，最大的才六十出头，还是手脚灵活，嗓大气粗的年龄，做广场舞的积极分子或麻将桌的常胜将军还来不及，哪里会躺在街头装弱者？

这群人，常常是七八十岁的老者，他们遭遇的时代背景，更为坎坷：

从青年到中年，一直在不正常的政治环境下生存，不断的政治运动，令他们早已勇气湮灭，自我阉割。

改革开放后，又因为年岁偏大，教育程度不高，失去了积累财富的机会。

现在老了，性格懦弱、经济拮据，甚至因为心中积聚太多怨气和不满，失去理智，连死亡受伤也会当做救命稻草，拖人下水，满足"我过不好你也别想好"的心理。

但这样的老太太，是不是真的就是所有老太太的写照呢？

当然不是。我们生活中见到的大部分老人，还是很谦和、文明、懂礼、慈祥的。但近年来的媒体，似乎有妖风阵阵的习惯。隔段时间，就会制造一些话题、妖魔化一个群体，一来吸引眼球，二来完成交稿任务。想一想，这些年被妖魔化的群体有多少吧：八零后、剩女、公务员、医生、处女座……喏，现在轮到老太太了。

不知道这个话题还要进行多久，才能被下一个被抹黑的新群体所替代。

中国这么大，老年人这么多，不良老人的比例，和坏人在其他年龄人群中所占的比例相比，还是要少得多，毕竟体力精力智力都跟不上了嘛。

既然不喜欢老人讹诈路人，可媒体却放大渲染类似的事情，引起社会公愤，这难道不是对整个老年群体的另一种讹诈和不公吗？

> 这本书的读者，是针对生于五十年代的父母们，和生于八十年代的年轻一代吗？书名跟春天有关，是为了提倡老年人追求自己的第二春吗？

应该不全是针对这两个年龄段的读者。虽然书中的主要人物，都是生于这两个年代的。

书中的张如芬和赵素棠，之所以进入老年后，没有找到自己生命的春天，而是一头扎进儿女的生活中，可能正是因为她们在三四十岁的中年时期，没有对老年这堂内容丰富、形式复杂、变化多端的课程，进行预习和准备。没有意识到，老年是人生最后也是最重要的一堂课，需要付出更多的心力和智力去理解分析、去改变顺应……

越到老年，越要警惕自己内心的变化。只有克服了自己的烦恼、不安、恐惧，做到勇气满满、内心平衡、从容淡定，才会有相应的宽容和勇气，给予儿女真正的帮助和鼓励。

而对书中杜小乐兄妹、或是赵端端来说，只有主动离开父母的帮助，才能有理由拒绝他们的干涉和控制。

这是父母和子女之间相辅相成、彼此映照的一种成长。

书名之所以叫做《老爸老妈的春天》，并不仅仅只是为了宣扬老年人应该对子女放手、去拥有自己的生活。春天意味着什么？花开、叶绿、土地松软、阳光温暖、万物复苏、心里有着说不出的轻松和自然、未来的日子，充满了希望……

这种战胜了严冬、重新积聚起生命能量、悄悄苏醒、越活越饱满的感觉，才是我们最希望看到的老年。不仅希望看到老爸老妈们如此，也希望我们老了，还能守住人生的春天，活得浑然大气、天衣无缝；还能满含喜悦地播种，然后，用先天的雨露，与后天的磨砺，收获刹那的明心见性。

所以，这本书，是为所有终会老去的人写的，是一堂关于如何接受老、学会老、明白老、等待老、掌握老的课程。

这堂课，越早开始学习，才能越早让我们拥有那随时间而来的智慧、尊严、平和、美德……而不仅仅只有随时间而来的衰老愚蠢与固执。

写这本书，和你自己的生活有什么关系吗？你周围有类似的原型吗？

因为在动笔之前，会和经纪人/公司，有一个讨论和论证的过程，要从一个大概齐的故事中，挖掘出新的立意来。所以，书中的人物和故事，虽然都是生活中可能常见的，但为了表现主题，人物情感的变化会变得更加集中，矛盾也更加突出。等写到最后，和最开始想写的那些故事，已经离得很远了。

我喜欢写一些烟火气足的故事，在很多作家眼里俗不可耐的家长里短，常常能激发我的灵感和关注，尤其是岁数越大，越觉得这些热热闹闹的鸡毛蒜皮越有意思。总之就是非常自觉地靠拢低级趣味，关注俗人凡事。

每天接触的、碰到的人，曾经聊过天的朋友、久未谋面的同事同学……都是我生活的一部分，也都是我书中故事的原型，要说出谁就是谁来，还真困难。

目 录

第一章　是妈，还是警察

"是你妈。"

"是你妈。"

电话响起时，杜小乐和李春来正在"晨练"。

天还没有完全亮透，光线从靠墙的窗帘边上，聚起淡淡的灰白。一只小鸟，仿佛被屋内的铃声所惊吓，发出尖锐的鸣叫，擦着窗户，扑棱扑棱地飞走了。

两人一起停止了动作，等这恼人的声音自行消失。十秒过后，铃声依然不屈不挠。李春来叹一声，终于颓然倒下。小乐抓起了话筒。

"喂——"

她撇起下巴，伸出食指，指着李春来，那意思表明打电话来的，肯定是婆婆。

果真！

"小乐吗？"赵素棠的大嗓门仿佛就着鼓风机吹到话筒这边，连李春来都忍不住掏了下耳朵。

"春来在不在？"

不等小乐回答，李春来抢过了电话，叫了一声"妈"！

小乐是个幸运儿，又美丽又聪明，家境谈不上富裕，但也从没差过钱。而且性格开朗，三十不到。上学，工作，结婚，交友，居家，一直过着无忧无虑的日子。

如果非要说有什么美中不足的，一是婆婆赵素棠，二是亲妈张如芬。

和很多老太太一样，她们都有些难缠，都有些固执己见。唔，即便错了，那也是无辜的，都有着对自尊过分敏感的维护。

张如芬喜欢用别人家的好孩子来举例，赵素棠热衷参与子女的大事小情。她们最大的共同之处是：说不过你时，便立刻掉回枪口，成为那个容易受伤的女人。

两人退休前都在同一家厂里工作。国光厂曾是军工企业，上世纪九十年代，改制时大难不死，留存至今，渐渐变大变强。厂里光在职职工就有三万多。厂区早变成了一个小城市，医院、超市、饭馆、酒店，应有尽有。还有各种活动中心，除了音乐广场，还有绿地公园，那里是好几万退休职工的活动基地。

赵素棠是工人，四十岁不到，丈夫就因工伤亡，从此带着女儿李腊妹和儿子李春来生活。现在跟尚未结婚的女儿李腊妹住在一起。虽然退了休，可家事、友事、邻居事，没一样不让她操心，整日介忙得颠颠屁儿。

退休前，张如芬可是厂里的红人。说起来也巧，她还是和赵素棠同一年进的国光呢。本来都是工人，但她积极要求进步，当了技术标兵，又入了党。第三个年头，就被厂里推荐去上了两年中专。毕业后转干，当过省里的劳动模范、三八红旗手、先进工作者，荣誉无数，官运颇佳，退休前是四分厂的党支部书记，响当当的一把手。

丈夫杜光明，是北航毕业的高材生，退休前已是厂里的总工。他为人随和，不争不抢，工作特别认真，喜欢靠技术吃饭。退休后还能时不时做点项目，赚点外快。所以，从经济上讲，张如芬的家境明显比赵素棠家要过得宽展。

李春来研究生毕业后，在市建筑工程设计院工作，工资一般，可设计费或奖金什么的挺高。

小乐大学毕业，进了离国光厂不远的一家台湾人办的大型食品公司做会计，平时工作不忙，月底几天就要脚朝天。

张如芬和赵素棠十七八岁就认识了，但从没做过好朋友。赵素棠文化不高，年轻时就是大嗓门，喜欢东家长西家短的。后来李春来的爸出了事，她一人拉扯着俩孩子，工资又低，好多年里都是厂里的特顾对象。张如芬对赵素棠有点看不顺眼，倒不是势利眼儿，而是赵素棠身上那种特八婆的气质，让积极分子女干部张如芬不舒服。

赵素棠认为，认识一个人，就要了解对方的所有。包括干什么工作、和谁是朋友、收入多少、存款多少、平时爱吃什么、几点睡觉、爱玩什么、有没有掌握什么人的秘密、和谁关系好和谁不好、是否有什么疾病、最近有没有倒霉事、孩子有啥毛病……她没隐私这个概念，如果你跟她提隐私，她就认为你是看不起人，或是假模假式。她也没啥低俗或高雅的概念，如果你跟她说老婆舌还不如看一两本书，她就会认为你装腔作势，孤家寡人。

偏偏女儿小乐就和李春来好上了，而且偏偏两人一见钟情。要不是李春来这孩子不错，对小乐更没得话说，张如芬哪里能接受赵素棠当亲家母呢？

张如芬退休前，视工作和事业为人生大事，生下儿子杜小军后，因为厂里正忙着大会战，儿子刚满月，就让杜光明给送到山西农村的爷爷奶奶家。一直等到儿子长到十五岁，才接回来。

小乐倒是跟着父母长大的，可她从小记忆里有妈妈陪伴的日子并不多，大多是跟着爸爸吃食堂，放学后在爸爸办公室里做作业，睡觉前爸爸给洗澡讲故事。中学后小乐就开始住校，碰到杜光明出差或是工作忙，张如芬就会叫她周末不用回来了。

作为干部，张如芬比赵素棠要晚退休几年。结束工作的最后一年，她突然意识到，一旦退休，走出这个办公室办公楼，曾经辛苦多年经营的东西，就没有了、没有了、没有了……什么都没有留下，职务、荣誉、得意，甚至那些焦虑、担心、责任，全都没有了。仿佛在黑夜里落入了无边的深海，而她两手空空。在向黑暗急速跌落的过程中，小军、小乐和杜光明的脸突然出现了。张如芬在瞬间明白，子女和丈夫，是她能伸手抓住的唯一希望，再没其他任何牢靠实在的东西了——她暗下决心，退休后一定要将生命中的每一天都放在家庭上。

她要替儿子看好他那如花似玉的漂亮老婆，让女儿提高认识，至少和她一样，三十来岁就能走上领导岗位，令人羡慕。她还要让丈夫杜光明花更多的时间陪着她，以弥补年轻时两人都忙于工作的情感疏漏。

于是，在五十五岁时，张如芬一夜之间完成了从女强人到万能母亲的转变。她事事操心，婆婆妈妈，尤其对一双儿女，更是眼睛盯得紧紧的，张口闭口就是怎样拥有美好未来、一步错步步走错的生活哲理。

所以，小两口听到电话响，才会不约而同以为是彼此的妈。在这一点上，两个老太太对儿女的关心密度，没什么太大区别。

怕小乐好奇，李春来特意压了免提。

第一声，是赵素棠的大嗓门："春来，春来，春来是你吗？今天要出差，得早

3

点出门，你醒了没有呀？"

李春来赶紧凑过去："醒了醒了。妈你就这事啊，放心吧。没事我就挂了。"

"别啊，"赵素棠着急，"还有话呢，你急着挂干什么？小乐呢，小乐醒来了吗？"

小乐听婆婆点名了，只好也凑过去："妈，起来了，我也起来了。"

赵素棠说："好，小乐起来就好。赶紧给春来做点吃的，空着肚子上飞机可不好。听说会晕。家里有什么现成的吃的吗？"

小乐听婆婆这意思，是要给她派任务了。她冲李春来挤眼睛，吐舌头，对着电话说："好的，我知道了。冰箱里牛奶面包都有，李春来他饿不着的。"

李春来也赶紧追上一句："饿不着的。我知道了。"

一边说着，一边摩挲小乐的背，为自己的老妈如此不识趣，这个时候打来电话，表示点歉意。

仿佛为了让小乐也愧疚一下，话筒里紧接着传出的，就是张如芬的声音。张如芬说话的语调、声音，都比赵素棠控制得更好，显得有文化有教养、身份感要强得多。

"小乐啊，是我，妈妈。"

小乐惊讶，看看李春来。刚才两人同时猜的，还真准了。小乐接过了听筒："你怎么也在啊？"

张如芬说："这是我的手机号啊，你难道没有看见？"

小乐承认，没注意看。

本能地张如芬拿着手机，走得离赵素棠远了两步。可赵素棠也是本能地紧走两步，贴住张如芬。耳朵还伸着，一副要彻底听清的模样。

张如芬背转过身子，用手捂住了手机："你们正在干什么呢？怎么来电显示都没有看呢？"

小乐不高兴："刚起床，没心情看。你啥事啊？"

张如芬说："春来不是今天要出差了吗？不如你下班了回家来吃饭吧，我买点好吃的。"

小乐回答："噢，知道了。"

张如芬说："我还给你买了两本书，肯定有用。"

小乐叹口气："你别操心我的事啊，考试还早呢。"

见小乐态度不积极，张如芬便开始延伸话题："我昨天遇见吉安的妈妈了，她说吉安被公司派出国学习去了，去美国两年。学费还是公司给出，表现优异啊，这省多少事呢……"

小乐尽量压住烦躁："给你说了多少回了，我自己的东西我自己买。你买错了版本，又没用怎么办。"

张如芬继续说："吉安妈妈说一月份她会去美国看女儿，她说吉安寄了照片回来，她们住的地方，洗手间都有地毯……"她继续渲染吉安的幸福，是想引起小乐的内疚和自我憎恨吗？

换在早些年，每当张如芬用羡慕、惊艳夸奖别人家的孩子时，小乐就会特主动地听出"恨铁不成钢"的潜台词来，她会为这个伤心、脆弱、怨恨，甚至自我怀疑。但这些年，她渐渐明白，只要她不在乎，受折磨的，只会是张如芬自己。

小乐不客气地打断："好了，妈，我知道了。我下班就回家。赶紧挂了吧，还要给李春来收拾东西呢。"

张如芬又逮着了话把子："怎么才收拾东西？昨晚上干什么去了？李春来又没有加班，为什么不能自己早点收拾收拾呢？还要你帮着收拾吗，你一会儿还要去上班，可不能迟到啊。一定要记住工作第一，事业第一。你还年轻，机会多……"

小乐听不下去了，刚要挂电话，赵素棠的声音又响起了："小乐啊，李春来呢，我要跟他说个事。"

小乐说："他洗澡去了。"

赵素棠说："那你告诉李春来，出差在外面吃饭要当心，外面的饭不干净。回来我给他做好吃的。"

这话，一听就是对张如芬刚才的话示威。一定是怪张如芬偏心闺女，女婿一走，就叫小乐回家吃好吃的。做人怎么这么自私！

小乐答应着，赶紧将电话挂了。嘴里气愤地嘟囔道："这到底是妈呀，还是警察啊？"

这天早上，赵素棠和张如芬是在厂里的绿地公园遇见的。那里老头老太太锻炼的队伍多得很，有唱歌的，跳舞的，耍剑的，玩球的，做操的，打太极拳的……

　　赵素棠家里还有个未出嫁的大闺女，李春来的姐姐李腊妹，三十二岁了，在一家报社做编辑。没结婚，就住在母亲家里。赵素棠住的是老房子，在家属区最热闹也最早盖房的一条街上，两室两厅，倒还宽展。按李腊妹的性格，是不愿跟母亲住在一起的，但买房没实力，租房每月凭空少掉一千多。网络时代，纸媒一年比一年不景气，有时发稿平平，拿到手的刚刚两千大洋，文艺女青年李腊妹只好为三斗米而折腰。

　　李腊妹爱吃生煎包，公园附近有家新开张的味道特别好，赵素棠每天早早起来，要去公园里跟别的老太太吊吊树枝，拉拉腿，顺便扯扯闲话。时间不能太长，还得给闺女买早点。

　　张如芬呢，则是去厂西区的农民早市买点新鲜的鸡毛菜，回来正巧会路过公园。

　　这么多年，张如芬一直将老年人的健身队伍分为两类：一，有益健康的；二，有伤风化的。

　　跑步、散步、太极、武术，都属于前者。唱歌、跳舞、韵律操、爬树，都属于后者。赵素棠素质智商都较低，虽未扭胯摇臀，但见人就拉老婆舌，自然属于后者。张如芬走过这些人群时，从来都匆匆而过，不是赵素棠叫她，她哪里会停留呢？

　　亲家母相见，分外操心。聊到孩子，知道李春来要出差，张如芬立刻掏出电话，要叫小乐回家吃饭。哪知道赵素棠丝毫不客气，竟先将电话抢了过去。

　　挂了电话，两人没有多余的话说，何况赵素棠最后带点挑衅的意思，让张如芬很是不快。

　　告别，各走各的。

　　谁也没有注意到，公园的东西角，小乐的父亲杜光明正六神无主地在老年乐活队附近逛荡呢。

　　杜光明上个月才退的休，退休前一个月，大学同学一起去北京聚会。他见到了曾经最好的朋友，可惜对方已经得了帕金森综合症。一个坐下的简单动作，给杜光明留下了深刻的印象。在进行到一半时，朋友的身体会突然失控，整个人不由自主地向后仰。杜光明冲上去接住他，在他的眼里看出了很多东西：蒙羞含辱、痛苦万状，坐不再是坐，而是性命攸关的事儿。杜光明刹那读懂了"老"这个字。

　　退休时，他下定决心，要做一件这辈子从未做过的事情。谁也不能扼杀他做这个事的决心。

重新做一件事，意味着不必在旧有的轨道上，越走越慢；而是找到一条新路，从蹒跚学步开始，仿佛再活一次。这是和衰老相抗衡的最好方法。

在还没找到突破口的时候，这想法藏在心里，杜光明谁也没有告诉，张如芬更是不知道。

杜光明是学理工出身，一直以来表现得都很理性，很规矩，很死板。没人知道他是一只暖水壶，外冷内热，浪漫想法多着呢。他喜欢看话剧，听音乐剧，还会唱京剧。结婚后，这些爱好全都藏了起来。那个年代不鼓励这些爱好，张如芬也全无兴趣。他像一个潜伏多年的老特工，只等着退休那天，唰的一下亮出真实身份。

厂里的这个艺术团，在本市可有点名气。对外叫国光老年艺术团，他们自己叫老年乐活队。唱歌跳舞模特大赛西洋乐器，统统拿过奖。

杜光明一心想混进这支先进队伍，观察了好一阵，就是不知道怎么才能进去。他不想发挥自己擅长的唱歌，而是想学门更难的手艺。他想跳舞，跳伦巴，恰恰，桑巴。既然要挑战自我，那当然就要迎难而上。想想自己一米八的个头，小肚平平头也没秃腿还倍儿直，也许干这个很合适。

再看跳舞的老头，裤缝笔直，还系背带。最神奇的，都戴着白手套，那派头，那精神气，立刻就吸引住了杜光明。正站在一边发呆，就听一温和的女声在身边叫他："杜工，您也来啦。"

杜光明扭头一看，是一个头中等、皮肤白皙、清清秀秀、身材偏瘦的老太太，头发在脑后盘了个髻，身上穿件深蓝色的雪纺衬衣，扎在黑色的裤子里。这裤子杜光明见小乐穿过，是时下最流行的哈伦裤，上宽下窄，本以为年轻人才会赶这时髦，没想到穿在这老太太身上，竟特别好看，显得腰细腿长的。

杜光明不认识她，有些吃惊："你好，你是……"

老太太抿嘴一笑，特有女人味，语调中还有娇嗔："哟，忘了自我介绍。我姓高，高稚影，幼稚的稚，影子的影，是厂医院的大夫。"

杜光明还是觉着脸生。他身体好，从工作到退休，去过医院的次数确实有限。每年体检，或是偶然输液，都是匆匆来匆匆去。不认识高大夫，他有些歉疚："请问你给我看过病吗？你是哪个科室的？"

高稚影笑笑："我是中医科的，你不认识很正常。我还真没给你看过病呢。"

杜光明这下就更歉疚了，别人都没给自己看过病，就知道自己，可人家都自我介绍了，他还是不认识对方。这真让老头负疚啊，他赶紧微微弯腰道了个歉："不好意思，对不起啊，我们在什么地方认识过，我还真想不起来了。"

高稚影爽朗地笑道："哟，杜工你是厂里的大名人。你不认识可认识你的人多了，你这样说，反倒让我不好意思了。"

杜光明这才终于想起，自己确实在厂里有点小名气。因为科研搞得好，照片曾经在宣传栏里挂过。不过现在退休了，一心惦记着跳舞，再提科研呀先进啥的，就有些不好意思。杜光明略显尴尬，高大夫善解人意地赶紧岔开话题："杜工想来一起跳舞吗？"

杜光明心里一乐，理想这么快就能实现了？他赶忙点点头，谦虚道："只是不知道合适不合适，加入这支文艺队伍，要求一定很严格吧？"

高稚影说："乐活队对别人要求肯定很严格，但对杜工你是敞开大门的。"

杜光明一惊："为什么？不会吧，我什么都不会的。"

高稚影说："可你长得帅啊。杜工你很多年都是中老年妇女心中的偶像呢。"

杜光明是老实人，老实了一辈子，一听这话，立刻就慌了。忙摇手摇头："不要开玩笑，不要开玩笑。我就看看，看看。"

高稚影看出了他的慌乱，不由可乐。严肃下来，跟杜光明说："说真的，杜工能加入我们舞蹈队是最好的了。前几天二厂的老张去美国看儿子了，要去一年呢。正好缺了个男的，你个头高，身材好，特别适合跳舞。来吧，省里经常有老年国标舞比赛，你那么聪明，身体也好，肯定能学得又快又好。"

这话说得杜光明心里热乎乎的，离开岗位后，就跟孤魂野鬼似的，这一刻，他突然有了找到组织的感觉。

杜光明点头同意，问高稚影："乐活队的领导是谁，我要先交个申请吗？"

高稚影带着玩笑，拍拍胸脯说："不用，我说了就算。我就是乐活队的队长！"

杜光明也就开起玩笑来："哟，这么大的领导亲自批准，真是太荣幸了。"

高稚影拍拍巴掌，示意大家安静一下，脆生生地宣布说："咱们欢迎一下新同学啊。都认识吧？"

说着，将杜光明推到人前。立刻就有人冲他喊："哎哟，杜工能来乐活队，乐活队蓬荜生辉啊。"

杜光明一看，是另一个研究所的老莫，曾经也认识。还有不那么熟的老毕和老陈，有了这些个认识的人，他就觉得自己是乐活队的一员了。摩拳擦掌地问高稚影："什么时候开始学跳舞呢？"

高稚影乐："现在就行啊，你带舞伴了吗？"

这一句，让杜光明傻了眼。这两天他光想着怎么进舞蹈队，却没想过还得找个舞伴。他说："舞伴，那不都是发的吗？"

哈哈哈，老头老太太们都笑了。

老莫叫莫蒙天，江浙人，撇着他的南方口音说："斗（杜）工，你还计划经济呢，什么都给你发啊？现在市场经济了，你有选择权啦，货比三家，选谁都行。"

杜光明乍退休，还不习惯这么放肆地说话，就不有点不知所措。高稚影不忍心了，按了按巴掌，示意大家别逗老头了。她凑近了一点，说："你看我怎样，做你的舞伴合适吗？"

杜光明想说太合适了，可他不敢说。他从没近距离接触过美丽高雅还有点艺术气质的女人。他这一犹豫，立刻招来了其他老头的攻击。大家都说："嚯，老杜你竟敢迟疑。稚影可是本市数一数二的国标高手，她能从头开始配合你，这是多大的荣幸。如果不是为了比赛，哪里需要她做这个牺牲！"

杜光明眼睛不由四处看了看，他心里热血沸腾，又百般纠结。老婆张如芬刚路过公园，他可是看见了。自己在她眼里，那可是特别循规蹈矩的好老头儿，从没流露过一丝一毫的浪漫想法。现在真的要这么干吗？

高稚影仿佛看出了他的忐忑，笑着说："不急，杜工，你要想参加，明早七点准时来报道就行了。现在你要是只想看看，那就看看吧。先了解了解也好。"

第二章　艾真要独立

十五年前，高稚影离婚前夕，被查出得了子宫肌瘤。谁也不知道这个神秘的瘤子，何时来到她的身体里，又是以怎样的速度，分裂变大成长的。她自己是医生，却如此糊涂，同事们都说："你真是不要命了！"妇科医生直接说："赶紧手术，否则就要出大事了。"

手术前，她却流血不止，血色素降到最低。大出血的时候，没法动手术，她在医院住了两天，想想家里残疾的女儿离不开人，丈夫的心又早就不在家里了，她咬咬牙，出院了。出来后，该干啥干啥，只当没有瘤子这一说。奇怪的是，以后肌瘤在她体内多年，竟也相安无事。

二十天后，血止了。再然后，她一直忙忙碌碌，和从前一样。丈夫闹着要离婚，他说他从小到大，都很优秀，是大家眼里羡慕的对象。结婚后，生了一个双腿残疾的孩子，成了别人眼里同情的对象，心理落差实在太大。但最生气的还不是这个，而是高稚影的态度，好像这一切，都是她该受的，是早在她意料当中的事儿一样。她连点脾气都不发，更不会半夜哭泣。这到底算是怎么回事，难道这个孩子，是她蓄意报复他的阴谋不成？

男人的话说得偏激，高稚影想起那句老话："欲加之罪，何患无辞。"

离就离吧，这样的事情她见过太多了。多少家庭，不都是因为病孩子，父亲承受不了压力，一走了之？

他并不知道她不哭不闹不伤心的背后，其实也是说不出的绝望。很多个夜里，她闭着眼睛，在黑夜中捕捉着外面各种各样的声音，想象着自己离这间房子、这张床、这个人越来越远，越来越远，以致后来甚至隐约听见了郊外的火车开过时，碰撞铁轨的声音。那时，她的心，跟着火车，走远了。

作为从疾病、离婚、悲观、绝望中幸存下来的人，高稚影太明白穿越低谷是一种什么样的景象了。

也许像是赛车，正是那些危险的弯道，才让人生有了意义吧。

现在的她，看上去快乐、优雅、张扬，在同龄人中活得很是潇洒，其实她知道，外人眼里的自己，和她真实的自己，并不一样。

别人说她率性，其实她只是多了点勇气。还有很多人，说她花哨，可其实她只是在磨折之后，更懂得了天真的宝贵。

这些心灵的感悟，高稚影很难用精准的语言讲述出来，而且，她也知道，对没有相似经历、或对内心的成长并无要求的人来说，这些感悟，无疑对牛弹琴。

所以，她很少谈论自己，更很少去探究别人的生活。每个人，都只是在不同的道路上，品尝着差不多相同的滋味吧——她这么想。

离婚十五年了，女儿艾真终于长成了一个 25 岁的大姑娘。她中医学院毕业后，又师从本城著名的一个老中医，现在每天去师傅开的诊所上班。师傅很器重她，毕竟也算是中医之家出来的，悟性很好。艾真很漂亮，和母亲一样，有一种舞蹈演员的气质，坐在轮椅上，背也从来挺得直溜。

她性格平和，温柔快乐。高稚影常想，孩子能有如此恬淡的心性和善良的本性，真是上苍眷顾。

其实，艾真知道，这一切，只是因为自小残疾，才会使内心的成熟，多过身体的发育。

为了艾真进出方便，高稚影住在一楼，并且在窗户后面，开了另一道门，石灰抹了坡道，直接可以让轮椅走出去。艾真的双拐，放在门边，进出用起来，都很方便。

这天，艾真下班回家，心里有点忐忑，她有事要和母亲商量，不知道她会不会痛快答应。

高稚影正在煲骨头汤，厨房里干干净净，到处锃光瓦亮。砂锅冒着热气，她戴着碎花围裙，正在一个大碗里拌着凉菜。这温馨的一幕，是艾真从小就熟悉的，一瞬间，她竟不想说出自己一直在向往的事情了。

见艾真进了屋，高稚影关了火，舀汤出来的同时，撒上一点葱花。艾真洗了手，进卧室去换睡衣。等再出来，饭菜都已经上桌了。

高稚影看起来，心情挺好，因为她给自己和艾真，一人倒了一杯自家酿的葡萄酒。艾真笑道："妈，看你那迫不及待的眼神，是有什么喜事要宣布吗？"

高稚影点点头，招呼艾真赶紧坐下。她先拿出一件中袖衬衣给艾真看："喜欢吗？给你买的。这颜色还挺清爽，这个天儿穿正好。"

艾真点点头。高稚影的眼光很好，给她买的衣服，很少有她不喜欢的。

艾真将衣服放在一边，看着母亲："还有呢？说喜事啊。"

高稚影跟孩子似的，神神秘秘、特别兴奋地说："我找到新舞伴了。特合适，特帅气。"

艾真替母亲高兴："真的？他跳得好吗？"

高稚影摇头："不行。他从没学过跳舞呢。不过他身材很好，身高也很合适。只要我教得好，一定能跳出来的。"

艾真举起杯子，跟母亲碰碰："那真是大喜讯。要知道，现在老头这个市场，还真难找个外形出众的。对了，他是单身不？"

高稚影笑："当然不是啦。单身老头，哪里能保养得这么好呢？谁伺候他呀？"

母女俩动筷子吃饭。高稚影问了几句艾真诊所里的事。艾真拿过高稚影的碗，帮她舀了碗汤，语气有些迟疑地说："妈，想跟你说件事儿。"

高稚影浑然没觉出女儿有心事，不在意地问："什么事啊？"

艾真说："我想搬出去住，自个儿住。"

高稚影吃惊地问："真的？你是说真的？"

艾真点点头。

高稚影尽量控制住自己的惊讶和不解："为什么呢？你自己住能方便吗？"

艾真说出了心里想了很久的话："我都二十五岁了，应该离开家了。老这么跟你住在一起，心理上就好像还是个孩子似的，总依赖着你的照顾。妈，你想想啊，依赖父母的人，出去工作做事，那状态肯定也很不成熟。我得独立了，真的，这就是我想的。独立生活对我的成熟意义重大。能理解吗？"

高稚影明白艾真的想法，如果她是个健全的孩子，可能大学一毕业，她就会让她出去租房独自生活了。可艾真这身体……

但她又不能过多纠缠在艾真的残疾或是不方便，说出来怕伤到艾真。这对母女一起生活多年，高稚影总是鼓励艾真要比健全人更勇敢，更努力，而且艾真也真的很勇敢、很努力。那么再拿她的残疾说事，不是和她一贯的教育背道而驰了吗？不是对艾真的努力和付出的一种否定吗？

高稚影得尊重孩子的决定，这也是每个父母都该面临的事情。但这一刻真的到来了，她还是难忍伤心。

眼泪不由掉了下来。

艾真站起来，费劲地绕到母亲跟前，搂住她的肩膀，跟她开玩笑："哎呀，又不是去了外地。随时可以见的呀。"

高稚影擦鼻涕："我是高兴，艾真。又伤心又高兴。你这么渴望独立生活，妈妈真的替你高兴，这说明你的世界更大了，内心更坚强了，对自己也更有自信了，我真的很高兴。可是，我又怕你照顾不好自己，所以会有点伤心。"

艾真说："不会的。我现在什么也都会啊，会做饭，会洗衣服，会收拾房间。这就够了。"

高稚影让她坐在身边："房子呢，找了吗？"

艾真点点头："就是因为有这么一套特合适的房子，所以，我才想搬出去。房东那家曾经也有个残疾人，所以家里的设施，外面的车道，都修得很好。"

"那他们呢？"

"他们买了更大的房子了，这套旧房就拿来出租了。正好又在我诊所的附近，因为是老式的小区，附近生活也很方便，银行菜场邮局便利店，什么都有。"

"你去看过了？"一想到艾真自己去看了房子，高稚影鼻子一酸，又要掉眼泪了。

艾真给她擦眼泪，笑她："看过啦！你看你，好不容易找到个帅老头，结果还掉眼泪。"

高稚影破涕为笑："好吧，不难受了。咱们来为你搬家干杯。"

艾真说："不，为帅老头干杯。"

剩下的几天，艾真就开始为自己搬家做准备了。高稚影也替她忙着张罗，两人一起去了一趟超市，买了一堆乱七八糟的东西，锅碗瓢盆，睡的用的铺的盖的。衣服整理了一个箱子，还买了一些新的。

高稚影心里的滋味很特别，她对艾真说："妈妈怎么觉得像是在送你出嫁似的，还真是，够空落的。"

艾真笑道："那你先预习一下也好，等我真出嫁时，你就没这么空落了。"

高稚影看见了一个抽象图案的挂毯，非要买下来送给艾真："放在房间里，很好看，也有味道。"

艾真说："那是出租屋耶，费那心装饰什么呀。"

高稚影认真地说："出租屋是屋，住的人还不是你？既然自己住，还是要布置得漂漂亮亮。"

艾真说："你就这脾气，一点也不爱凑合。"

高稚影说："干吗要凑合？你看蚂蚁都不凑合，下一秒可能命就没了，但哪里有一点松懈？人也一样呀，就算是最后一天，也不能凑合，也得像个人一样地活着。"

艾真见惯了母亲对生活不懈的热情，也不说什么了。

搬家时，母女俩叫了一个车，东西说多不多，说少不少。之前房子已经打扫干净了，高稚影还换了新窗帘、桌布什么的，两室一厅的老式房，光线不是太好，但比较安静。一些简单的家电家具都有，收拾好了，看上去还不错。一间房子，艾真用来当书房，另一间做卧室。厨房厕所不大，但足够用了。

她自己很是兴奋，推着轮椅进进出出，看了又看。又试着开火烧水，接了接淋浴器的水温。

"好了，我今晚就住这里了。"艾真宣布。

高稚影差点又要红眼圈。忍住了。"有啥事就打电话给家里啊。"

艾真拉着她在客厅的简易沙发上坐下来："没问题。来，该我跟你说点正经事了。"

高稚影坐下，母女俩手拉着手，亲亲热热地坐在一起。

艾真帮她扶扶头发："妈，我走了，你一人待着会寂寞不？"

高稚影说："会啊。可你非要走啊，我有什么办法。"

艾真笑："你还想抱怨我呀？呵呵，我可不是说这个。我的意思是，你现在还六十岁不到，以后的日子还长着呢。十年，二十年，都是很有可能的。去找个老伴吧，妈？否则你这样，我还真是不放心呢。我可以照顾自己了，可以不需要你再为我操心了，你也该考虑考虑自己了。你看你这么漂亮，这么有风韵，还这么会生活，真的是个很有魅力的老太太呢。只要你肯勾勾手指头，不知道有多少帅老头会跑得屁颠屁颠的。"

高稚影乐："你要搬出去，总不是为了让我找帅老头吧？"

艾真摇头："真不是，我就觉得你可能会孤单。"

高稚影说："没觉得孤单，这么多年，早就习惯了。"

艾真威胁她说："妈，上帝可是不许人孤单的啊。孤单的人会出很多问题，会给自己和周围的人都带来困扰。这不是一种健康的生活方式，我们都有责任，去找到自己的灵魂伴侣。这可是人在世上非要做的事呢。"

"非要做？"高稚影说，"怕我孤单，还非要离开我？"

艾真撒娇："哎，那上帝也不许孩子大了还啃老呢。人大了，就得离开父母，自己过自己的，这不也是人之为人的定律吗？"

高稚影想了想，跟艾真推心置腹："说真的，我都好多年没再想过这事了，觉得很麻烦，不如自己过的简单清爽。不过你这么一说，似乎还挺有道理。人是活的，流动的，不能总保持一种状态是吧？我不试试，又怎么知道，就找不到真爱了呢？"

艾真为母亲高兴："妈，你真是太好了。这么愿意去思考，愿意去改变，愿意去寻找幸福。看吧，正是因为你够勇敢，所以我也才能勇敢哈。"

高稚影笑她："原来是想说自己勇敢啊。反正一个人生活了，还真是需要勇敢呢。晚上有人敲门一定不要开。这样吧，我们说好，周末你就回家里来住，妈给你做好吃的。"

艾真点点头："好咧。"

母女俩告别得都很自然，艾真关了门，就进房间去忙了。高稚影出了小区的门，眼泪再也控制不住，哗哗地流了下来。她当街掉泪，路过的人都奇怪，频频回头看她。

平时那么爱漂亮的一个女人，此时也顾不上害羞了，索性一屁股坐在商场的台阶上，呜呜地哭出了声。

艾真的诊所，离这个小区很近。但毕竟是第一次离开母亲自己生活，艾真难免会手忙脚乱。虽然住得近了，可第二天去上班却迟到了。师傅是个慈祥的老太太，给人看不育不孕出名的。她问艾真："是不是搬出来住了？"

艾真点点头。

师傅说："你妈妈没说什么吧？"

艾真装潇洒："没有。她对我可放心呢。我能搬出去，她替我高兴都来不及。"

这话说得满了。才十点来钟，高稚影就在诊所外探头探脑了。正巧艾真在后面的药房，帮着分药。师傅认识高稚影，见了就笑起来，招手叫她进来。

高稚影见没病人，就坐了下来，悄悄问："艾真在后面呢？"

师傅点点头："她自己出来住啦？"

高稚影笑："你怎么知道，她也跟你说了？"

师傅点点头："当然，我是她师傅呀。"又问："不放心是吧？"

高稚影点点头。

艾真这时正巧进来，见到高稚影在，不由吃惊："妈，你怎么来了？"

高稚影站起身："我就是正好路过，顺便看看。"

艾真不留她："好吧，那你走吧，我正忙着呢。师傅也有病人。"

高稚影赶紧起身，朝外走。师傅跟她眨眨眼睛，笑了。

高稚影见到艾真一切正常，放下心来。出了诊所，脚步不由自主又朝艾真的房子走去。她留了一副钥匙，进了门，见里面收拾得还很整洁，床上的被子都叠了。厨房还做了面条当早餐。锅没洗，她刚把面汤倒了，想了想，还是放下，等艾真自己回来洗。

书房的电脑旁，放着一沓纸，她走过去，发现全是英文资料，关于医学方面的。艾真英文很好，因为从小就拿张海迪当榜样，还曾说过长大也要当翻译的话。但高稚影仔细看，就发现这些资料并不是艾真自己需要的，而是在帮别人翻译。旁边写着价码，千字七十元，三天后要货。咳，这价低的！

纸上勾勾圈圈笔迹不少，看来昨晚上自己走后，艾真还忙了不少时间。

她知道，艾真租这房，要花不少钱。诊所里，她还是学徒助手阶段，工资只有两千。这么一套房子，就要八九百，难怪她还需要做翻译的兼职。

高稚影从包里掏出了两千块钱，悄悄压在了这沓资料的下面。走了。

第三章 前世欠的儿女债

小乐刚进办公室，就见同事赵端端双手托腮，眼睛望着窗外，一副专注思考的模样。

小乐冲她吆喝："喂！大清早的，发什么花痴呢？"

端端看她一眼，没精打采的，不置一词。

小乐继续臭她："抑郁了？还是药吃完了？"

端端叹口气："唉。生活啊。"

小乐乐了："哟，这是要做诗还是怎么的？都生活上了？"

端端气恨小乐："你还真是商女不知亡国恨，站着说话不腰疼啊。"

小乐放了包，坐下来，一边撕沙琪玛的包装纸，一边说："我吧，我就喜欢商女这个词，多香艳啊。好吧，洗耳恭听，今天的男主角是小皮呢，还是你那老爹？反正没有老公，更没有男朋友的事——我说老白菜，你老这么远水不解近渴的，不觉着亏得慌啊？"

端端，比小乐大个五六岁。人都说，同事之间，因有利益关系，很难交到好朋友。可小乐和端端是一见钟情，办公桌又头对着头，特别合得来。端端是个矮胖子，一米六不到，一百四十斤。老公陈昊天是军人，常年在江西的某空军基地服役。端端生了儿子小皮后，老爸赵栓锁就从陕北农村老家来到这里给她帮忙。这么些年，她家的主要矛盾就两条：一，端端望子成龙的愿望和儿子无所用心的现实；二，端端对小皮日益严格的要求和赵栓锁对孙子日益纵容的现实。

端端的母亲死得早，动不动就说自己是没娘的孩子，是棵小白菜。小乐就说，有你这么茁壮的小白菜吗？我看老白菜还差不多。

端端说："我有什么好亏的，我又不想减肥去斑，找个男小三干什么？你呀，你最好少点幸灾乐祸，别等到儿子不听话，婆婆不明事理的时候，再来找我哭诉啊。"

小乐点点头："那时你就成身经百战的老革命了，一身的经验，随便给我传授一两招，就够我用一辈子的了。"

端端被逗乐了，手也不托腮了，坐到小乐的桌边来，推心置腹地说："我怀疑小皮有学习障碍。"

小乐呵道："胡说什么呢，人家才六岁，少给这么点大的孩子扣帽子啊。以后人家还要不要娶媳妇了！"

端端说："我是说真的。他一看书，就喊头疼。我当他是偷懒，可看着又不太像。这么大的孩子，撒谎装蒜都是能看出来的。他真的头疼，还眼泪汪汪的。"

小乐狐疑："你给他看的什么书啊？这么受刺激？"

端端回答："数学入门。"

小乐说："我呸。还数学呢，他识数吗？"

端端回答："有插画的那种，再说有拼音。幼儿园老师说，拼音都教了一年了。"

小乐严肃地说："白菜同学，你就不能找点有趣的、活泼的、生动的故事书给儿子看吗？什么狗屁数学入门，拿给我看我也会头疼，也会眼泪汪汪。"

端端说："瞧你这智力也就配当个商女。告诉你，数学入门，还带插画，这都算好的。你还没看幼儿园发的英语课本呢，单词都有七个字母以上的了！问题是别人家孩子都能学会，看这些书也都不头疼，凭什么我儿子就一问三不知，押着他看书还眼泪汪汪直喊脑袋疼啊？我们没钱，可也很想上那个省实验外语学校好不好。别的孩子如果差几分，每年交三四万块钱的赞助费就行了，我们家这经济条件，得靠他的真才实学啊！他这么下去，怎么去考外语学校呢？等上了学，又怎么和其他同学在同一起跑线上比赛呢？小学进不去外语学校，就上不了它的附属中学，距离是会越拉越远的啊，名牌大学就没戏了……唉哟，不行不行，再说下去，我脑瓜要疼死了，我也要哭了。"

小乐同情地拍拍端端的背："看出来了，你是虎妈的粉丝。"

端端说："粉丝？粉丝哪能行，最少也得是虎妈第二！"

说着，做张牙舞爪老虎扑人状。

小乐哈哈笑，"好吧好吧，不管别人信不信，反正我是信了。"说着拿起杯子要喝水。

突然，一阵恶心袭来。她强忍着咽口唾沫，水还没吞下，猛然反胃。坏了，吃坏肚子了？

放下水杯，小乐就往厕所跑。进了厕所，却又不恶心了。回到办公室，脸色犯潮，端端仰着脸，有口无心地问了句："咋了你，商女不都是面若桃花嘛，怎么也会脸色惨白啊。呕了？是怀孕了吗？"

小乐如五雷轰顶，连忙摆手："不可能，不可能。"

可她心里知道，其实很可能很可能。

赵素棠回到家里，房间里还静悄悄的，她推开李腊妹的门，见床上并没有人，被子散开着，看来闺女是起床了。

将还热着的包子放在餐桌上，转身进厨房去热牛奶。冰箱里还有一碗剩面条，她咣几一下，倒进炒锅——这个自己吃。

牛奶热好了，倒碗里，放桌上了，李腊妹还没有一点响动。赵素棠看看墙上的挂钟，时间不早了。她急了，敲卫生间的门，大着嗓门喊起来："腊妹，干什么呢你！"

没声音。

"腊妹，怎么不说话？聋了，还是哑巴了？在干什么呢？"

李腊妹没好气地说："上厕所！还能干什么！"

"都几点了？你不怕迟到吗？上个月才因迟到扣了六百多块钱哪，你是不心疼还是怎么的？"

李腊妹又不吭声了。

赵素棠对着门一捶，干脆利落地通告："快点，饭要凉了！"

她去给自己舀面条，李腊妹将洗手间的门刷地拉开了。声音比赵素棠还大："你嚷嚷什么啊，我自己的事我不知道吗？哎哟……哎哟……"

赵素棠听闺女叫唤，忙奔过来，就见李腊妹正扎着两手，低头看着地。地上湿漉漉的，看来李腊妹起床后洗了澡。赵素棠问："咋了？啥掉了？"

李腊妹生气地跺脚："都怪你怪你，喊什么喊。隐形眼镜掉地上了，这让人怎么找啊！"

说着蹲在地上，用手摸索。赵素棠松口气，不以为然："眼镜掉了啊，又不是

瞎子看不见。先过来吃饭！"

李腊妹不回答她，啪地又将门锁上了。

赵素棠坐在饭桌边吃面条，一边吃一边看挂钟。终于忍不住了，刚要站起身去叫闺女，李腊妹梳妆好出来了，脸拉得老长。一屁股坐在餐桌旁，先端起牛奶喝。赵素棠用筷子敲着装包子的盘子："这个，凉了，赶紧吃。"

李腊妹赌气地说："不吃。不想吃，吃不下。"

赵素棠发火："你这大小姐脾气还不小啊，给你买回来，端到跟前，我还做错了怎么的？自己有低血糖，还不吃早饭，真是怪脾气。你以为我爱伺候你啊，好歹来个男人收了你吧，我也落个清净！"

听了这话，李腊妹牛奶也不喝了。站起身就到门口去穿鞋。

赵素棠赶紧找塑料袋，要给李腊妹把包子装上。李腊妹不要："不带！你不是要清净吗？干吗还这么操心啊？"

赵素棠和闺女每天天一亮，就唇枪舌剑，不到晚上睡着，不会罢休。早已习惯了这么斗来斗去的，她也不生气，拉着李腊妹的包不放，非要把包子装进去。

李腊妹的手机却响了。她拉开包，包子趁机被扔了进去。

李腊妹拿起手机："喂？怎么啦？"

声音突然温柔，低沉，还有点撒娇。赵素棠进了厨房，拧开水龙头，假装洗碗，小半个身子却趴在门上偷听。

李腊妹说："好啦好啦。知道，会吃。那你也要乖哟。嗯，马上就出门了。拜拜！"

刚收了电话，赵素棠已站在了她的面前，一脸追查到底的表情："谁呀？谁这么管天管地的，早知道有人管着你吃早餐，我费那事干什么？"

李腊妹生气："你偷听！我不要跟你说话了，走了。"

拉开门下了楼。赵素棠追在后面还在问："那人是谁——"

楼上下来邻居蔡妈，也是退休老工人，跟她站在一起看李腊妹的背影。悄悄问："还没男朋友？"

赵素棠叹口气，摇摇头："这闺女脾气臭得跟茅坑似的……"

蔡妈说："没嫁人时都这样，大小姐。等结了婚，生了孩子，你看哪个会不老实？"

赵素棠想想，也对。她不烦了，靠蔡妈耳朵上，嘀咕："我刚听见她跟人打电话，大大早的，说吃没吃的事，你说说这是个什么情况？"

　　和赵素棠一样，这个早上，张如芬也是好心办坏事，碰了儿女的一鼻子灰。

　　买菜回来，正坐在沙发上打开《老年报》想歇口气，门开了。儿子杜小军和媳妇容利来了。

　　张如芬对儿子小军，一直特别愧疚。这孩子连爸妈都没认清就被送到了山西爷爷奶奶家，老人惯孩子，小军读书不如小乐，没考上大学。张如芬和老杜想了好多办法，才弄到国光厂里来当工人。小军离开父母时间长，倒是比小乐更珍惜母亲的关心。而且那脾气好得总像没长大似的，不仅听父母的，也听媳妇的。两人结婚快八年了，小军都三十五六岁了，容利不肯生孩子，更不肯做家务，他也就这么默认了。

　　张如芬不喜欢容利，因为她太漂亮。按理说，儿子能找个漂亮媳妇，婆婆应该高兴才是，但考虑到小军实在是相貌平平，而且学历工作性格都没什么特别之处，张如芬就觉得容利有阴谋，肯定是图小军的家境。结婚的时候，容利在少年宫做临时工，她的圈子里，交往不到什么好男孩。小军虽然自己条件一般，但父母还行。且有国光做背景，说起来还像那么一回事。后来还是张如芬托人给容利转的正。转正后工资也不高，只是平时的时间比较多。时间多，这孩子也没用在正道上，贪玩爱穿，家里存折上的那点钱，还是张如芬他们这么些年给凑的。

　　容利仗着漂亮，为所欲为，小军呢，也是看着她漂亮，就一味纵容。她不下厨，小军帮她圆谎，说她受不了油烟。她不生孩子，小军就说自己还不成熟，当不好父亲。

　　张如芬明知道容利就是好吃懒做的一个女人，可为了儿子，也只得忍着。容利不会做饭，她怕小军吃不好，退休后就一直叫他们回家来吃。容利不洗衣服，张如芬就让他们带衣服来自己这里洗。

　　既然吃她的用她的，当然就得听她的。张如芬的小算盘是，小军两口子既然经常来她这里，她就不相信自己教育不过来这两个年轻人。一定要让他们好好生活，好好工作。一句话：生孩子、有进步！

　　小军和容利的收入都不高。在家属区的住地儿，挨着赵素棠那片的工人宿舍，和杜光明张如芬住的花园小区，还有一段路。小两口一大早绕过厂区跑上门，肯定不是为了请早安，见容利气呼呼的表情，张如芬就心扑扑乱跳，吃惊地问："怎么啦？"

小军跟在容利后面哀求她："小利，别闹了。走吧走吧，妈也怪忙的。"

容利甩开小军拉她的手，张如芬见这阵势，就知道儿媳妇又来告状了。容利特别爱给公婆告状，可她和老杜说的话，她又根本听不进去，屁点大的事就告状，只是为了钳制小军。

张如芬不想让儿子为难，强忍不快，说："没事，小军你让容利说。到底怎么了？"

容利也转向小军："你给妈说，你昨晚几点回来的？"

小军脸红："两点半。给你解释几次了，别人都不走，我怎么好意思走。"

容利对张如芬说："妈，你听听。两点半！凌晨两点半呀！那么晚还在外面的都是些什么人，正经人有这么迟不回家的吗？"

张如芬听容利这审判的口气，就不高兴。你给了小军多少温暖，又给了他多少照顾，凭什么就说他不正经了？

张如芬这么迟疑了一下，容利仿佛看出了她内心的不服气，立刻嗓门就大了起来，拿出了要耍泼的劲儿："妈，我不管，你得给我做主。小军再这么玩下去，迟早这个家是要散的。我不是寡妇，没必要守空房。这年头，什么会让男人大半夜还不回家，他不怕脏，我还怕！小军，你当着妈的面，你敢说你是干净的不？"

张如芬越听话越难听，眉头不由皱了起来。儿子委屈得眼泪都要出来了，她立刻开腔，帮儿子解围："小军你是不像话，玩什么玩到那么迟？"

小军说："工组有人发了奖金，请客吃饭。吃完饭又去唱歌，就迟了。全是认识的人，容利你也都认识，不信去问啊，我到底干什么了，就不干净了。"

张如芬说："喔，都是同事啊。容利你还不放心吗，要不，我跟你一起去问问？"

容利听出婆婆在偏袒儿子，不由气上加气。她一大早跑上门，可不是为了大事化小，小事化了的。她要制服小军，让小军以后永远再不敢这么迟回家，哼，连想一想的念头，最好都不敢有！

容利眼睛特别好看，毛茸茸水汪汪，皮肤也白，嘴唇丰满，头发长长地烫成小卷，垂在腰后。看上去很有风情。她唯一的缺陷，可能就是身材偏瘦，胸部不很丰满。但却是个天生的衣服架子。猛一看，就像个电影演员，也特别显年轻。

相比之下，小军就很不入眼，胖，腿短，动作慢，年纪轻轻，头发已经前秃了。站在容利旁边，有理也是三分罪！

张如芬真替儿子痛心，要是小军的外形像杜光明多一些，哪里轮到容利这样的女人来啰唆，连胸都没有！

可能正是没胸，才使容利比一般女人更霸气外露。她对张如芬说："妈，小军听你的，你今天得让小军认识到他自己错了，以后再也不敢了才行。妈，你要是不这么着，他改天还会半夜三更不着家。他对家这么不上心，那可别怪我不客气。"

张如芬做领导干部多年，最恨的就是无理取闹或威胁，有理说理，有事说事，为什么要一棍子将人打趴下呢？何况这人还是你的丈夫！

张如芬的不快，如滚滚长江东流水，想到对这个媳妇多年的不满，她终于不客气地说出了自己的想法。当然，她是读过书，当过书记，还当过劳模的，她说话不仅有水平，还很有分寸。

"小军，你确实要挨批评，玩什么会那么痴迷，半夜了都想不起回家？别说第二天要上班，你那么迟回去也影响容利休息啊。你说你们两个人，虽然成家这么多年了，又没孩子，又没拖累，家里厨房连火都不点一下，已经够不像个家的样子了，再这么贪玩，这个家还能保住吗？还有保住的必要吗？"

张如芬看着小军说，痛心疾首的，容利猛一听，还觉得婆婆在给自己做主，可细听，总觉得有那么一点不舒服。但她察觉不出问题出在哪里，就跟着张如芬说："就是，小军，你要听妈的！"

正说着，杜光明推门进屋了。

参观完了跳舞唱歌，他兴致勃勃地回家来，要跟老婆商量商量舞伴的事。站在公园那会儿，他想明白了，叫老伴来当他的舞伴。这样是一举两得，毕竟那舞太热辣了，要碰胯、要贴身，哎呀，眼睛还要放电。跟别的女人不安全、不安全。叫张如芬参加的话：一，不用因为跟高稚影搭档会不自在，老婆也会不高兴；二呢，也解放一下张如芬的思想，让她从儿女的事务中解脱出来，找到新的乐趣和关注点。

哼着歌曲进了门，就见一家三口剑拔弩张地站了客厅一地。老婆一脸严肃，仿佛时光倒流，又回到了做书记的那会儿。

张如芬还在继续说："有了家，就要有个家的样子。夫妻之间，一定要相互付出，舍得牺牲，有投入，才能有回报是不是？如果每天连扫地，烧壶开水，都没有人做，这还算是个家吗？回到家里，不仅冰锅冷灶的，连个后代都没有，又有什么意思呢？小军，就是那个严桥，你高中时的好朋友，还记得吗，当初结婚时家里不同意，说那女的比他大。可人家女的多争气啊，就在城中心卖衣服，没黑没夜地跌绊，现在房子都买了四套了。连严桥开的车都是七八十万的。孩子也上了初中，听说成绩还很不错。人家怎么做到的，小军你要好好想一想。"

这一回，容利终于听明白张如芬的意思了。她哪里是在数落儿子，分明是在说她懒，说她滑头，说她不愿意付出，赚不到房子车子不说，连孩子都不愿意给小军生！

"走吧，"她拉小军："上班去。就挣那么点钱，迟到还要扣奖金。"

跟张如芬连声再见都不说，冲站在门边的杜光明点了下头，就走了。

杜光明看着张如芬，露出何苦来哉的表情。他刚要张嘴，张如芬气咻咻地便冲他摆手："打住打住！什么也别说！我摊上这么个儿媳妇，只怪我前世没修好，欠了儿女一屁股债！行了吧？"

第四章　别人都在进步

　　小乐利用中午时间，偷偷跑到附近的一家妇科诊所，几分钟的时间，就证实自己怀孕了！

　　天旋地转，六神无主。她拿着化验单，擦擦眼睛，看了又看。午饭没跟端端一起吃，找个借口跑出来，就是会怕是真事，她再在旁边三说两说，把自己说得心更乱。

　　李春来还有两天才能回来，小乐揣着这个秘密，谁也不想告诉。

　　晚上下班早，直接去母亲家里吃饭。

　　张如芬手里端着汤锅，刚从厨房出来。竟炖了鸡汤，一屋子扑鼻的香气。见小乐进了门，张如芬就叫小乐先去洗手。小乐没注意母亲脸上神情有些不快，上午跟儿子儿媳妇闹得不愉快，晚上还不知小两口来不来吃饭呢。

　　小乐在厨房看见排骨已经烧好，盛在盘里，旁边还有青菜和豆角，就打趣道："还是在家里吃得好，不如我和李春来以后下班也来这里吃好了！"

　　张如芬数落着说："可以啊，我又不是没有提议过。是你们自己要自由，还要什么什么……成长的空间。自己说的话都忘记了吗？我这里是随时欢迎你们来吃饭的，反正我也没事，每天能见到你们，说说话，高兴还来不及呢。"

　　小乐说："赶紧算了老妈，好不容易有了自己的家，可以不用时时听你的教诲，解放了自由了，我可不想再回来被你管。再说李春来做饭挺勤快的，他也爱做，总说做饭就是休息。他工作那么累，我总不能剥夺他休息的权利吧？"

　　说到这个勤快女婿，张如芬还是很满意的，脸上带上了笑容："不是看在他对你这么好的分上，我哪里会要他做女婿呢。就看看你那个婆婆吧，唉，说起来就头疼。"

小乐手里捻了块肉吃："妈，哥嫂他们在你这吃饭，给你钱的吧？"

张如芬迟疑了一下，点点头："给点给点。不多，可是会给。他们两口子不如你们俩收入高，所以我要得也不多，五百。"

小乐点点头："就是。否则你真成老妈子了，还是倒贴的老妈子。哥要不给钱，我来收拾他。"

张如芬没接话，心里一顿。儿子儿媳在她这里吃饭近两年了，还真没拿过伙食费。因为早饭他们自己解决，中午在食堂吃，在她这里也就晚上一顿，所以她根本就没想要伙食费。这会儿想起儿媳妇早上的嘴脸，不由就有些生气。她还真拿我当不要钱的老妈子了吧，什么态度！

生了气，锅铲就有些重。门开了，容利的声音先蹿了进来："哟，小乐也来啦。哇，我说呢，咋这香气扑鼻的，一楼就闻到了。原来是犒劳小姑呀。小军小军，你快来看，今天有你最爱吃的排骨呢！哎呀，太不容易了。"

小乐手里正拿着块排骨，嫂子这番酸溜溜的话，让她将排骨又放回了盘子。她伸头看了眼厨房里的妈，背对着自己，一点也没什么特别的反应，不由说不出的气恼。嫂子这是欺负妈呢，还是在给她下马威呢？这是她的家，她父母的家，什么时候轮到容利在这里拈酸喝醋了？

那意思太明显了，她杜小乐来了，张如芬就做了一大桌好吃的。平时杜小军爱吃排骨，却并不容易吃到！

小军傻，直接说都听不懂，更别说什么话外音了。见这么多好吃的，他只会高兴，一屁股坐在沙发上，挨着老婆拿了遥控器看电视。

小乐不客气，冲小军说："哥，你每天来就这么吃现成的呀，也不帮妈搭把手？"

小军眼睛盯着屏幕，乐呵呵地说："妈说不需要。"

张如芬听到了，也说："不需要不需要，我不需要帮忙做饭，只拜托你们听点话，让我还能多活几年伺候你们，我就阿弥陀佛烧高香了。"

听了这话，小乐和小军眼睛对视，偷着笑笑。

张如芬还有两个菜要炒，笋丝过油肉、西芹百合。容利刚才的话她都听到了，心里很气愤。平时确实没有今天准备这么多菜，儿子媳妇，加上杜光明和她，四个人，一般就炒四个菜，两荤两素，外加一个海带汤之类的。是，小军是爱吃排骨，可他那么胖，怎么能经常吃猪肉？平时她尽量做鱼、牛肉什么的，小乐难得来一趟，她这个当妈的，做顿排骨怎么了，还要遭她容利的编排？

越想越生气，突然就想到了小乐之前的那句话。对，问容利要伙食费！不能惯她一身的臭毛病，结婚这么多年，从不担起做老婆的责任，连给男人烧顿热饭都不会，凭什么让她吃白食！

杜光明听见客厅里热闹，从书房走了出来。退休后他没事就上网，一坐就好几个小时。张如芬希望他搞点体育活动，但听说要去乐活队跳舞，很不高兴。怪严肃地说："老杜，我们都是厂里的老职工了。大家都知根知底的，这么多年，你做研究，我搞行政，群众的口碑都很好，原因就在于我们做事从不出格，总是安分守己。能锻炼锻炼是很好，可以散步跑步打太极拳啊，为什么要去跳舞呢？跳舞这个东西，毕竟还是属于娱乐圈的嘛。你觉得合适吗？"

杜光明不喜欢老婆这腔调，他太渴望改变了。最想改变的，正是这么多年的安分守己从不出格。可惜他这思变的念头，张如芬完全感觉不到，杜光明说："我自己觉得合适就合适。我就要去跳舞，不仅我去，我还要拉你去。"

杜光明突然说出如此任性的话，还真让张如芬吓一跳。她看了他一眼，说："你可别跟我搞什么叛逆啊，我可听说过，好多老头一退休就跟换了个人似的，我可吃不消。"

"你知道这是什么原理吗？"

"什么什么原理？"

"一退休就换了个人似的？"

"精神病呗。"张如芬回答得嘎嘣脆。这是她思维方式的又一特点，理解不了的人和事，都归到疯人院去管。

杜光明说："你这么理解就太肤浅了。看看报纸吧，一退休，那些老干部，就敢批评时局了，多胆大多没原则的话也敢讲了。你能说人家是精神病？"

张如芬撇撇嘴，说："弄那些幺蛾子，不就是为了出风头？"

嘿，这话说的，说得还让杜光明有点儿心虚："退休后能有点改变也没什么不好。反正也没人管了。"

张如芬气吞山河地说："那就自己管好自己！"

杜光明看看老婆，仿佛在看一个河流中岿然不动的大石头，他还当真以为能说服她呢，简直是蚍蜉撼大树嘛。张如芬又说："你怎么越活越随便，越来越没自我要求了呢？我是坚决不去的。我站到那个地方，别人会怎么说。这么多年都很严于律己，不苟言笑，让我突然蹦蹦跳跳，我做不来。我劝你也别去，你不是那种人。"

杜光明有点幽怨，说："你呀，你根本就不了解我。"

张如芬懒得探究："好了好了，不用找那么多借口好不好？我可是给你最后的通牒啊，可以打拳、跑步、练剑、打球，就是不许去跳舞。除非……"

"除非什么？"

"除非你去做个变性手术。"

杜光明见她这态度，很是生气。嘴里敷衍着，就算过了。

"他还想去跳舞，谁知道跳什么。"张如芬在厨房里给小乐说："发什么洋昏，冒出这念头。"

小乐不同意："爸挺帅的，又没发胖动作还挺灵活，他真要去跳舞，保证能跳过其他老头儿。"

杜光明听见女儿在夸他，喜滋滋地也跟进了厨房。好几天没见到闺女了，老头真心高兴。献宝一样地小声问小乐："爸爸这里还有点好酒，你陪我喝点吧？"

小乐点点头，杜光明伸手去橱柜上拿酒，小乐突然想起怀孕的事，她拉住他胳膊说："爸，我那个啥，不太舒服，我不能喝。让哥嫂陪你喝吧。"

容利尖酸的声音不失时机地传进来："小乐，这酒你得陪爸喝。平时他可舍不得喝呢。"

又来了！

小乐气得要往外冲，被张如芬一把拉住了。和儿子一样，杜光明丝毫没有察觉到女人之间不动声色的刀光剑影。他奇怪地看看老婆和闺女，又伸出头去看了看客厅沙发上坐着的容利，吃惊地打着口语："怎么了？"

张如芬摇摇头，意思让他别问了。三下两下盛菜装盘，摘了围裙，朝餐桌走，一边发令："吃饭！"

小军眼睛还盯着电视，被容利狠狠拉了一把："吃饭！"

这两天张如芬款待闺女，很是用心，没少招惹容利的闲话。小乐也不是吃素的，没等张如芬说呢，她先把伙食费的事摊到了桌面上。不客气地对容利说："五百太少了吧，嫂子，你们两个人呢，我哥又那么胖，吃得多。五百连个菜钱米钱都不够，何况妈还有人工呢。要不你们回家请个小时工来做饭，看看连工钱带菜钱，两千能打住不？"

听了这话，小军就问容利："我们还给妈伙食费了吗？"

容利一脸的尴尬，她可不想付伙食费。小姑子这是在撅她，她也知道婆婆为她打了圆场。嘴巴闭上，再不多说了。

几天里，张如芬除了细问会计中级考试的事，还把自己买的参考书、在《老年报》上剪下来的身体保健小常识，全都拿给小乐。说的依然是那些已让小乐耳朵磨出茧子的老话："这个岗位很特殊，每天和钱打交道，一定要特别仔细，千万别出差错。还有，和领导关系要搞好，关键时刻，能不能有进步，就是领导一句话。那个端端，有没有升职啊，她这个年龄了，难道没有什么想法吗？交朋友对自己的前途也很重要，好人就是贵人，反之就是小人。你吴姨家的儿子，就是在上海的那个，你小时候叫他点点哥哥的，现在做得可好了，就是因为朋友交的好……"

如果不是有这么多好吃的，小乐哪里有那个耐心听下去。她含含糊糊地答应着，越听眉头皱得越紧。

幸好张如芬及时刹住了车，却又说起让小军头疼的事来："厂里最近不是有去天津大学的培训名额嘛，我可听说了，就是针对你这样的人的。高中毕业，有成人自考学历，工作十年以上。这可是个提升自己的机会啊，你报名了没有？"

小军摇头："我学不来的，我自己底子不好我知道。还要考英语，二十六个字母我都记不全呢。"

张如芬就放了筷子："小军啊，你不能对自己这么没要求啊。你没要求，别人都在进步，就相当于你落在后面了。落后就要挨打，就得遭淘汰。厂里这几年效益是不错，可毕竟是企业，谁知道能好到什么时候呢？你一定得给自己找点后路，知道不？多学点东西，总是好的……"

容利有点幸灾乐祸地看了小军一眼，狠狠夹了一大块排骨。

小军从不顶撞父母，小乐替哥哥受不了，也顺便为自己出口气："妈，吃你这么一顿饭代价太大了吧。老说这些干什么啊，我们又不是小学生中学生了，早到了为自己的前途自己的道路负责的时候了，你这不是没事找事吗？"

杜光明也赞同："孩子都大了，他们怎么过，让他们自己去摸索吧。也不是所有人都跟你一样，特别渴望出人头地的。依我看，平平淡淡也挺好的。"

张如芬没人支持，连丈夫都不站她这边，又委屈又生气："就凭我做了一桌好吃的，你们也该耐心听听吧？我是为了我自己吗？你们工作有进步，事业有前途，受益的总是你们自己是不是？"

见老太太激动了生气了，大家赶紧点头同意。这个家里，没人愿意跟她争跟她吵。连容利都会恪守这个法则。

等送走了孩子们，张如芬余怒未消，又冲杜光明开起火来："你刚才当着孩子说那些话什么意思？什么叫平平淡淡？这都是人们给自己懒惰找的借口！"

杜光明拍拍情绪激动的她："的确不是人人都想跟你一样积极的。你看，我们身边有多少人，无论智商还是情商，都要比你强是不是？他们为什么没有去做书记做厂长呢，不就比你更甘于平淡吗？你得感谢人家，正是他们，才成全了你的野心。"

"野心？"哟！张如芬可不爱听这样的词，什么叫野心，她那么努力，十七岁进厂，从一个工人，一步步走到省劳模，三八红旗手，当过厂长，当过书记，进入这么大个国企的核心圈子，那是野心两个字就能概括的吗？

"好吧好吧，为人民服务。成全你为人民服务的善心、公心、爱心，行了吧？"杜光明懒得跟她再讲，看看时间，快八点了。晚上乐活队还有活动呢，他得赶紧出发了。

第五章　像谁也不能像我妈

李春来回家时，已经天黑了。进了门，抱着小乐就美美亲了一口。等洗澡出来，小乐把从张如芬那里带来的饭菜，都打开放在桌上，李春来就更高兴了。直说幸福幸福太幸福了，有了媳妇咋就这么幸福呢？

小乐打趣他："快点吃饭吧，光说甜言蜜语又不能填饱肚子。"

李春来吃饭，小乐坐他对面看他吃。怀孕的事涌上心头，在找着机会想怎么跟李春来说。

李春来发现小乐脸上有心事，就停了筷子，夸张地装出特真诚特关心的表情来："喜妇（媳妇），你咋啦，有啥心事要给我说么？"

小乐说："有啊。不过我说了，你别一惊一乍的。"

李春来拍胸脯："保证淡定！"

小乐说："那你可要挺住啊。"

李春来直起腰，坐稳当："挺得住，你说吧！"

"我怀孕了。"

李春来眼睛绷大了，身子也靠前。小乐后退："看，挺不住了吧。"

李春来学范伟的小品，打一嗝，自己说："我要抽过去了。"

小乐逗他："要掐人中吗？"

李春来说："掐！"

小乐就跳起来，去掐李春来。李春来一把把小乐抱到了自己腿上，手放在她的肚子上。"喜妇，真的假的？你确定没？这么说，我要当爸爸啦？"

脸上再也掩饰不住的幸福。

这表情，让小乐又高兴又吃惊。她掰着李春来的脸对着她："咱们不是说好五年之内不要孩子的吗？我马上要考中级会计证了，还有，不是说今年年假咱俩一起去埃及的吗？这孩子，还能要吗？"

"要啊，当然要啊。"李春来赶紧点头："人家孩子都投奔咱们来了，为什么要不要呢？要的，小乐，我老想当爸爸了，你想啊，你当妈妈，那也是个多美的事啊。生个小家伙，每天在家里跑来跑去的，回到家里，多热闹啊。"

小乐之前，从没跟李春来说过孩子的话题。她对做母亲，并没有什么特别的感觉，甚至一直觉得做妈妈很麻烦，不仅自己累，孩子也很累。瞧瞧端端和儿子小皮吧！

"喂，李春来，这是你的真实想法吗？"

李春来饭也不吃了，紧紧抱着小乐不松手："小乐，真的，这让我太高兴了。我得好好谢谢你。"

小乐想的可不是这样。她真没想过要留下这孩子，之所以会告诉李春来一声，不过是尽个妻子的义务。早知道李春来会这么迫切，不如她悄悄就做了人流呢。

李春来一听她这么说，骇了一跳，连忙摇头："小乐，你可再不敢有这样的想法了，听见没有？你都二十八岁了，生孩子也很正常了，干吗不要呢？会计证怀孕时间也可以考啊，或者就算推迟一两年，又有什么关系？还有，出国旅游，我们一定会去。只不过等孩子到了三岁，一家三口一起去，该多么好。"

小乐有点不快："可我还是不想生。"

"为什么？你不想当母亲吗？"

小乐郁闷："当了妈，就成了中年妇女。"

李春来乐："中年妇女怎么了？"

小乐说："中年妇女，就意味着苦大仇深、油叽麻花、张牙舞爪、斤斤计较，就跟我妈和你妈似的。我不要跟她们一样，成了那样的老太太，我宁愿去屎（死）！我还觉得我年轻着呢，我还想天热了穿吊带裙呢。"

小乐的这个理由，让李春来觉得很可笑。他抱紧小乐，安慰她："不会啊，有很多年轻妈妈，一样很漂亮，一点也不油叽麻花怨声载道，一样可以穿吊带裙超短裤。你生了孩子，我妈可以帮咱们带，也不耽误你上班升职什么的，等孩子大了，咱俩也不太老，还可以到处玩。该多好啊。还有，为什么像你妈我妈了就要去死？你也太夸张了吧。依我看，你有些地方还真是像你妈呢——"

小乐一听这话，立刻变脸："李春来，你再说我像我妈，我跟你离婚啊。"

李春来惊讶地问："至于吗？女儿像妈很正常啊。"

小乐指着他："你是想说我很像男人婆和多嘴婆是吧？你满大街去问问，哪个稍微年轻点的女人，乐意像她的老妈？知道为什么老女人不受人待见吗？不仅男人不待见老女人，年轻女人也不待见老女人。老女人意味着越来越像男人，而且比男人还多了一层冲天怨气。说穿了，就是男权在作怪。男人的喜好成了全社会的标准，女人要么迎合男的装嫩，要么没法装嫩了，就把自己变成男的。你还会说我像我妈吗……"

李春来举手投降："好好好，保证以后绝对不说了。这么点破事，就引发你一番雄论啊。什么老女人不受人待见，你以为老男人就好受啊？"

小乐嘟着嘴："总之，是你说话不算数。说好五年才要孩子的，而且——而且——这是哪一天怀上的？我例假又不准，你不是都带套吗？"伸手去捏李春来的鼻子："说，是不是哪天趁我睡着了你下的黑手？"

小乐和李春来住的房子，离国光厂不远。慢慢走，四十来分钟，快走，二十分钟。国光当年是军工单位，远离市区。现在还有点城乡结合部的感觉。小乐当初买房，正是考虑到离两家老人都近，离小乐上班的公司也近。因地理位置偏，价钱很便宜，一百三十平米，总共才六十来万。

吃完饭，李春来抢着收拾碗筷，又问她，要不要一起去散步。小乐摇头，露出一脸的闷闷不乐。李春来一边在厨房忙，一边苦口婆心地教育她："喜（媳）妇，你别这么愁眉苦脸的成不？你总不能像你嫂子似的，打算一辈子丁那个克吧？既然总有一天要当妈，早当肯定比晚当好。年轻时带孩子也有精神，生的孩子质量也好，聪明伶俐，健康活泼，咱们俩都这么聪明可爱有意思，甭管男孩女孩，保证能特优秀特有素质。"

小乐烦："别唠叨了行吗？"

李春来继续："你放心，你怀孕这段时间，我能不出差就不出差，家务活全包，不要你累着。等生了孩子，我就天天抱着他，带他玩，教他学数学英语……"

小乐立刻想起了端端那张总也晴不起来的脸："孩子还在肚子里，你就要他学这学那了，也太残酷了吧？"

李春来说："我就这么展望一下，哪里残酷了呢！"

小乐进了卧室："不想跟你说话，我要上床躺会儿去。"

躺在床上，小乐睁着眼在想可以跟谁说说这事。她确实不想要这个孩子，至少目前不想要。孩子三岁以前，工作肯定会大受影响，现在竞争这么激烈……别看小乐不爱听张如芬唠叨，可她心里一直希望自己三十岁时，至少能做到某个部门的财务总监。

可如果怀孕，生孩子，无形中就失去了竞争力，即便自己要强，在外人眼里，却是大肚婆、是弱者，是拖累，是包袱，是麻烦……怎么办？

猛然听到了婆婆的大嗓门："小乐、小乐，小乐在哪里？"

小乐一个激灵，吓了一跳。婆婆怎么来了，喊这么大声又玩的是哪一出？

刚起身，婆婆已经进了屋。三步两步就坐在了她的床边，握住她的手："怎么了，不舒服吗？已经有反应了？大概是哪一天怀上的，现在是第几周了，吃饭受影响没，子宫医生摸过没有，前三个月最关键知道不？哟，怎么还开着窗户睡，凉风吹会感冒，孕妇感冒可是了不得的大事……"

小乐应接不暇，李春来的头刚一伸，小乐就冲他瞪了一眼。她第一次发现，这个男人不仅嘴巴碎，而且爱传话。就这么一会儿，他就告诉了婆婆！婆婆知道了，那还不是地球人都知道了？

赵素棠一点没意识到儿媳妇的不快和别扭，更没想到小乐心里对怀孕还有抵触。她大包大揽地拍着胸脯："孩子生下来妈给你带，你放心吧，这十个月好好怀着，千万别累着。想吃什么喝什么，就告诉妈，妈给你做！"

小乐不敢露出自己的犹豫，只好点点头。刚要说点什么，就听见门锁咔嚓咔嚓，张如芬的声音紧接着传来："春来，小乐，你们在家吗？"

"哟，妈来了。"李春来听见了钥匙声，赶紧迎出去。

原来，小乐这房子搞装修时，张如芬刚退休，她天天上门帮着小乐他们看工人干活，钥匙从那以后就留了一把在身上。平时来，都是先打电话，今天看来是着急了，直接掏钥匙就进门了。

赵素棠顿时口气不快地问小乐："你妈有你们家的钥匙？"

小乐知道婆婆在想什么，赶紧抚慰："前两天我扔在我妈那里的，让她给我带过来。"

赵素棠嘟囔："我说呢，我怎么没有。"

客厅里，张如芬已经坐在了沙发上，顺手放上刚买的一兜水果。可能走得急，张如芬拿着块小毛巾在擦汗，给李春来道歉："我得到消息赶得急，也没给你们电话，就直接开门进来了，没打搅到你们吧？"

李春来赶紧摆手："没事没事，我们盼你来都来不及呢。就是楼层太高，爬起来辛苦。"

张如芬问李春来："小乐呢？"

赵素棠先答腔了："在这呢在这呢，小乐就来。"

听到亲家母的大嗓门，张如芬一惊，刚转过身，就见赵素棠冲着张如芬说："你也得到消息啦？我刚才还跟小乐说呢，别担心，孩子我一定帮她好好带。"

张如芬这么一头汗地赶过来，可不是来听赵素棠讲这话的。她不接她的话，继续问李春来："小乐呢，她怎么不出来？"

小乐终于下床了，对自己的妈，就没对婆婆那么客气了。心里恨李春来多嘴长舌，嚷得满城风雨，冲张如芬不耐烦地说："妈，你来干吗？"

张如芬好脾气地说："来看看你啊，带了点水果给你。这几天每天来家里怎么都没给妈说呢，什么时候确诊的？"

小乐说："我也刚知道。"

张如芬问："有没有什么特别的感觉？"

小乐说："没有。"

张如芬点点头："我看你吃饭也还好，说不定是个女孩。女孩反应小，我怀你时反应就小。"

赵素棠急了："我怀李春来时也没反应。生儿生女不是看这个，小乐还是要好好吃饭，身体强壮最重要，身体好，就容易生儿子。"

张如芬对赵素棠赤裸裸的重男轻女很是鄙视，仿佛已经看到小乐生了闺女受委屈的那一天，忍不住要给她撑腰打气："什么年代了，生儿生女都一样。而且女儿更好带，更懂事，是不是春来，你也喜欢女孩的是吧？"

这么狡诈地就把球踢给了李春来，搞得赵素棠扑地接都接不到。李春来点头，高兴得合不拢嘴："喜欢喜欢，生个女儿更好，像小乐，小乐这么漂亮，不生个女儿都可惜了。"

说着从后面抱住小乐。俩老太太见小夫妻这么亲密，都有些不好意思。张如芬站起身，要走，同时给赵素棠上话："好了，不多待了。你们小两口也早点休息，明天还要上班。春来你要多体贴小乐，以后辛苦一点。等孩子生了，就好了。月子可以到我那里坐，房子大，都住得下。我和小乐爸爸反正没事，孩子你们带不过来，就放在我那里好了。我们两个人，随随便便就搞定了。"

到底做过领导干部，一句话里，意思无比丰富：一，赵素棠你也该走了，别打搅我闺女休息；二，女婿要多照顾闺女；三，孩子生了，张如芬带最合适，因为宽敞，还因为家里有两个老人，比赵素棠一个人可方便多了。另一句话她明说暗说都没好意思讲出来：赵素棠文化层次低，她带孩子，对孩子的影响不好。

赵素棠线条粗，没听出张如芬的挑战，只听出了亲家母无微不至的关心。对儿子说："还不快好好谢谢丈母娘。亲家母，咱们正好一路，你陪我去商业街看看睡裤去呗，刚来时我看那有处理的，十五块一条！"

张如芬起身，微微皱眉。

第六章　婚介所

　　这天下午，高稚影从外面忙回来，正掏出钥匙开家门，背包里的手机就响了起来。她看看号码，不认识，所以也不着急，心想肯定是找错人了。进了房间，铃声还是响个不停，她接了起来。

　　"是高稚影高大夫吗？"对方是个女人，声音很高，普通话挺标准，好像在对着一张纸，念着什么似的。

　　高稚影说，是啊。

　　"今天五十八岁？"

　　"是。"

　　"身高一米六四？"

　　哟，这话问的，查户口、骗存款那可都不会问到身高呀。高稚影不警惕都不行了："你是哪位啊？有什么事吗？"

　　"我就是想核实下资料，确定您的情况。我们这正好有一个客户，挺适合的，想介绍您认识认识？"

　　高稚影急了："你都在说什么呢，什么资料，什么客户的？"

　　对方意识到自己唐突了，赶紧笑着："哎呀，您还不知道呢？看来您闺女还真是瞒着您呢。我们这里也会有儿女替父母来报名的，但很多时候是父母不好意思，托儿女来的。看来您的女儿没跟您说，您也别吓着，不是什么坏事，是好事。我们是家婚介所，我负责的这个部门，是专门为老年人服务的。您女儿为您交了两千块钱，让您成了我们这里级别最高的会员，这意思就是说，您可以一直在我们这里见各种各样的男士，直到成功为止——当然，也不是只要是个男士就给您见，我们会

按您的学历，您的收入，您的喜好，安排一些合适的男士跟您见面。我们是全国最好的婚介所在本市开的连锁店，信誉特别好，成功率也特别高。您女儿来这里，为您征婚，算是选对地方了。不过呢，我们还是希望您能来一趟，我们要跟您谈一谈。而且，正好，有一个挺合适的男士，想介绍您认识认识。"

高稚影知道了，上次给艾真放下的两千块钱，艾真没拿，而是给她去婚介所报了名！

这孩子，让她说什么好呢？

她答应了婚介所的工作人员，说尽快安排时间过去瞧瞧。早早做好了晚饭，估摸着艾真也下班了，她就带了点吃的，坐公交车去艾真那里了。

艾真还真是刚进门，见高稚影带了饭过来，也没客气，就拿出碗筷，盛上，跟高稚影一起吃。高稚影说："你是有多想把我嫁出去啊？"

艾真笑笑："妈，他们找你啦？"

高稚影说："那钱，妈是给你想让你用得宽松点儿。刚搬个新家，什么都要重新置办，花费会多。我知道你自尊心强，不愿意要我的钱。但就这么一回，以后就不给你了呀。你说你不要就还我呗，还去给人家报那么个名。"

艾真说："怎么，你不愿意啊？你可是答应我的，要去找男朋友的。"

高稚影说："答应是答应了，可那么着急干什么，这事不是还得看缘分吗？"

艾真说："我不帮你去报名，你还不知拖到什么时候呢。等着碰缘分呢？哎呀，那可太不现实了。现在年轻男女，不通过介绍征婚相亲，都很难遇到合适的异性的，别说老头老太太了。"

高稚影拿筷子点点她："你这就说错了吧。年轻人难找，那是真的。一来工作太忙，二来宅的太多。可老年人，还真不是这么回事，老头老太太，比年轻人在外面的活动多多了，经常会在外面玩耍，碰面认识的机会也多。只是有个问题，荷尔蒙下降，动力不足了。"

艾真听了这话，咯咯直笑："妈，你还怪幽默的。说得对说得对。不过荷尔蒙虽然下降了，但感情的需要还在。妈，你去看看吧，其实我早就想替你做这个事情了，你看你，都离婚这么多年了，那时我才十岁，你才三十多岁，最好的时光，就这么浪费掉了。你真是苦了自己半辈子，我不想看见你再这么孤孤单单地下去了。你这么漂亮，这么善良，这么聪明，这么大度，真的该有个男人，来好好疼你的。"

这话说的，让高稚影不禁又有些动情。在外面，她是个难得喜形于色的人，可当着艾真的面，经常会情难自禁。她有些羞涩地摆了摆手。

"别这么说妈，艾真，妈是对你不放心。"

艾真笑道："我还年轻，大把的时间有的是。妈，你就相信我吧，我保证会让自己幸福的。我可不相信什么缘分不缘分的，结婚跟考大学找工作有什么区别呢，那不都是人生大事吗？你不用心去寻找，去努力，去经营，怎么会成功呢？所以，妈，你别急，我挺有信心的，也会抓住一切机会，保证找一个让你满意的好女婿。"

高稚影点点头："这我相信你，只要你愿意去做的事，还真没做不成的。"

艾真说："所以，妈，你也得像我这么想，把自己未来的幸福，牢牢抓在自己手里。别老等什么缘分了，得像做难题一样，把它想办法解出来。"

高稚影和艾真，长年相依为命，习惯了在艰难的时候互相鼓励，高稚影对女儿的心理需要，并不亚于艾真对她的依靠。艾真说的这些话，给高稚影激励挺大，第二天，乐活队活动完，她坐上公交车，就去了那家婚介所。

去得太早，人家还没上班呢。她买了份报纸，就坐在门外树底下的木头椅子上看。刚看进去，就有一个个头特高，身形也挺壮的中年女人走过来，看她一眼，说："您是来我们这里报名的？"

高稚影一听这声音，就知道是昨天给她打电话的那工作人员。她站起来，说："不是报名。我闺女替我报过了。昨天你给我过电话，我今天就来看看。"

女人想起来了，一拍巴掌，声音特洪亮地说："对，就是您。高大夫！真没想到，您这么漂亮迷人，简直可以成我们这里呱呱叫的头牌了！"

这话说的，怎么听着跟个老鸨似的，什么叫呱呱叫啊，什么叫头牌啊？高稚影四处看看，果真，不少人都听到了这女人的豪言壮语，更有不少人上上下下打量她。她赶紧催女人开门："咱们进去说吧，进去说。"

两人进了门，里面挺大，一个接待厅，外加两间办公室。女人自我介绍："我姓刀，岁数也不小了，不过在你们这些大姐姐面前，还是小妹妹。您就叫我小刀好了。"

高稚影客气地说："刀主任好。"

女人又是声若洪钟地哈哈大笑："也行也行，叫主任也行。来，我给您倒杯水，我们好好聊聊。很多人啊，都以为婚介所的工作，特简单，无非就是拉个男的，再拉个女的，让他们见个面。呸，这话说的，也忒没文化了，要是这么简单这么没智商，那我们和皮条客有什么区别了？"

高稚影听刀主任说得这么粗，不由可笑。她接过水杯，没说话，等着她继续讲。她看出来了，刀主任爱说话，是个热心肠，性子直，能力强，是女强人类型的。

"我们呀，其实有很多技术性的工作要做。比方现在，我跟您聊天，就是一个了解您的过程。我要通过简单的聊天，大致对您的性格，做出分析。我要判断出您对什么样的男士会不反感。我说句话您别在意啊，来我们这里征婚的，我们对成功与否的主要判断标准，就是见面时互不反感。先不能说有没有好感，毕竟大家都岁数不小了，外形上不占很多优势了。要取得好感，并不是件容易的事情。所以，不反感，就是走向成功走向胜利的第一步。当彼此没有反感时，我们就会做第二步的工作，会再搞点活动，让彼此有更多的了解。我们要了解我们的客户，都有什么特长，还要判断出他们喜欢在什么场合下，才愿展示才艺。所以，高大夫您看，我们的工作，是不是还需要心理学、表情学、成功学、统筹学，甚至模糊数学等等一系列的学问呢？"

说老实话，刀主任一本正经地说这些，高稚影一直很想笑。但不忍拂人家面子，只好点点头。

刀主任拿出了一张表格类的东西，开始对她做调查了。

"您别担心，也别着急。这不是探究隐私，如果您觉得有什么问题，您不想回答，完全可以不回答。您不回答，对我们来说，也是一种判断。因为有些人就是不愿意多说，而有些人我们什么也没问，就会说得滔滔不绝。"

高稚影清清嗓子，说好。

"您喜欢看什么类型的电视剧？家庭，敌特，外国的？"

"我很少看电视剧。"

"很少看？"第一个回答就让刀主任吃惊不小："那你看什么？"

"我爱看法制频道，还有纪录频道。"

"噢，明白了。"刀主任有点兴奋，拿笔唰唰写着，嘴角露出蒙娜丽莎似的神秘微笑："难怪。我知道什么样的人适合您了。"

又问："喜欢逛商店买衣服吗？"

高稚影心想，这都是些什么破问题啊？她刚才不还说自己的工作很有技术性吗？她小心地问回去："你这是心理学，表情学，成功学，模糊数学，还是统筹学呢？"

刀主任被问呆了，状若僵尸，但很快又"满血复活"，表情生动："哈哈哈哈，这问题问得好。这说明你这个人……很有趣，很有趣。"

说着，又在纸上唰唰写了一行字。

高稚影觉得很可笑，她索性放下杯子，将纸和笔，也从刀主任手里拿开。她开门见山地说："刀主任，你也别问我什么问题了。我的情况，我闺女可能都跟你说得差不多了。我呢，我不反对找老伴，也挺愿意找个能说得来，也会知冷疼热的人的。我就说说我的要求吧，人别太粗，得尊重女性，谈吐要有内容，比较善解人意，大度一点，就行了。"

"就行了？"刀主任不敢相信自己耳朵似的，不仅侧过耳朵来，还把她的大嗓门又放大了至少五十个分贝。

"可以了呀。"高稚影不明白她干嘛这么大惊小怪的。

"可您会跳舞的呀，"刀主任瞪着眼睛说："还是个大夫！"

"那怎么了？"

"那得是多讲究的人啊！"

高稚影哭笑不得地看着刀主任："您这是夸奖我呢，还是讽刺我呢？意思就是我这样的人难伺候是吧？"

听了这话，刀主任瞪大的眼睛，终于恢复了正常。她兴高采烈地将纸笔收到了抽屉，啪的一声关上。"知道了，您是个随和人。这我就放心了。"

过了两天，高稚影就去见了第一个"客户"。

见面是在婚介所，敢情高稚影这才知道，人家楼上还有房间，一个一个的小房间，放着沙发桌椅，布置得挺温馨。婚介所的工作果真有技术含量，楼上一层，贴的标牌不是见面场所什么的，而是"事业发展部"。工作人员穿统一制服，个个都相貌端正，身高适中。年龄看上去不小也不老，很是稳重。一个女人伸出手臂，做了一个请的姿势，并告诉高稚影："214房间。男士已经到了。因为是第一次见面，按我们这里的规定，只有半小时的时间，彼此问问基本情况就可以。不要给他您的手机号码，因为可能会给您带来不便。对对方的印象如何，事后反馈给我们。我们会帮你们做综合分析，再考虑下一步该怎么办。"

这话说的，可比什么刀主任有水平多了。高稚影眨眨眼，不由夸出口："你是学什么专业的，大学里有这个红娘专业吗？"

女人笑笑，笑不露齿。引她走到 214 房门口。

高稚影为今天的见面，特意穿了一身比较讲究的衣服，黄色长袖毛衣，黑色裤子，外面套了一件黑色的收身风衣，头发盘得比较高。整个人看上去很是挺拔。

她敲了敲门，门里传出一个挺庄严的男中音："进来。"

她推门进去，一个身高足有一米八几的男人，嗵地站了起来。他那奇怪的气势和气场，让高稚影恍惚觉得，他的手立刻就要抬起来，行军礼了。

男人见是她，忙说："我以为是工作人员来送茶水。不好意思，是您啊。请坐请坐。"

高稚影压抑不住好奇，脱口而出："您是军人吗？"

男人愣了，随即仰头哈哈大笑："哎哟，你看出来啦？我们这一行，真是化了妆都会被发现。"

他那笑声，和笑起来的姿势，让高稚影也特乐。她主动伸出手，向他问好："您好，首长！"

男人也伸出手："我叫金朋。"

高稚影立刻跟他开玩笑："我叫洗手。"

男人也会调侃："哈哈，金盆洗手，我们俩这是干了什么见不得人的事啦？"

玩笑开了，气氛变得很融洽。高稚影看看房间，沙发是面对面摆放的，中间有张很雅致的小茶几。窗台上放着花，角落还有一个小圆桌，上面有一个鱼缸，里面几条金鱼在游来游去。

金朋果然是个军人，是个随时准备退休的师级干部。老伴去世五年了，只有一个儿子，毕业后就留在了北京。这些年，也有人介绍过对象，但心情一直不好，没恢复过来，所以也下不了决心，去跟人好好接触。快退休了，这一年基本没什么事，他就去北京儿子那里住了几个月，远离平时熟悉的环境人事，很多事情渐渐想通，似乎终于放下了伤痛。儿子也说，他和儿媳妇都那么远，照顾不到他，希望他尽快找个老伴，结婚成家，过上幸福的晚年生活。

金朋很健谈，也很会谈。高稚影很快就觉察到，自己在这个男人面前，完全没有表现自我的机会。他几乎不给她这样的时间，短短半个小时，她只听见他在讲他的事，或是对她无法掩饰的欣赏和喜欢。而他又知道了她什么呢？大夫、看中医的、离婚十五年了、退休前在国光厂？

意犹未尽意犹未尽啊，半小时眨眼就到了。工作人员来敲门，让他们出来。金朋突然想起什么似的："哎哟，我应该第一时间问你要电话，这样我就可以随时约你了。"

高稚影笑笑："以后再说吧。"

金朋不干："那你出了这门要去干什么？我们不如一起走走吧？我开了车来，带你去爬山怎样？"

高稚影可不想这么快就答应他什么，她摇头："不好意思啊，我还有点事情要去办。"

金朋是军人，性子急："你对我印象怎么样，就说一句！一个字也行。"

高稚影乐了："您是要我说好，还是说行？"

金朋不挑："都可以。"

工作人员见他们这样，也乐了："好了，别缠绵了。这次先这样吧，告别吧。等回头，听我们的意见。"

金朋不满，摆首长谱："你这个小鬼，我们这么大岁数了，能行不行的，还没个自己的判断啊，还要听你们的意见哪？"

其实，这半年，在艺术团里，就有个高稚影的追求者。那就是设计二所的高工老莫，莫蒙天。

老莫是个好人，是个性情中人，也是国光厂的老员工，是大家都知根知底的人。为了追求高稚影，他硬是花了半年的时间，把萨克斯都学会了，也能哼哼唧唧吹个调调了。只因为高稚影什么时候说过一句话，团里会乐器的人太少，萨克斯嘛，倒是个比较浪漫的乐器。你看那个老树皮乐队，几个老头，不挺潇洒的？

其他老头听了就听了，只有老莫记在心里了。而且，拿出行动了。

高稚影不大乐意老莫的原因，就是莫蒙天同志太着急了。他老伴去世的第二个月开始，他就向高稚影表忠心了。

他说："高大夫，你知道吗，昨天我儿子告诉我，东边去西江的高速路通了。那边很好玩的，他有车，说可以带我去。你要不要一起去啊？"

高稚影被这毫无铺垫的突如其来的邀请，吓了一跳。但考虑到老莫一贯都给人很诚实、很心无城府、想啥说啥没心机的印象，她没敢往别的地方想。她说："真的呀，那来回要多长时间呢？"

老莫掐掐手指，说："来回最多三个小时。那边有很多农家乐，果树下面，打麻将，很好的。"

高稚影听他说打麻将，就更放心了："那还带谁不，要四个人呢。"

老莫说："我儿媳妇呀！她也会打。我们四个人，不是正好？"

"哟，"高稚影这就觉得不合适了："那是你家庭聚会，我去怕不好吧？"

老莫说："有什么不好的？我跟他们都说过你了，儿子说，也想见见你。"

嗯？这话怎么越听越可疑了呢？高稚影小心地问："你跟你儿子也说了？那你都说我什么了呀？"

"当然全是好话啦。漂亮、优雅、有内涵、性格好、能干、善良、聪明……"老莫滔滔不绝，高稚影赶紧打断。借口有事去不了，算是推了。

以后又有几次，老莫要送她回家啦，晚上邀她出来散步啦，还有更唐突的，说什么老同学从远方来了，想见见她。高稚影都没理他。

因为觉得不可靠，甚至还觉得老莫有些轻浮，所以她从没跟任何人说过老莫对她的殷勤，连艾真都不知道。

因为老莫做人一贯有点手来脚不来的，所以，他跟高稚影套近乎，其他人也没当回事。他爱开玩笑，玩笑常常开得挺生硬。戴着副大框眼镜，手大脚大，浑身上下都是不识时务、还带点孩子气的书生劲。大家都会想，高稚影肯定看不上他，他也就是开开玩笑，活跃活跃气氛什么的。

但老莫肯定没这么想，在他看来，他已经跟高稚影表达得很彻底很坚决很明晰了，而且高稚影从没有明确拒绝过他，这事就已经差不多了。要是他知道高稚影去见了金朋，并对金朋颇有好感，后来还又见过两次面的话，非伤心坏了不可。

对金朋这个人，高稚影拿不准。以后的两次见面，还是延续了第一次见面的风格，他说，她听。他做决定，她笑而不语。按理说她是观察的那个，他是被观察的那个。可高稚影总觉得，在他自顾自说的背后，她却成了那个在放大镜下面挣扎的小生物。

他太强悍了，强悍得她没有了一点点自我。而这么多年，她一人又当爹又当妈，工作家务孩子，每一样都要自己劳心劳力。退休后跳舞，组织管理起一个四十多人的艺术团，并不是一件容易的事。可以说她习惯了自己做主，甚至也习惯了替别人做主。

猛地一下，要在金朋鼻子下当小女人，真是太奇怪了。

她去找艾真商量这个事儿。刚说了个开头，艾真就说："那要不要我帮你去看看？"

高稚影说好啊好啊。她还一直没机会跟金朋说过艾真的身体情况，只是猜测婚介所可能跟他说过，毕竟是艾真替她去报的名嘛。

高稚影并不是故意想对金朋隐瞒艾真的情况，她的考虑有两点：一，和金朋谁知道会发展到什么情况，也许最后只是泛泛之交，那么告诉他艾真的事就完全没有必要；二，她心里从没拿艾真当过负担，所以更不愿意主动告诉别人自己有个累赘闺女。

不过是顺其自然，该说时自当说的事情，何必呢？

现在艾真提出，陪母亲去见见金朋，这让高稚影挺高兴。这是个随意又简单的方式，还可以让艾真帮她拿拿主意。

所以，等周末，金朋再次邀请她一起吃饭时，她就说："我再带个人来可以吗？"

金朋说："好啊好啊，没问题。我就问问，是男的还是女的？"

高稚影说："女的。"

金朋说："那就好那就好。那我穿整齐点，为你争光。"

高稚影笑笑，没搭话。

到了约会那天，高稚影先去诊所接艾真，她穿得挺朴素。艾真一见，就直呼不妥："妈妈，你是去约会，又是晚上，怎么这样穿呢？"

高稚影说："今天是带你去，我不能穿太花哨了。"

艾真奇怪："那是为什么？你是怕抢我的风头啊？"

高稚影笑："我今天是妈妈，不是女朋友什么的。所以我觉得，我应该穿得庄重点。"

艾真气得拿包打她："赶快回家，换衣服。"

母女俩匆匆打车回家，艾真逼着高稚影换了一套裙装，才算罢休。

金朋已经到了一会儿了，坐在小包厢里等。他给高稚影电话，高稚影正走到门口，他拉开门去接，迎面碰到的，正是推着轮椅的艾真。

高稚影站在艾真后面，微笑着。金朋刚要问好，艾真先伸出了手："您好，我是艾真。"

高稚影接上一句："我女儿。"

金朋的表情说明婚介所并没有告诉他艾真的情况，他有些吃惊，但很快弯下身去，跟艾真握手。也不知道是因为高稚影说了是女儿，还是因为艾真坐轮椅，总之，那天随后的时间里，金朋对艾真说话，就一直像是对小孩子。

他给她夹菜，问她做什么，听到有趣的事，会夸张地说："真的啊。真有意思。太有趣了。不错不错……"

回家时，金朋开车送高稚影和艾真。因为周末，艾真会住在高稚影这里。母女俩下了车，向他挥手告别。

在饭馆说得挺热闹，进了屋，母女俩反而突然没了话说。各自换了衣服，高稚影去厨房烧开水，想泡茶喝。

艾真坐在餐桌前等母亲过来。

两人端着茶杯喝，沉默片刻，突然一起说起来。

高稚影说："你觉得……"

艾真说："你觉得……"

高稚影说："你先说你先说。"

艾真笑："哎，真是。其实我也不知道说啥。"

高稚影叹气："我也是。不知道说什么。年龄这么大了，再交男朋友，真的是太累了。"

艾真同情地握握母亲的手："干什么都不容易呢。"

高稚影吓唬她："你得吸取我的教训，别把自己拖得岁数太大了。"

艾真神秘地笑，拿出手机来，对高稚影说："我给你看一个人的相片，不过你不许嚷嚷。"

高稚影惊喜："谈男朋友啦？"

艾真点点头。把手机里的图片调出来，送到高稚影跟前。高稚影接过来，却没有看见人，只看见一只轮椅！

她望着艾真，艾真点点头："是的，他跟我一样。也要坐轮椅。"

高稚影强忍不安，问："怎么看不见人呢？长啥样啊？"

艾真神秘地笑说："很快你就会见到他的。别急啊。我只是提前先告诉你一下。"

高稚影不满地说："哪里有道具先上场的呀？你不地道，我都带你去见老金了，你竟只给我看个轮椅。"

既然说到了金朋，艾真就特严肃地对高稚影说："我觉得，这个金朋同志人还是不错的，正派，随和，也很有男子气，加上经济条件这么优越，肯定是婚恋场上的抢手货。"

高稚影点点头："我也这么觉得。"

艾真说："不过，我不知道他是否适合你。"

高稚影问："为什么这么说？"

艾真认真地说："他的气场太强大了，完全把你湮灭了。而且，从他对我说话感觉看，他有弱化或是矮化女性的特征。我觉得，跟他在一起，你肯定会觉得委屈的。"

第七章　显年轻比真年轻更重要

陈昊天出差回家来了!

前前后后，能在家里待个七天左右呢。周末，端端想睡个懒觉，可才七点刚过，小皮就一把推开门，蹿了进来。进来门也不关，就往端端和陈昊天的床上爬，一边爬一边嘴里还喊着："冲啊，冲啊。"

端端抬胳膊就冲儿子屁股上一巴掌："往哪里冲呢，这是你妈你爸，不是你的战壕。"

小皮已经爬上来坐在了她和陈昊天的被窝中间，拿头拱她，拿脚踢陈昊天，整个小身子在床中间扭成团麻花。端端刚要坐起，突然意识到昨天晚上两口子咔嚓了，睡衣都没穿，这阵还赤裸着上身呢。她下意识地转头去找衣服，用被子围紧自己。儿子却不干，非要进端端的被子里来，端端惊恐地大喊一声，这声音将赵栓锁引了过来，他站在了端端的卧室门前，用鼻腔浓郁的陕北腔问："干啥哎?"

端端赶紧回答："没事没事。"说着用脚踹陈昊天。

陈昊天终于醒了，一醒他就意识到是什么状况了。跳下床，先去关了门，然后一把将儿子从床上抱到怀里，扔到他的被子里。小皮乐得在爸爸怀里又蹬又踢，端端赶紧在被子里穿好睡衣睡裤，这才下床，打开窗户透透气。

懒觉彻底黄了。

既然起来了，端端忙碌的周末也就开始了。

她和陈昊天，是中学同学。大学他上了军校，毕业后留在了部队。两人家境都不好，不仅裸婚还裸育，经济一直紧张，到现在还没买房。租的这套房，离小乐家也不远，是农民用自己的地皮盖的楼房。因地理位置不好，所以房子挺大，房租却不算太贵。周末，端端要打扫房间，还要洗家人一周换下来的衣服，床单什么的。拖地擦窗，清理死角，收拾儿子的玩具，也是大扫除的内容之一。

别看陈昊天难得回来一次，端端的周末还是老样子，儿子的教育尤其不能松懈。一家人早上坐在桌边吃早餐时，端端就开始安排分工了。

陈昊天，你去超市买菜和肉，多买点，想吃什么就买什么。记住，不许私藏小金库，发现了加倍赔付。

小皮想和爸爸去？去也可以啊，不过周末布置的作业做完了没有？

端端知道自己不让小皮跟着陈昊天一起去很残忍，可她没办法。陈昊天没有带孩子的习惯，小皮又淘气，走在超市里，很容易就会走散的。这样的事情陈昊天每次回家探亲几乎都会发生。

小皮点头，又摇头，脸上的表情有些呆滞，一副想不起来的样子。端端猜都不用猜，就知道儿子根本没记得有什么作业。这孩子没啥心眼，身体很好，虎头虎脑的，也不知道是跟爷爷待多了，还是怎么的，身上老有点农村野孩子的气质。放在二十年前，大家都会夸这小子长得好，可现在伪娘当道，男孩浓眉大眼太小子气了，反而会让人觉得粗鲁。

小皮上的幼儿园，是附近的一家还不错的私立幼儿园，没有赞助费，可每月也要两千元左右。老师教的也特别多，小学的内容，从中班开始就一直加码，现在上大班了，拼音英语都在学。

端端见儿子发呆，很是气愤，拍了一下桌子，呵斥道："你是不是又忘记老师布置的作业了？"

小皮反抗道："没有！"

端端问："那你说是什么？"

小皮想起来了："认字母！"

端端问："拼音字母还是英语字母呀？"

小皮回答："都一样！"

端端一脸严肃地说："怎么是都一样呢？发音是完全不相同的呀。比方这个，英语念什么？"

她用筷子在桌上写出个"P"来。

小皮倒着看不清，站到她旁边来看，歪着脑袋："屁！放屁的屁。"

说了这么个字，觉得很兴奋。

端端说："不错，拼音里念什么啊？"

小皮就糊涂了："剥——"

端端脸色黑沉："再看看！你学拼音都多久了，这还念剥吗？"

小皮把筷子头伸在嘴里搅和，问陈昊天："爸爸，你说这是什么？"

陈昊天刚要说，看见端端制止的表情，赶紧摆手："不知道。"

小皮很得意："爸爸也不知道。"

端端那个气啊，看看老公和老爸，都一脸的无所谓。赵栓锁坐在旁边，气定神闲地喝着小米粥，还转着碗喝哪！

端端将儿子手里的筷子一把抢了下来，干脆利落地宣布："不给你吃饭了，认不出这个字母，你一天不许出去！"

"哇——"小皮立刻就掉了眼泪，一屁股坐在地上耍赖皮："我要出去玩，我要出去玩，我要和爸爸出去玩……"

端端没理他，三下两下吃完饭，进了厨房。陈昊天跟进来，不忍心地说："你得对孩子有耐心，怎么这么着急……"

端端扶着灶台，气得胸脯一起一伏，压低了声音："昊天，你都不知道形势的严峻性。我都怀疑我们儿子是不是智力有问题。和他的同学比，他什么都学不会，真的是什么都学不会！上外语学校是要考试的呀，不是你有钱就能进的。他这个样子，怎么去考呀？"

"我听人家都说小学没什么关系的，"陈昊天搂住端端的肩膀："尤其是男孩子，初中都说明不了什么问题的。他们发力迟，高中抓紧就行了。"

端端像看怪物一样地看他："你听哪个祸国殃民的家伙说的？现在竞争太激烈了，而且一年比一年要难。算了算了，你就别添乱了。孩子的事交给我，你先去买东西吧。我打扫房子。"

哄小皮的，总是赵栓锁。老头把孙子的稀饭拿到跟前，又从糖罐里舀了两勺白糖放进去，招呼小皮："来，到爷爷这里来。"

小皮还坐在地上，眼泪汪汪的。爷爷看着加糖的稀饭没有足够的吸引力，又去冰箱上拿了一包饼干。冲小皮说："吃哪个？"

小皮爬起来，站在爷爷两腿中间，靠在饭桌上，一口稀饭，一块饼干地吃起来。

端端走进来，冷眼看他一眼，他也无所谓，现在他在爷爷怀里，安全指数十颗星。

端端进了爷爷和小皮的房间，拿出小皮书包里的书，翻了两下，走出来，就对爷爷说："爸，今天你给小皮把这个教了。"说着指着字母"J"，"让他把拼音和英语字母分清楚。"

小皮脸皮厚，也凑过来看。

赵栓锁是文革前的高中生，虽说在农村读的书，但这点东西，肯定是小菜一碟。他点点头，一口陕普话："额知道了。"

小皮觉得他和爷爷是一伙的，妈妈跟爷爷不生气，跟他也就没问题。他不计前仇地向妈妈示好："妈妈，你看我吃饼干乖不乖？"

端端看着这个没心没肺的儿子，真不知道该哭还是笑。大周末的，难得陈昊天也在，她不想再黑着脸了，还是给儿子一点母爱吧，她走过去，亲了下儿子的额头："乖。"

偏偏小皮是天生不能给好脸的。上午八点半，爷孙俩出门去玩，爷爷手里还拿着小皮的课本，打算用一上午的时间，学会这个"钩"，端端换床单，擦地板，洗衣服，忙得不亦乐乎。十点过一会儿，就有小朋友上门告状了。

领头的是对门的黄毛丫头小小，说起这孩子，也让端端牙根痒痒。她和小皮上着同一家幼儿园，论岁数，还比小皮小着三个月哪。可她什么都会，脑子清清楚楚，每天放学，手背上总有老师盖的小红花。有时候表现太好，小手都盖不下了。

人又懂礼貌，口齿又伶俐。小小妈在超市工作，爸爸开出租。端端特别惭愧的就是，她和陈昊天两个大学生，培养的下一代，竟处处比不上两个高中生！

一开门，小小就两手叉腰："阿姨，你快管管吧，小皮打人了！"

端端裤腿卷着，手里沾着水和肥皂沫，头发乱蓬蓬的，在这小丫头面前，倒显得手忙脚乱的。她气恼，小皮不是跟爷爷在一起吗，怎么还打人呢？打了人爷爷怎么也HOLD住呢？

她就问："小皮爷爷呢？"

小小说："爷爷在看别人下棋，他说让小皮自己解决。"

端端气得歪了下巴，哼，这就是老爸的办法！让小皮自己解决，那他是干什么的？

自从老头来城里跟她住到一起，端端就知道，老头子对她教育小皮，没一样看人眼的。他是原生态教育法，认为上学前孩子想干什么就干什么，上了学，老师教多少学多少就行了。当年她和哥哥就是这么被老爹带大的，他理由也很充足："你看你不是也上了大学么？"端端生气地说："我们那个时代不一样，那时城里农村父母都不管，交给老师就可以了。再说，我是天生聪明，要是能再抓紧点，我肯定能上北大清华。何至于现在连房子都买不起。"端端的牢骚话一说一大堆，老头充耳不闻，孙子的学习，他是坚决消极怠工。

偏偏端端没有办法，儿子还只能交给老爹。幼儿园里的学习内容，大多在课后的补习班里教。因为下午三点多就放学了，所以孩子们上补习班成了常态。可补习班收费特别高，端端要买房存钱，老爹在家，就能免去小皮上补习班的这些费用。老头下午睡醒来就可以去接孙子，端端总是催着赵栓锁回家后教小皮一些东西，可老头总是敷衍了事，不肯当回事。他的口头禅四个字："顺其自然"。

端端擦了手，跟着小小和几个小毛头一起到了院子里。

一眼就看见了小皮，手里正拿着个树枝乱劈，还运丹田之气呢，呼咳哈地。旁边没一个孩子敢靠近，见有孩子过来，他就举着树枝冲过去。

小小手一指："看，阿姨。他占了我们的地盘，还不许我们过去。"

端端问："你们的啥地盘？"

小小说："树荫底下，我们在玩过家家。小皮一来就要当爸爸，我们不许他当，他就拿树枝打我们。"

这时另一个小胖子走过来，给端端看他的胖胳膊："阿姨，看，我这里都被小皮戳红了。"

端端又可笑又可气，问小胖子："你一定是爸爸喽。"

小胖子点点头："我和东东都是爸爸。"

端端快要笑出来了，问小小："你是妈妈吗？"

小小很严肃地点点头。

端端很想问她："既然能有两个爸爸，再加一个又何妨呢？"

见端端来了，小皮兴冲冲地跑了过来。端端板着脸，问他："你拿树枝打小朋友了？"

小皮这才反应过来妈妈是来收拾他的，小小他们已经告状了。不由恼羞成怒，大声说："是他们先欺负我的，他们不跟我玩。"

端端说："不跟你玩你也不能打人啊！"

小皮说："我没打人，我是给他们看爷爷给我做的树枝，我要教他们认拼音！"

端端说："嗬，你还有理了！你拿树枝怎么教人家拼音！"

小皮后退两步，拿手里的枝条唰唰扫了一下脚边的地，然后将这枝桠放在地上，问端端："妈妈，你看，这是什么？"

端端瞪大眼睛，看半天啥也没看出来。小胖子却看出来了，兴奋地喊："是J，是J。"

端端那个气啊，她手搭凉棚，朝远处望去。终于，在另一棵大树下面，看见了赵栓锁。他果真背着手，正站在一圈人后面，看别的老头下棋呢。只见他衬衣开着，头皮剃得溜青，脚下是双厚底手工布鞋。隔那么老远，端端仿佛都能闻到窑洞的土炕味。看来他是把这儿当成村里的田间地头了，还真能自得其乐呢。

端端拉着小皮的胳膊，让他站起来。

"站直，低头。"

"干吗呀，妈妈？"

这臭小子一点也没意识到自己闯了祸，得罪了其他小朋友。他到底是智商有问题，还是情商有问题呢？

端端手指戳着儿子的头，大声训斥道："给小朋友们道歉！"

小皮这才知道，母亲不是来验收他学习J的情况的。他眨巴着无辜的小眼睛，又委屈又悲伤，被妈妈一骂，他会条件反射地找爷爷。于是，院子里顿时响起了小皮凄厉的哭喊："爷爷——"

端端二话不说，一巴掌就打了过去。小皮的哭声更响亮了。

见小皮挨打了，小小等一干小朋友，又于心不忍了。在心里，他们可能觉得孩子们应该是属于一个集团的，大人打孩子，很容易令他们兔死狐悲。几个孩子一起踮起脚来，抱住了端端的胳膊。

"阿姨，别打小皮。"小小这会又当女英雄了。

端端问："小皮，你道歉不？"

小皮摇头抽噎，不敢喊爷爷了。

爷爷已经听见了，正大步流星地赶过来。巧的是，从超市买东西回来的陈昊天也正进院门，这一家三个男人，顿时站成了一排，满含敌意地望着端端。

爷爷问："咋啦咋啦？"他把咋念成四声，显得特别生气："你咋当着这么多人就对娃动手呢？你这让娃的脸往哪放呢么？"

陈昊天看端端的表情，也特别愤怒。小皮立刻知道援军来了，他一手抱爷爷的腿，一手抱爸爸的腿，做出一副受气包的可怜样来。

端端里外不是人，竟转向小小求援："你说，阿姨做错了吗？"

小小眨眨眼睛，不回答。

端端鼻子里哼一声，转身就要走。小皮低头时猛然瞧见了陈昊天提的环保袋里的东西，激动地大喊："妈妈妈妈，爸爸买了冰糖葫芦，我可以吃吗？"

又是一个周末，陈昊天已经走了。端端早上干完了所有的活，下午终于能喘口气了。

卧室，衣服放了一床，她正换来换去，对着镜子，没有一件合适的。不是显得肚子大，就是看着腰粗。

看着烦了，端端喊儿子来帮忙。

小皮正在玩汽车，赶紧爬起身，甩着小屁股蹭蹭地跑到妈妈的卧室门口。

"妈妈，"他眨着小眼睛，好奇地探着头问端端："妈妈，你是要干什么力气活吗？"

这小子！端端很可乐。小皮真是个活宝，总能将端端逗笑，可他为什么就不爱学习呢？

端端问小皮："妈妈穿这件裙子怎么样？"

小皮严肃地观察着，前后左右地认真看看，然后宣布："挺好的，妈妈，非常好看！"

端端可没他那么有信心："显瘦不？"

小皮点头："非常瘦！就像没吃饭一样的瘦！"

"哈哈哈哈……"端端再也忍不住了，捧着儿子的小脸，亲了一个。又问："显年轻不？"

小皮受了鼓励，更来劲了："非常年轻，就像大姐姐那么年轻！"

端端太满意了，一拍巴掌："得，那我就穿这身了。"

小皮这才问："妈妈，你是要出门吗？"

端端说："是啊，晚上我要出去。"

小皮担忧地皱眉头："晚上还要出去啊，妈妈，那会不会很危险？爸爸说，要我照顾好妈妈，别让妈妈去危险的地方。"

端端心里偷着笑。"跟小乐阿姨有个约会。要一起吃晚饭。"

小皮问："你们要去吃什么，有鸡翅膀吗？"

端端摇头："大人吃的东西，都不好吃。不过妈妈做好了鸡翅膀，就在冰箱里。晚饭时，让爷爷热一下就行。"

"耶——"有自己爱吃的东西，小皮不再关心妈妈危险不危险，他冲客厅跑去，嘴里大喊着："爷爷爷爷，妈妈说鸡翅膀吃之前要热一热！"

端端在家里试衣服，小乐则在婆婆家里，忙着帮李腊妹倒饬。

原来，今天晚上的饭局，并不是简单的同事聚餐，而是一次相亲饭。

赵素棠为闺女的婚事操碎了心，见人就催着帮找对象。小乐当然比别人更义不容辞，和婆婆一样，也是四处发动关系，帮大姑子踅摸合适的男人。终于，前几天，端端两眼放光地跑来告诉小乐，大姑子的终身大事有希望了。

"我一小学同学！失散无数年了都，前天我去买手机，在诺基亚专卖店遇见了他。我哪里还能认出他啊，小学同学，你想想，那个变化大的。偏偏他说我似曾相识，一问名字，立刻就激动上了。敢情我这名字给人印象还挺深刻呢，他就说，哎哟，你是不是在哪哪上过小学，我点头，他就说他的名字，可我还是没想起来……"

见端端车轱辘话扯长了，小乐忙拦腰截住："你这同学干吗的，卖手机的呀？"

"什么呀，卖手机档次也太低了吧。不过他还是卖手机的，只是不是站柜台的，地区代理，搞营销的，他说了好多，什么华北的西北的管的地盘还挺大。还没结婚，你想想，我的同学啊，三十四五岁了，和你家大姑子是不是特合适？"

小乐听着也激动："是是是，是挺合适。长相呢？"

"男人嘛，只要不丑就可以了是不是？长得还行，就是眼睛小了点，可眼小聚光，头发少点，可显得聪明。有房子，两套！有车，奥迪A6的。怎样？"

小乐又不自信了："那咋一直未婚呢？"

端端说："说是忙事业了，一直在外地。前两年才回来，算是安定了下来。"

小乐听着靠谱，回家就告诉了李春来。

李春来说好啊，这挺好的。岁数相当，职业也不错。就是不知道，他会不会嫌弃我姐老了。

小乐用X光眼神瞅他："他还比你姐大两岁呢，怎么就成你姐老了呢？"

李春来说："男人不是都想找比自己小的吗？岁数越大，越想找个年轻的。何况他还有两套房子。"

小乐说："你认为这是正常的吗？老男人利用经济实力，霸占年轻女人？男人是不是根本不在乎有没有真感情啊？"

李春来还没意识到小乐话里的不满，顺着自己的思路继续说："这不是约定俗成嘛，我想这男的肯定愿意找个二十出头的，而不是三十多岁的。"

小乐生气了："我看这是你的想法吧，是你想找个二十出头的吧？看看，这就是中国的国情，女人也就二十来岁时，还能受男人待见几年，一有了孩子上了岁数，谁还理睬你？我说不要孩子，不要孩子，你非要。是不是等我给你生了儿子，你传宗接代的任务也完成了，就该找年轻姑娘了？我呢，我老了，带着个孩子，再找谁去？难怪现在的女人，没几个乐意生育的呢，这世道男人的心都变坏了，只考虑自己，自己的前程、自己的收入、自己的感受、自己的高潮、自己的小老婆！"

李春来这下才醒悟过来，小乐这是借机教育他呢。他赶忙跳起来，一把搂住老婆："杜小乐同学，我对天发誓，我可不是那种只考虑自己的男人。从来都不是，这点你是知道的对吧。要是我是那样的男人，你早把我蹬了，还用等到现在？再说了，你以为中国的国情对男人就网开一面啊，男的不也就二十来岁还能有点好日子过吗？过了三十，看看吧，没钱没房没地位，这辈子就被打入地狱了，谁都可以瞧不起你。中国的国情应该是，甭管男人女人，都很残酷很物化哦。"

小乐只顺着自己思路走："知人知面不知心，哼。反正我不想生孩子！"

李春来双手合十求饶："我的娘哎，求你再别说这话。孩子会听见的，你想他心里会怎么想你这个妈！"

小乐生气："你别这么毛骨悚然好吗？都说母子连心，他肯定比你理解我！"

小两口的狐疑，小乐可没敢在李腊妹面前露出丝毫。她鼓足了精神，一进婆婆家门，就喜笑颜开，一脸神秘又得意的表情，仿佛挖到了多大的宝贝似的。

"妈，我姐在不？"

"在，自己关在小屋里不知忙啥呢。你找她啥事？"赵素棠当然不会轻易放弃小乐带来的新闻。连忙拉着小乐坐在沙发上。

小乐就说："我的同事，那个赵端端，你记得吧？"

赵素棠说："记得。你说过，就是有个调皮儿子，老公充军的那个！"

小乐说："对。她有个小学同学，最近找到了。是个男同学，做手机生意的，一年几十万的年薪，有两套房子，有车。三十四岁了，一直忙着工作，还没结婚呢。端端给他说了我姐，他挺乐意见一见的。"

赵素棠越听越高兴，到最后一句，两眼放光："那好呀，这么好的事，当然我们答应啊。你答应了吧？"

小乐点头："答应了答应了。周日晚上一起吃饭。"

赵素棠拍拍小乐的腿："唉，要说这种事呢，还真得靠你们年轻人才行。我一老太太，周围的人接触的，无论岁数，还是素质，都过时了。前几天你猜，还有老姐妹给我来说女婿，竟是个五十岁的小老头！我说我要他做女婿干嘛，直接给我做老伴不是更合适？气死我了都！"

小乐听着可笑，禁不住哈哈笑出声。

赵素棠赶紧食指放在嘴唇边，让她小点声："别笑。让你姐听见了，知道是为这事，她又会生气。这段时间，只要一说找对象，就跟我拌嘴，还摔东西呢。这样吧，你等会儿也别说，走了以后我慢慢说给她。说通了我就给你电话，到了周日下午，你过来帮她打扮打扮，然后一起出发，这样好不好？"

小乐点点头。

直等到周六，婆婆还没来电话，小乐就有些着急了。是不是李腊妹不想见啊，那不是白白闪了端端和男同学了？人家端端这么热情，男同学条件又不赖，她小乐还是个孕妇哪，大家百忙之中这么捧场，李腊妹闪人，就有些过分了。

李春来也着急，问小乐："那我去催催我妈？"

小乐赶紧扯住："别，别故意激化矛盾。估计这两天做思想工作呢，要是你妈没办法，找我们了，咱再去说。"

到了周日的中午，老太太的电话终于来了："小乐啊，你姐晚上乐意跟你一起去吃饭！"

小乐雀跃："好，那我下午过来。"

婆婆来开的门，进到屋里静悄悄的，婆婆努嘴，向小乐示意李腊妹在她自己的屋里。小乐轻轻敲门，李腊妹也不吭声。赵素棠站在小乐后面，一伸手，将门搡开了。

李腊妹穿着胸罩正举着件抽象图案的长袖衬衣对着镜子照，再看下面，是条低腰牛仔裤，还系着条粗皮带。头发长长的，烫着小卷，披在后面。李腊妹人瘦，表情有些冷漠，但还是很有点文艺女青年的范儿的。

小乐猛夸："不错啊，挺好看的。"

李腊妹不说话，眼睛瞪着站在外面的赵素棠，赵素棠赶紧收回胳膊，将小乐搡进去，然后拉住了门。

小乐看婆婆这么乖巧地就走了，冲李腊妹吐吐舌头。李腊妹压低了声音，语气中带着不耐烦："我最听不得她叨叨。"

小乐不议"国事"，只谈风月。她才不想对李腊妹说婆婆的坏话呢，再怎么的，她们都是母女，她是外人。她问李腊妹："衣服是要扎进去的是吧？今年流行扎里面。"

李腊妹说："就是不知道穿裤子好，还是穿裙子好。"

小乐问："裙子是什么样的？"

李腊妹拿出条长裙子来，亚麻的，很显气质。

小乐穿不了这样的衣服，她中规中矩习惯了。看到这样的衣服，打心眼儿里觉得好看。拍着手说："裙子裙子，就穿裙子吧，太好看了。"

换了裙子，上衣就又重新来过。这次李腊妹穿了件贴身的白色圆领中袖T恤，外搭一件亚麻的渔网小坎肩。

然后化妆。小乐又提若干建议和意见。为了隆重推出李腊妹，小乐今天穿得很简单。头发只扎个马尾，露出光光的额头。

五点半，端端的短信来了："唐都酒店一楼，六点整。"

小乐说出发前去趟洗手间，等再进大姑子门时，就听见她在里面打电话。几句话溜进小乐的耳朵里："是，是去相亲。怎么，不能啊？我就要见别的男人，反正跟你又没希望，你管得着吗？瞅着合适了，我还要闪婚闪育呢。伤心了？你伤心早干吗去了？……"

小乐一转头，赵素棠蹑手蹑脚地正朝她走来。眉毛抬得高高的，满脑门都挂着问号。小乐冲她摇手，放重了脚步，又咳嗽一声。李腊妹的电话挂了。

小乐嘀咕，这大姑子唱的是哪出戏啊，这相亲还带赌气的？外面还谈着个男朋友？这样去见人，不是对别人也对自己不负责吗？

出门前李腊妹为穿哪双鞋又折腾了一会儿。终于，上了的士。李腊妹这才问小乐："那人是个啥情况啊？"

小乐就把端端男同学的状况鹦鹉学舌了一番。李腊妹点点头说："喔，这还差不多。"

唐都酒店眼看要到了，李腊妹用手拨弄头发，又拉拉小坎肩。小乐从后视镜里看见了，放了心，至少态度还算端正不是。

一下车，就看见了赵端端，矮矮胖胖的，站在门口伸着个脖子到处看。旁边有一个男人在抽烟，见小乐她们下了车，比端端反应还要快，掐了烟，紧跑两步，就来开门。

小乐先下，来不及看清男人的样子，忙低头道谢。端端跟在后面，喊着："哎哟，我这啥眼神啊，我怎么没看见。还是咱大力同学有眼色，人都不认识呢，就没迎错车。"

男同学挺稳重的，并不接端端的调皮话。李腊妹从后面下来了，一言不发。端端继续张罗："先进门先进门，进去了再认识再认识。"

她一马当先走在了最前面，小乐和男同学走中间，李腊妹押尾。

男同学对小乐挺殷勤，进包厢前还伸手示意先请，跟服务员似的。进了门，又去帮小乐拉椅子。李腊妹落在了后面，估计是去洗手间了，要来个姗姗来迟。

端端一坐下，就拿菜单，跟男同学说："这顿我请，先说好。别到时候抢着埋单。不是比你有钱，就是同学相聚，高兴，才要聚聚嘛。耽误你们大家的时间，看我的面子。好了，这事就这么定了。"

小乐眼睛朝门口看，等着李腊妹隆重出场。男同学坐在她旁边，给她倒水，又递纸巾，还问她热不热。

李腊妹来了，跟大家点点头，表情深沉地落了座。她坐在男同学对面，眼神犀利地开始打量对方了。小乐看看她，又看看端端，希望端端赶紧介绍一下，端端却捧着菜谱，嘴里一边嘟囔，一边翻来覆去做比较。男同学没话找话说，对小乐："平时你都喜欢干什么啊？"

小乐说："没什么特别爱好，也就上班下班的。"

男同学问："喜欢看电影吗，或是画展，音乐会，小剧场？"

小乐摇头："嗨，娱乐休闲最多出去吃顿饭。我都不知道我们这城市还有小剧场呢？"

男同学说："有啊，就在博物馆对面。有专门的小剧场演出地。还有相声，杂技呢。"

小乐好奇："您经常去这些地方啊？"

男同学说："也不是经常。不过我一个人只要有时间，就会找一些演出或展览来看，也算是丰富业余生活。改天有时间，我带你去看看？"

小乐终于明白了，这男同学把她当成介绍的对象了，而且好像还挺满意。她骇了一跳，赶紧看看李腊妹，李腊妹脸上的表情已经变了，比冷若冰霜更冷若冰霜了。

难怪这男同学一开始就给她和他画了一个密不透风的小圈子。他可能连李腊妹长啥样，都没注意到吧。

小乐忙打哈哈："行行行。那我们真要跟着你去长长见识了。"伸手向李腊妹："这是我的姐姐，是期刊编辑。你们一定聊得来。"

男同学这才抬起头，仿佛才是第一次看见李腊妹似的，赶紧点头，想想，又起身伸手去握，肚子有点大，只能起半身，嘴里说着"久仰久仰"。

李腊妹胳膊长，不用起身，递给他指尖，赏了他面子。

端端终于点完菜了，啪的一合菜单，功成名就的表情，说："来，我现在给大家隆重地介绍一下男女主角吧。"

气氛凝重，极不自然。小乐狠狠地瞪了她一眼。

第八章　话外音

　　这天的相亲，很不圆满地结束了。于力同学犯了不可挽回的错误，不仅自己得罪了李腊妹，还害得小乐也得罪了大姑子。小乐没打扮，没化妆，还是一孕妇，一出场，就紧紧吸引住了男同学的目光，这本身就是对李腊妹的巨大冒犯。最生气的是男同学知道了李腊妹才是相亲对象后，依然不思悔改，并不对她有更多的殷勤，还是对小乐情有独钟。喝了两杯啤酒后，他说了这样的话："小乐，不能怪我没眼色。你真是看着太年轻太漂亮了。"

　　小乐心里暗喜，她一直知道自己比李腊妹比端端，甚至比很多人都漂亮。她像杜光明，皮肤白身条高眼睛大鼻子高，她比妈妈漂亮，比爸爸活泼。要不李春来怎么会一下就看上她，追个不亦乐乎呢？

　　可她再得意，也不能表现出来。这男人真是不懂事，当着其他女人夸她，不是找死吗？端端也就算了，她是老同学，重要的是还有李腊妹啊。果真李腊妹鼻子里出冷气了："弟妹啊，"——她平时可从不叫小乐弟妹的——"你可不能对我弟有什么外心啊，千万要经受得住考验啊。"

　　端端仿佛这会儿，才意识到出了什么问题，她赶紧打圆场，冲这个叫于力的男同学喊停："大力，你不带这么明目张胆地套近乎的哦。小乐和我一样，都是介绍人，你不能只夸她不夸我。她显年轻显漂亮，我也可以有气质有风度嘛！"

　　男同学赶紧站起来敬端端酒，夸奖的话如滔滔江水，一发不可收拾。李腊妹冷冷地拿着筷子，谁也不看，只是拈面前的玉米松仁吃。

　　吃完饭，男同学终于拿出了绅士风度，主动提议送李腊妹回家。李腊妹坐大力的车走了，端端和小乐散着步慢慢朝家走。端端说："哎呀，刚才那叫一个惊险。敢情大力把你当成介绍对象了。"

小乐不好意思承认："他那是借力打力，其实是表演给李腊妹看的。"

端端撇嘴："别不承认，心里乐意得跟啥似的。有男人这么献殷勤，感觉好吧，是不是年轻了好几岁？"

小乐叹气："年轻好几岁有啥用，转眼就要当妈了，眼瞅着这辈子就要完了。"

"啥啥啥？"端端惊叫："你要当妈了，啥时怀孕的，怎么没跟我说？"

小乐这才意识到，自己还没跟端端说过这事呢。"刚知道，没多久。你忘记了，那天不是你提醒我怀孕了，才去做的检查。"

端端全忘记了，不过还是很兴奋："太好了太好了。小乐也要做妈妈了。我咋觉得才吃你喜酒没几天呢，是未婚先孕吧？"

小乐打她："呸，你个猪脑子。我都结婚两年了！"

端端幸灾乐祸："这下好了，这下我不再是一个人在战斗了。你也要当妈了，以后呢，我们俩就要互相帮助互相学习，怎么来对付这些个小坏蛋。"

小乐捶她："怎么有拖人下水的感觉呢？说真的，我一点也不想要这孩子，还在紧张的思想斗争当中。"

端端站住："紧张个锤子哦，斗争个屁啊。你知道不知道，现在每年有多少夫妻不孕不育？多少人花大价钱人工受精的？你别身在福中不知福啊，怀上了，就赶紧生下来，这是好事，天大的好事。是上帝给你一枚彩票，你要是不要，会遭报应的！"

这话，比李春来说的，还要毛骨悚然。小乐抱住头，哎呀一声，做痛苦不堪状。端端不理她，继续说："我一表姐，今年四十六了，还在到处问医求药，非要生个孩子不可。要是你不想要，你也别打掉，生下来，我给你联系，卖给她。五十万，怎么样？"

小乐问："你拿回扣不？"

端端掰着指头算："当然，就算我不要，她也会给我的。最少二十万，你再给我十万的中介费，我买房子就够了！"

小乐哈哈大笑，打她："真有生意头脑。"

正说着，李春来电话来了，问小乐人在哪里。小乐说刚走到大厂这里，离妈妈住的地方不远了。李春来就说，那你等在那里，我也在附近吃饭。我来接你。

端端要先走："现在老公特关心你是吧，哼，等着吧，有了孩子，家务一多，看他还表现不表现了！"

李春来没几分钟就跑了过来，一见小乐，就先问她累不累。小乐摇头："累啥呀，不就是吃饭吗？"

李春来问："今天没恶心吗？"

小乐说："没顾得上恶心，光高兴了。那男的把我当成相亲对象了，猛献殷勤来着。"

李春来不满地说："他什么眼神啊，有病是吧。"

小乐生气："我怎么就不可能被人看错了？我是特像中年妇女还是怎么的？"

李春来说："我不是这个意思。我就是说他……嗨，好吧，你确实很容易让人看走眼，主要是太年轻太漂亮了。"

"这还差不多。"

说着说着，两人不觉走到了张如芬的楼下，小乐就说不如上去一趟，看看妈妈爸爸在干什么。

门一开，张如芬手里还拿着电话，一见他们赶紧说："正给你们家里打电话呢，太好了，你们过来了。"

"啥事啊，妈？"李春来问。

"要给你们讲点事情，注意事项。快来，都坐下。"

"我爸呢？"小乐问。她不喜欢母亲这么兴师动众地讲什么，她有职业病，当过书记，无论讲什么，都有教训人的意味。

"你爸？跳舞去了，"张如芬一脸鄙夷地说，"他硬是瞒着我去跳舞了，天下哪里有不透风的墙呢？哼，丑死了，让他去出乖露丑吧。过两天，自己就会没意思了。"

李春来已经坐下了，小乐见母亲这么生气，吐吐舌头，坐得远了一点。

张如芬戴上了老花眼镜，从茶几旁拿一个小本出来，上面记着什么，看来早就写好了，刚才正要准备开电话会议呢。

清清嗓子："那我开始了啊？"

"开始吧，妈，我们听着呢。"李春来嘴甜。

"好。第一，怀孕初期的孕妇饮食。"

小乐伸手做暂停手势："别。妈，这类书多的是，比你总结得更详细。我都知道。你不用讲了。"

"不用讲了，确定都知道？"

小乐点点头，后悔跑来了。

张如芬接着说："第二，怀孕初期与疾病。"

小乐再次喊停。"妈，拣最主要的说。说完我们还要走呢，明天要上班，晚上我得早点休息。"

张如芬看看李春来，李春来也点点头。张如芬就说："好，那我就说最主要的。你们别不好意思，也别不高兴。特别是春来，你要注意。怀孕头几个月，你们的夫妻生活，得停了。"

李春来瞪大眼望小乐，小乐瞪回去。空气有点凝滞，张如芬摘了老花眼镜，等着他俩表态。

小乐先站了起来："我们要走了。李春来，走，回家去。"

张如芬不站，也问李春来："春来，你说呢？"

李春来脸都臊红了，含糊着点头说是。

张如芬却不放过："你们这到底是听进去没有？"

小乐生气了："妈，你有完没完了？"

这才拉门走人了。

出了张如芬家门，李春来拍胸口，"哎哟，我的妈呀，一身的汗。这问题太考验人了。"

小乐说："你也会张口无言啊？随便答应一声，不就得了？"

李春来说："那哪行，答应了就得去做。再说了，这事真有这么严重吗，真的不能内个了？"

小乐说："你说呢？"

李春来说："我当然还想内个啊，我就是问问你。"

小乐回答："想也白想。就是不能内个了。还要八九个月呢，你能坚持不？坚持不住，就把孩子……"

话还没出口，李春来就伸手捂住了小乐的嘴巴："不许说出来！"

小乐憋得慌，大叫一声，挣扎出来："你手摸什么了，一股怪味。"

李春来说："吓死我了。你要再说那话，我就死给你看啊。"

小乐说："你要一哭二闹三上吊啊？"

李春来乐："就是就是。"

小乐不高兴："我妈管得太宽了。这事也管，你说，当着女婿的面说这事，是不是过分？"

李春来点头同意："我觉得也是。是管得太多了，闲的吧。"

小乐自己可以说妈不好，却不愿意别人说，李春来说也不行。突然枪口掉转："你妈才闲得慌呢。你妈是典型的事儿妈。"

李春来挠头："咦，怎么又扯到我妈身上了？"

小乐说："反正你妈管得更多。真是烦，我们不该住得离他们这么近的。"

李春来不同意："住得近也有好处啊，生了孩子，她们可以来帮你。"

小乐问："那你呢，那你干什么？你是想逃避责任是吧？还有，你妈那天说的话，让我特别不高兴。"

李春来问："什么话啊？"

"就是生儿生女什么的。怎么的，我还非得要给你们李家生个儿子啊？"

"小乐，你无理取闹啊。谁说这话了，再说了，生儿子女儿跟她有多大的关系，那还不是我们俩的事嘛。我什么都没说，你敏感什么呢？"

"我敏感？她话都说得那么明显了，还是我敏感？"

"明显什么了，她说了不许你生女儿吗？"

李春来也急了，这小乐怎么胡搅蛮缠呢！

小乐说："还要她直接说啊，话外音话外音，你听不出来吗？"

两人嗓子越喊越大，路边都有人站住看热闹了。

李春来突然意识到了什么，赶紧举起两手做投降状。

"好了好了，不跟你说了。你对你都对。"

小乐不服："不是我对，是你妈不对。"

李春来打圆场："好好，是我妈不对。"

伸手去揽小乐的肩膀，小乐一把甩开，气呼呼地朝前走去。

李春来追几步："小乐，你怎么了，肿么了？"

小乐说："你气我。"眼泪在眼眶里打转。

李春来赶紧哄："不气你了，不气你了。好吧，我该死。我妈错了，你和你妈都是对的。"

小乐还在抹眼泪："你心里根本不是这么想的。你就是看见我怀孕了，才这么瞎对付我……呜呜呜，我成了一个讨人厌的孕妇了，从此以后，你光想怎么瞎对付我了。"

第九章　结婚就是妥协

天刚亮，鸟就在外面叫个不停。小两口住在顶楼，顶楼的平台上，小区物业弄了不少花草在上面。窗户一开，就见有鸟飞过。

小乐伸伸懒腰，李春来也醒了，把胳膊伸给小乐，让她枕在上面。两人一时无话，静静地听鸟叫，心里颇为舒畅。

突然就响起了敲门声，一阵紧接一阵，像海浪，一浪接一浪，丝毫没停的意思。李春来翻身起来，望着小乐。两人异口同声："你妈还是我妈？"

是赵素棠，一脸激动地蹦了进来。手里拿着一张纸，赶得气喘吁吁的。

"小乐呢，小乐在不在？"她从李春来的肩头朝后看。

李春来揉眼睛，奇怪母亲为何如此激动。"她还在床上，就下来。"

赵素棠神秘又得意地捶了儿子一拳头："你小子好福气啊，我刚得到了这么个秘方。"

李春来从母亲手里拿过纸，上面乱七八糟地写着些字。

"生儿子的！"赵素棠乐不孜孜地嚷嚷："每天吃这些东西，保证能生出儿子来！"

李春来吓一跳，才和小乐为这事生过气。他手忙脚乱地要推母亲出门："别别别，这都是民间谣传，迷信，妈你不能相信这些个，更不能传谣散谣不是。快走吧，别让小乐看见了，她会不高兴的。"

赵素棠这就不明白了，一个趔趄后，反而站得更稳当了："不高兴？她为什么会不高兴？现在都是生一个孩子，谁不想一步到位，要个儿子啊？你知道这秘方有多不好弄不？是我托人又托人，才搞到手的。是个清朝的大家族的后人留下来的。人家都不想拿出来的，说抄这个出来会折寿，违天命的事，谁乐意干呀。求爷爷告奶奶，还得悄悄地做这事，才给把方子请到手。小乐怎么会不高兴呢？换了我，高兴得掉眼泪都来不及呢。你现在就是李家的独子了，要是生个闺女，这一脉不就没有了吗？当然要努力生儿子，一定得生个儿子才行。"

小乐站在卧室门口，婆婆的话全都一字不差地钻进了她的耳朵里。她心烦意乱，一早起来的恬适，全都没有了。李春来一回头，就看见了她，赶紧将纸从赵素棠手里抽下来，朝外推搡母亲："你走吧你走吧，我知道了。我跟她说。你别着急。"

赵素棠两手乱摇，身子抵不住儿子力气大，一边朝外走，一边赶紧叮咛："没有第二份啊，没有第二份啊，你可得收拾好了。最好多复印几张，留在家里，到处都放着点啊。"

咔哒，门在后面锁上了。

小乐一转身进了洗手间。咔哒，门也锁上了。

李春来两步三步跑上楼，敲洗手间的门，喊小乐开门。

小乐嘟着嘴，对着镜子干生气。

李春来在门外求小乐开门："有啥事出来说不行吗？"

小乐生气："你和你妈，就拿我当生育工具。"

李春来说："你看你这话说的，谁敢拿你当工具啊，那不是找死吗？"

小乐刻叱哭出了声："怀了这孩子，我就觉得我都不是我自己了。大家只关心这孩子，谁再考虑我的感受啊。我就是一个营养袋，从头到脚就是一子宫。没有了自己的喜怒哀乐，吃啥干啥想啥，都是为了孩子。孩子又是你们李家的，最好还能是传宗接代的儿子。儿子闺女的，这关我屁事啊！"

李春来着急："嗨，小乐，你说啥呢，我妈这也是为了关心你，是为了我们俩好啊。她以为你也想要儿子啊，我是无所谓的，真的，小乐，就是想有个自己的孩子。我是不会生，没东西生。我告诉你，小乐，但凡我要有那么一小点地方，可以怀孕生孩子，我都会毫不犹豫地承担下这个光荣而艰巨的任务的。我保证会特别愿意为你杜小乐生个孩子的。"

小乐被这话逗乐了，李春来总是能说到她的心坎上。她对着镜子擦眼泪，一想到李春来怀孕，忍不住含泪笑了起来。李春来不失时机地捕捉到了她的笑声，抓紧敲门。小乐把锁打开了。

李春来跳进门，抱小乐，为她擦眼泪："你看你，为这么点小事也哭。是不是荷尔蒙分泌多了？"

　　小乐不悦："你才荷尔蒙分泌多了呢。不对，是你妈荷尔蒙分泌多了。她老这么惹我不高兴干啥呀？是看我容易还是咋的？那么想要儿子，头胎不也生了个女儿吗？我真是觉得好麻烦啊，这才刚开了个头，后面还有好几个月呢，要是真生了个女儿，你妈会不会就此气坏啊？"

　　李春来摇头："不会的。别理她说什么，她也就那么一说。"

　　小乐郑重道："你得告诉你妈，不许她再说什么儿子女儿的话了。否则我二话不说，就……"

　　见李春来又瞪大了眼睛，小乐闭了嘴。

　　两人不生气了，小乐就伸手冲李春来说："拿来，我看看那秘方。"

　　李春来怕事："要不别看了吧。"

　　小乐不干："拿都拿来了，干嘛不看。不是说还是皇亲国戚什么的吗？"

　　李春来说："那也好，咱们学习一下。可以批判地学习嘛！"

　　就头凑头一起看那张纸，小乐不屑道："不就是多吃碱性食物吗，而且也不能我一人吃，主要还得你多吃。你说吧，你能做到整天吃素吗？"

　　李春来摇头。

　　小乐问："为了儿子也不行？"

　　李春来想了想："也不行。我觉得是个儿子都爱吃肉。这方子一定不准。"

　　小乐说："就是。再说是男是女早就定了，还当真吃点啥就能改变？"

　　将纸一扔，解恨道："你妈真多事！"

　　李春来想维护赵素棠，可想了想，又闭上了嘴。

　　小乐的财务部，紧挨着技术部。财务部都是女人，技术部负责公司网络的，全是男人。小乐年轻漂亮，技术部的男的都爱跟她开玩笑。尤其有个姓郑的小伙子，头特大，大家都叫他郑大头。

　　昨天小乐电脑出了问题，叫郑大头来帮忙。利用午休时间，他花了一个多小时才把问题解决掉。小乐满心感激，要请他吃饭。郑大头乐不呵呵地说："得，饭就不用吃了，让我掐一把就成。"

　　话说得有点黄，有点放肆，可是你知道，在办公室的环境里，这样的语气往往代表着一种比较轻松随意的关系。郑大头不会掐小乐，小乐也未必真的得请他吃饭。

还有，前段时间小乐去财政局办事，受了刁难。回来的路上正碰上郑大头，小乐气呼呼地说了一通委屈。郑大头当时就邀请她一起去咖啡店里坐一坐。两人索性下午都没去上班，坐在咖啡馆里相互发泄怨气。大头骂他的领导，小乐说自己的主管。

大家都知道小乐和大头关系好，那是一种超越男女私情的关系，两人就是说得来，没别的。端端常用梦中情人这个词对大头说小乐。大头和小乐也一脸的无所谓。

可今天，情况发生了变化。大头和小乐之间良好的互动，突然变得尴尬起来。

早上在电梯里遇见，小乐冲大头龇牙一笑，完全的皮笑肉不笑。换作平时，大头会直接不理她，或是回一个同样翻着白眼的笑。可今天，他彬彬有礼地回了句："你好。"

然后就仰头看着电梯上的数字，直到叮咚一声，开门，大步走出去。

然后，是下午，天热了，又没到开空调的时候，大家纷纷脱了外套。大头过来办事，穿件短袖，小乐路过他身边，冲他胳膊打了一拳，取笑他："大头，得去健身了哦。"

换了平时，大头肯定不服气，嚷嚷着要和小乐比比谁更松弛。可今天，他竟躲了她一下，没接碴。

小乐有些尴尬，端着茶杯绕着办公室走了一圈，心虚地坐到自己位子上，不明白出了什么状况。

端端过来了，小乐叫住她。

"我脸上有什么东西吗？"她小声问端端。

端端仔细看看："没有啊。挺干净的。应该还没到长蝴蝶斑黄褐斑老年斑的时候吧。"

小乐拉端端靠近她嘴巴："那大头出了什么状况？"

端端看一眼大头，摇头耸肩："没听说什么啊。"

小乐说："他不理我了，真奇怪。也不跟我开玩笑，不接我的话，总之，突然跟我变得很陌生。"

端端想了想，打一榧子，明白了："他知道你怀孕了！"

"What？"小乐惊讶地要跳起来："和这有什么关系？"

端端点点头："这是我的经验，我猜十有八九因为这个。女人怀孕了，身边的男人往往会突然改变态度。他们要么特尊敬你，要么躲着你。据说这是男性的一种本能反应。在动物世界，这叫做疆域意识。你属于别的男人的地盘，他们不能靠近。"

"有没有搞错？"小乐见端端说得煞有介事，吃惊又生气。

端端说："肯定是这样，不相信吗？我帮你确认下？"

小乐摇手："别别别。"郁闷到吁口气，看端端："这事是你放风出去的吧？只有你知道，你这个长舌妇！"

端端引火烧身，赶紧道歉："我就随便说了说，都说坏事传千里，谁知道好事也会传千里呢。"

正说着，财务部的主管蔡丹言走了过来。端端和小乐一起闭了嘴，恭敬地打招呼："蔡姐。"

不叫部长，叫蔡姐，这是蔡丹言的个人坚持。她是为了让自己显得随和吧，偏偏没人觉得她随和，尤其发起怒来，不仅六亲不认，还有点歇斯底里呢。

四十出头，一直未婚，表情敏感多疑，嗓音尖锐刺耳，笑声像鸟一般，古怪短促。但这些外表上的缺陷，似乎是一笔小小的代价，用以抵偿她风生水起的工作表现。

正因为雷厉风行，对其他女人的不能干就特别急躁、特别没耐心、特别容易看不顺眼。扫了端端和小乐一眼，声音威严："这是办公室，不是说闲话的地方。杜小乐，你进来一下！"

小乐一个激灵，难道要挨批不成。端端蹑手蹑脚地赶紧回了自己的格子间，小乐站起身，抹抹衣服，打起精神敲部长办公室的门。

"进来，"蔡丹言颇有架子，仿佛在里面等候多时似的。

"部长……蔡姐……部长，"见了这架势，小乐有些不自信。

蔡丹言并不叫小乐坐，从桌子后面抬眼直视她："你怀孕了！"

最后一个字，音调平稳，那么不是问句，只是陈述？

小乐点点头。

"什么意思？"

"什么……什么意思？"

蔡丹言问："生还是不生？"

小乐纳闷："生……还是不生呢？"

蔡丹言火了："这不是在问你吗？你自己的事你自己不清楚啊？小乐啊，在部里我是最看好你的，头脑清楚，毕业学校也不错，人也有追求。咱们这部里，一堆女人，女人一结婚生子，就会分心，容易自甘堕落。我可不希望你会是这样。可是你看看你，怎么才刚怀孕，就变得这么罗里吧嗦，话都说不清楚了呢？"

小乐也急了："不是，部长……蔡姐，这事不是我一人能做主的。父母，老公。怀孕是我，可生不生却是大家的事。唉，我也很矛盾。"

蔡丹言一挥胳膊："我没时间跟你讨论这些婆婆妈妈的事。怀孕生子也不是不可以，但你要注意自己的言行，不能放松对自己的要求。"

小乐表态："我知道，我会的。"

蔡丹言脸绷着："那么，上班时间，不要跟老公讨论生孩子的事情，这起码能做到吧？"

小乐脸涨得通红，她急着想辩解，又说不出话来。蔡丹言并不想放过她，严肃地盯着她。直到小乐恢复理性，低眉顺眼地说了句："好，对不起。"

蔡丹言挥手："行。你走吧。"

出了门，小乐恨恨地用左手的拳头砸自己的右手。大头从她身边走过，礼貌地点头微笑。小乐气不过，一把抓住了他："大头，我告诉你，孕妇也是需要和男同事调情的，懂不懂？"

大头尴尬地想挣脱，挣不开。赶忙举手投降："小乐小乐，别激动别激动。孕妇不能太激动，出了啥事我可兜不起。我知道我知道，前三个月特重要。"

小乐终于扑哧笑了："就因为这，你就对我目不斜视了？"

大头点点头："还听人说，孕妇情绪特无常，我想我得小心点儿。"

小乐捶了他一拳，又气又可笑，眼里冒出了泪花，自己也嘲笑自己："还真是喜怒无常啊。算你说中了。好吧，放你一马，拜拜。"

大头拍拍小乐的肩膀，走了。

小乐回到办公桌前，打开MSN，见李春来还挂在上面。噼里啪啦打字过去："你害死我了。"

李春来很快就回了："咋了？"

小乐说："上午你发给我的什么狗屁怀孕须知，被老蔡看见了。"

李春来问："那又怎么了？"

小乐说："刚叫我进去谈话，收拾了我一顿。"

李春来说："你怎么这么不小心，让她看见？"

小乐说："我出去了一下，她正好过来吧。"

李春来问："没事吧？"

小乐说："心都碎了。当孕妇的滋味，真不好受。全世界都不待见你。"

李春来问她："哪里有啊？老弱病残孕，都是大家照顾的对象哦。"

小乐生气："那你愿意和老弱病残搁一块，被大家照顾不？"

没等李春来回答，听到后面有动静。小乐快速将窗口关了。果真，蔡丹言走了出来，环顾四周，高声宣布："下个月，有两个主管会计的名额可以申请，看你们谁有愿望，来我这里报个名。"

小乐看着电脑，叹口长气。

下班路上，小乐跟端端一起走。

端端问："怎么了？有点不高兴。"

小乐说："这孩子来得真不是时候，摆明了会耽误我进步。"

端端说："嗨，你可别乱栽赃。没听见那句广告词吗，只要你愿意，全世界都会为你让路。全世界，听见没有，一个孩子算什么。"

小乐叹气："我就是觉得吧，做女人真的划不来。不生孩子吧，也不行。生孩子，就会耽误前程……搞得男同事还对你另眼相看。"

端端大不咧咧地说："你这是什么话啊。干什么会不付出牺牲付出代价呢？何况对自己的孩子！有点牺牲也是正常的，这不仅是女人，男人不也一样，他也要受家庭的桎梏啊，也得为老婆孩子牺牲自己的个性啦，自由啦，向往啦，总之，我早看透了，婚姻就是妥协。你要是不想妥协，你就去做蔡丹言吧。她倒是铮铮铁骨，跟谁都不投降，为谁都不肯牺牲，那只能注定当孤家寡人。可你愿意那样吗？"

小乐听着端端的话，若有所思。

第十章　漂亮舞伴

没过几天，张如芬严肃地通知杜小乐，回她那里吃晚饭。怀孕期间，饮食营养非常重要，最重要的是，一定多喝汤，骨汤、鱼汤、鸡汤、菌汤、南瓜汤、银耳红豆汤、牛羊肉汤……李春来工作忙，没时间煲汤，所以，你得到妈妈这里吃。

小乐听着有理，但想到吃人嘴短。喝了老妈的汤，就得服老妈的管，听她的唠叨，按她的旨意做事。

这可是小乐不愿意的。"不自由，毋宁死。"她对李春来埋怨说："可你又不能天天给我煲汤。"

李春来说："早上走时，放在焖烧锅里，晚上回来也可以啊。"

小乐说："我妈说那样焖出的汤，汤是汤，水是水，味道营养都不好。只有那种小火滚的，热热端上来的，才最好喝。"

李春来说："这都是南方人宣传的什么滋补方法，过去老辈子女人生孩子，哪个喝汤喝水的，还不是一样生出胖小子来。"

小乐不满："以前那是没条件，胖小子都是虚胖，跟你一样！"

李春来不干了："我哪里虚了，哪里虚了，你觉得我虚了吗？怎么个虚法？"

说着话，看小乐的眼神就不对了。小乐推他一把："少那么淫荡。怀孕期间，不许内个。你最好还是继续虚着吧！"

小乐刚答应张如芬，赵素棠又追到家里来了。可惜，慢了一步。

原来，也是叫儿子媳妇回家吃饭去的。"保证每天不重样，想吃面食，花卷，烙饼，面条，面片，包子，盒子，洋芋韭菜白菜萝卜，哪样我都做得拿手。想吃米饭，也没问题。春来总还记得妈的素炒茄子吧，那叫个威震全楼，香遍八方！"

听上去，这食谱明显比张如芬的营养汤低一个档次，可总不能拿这个理由拒绝老人家吧。小乐为难，偷眼瞄李春来，想让他主动应对。可李春来听着老妈的食谱，馋虫勾了出来。都说人的口味，是越吃越回去。妈妈的味道，总是每个成年人心中最香的。李春来不由激动起来："还有炸带鱼，妈，你的炸带鱼最好吃了。以前过年才能弄满满一盘，我和姐光吃那个菜，其他菜都不吃了。"

"对，还有炸丸子。"赵素棠见儿子这么捧场，非常高兴。

"我怎么就做不出那个味道呢？"李春来不顾局势危机，竟跟老妈讨论起菜谱了。"带鱼总是炸不干，好不容易炸干了，味道又变了。"

赵素棠得意地说："那你们回来吃饭啊，回来就知道是怎么做的了。"

说着，手一挥，气宇轩昂地走了。

小乐冲李春来说："你有毛病啊？我刚答应了我妈去她那里，你怎么不跟你妈说实话啊？"

李春来无所谓："想去谁妈就去谁妈那里呗。我妈做的饭真的也挺好吃的，说不定更对你的胃口呢。"

小乐嚷："那营养呢营养呢？你听她说的，连点肉都没有。分明是严格按生儿子的食谱来的嘛。"

李春来摇头，他把这事都忘记了，就数落小乐："不许小人之心度我妈之腹啊。你也忒多心了，她就是想照顾你，让我们吃好点。你还真是会领情啊。"

小乐不高兴："不管，我不能去你妈那里，否则我妈做鬼也不会放过我的。要是知道我闪了她去婆婆那里吃饭，你看着吧，她会天天把汤端到你妈的饭桌上的。当年她可当过女厂长女书记，说一不二，想做的事就一定要做的。"

李春来为难地挠头："那怎么对我妈说啊。"

小乐说："你去你妈那里吃吧。她肯定会高兴。"

李春来说："只好这样了。"

事实是，小乐和李春来各吃各妈，让谁的妈都没高兴起来。

赵素棠一见儿子一人进了门，就愣住了："小乐呢？她怎么没来？加班，还是有事？"

李春来说："她去她妈那里了。她妈炖了骨头汤，说能补钙。叫她过去了。"

赵素棠脸顿时发黑："补钙？靠骨头汤？不是有专门孕妇吃的钙片吗？"

说着，进了自己卧室，从床头拿了一药瓶出来："看见吧，这就是钙片，推销的人都说了，什么人群都可以吃。我正想今天小乐来了提醒她去买点钙片吃呢。"

李春来没注意到母亲的情绪："行，完了我告诉她。今天吃什么呀？"

赵素棠气鼓鼓地说："馒头白菜西红柿！我可没有骨头汤！"

小乐那边，也是一样。小乐一进门，张如芬就看见是她一个人："春来呢？春来怎么没有来？"

小乐说："他去他妈那里吃了。"

站在锅灶边的张如芬顿时停了手："你来我这里，春来去他妈那里，不会让你婆婆多想吗？她会觉得我不想让女婿来吃饭呢。"

小乐满不在乎："哪里啊，妈你也太多虑了。那我没去她家，你不也没这么想我婆婆吗？"

张如芬说："小乐啊，不是妈批评你。这个方面你要多注意一点。我和你爸条件比你婆婆好一些，所以我们一定要做得大方一些才可以的。"

小乐说："嗨，这都什么什么呀。我婆婆可从没觉得她条件比你差，你这简直就是自我感觉良好。"

杜光明进了厨房，小乐眼前一亮："嗨，老爸，你看上去很精神嘛！是不是有了第二春了？"

杜光明冲小乐头上一敲："有这么说自己爸爸的吗？"敲完又得意，忍不住问闺女："是不是看你爸看着挺帅的？"

小乐说："当然。这还用说！我爸一贯帅，对吧，妈？"

张如芬不动声色："老都老了，帅有什么用？想收干女儿？只怕收入不够高，又退了休没实权！"

杜光明不大高兴："如芬，你最近有点刻薄哦。注意更年期的保养和养护。"

小乐冲老爸挤眼睛，示意他别多嘴："呵，还养护呢，你是说车呀。爸爸你去给我妈买点口服液什么的吧。你说你吧，背着我妈去跳舞，也不好好表现表现。"

杜光明赶紧点头："小乐这个提议好，我明天就买。老太婆，关于口服液，你喜欢什么口味的？"

张如芬鼻子里出冷气："看来你比我更了解更年期嘛。"

门开了，容利和杜小军走了进来。三个人的说笑声顿时就停了，杜光明走出厨房，去客厅开电视。小乐一本正经地跟哥嫂打了个招呼。

容利感受到了这突如其来的冷遇，不客气地说："怎么我们一进门你们就不说话了呢？原来小乐在这里啊，你不是在说我和你哥的坏话吧？"

为了缓解气氛，说完这句她自己先哈哈笑。

小乐一点也不觉得好笑，并且不接她的话茬，直接冲杜小军说："哥，以后我也要在妈这里吃晚饭啦。妈要给我加营养哦，你们跟着沾光，伙食费得加哟。"

杜小军乐不可呵地说："我要有外甥了啊。吃好应该的应该的。对了，要不要哥给你下去买点水果回来？"

说着就要下楼。容利一把拉住了："等吃完饭，再下去买了让小乐提回去呀。"

张如芬说："家里什么都有，葡萄苹果梨橙子，小乐想吃什么都行。茶几上有核桃，去夹几个吃。"

小军赶紧帮忙，给小乐夹好，送到跟前。

容利说风凉话："小乐这么早就决定要孩子啦，有了孩子，可就套牢啦。"

张如芬再忍这个儿媳妇，听了这话，也忍无可忍了。将盘子冲餐桌上一顿："什么就叫套牢了？生孩子是父母天经地义的事，光想自己怎么玩得痛快怎么能行？"

杜光明见势头不好，忙打哈哈："个人有个人的命，谁都不要说谁好了。"

一家人上了桌，半天没人先开腔。

李春来家里，虽然赵素棠在生气，可饭桌上，跟一对儿女，倒是说得热火朝天。没有一点收敛的意思。

还是跟小乐有关。

李腊妹一进门，赵素棠就像孩子给父母告状似的，要李腊妹评个理："小乐没来吃！她去她妈那里了。也不给我说一声，连电话都没有！你说说，我做这一大锅算什么？"

李腊妹不喜欢小乐，但对母亲也没到挺力相助的地步。放了包，冷冷地说："不就多蒸了两个馒头嘛，怎么就多了一大锅呢？李春来在这里，你替小乐多吃两口，就打扫干净了。"

李春来暗自感谢："是是是。"

赵素棠生气："你们全都欺负我一个老太婆，看我不顺眼是吧？"

李腊妹说："妈，你一不高兴，就拿老太婆说事。管天管地的时候，怎么不把自己当老太婆呢？真是的！"

赵素棠气得无语，李春来张罗着分筷子："吃饭吃饭。哟，妈你做酸辣土豆丝啦。真好吃啊。"

说着坐下就大口吃。赵素棠见儿子这样，气才消了。

气消了，心绪可没平复。唠叨了两句亲家母的不懂事，话头又转向了李腊妹："前些天小乐给你介绍的那个男的，还有联系吗？"

李腊妹摇头，不想说话。

赵素棠问："那你没给过他电话吗？"

李腊妹停了筷子，望着母亲："妈，一定要吃饭时说吗？"

李春来看不过眼了，这氛围，也太让人难受了。他劝赵素棠："妈，就别问姐了行不行。她这么大个人了，啥事不明白啊。还需要你跟在屁股后面催呀推的吗？你要相信你闺女儿子，都有过好自己日子的能力。在单位，在家里，在社会上，都没有比谁差到哪里去，你何必总要哪壶不开提哪壶呢？妈，你这么跟我姐唠叨，其实并不全是因为关心她，而是在发泄你自己心里的恐惧和担忧，你说我说的对不对？"

赵素棠眼睛瞪得那个大："我担忧怎么了？我担忧错了吗，难道你不担忧吗？"

李春来继续："你不仅有担忧，还有恐惧。明明是你自己怕姐嫁不出去。她都不急，你急什么呢？"

赵素棠还是不明白儿子在说什么："我是她妈，我当然怕了。换个别人来看看，人家才不管你嫁不嫁呢，就是同性恋（说着呸一声）别人也不会管啊。你觉得我这么担心，是不对的，是不关心她？"

李春来着急："妈，我们说的是两回事。"

李腊妹终于发话了："李春来你住嘴，你能跟妈讲清楚我就服了你。我整天跟她在一起，要能讲明白我早讲明白了，还轮到你来说？"

赵素棠发急："你们两人是在说什么呢？是说我不该问你的婚事，不该叫小乐来吃饭吗？你们这是好心当做驴肝肺啊。我问你，李春来，那你的丈母娘叫小乐回去吃饭，你敢说她也不是关心她闺女吗？"

李春来说："她呀，她那是补偿。以前太忙了，忽视了儿女，现在有空了，要把从前失去的时间补回来！"

赵素棠气得拿起筷子冲李春来就是一敲:"你们就这么在后面编排自己的老妈是吧?好好好,丈母娘是补偿,婆婆是发泄,那你回来干什么?"说着将土豆丝从李春来的眼前刷地端走了:"别吃,你给我滚。"

李春来满不在乎地冲赵素棠一乐,又将土豆丝端到跟前。一边吃,一边语重心长地说:"妈,我的意思呢,其实就是告诉你,别总担心我们照顾不好自己,该干什么不该干什么,我们心里其实都有数,是吧,姐?"

李腊妹哼一声。

李春来说:"老妈,你得找点自己的乐趣,把注意力从我们身上挪开。要是你挪不开,你满眼看见的都是让你操心不完的事,一件接一件的。这样你就会不开心,就会着急。你不高兴了,我们能高兴吗?我们大家都着急,这不就很容易吵起来吗?所以,你必须得有自己的生活,别总盯着我姐的婚事,盯着我和小乐生男生女。"

赵素棠榆木脑袋不开窍地说:"我操心了一辈子了,怎么可能说放就放呢。换了你来试试?别跟我在这说大话!"

李春来无奈地叹口气,放下了筷子,拍拍肚子:"吃饱了,我得去接小乐了。"

"叫她明天过来。"赵素棠在后面喊。

李春来给老妈的思想工作,做得如此失败,不禁有点灰心丧气。他慢悠悠地朝小乐父母的那幢高层走来,路上买了一些水果,又提了一箱牛奶,刚付完款,就看见杜光明正在前面匆匆走。

李春来赶紧追上去,叫了一声爸。杜光明看见他,站住。李春来问:"你这是要去哪里啊?"

杜光明手一指:"去公园那边,练舞。"

李春来笑:"嗬,老年迪斯科呀。"

杜光明不满:"哪里。是国标。知道不,国际标准舞。什么伦巴,探戈,很讲究的。"

李春来笑:"哎哟,爸,看不出来啊,你真潮。"

正巧,高稚影走了过来。杜光明一把拉住她,给女婿介绍:"这就是我的舞伴,高大夫。高大夫,这是我的女婿,是一名工程师,学建筑的。"

高稚影跟他握手,说你好。其优雅贤淑的风度,让李春来都有些震惊:"阿……

姨，您是我爸的舞伴啊。"

高稚影点点头，转头看看杜光明："杜工，你今天早啊。"

杜光明赶忙跟李春来告别，要和高稚影一起走。李春来站住，伸手再见。望着岳父和这个气质出众的老太太，不由发起呆来。

从后面看，老丈人和高大夫可太般配了。男的高大挺拔，女的苗条优雅，两人岁数都不小了，可走在路上，立刻就成了一道风景。好多人情不自禁地扭头朝他们看。

见多了小乐说的那种男人婆和多嘴婆的老太太，高稚影简直如清泉一般，让人眼前一亮。李春来不由自言自语："啊呀，这会不会整成婚姻危机啊。"

三步两步地，赶紧上了小乐家的楼。小乐也刚吃完，正坐在桌边，削苹果皮。张如芬在厨房洗碗，李春来一进门，赶紧钻进厨房："妈，我来，我来洗。"

张如芬是真心喜欢女婿这么有眼色，笑眯眯地擦了手，也不走，站在李春来跟前看他忙。

"你怎么不来吃饭呢？小乐真不懂事，自己就这么来了。明天开始，跟小乐一起来吧。"

李春来想到母亲那边的叮咛，不敢应承下来，找借口："妈，你看哥嫂也在这里吃。你岁数也不小了，虽说添一个人就是添一副碗筷，其实还得考虑每个人的口味，我这么壮，你肯定还得加一两个菜。你做这么一顿饭也很辛苦的。不用了，妈。我就去我妈那里吃好了。也方便得很，回家时顺路来接小乐，两家的老人每天都能见到了。"

张如芬高兴地说："难得你这么懂事。你看你嫂子，在这里吃几年了，一次碗都不会洗。唉，我要不是为了小军，我真是……"说着，眼圈都红了。

李春来冲她笑笑，不说话。

张如芬突然想起来，从橱柜里拿出一罐茶叶来："等会儿你拿去，放办公室里慢慢喝。今天有人送你爸的，他喝了睡不着觉，留给你。"

李春来痛快地答应："行。"

说到了杜光明，他忍不住说："我刚才在底下看见爸了，他去跳舞啊？"

张如芬有些不悦地点点头："是，活动活动，挺好的。早晚都去。"

李春来说："还看见爸的舞伴了，挺精神挺洋气的一个老太太呢。妈你见过吧？"

张如芬曾听杜光明说过，有舞伴，不过都是老太太，他轻描淡写地说，张如芬也就没当回事。现在听女婿说舞伴不仅精神还洋气，她就有些难受了。

"有多精神多洋气啊？"张如芬装作随便一问。

李春来就形容了起来："头发盘在后面，黑黑的。气质看着就像跳舞的，相貌特清秀，说话很温柔。穿深蓝的紧身上衣，下面是条阔腿裤。走路跟一阵风似的，可轻盈着呢。"

张如芬越听越不是滋味，这样装扮的老太太，那该有多大的杀伤力啊，瞧女婿这眼神，都充满了憧憬。

"你瞧着也挺好的，是吧？"她问李春来。

李春来点点头："还真是挺不错。我呀，我得跟妈开句玩笑，你可得把爸盯紧了。他是大帅哥，舞伴又是老美女。"

张如芬假装毫不在乎："嗨，他想要干什么我绝对不管。"

小乐吃完了苹果，就打算跟李春来回家，容利和杜小军也要走，四个人就一起出了门。

李春来和小乐走在前面，容利和小军走在后面。突然就听容利在叫小乐他们："喂，你们看，咱妈这急匆匆的，是去哪里啊？"

隔着一条马路，张如芬果真大步流星地正匆匆赶路。她走得目不斜视，连孩子们都没看见。小乐刚要招手喊，李春来一把拉住了她："别喊，她这是想出去走走锻炼锻炼，刚跟我说的。"

小乐放下了手，李春来想："看来丈母娘是感受到威胁啦。"

第十一章　问题百出

生活就是由一系列问题所构成的：要么现在面临一个问题，要么就是刚解决掉上一个问题，正在准备遭遇下一个问题。这就是这么多年，高稚影对生活的系统认识。

因为对金朋的感觉，有点模棱两可，所以，她一直没有给婚介所那边明确回复。刀主任倒是大着嗓门，冲她说："金师长可是我们这里不可多得的好人选，多少大姐都会为他疯狂的。你不抓紧，过了这村可就没那店了。他对你那是满意得不得了，再三说谁也不想见了，就认定你了。你怎么还这态度呢？"

高稚影说："我也很为难。金朋是个很好的同志，真的。不过，我就是觉得有点感觉不对，在他面前，我发挥不出来。除了微笑，点头，说点对什么的，我性格中的其他方面，真是一点也没法表现。比方我还有幽默感啊，也有小脾气啊，还有强硬的时候啊，可这些，如果他全都看不见，那是不是他对我的喜欢，也是片面的啊？"

刀主任承认高稚影这话说得有水平，忍不住拿出纸和笔，让她再说一遍，然后记下来："这句话有时候可以用来给别人也说说。"

高稚影忍住笑，看她一笔一画地写。等刀主任写完了，高稚影就说："我想再接触接触其他人？"

刀主任就语带威胁地说："那金朋这边，我可就得对他回绝了啊？这是我们这里的规矩，不可以同时见几个人的，必须一个一个来。"

高稚影想想，就说："也行。"

刀主任瞪着她："你确定？那这可也太伤金朋的心了。他对你多好啊，再三跟我们说，除了你，其他人都不见了呢。"

高稚影说："我也是没有办法啊。我也知道他不错，条件确实很好。可是你看，正像刚才我说的，就是觉得在他跟前没法放松，这总不好吧？"

刀主任说："这很正常啊，你跟他又没到特熟悉的地步，怎么可能放松嘛！"

高稚影笑："刀主任一定是要撮合我和金朋啊。我谢谢你的好心，也谢谢你这么费心。"

刀主任问："那就别见别人了？"

高稚影说："不，还是见一见吧。也许再见见，就知道金朋的好了呢？"

刀主任叹气："高大夫你可真固执啊。行，谁叫你交的这个是可以见到满意为止呢？"

于是，过了几天，刀主任通知她了，有一个老干部，条件也还不错。可以再安排她见见。

说老实话，高稚影对去婚介所见面这事，并没有特大的兴趣。可是正像女儿说的，孤独的人是可耻的。艾真在用她的方式，宣告着要离开她了，要彻底脱离母体了，她正在开始她的新生活，她将会有她的事业，她的家庭，她的爱人，她的朋友，高稚影将渐渐在女儿的世界里变轻、远去，她的影响和关爱，会渐渐变成艾真的负担。

如果她不肯重新开始自己的生活，就会影响到艾真的幸福。为了这个，高稚影也必须打起精神来。

刀主任听她这么说，摇头，又拿出纸笔来，记了两行，就放了手："啧啧，高大夫，我很少见到你这样的母亲。你的想法很超前啊，但也很现实。而且，说句老实话，我还有点感动。很多母亲，退休了也离不开孩子，总是围着孩子在转，甚至放弃了为自己谋求幸福的机会。看起来是为了关心孩子，说重点儿是为了她们自己在考虑。她们放不开，是因为放开了自己会痛苦。却没想到过，这种大事小情，处处插手，其实害的是孩子。就像小鸟一样，在大鸟的羽翼下，其实是很难飞起来的，更别说比大鸟飞得更高了。你这个观点，和西方的老年人很像，我们中国人总说外国人对孩子太冷酷，十八岁就赶出去。其实不是他们不爱孩子，而是他们可能比我们的父母更知道，孩子的独立，对他的健康成长，意义重大。"

这一次见的老干部，姓陈。退休前是个报社的高级编辑。抽烟，抽得很凶，高稚影一进门，就被熏得直咳嗽，赶紧双手合十，做抱歉状，退了出来。

关上门，她听见陈编辑在里面噼里啪啦地开窗户透气，过了几分钟，他出来了，一脸的歉意："我我我，对不起，我一抽起来，就忘记自己在哪里了。"

高稚影也道歉："不好意思，是我来迟了，让你久等了。"

陈编辑说："没有没有。是我来早了。你才迟到了四分钟，路上堵是吧？"

高稚影点点头。

两人重新进去，陈编辑为高稚影拉开椅子，请她先坐。又问她，开窗户会不会冷？

高稚影摇头。陈编辑就在她对面坐下来。他不说话，抬着眼睛仔细看她，眼神里有笑，也有好奇。高稚影害羞了，摸摸头发："怎么了您这是？"

陈编辑说："没怎么，我就看看你。"

高稚影索性横下心来，眼睛也盯着他："你看吧。"

老陈是离婚的，离婚快二十年了。因为这个，高稚影答应见他之前很是犹豫过一阵。单身二十年的男人，工作也不错，又是个会舞文弄墨的才子，经历不可能不丰富，对女人的了解，也不可能不多。但高稚影也想，这样的人，可能更能明白世间冷暖吧。不是什么人说过吗，年轻时真心鬼混过，老了才真心能耐得住寂寞。

从现在这个开场来看，他还真是像个老手呢。

两人对视着，高稚影先盯不住了，她挪开了眼神，望着窗外，呼了口气。脸不由红了起来，伸出巴掌，扇扇风。

老陈乐了，仿佛赢了多大的局似的。他说："你很美丽。比我想象的，可漂亮太多了。我想我得好好看看，万一下次你不再见我了，就看不着了。"

哟，这话说的，可真是太煽情了。高稚影乐了："谢谢您，您真会说话，可以写成歌词了。"

老陈就说："哎，你别说，我还真写过歌词。"

高稚影说："谱出来了吗？"

老陈说："当然。我这就给你唱唱？"

不等高稚影点头，他就站了起来，嘶哑起嗓子唱了起来，还伴随着摇头耸肩的动作呢："掀起你的盖头来，让我来看看你的眼，你的眼睛明又亮啊……"

高稚影确实觉得太乐了，她伸出手示意他停下停下："很好听很好听，快坐下吧。"

老陈得意地坐了下来，这么一折腾，高稚影发现老陈的身材和姿态，还显得挺年轻灵活的。她不知道说什么，忍不住扑哧笑了。

老陈给她倒茶，说："你是怎么来的？"

高稚影说："坐公交来的。"

老陈说："你每天都干点啥？"

高稚影说："不干什么，退休了，就到处晃。"

不知为什么，她不想说自己艺术团的事情，更不想说上老年大学的事。

老陈说："到处晃很好，只要别待在房子里，四处走走看看，就是一个激发能量的事儿。我呢，我爱旅游，隔几个月，总要出去走一走。坐火车，坐飞机，坐汽车，总之去一个陌生的地方。你有没有兴趣啊？"

高稚影点点头，说："好啊，你这爱好真不错。"

老陈就说："那么，下个星期，我们去趟山南老城吧？两个小时的路，那里有很好的风景。"

高稚影呵呵笑，反问他："你说呢？"

老陈说："我说你不会答应。不过我还是觉得，应该邀请你一下。我是和几个老朋友一起去，要是你喜欢，就跟我们一起走。"

高稚影说："我再想想吧。"

她发现，在老陈面前，她真的很放松，而且很开心。这样的感觉，很多年都没有了。

可惜半小时很快就到了，老陈却并不主动问她要电话号码。两人一本正经地告了别。没走出十分钟，刀主任的电话就来了。

她问她："觉得怎么样？"

高稚影回答挺直率："挺好的。"

刀主任说："那就好。我问过他了，他说你不会说不好的。让我直接安排下一次见面。"

哟，这么有自信？

高稚影不知道的是，这天她进婚介所，并跟老陈见面，竟被张如芬给看见了。

杜光明这段时间神不守舍，几近舞痴，早就让张如芬烦透了。她毫不犹豫就迁怒到了高稚影身上。对高稚影的关注，也前所未有地多了起来。

巧的是，这天下午，她正好去城里办事，在公交车的窗户上，突然就看见了高稚影，正站在那个缘线婚介所的门口，跟一个男人热烈地说着什么。张如芬反应够快，二话不说，就在那站下了车。远远还能看见两人告别，高稚影走了一会儿了，那男人还站在后面看着她。

哼，人流当中，就敢这么久久注视啊。张如芬在男女之事上如此不开窍，都能看得出来那男人对高稚影背影的留恋。这时，从里面走出来一位又高又胖的女人，站在男人跟前，一起看高稚影。直到高稚影上了车，两人才聊起来，说了几句后，男人走了，高胖女人重新进了门。

按张如芬的性格，干跟踪这事，可不是她能做得出来的。可高稚影不同，这不是事关杜光明吗？

那晚去考察后，她才知道老伴跳的不仅是交谊舞，而且是性感风骚的交谊舞。高稚影她也看见了，从外表看，她确实异常出众，极具女人风情。这样的女人，岁数再大，对其他女人，都是一种威胁。张如芬分明感受到了结婚这么多年来从未有过的巨大压力。

走到了缘线的门前，她想了想，下定决心，一推门就进去了。

一个类似前台的漂亮女孩热情地招呼她，还说欢迎来到老年征婚之家。问她是不是来报名征婚的。

张如芬说她是朋友介绍来的，朋友姓高，说这里不错。她想知道是怎么个不错法。光听朋友的一面之辞，怕不全面，还想听婚介所的人再介绍介绍。

女孩果真就将她带到了旁边的一个办公室，里面正坐着刚才在街上的那个高胖女人——刀主任。

刀主任招呼张如芬坐下，张如芬如法炮制，把刚才跟前台小姐说的话说了一遍。刀主任心无城府地立刻就全都交代了："你是说高大夫啊，你是她朋友？那你算是来对了，高大夫在我们这里真是如鱼得水啊，多少男的都为她痴为她狂呢。我们这里本来男的少，但素质挺高，没想到全拜倒在她的裙下……"

刀主任在夸高稚影，张如芬听着又兴奋又惊骇。这个高稚影，真是想不到啊，胆子够大的，竟到征婚机构来卖弄风骚了。还把多少老头子弄得五迷三道的。这个事，得第一时间告诉杜光明，打消他的痴心妄想。

张如芬事也不办了，东西也不买了，出了缘线，就赶着回家。一进家门，喝口水，见杜光明正在房间里写字，忙急冲冲地奔进屋，气喘吁吁地说："你猜我在北京路看见谁了？"

杜光明正在写最后一勾，一心想勾得完美，没顾得上搭理她。

张如芬急了，一把抢过笔，那勾立刻横穿纸面，一直延伸到了桌上。

杜光明生气地说："你是见到鬼了吧？"

张如芬说："好，是你说的，见到鬼了。鬼就鬼吧，难怪你天天跟她鬼混。高稚影！"

杜光明说："什么鬼混，这么难听。见到她怎么了？有什么好大惊小怪的。"

张如芬说："她在缘线！"

说完一脸的得意，等着杜光明一同吃惊。无奈杜光明不知道什么是缘线，"缘线是什么东西，吃的吗？"

张如芬说："吃你个头。那是个婚介所！"

杜光明听她这么说，有点吃惊，但很镇静："她去婚介所也正常吧，都单身那么多年了。"

张如芬说："我听那里的人说，高大夫在里面可红呢。多少老头都为她痴迷。"

杜光明这下吃惊了："你也进去了？你去干什么？"

张如芬不好意思承认她跟踪高稚影，含糊道："正好路过，人家拿她当榜样，给老年人做推介呢。"

杜光明说："那也挺好，人家能找到幸福，咱们应该高兴呀。"

张如芬仔细观察他："我呀我还真怕你吃醋呢。"

杜光明说："切，我吃哪门醋。不过我们队里，肯定会有人难受的。"

他说的这个人，正是莫蒙天。

莫蒙天对高稚影，还真是动了真情。大家都以为他在开玩笑，或是不自量力，但杜光明知道，老莫是认了真的。别的不说，每次他和高稚影排舞，老莫都眼睛死盯着不放。单单这一点，就很能说明问题。

而高稚影去征婚，这不是要害死老莫吗？

杜光明没忍住，找了个机会，跟老莫说了个大概齐。反正就是有男的在追求高大夫，还不止一个，老莫真有心，那可得抓紧啊。别近水楼台，反而丢了月。

老莫一听就急了，这还得了，高稚影那是他的呀。他是她的骨干团员，是她的坚强后盾，每次演出或是交流，都是他跑前跑后，扛多带少，他不怕腰酸不怕背疼，大合唱时扯着嗓子使劲喊，不就是为了让高稚影看见他吗？

说真的，他哪里有什么文艺细胞呀，唱唱不好，跳跳不来，好不容易学了个萨克斯，到现在为止，也只会吹个《浏阳河》。他一直努力在这个队伍里混，不都是为了高稚影吗？

老莫越想越委屈，越想越伤心，这天晚上，吃着饭，竟喝起了浇愁酒。他哪里会喝什么酒啊，二两下肚，人就晕乎了，都说酒壮怂人胆，借着酒劲，他竟去拍高稚影的门了。

高稚影正在家里忙着洗衣服、熨衣服。听见敲门声，她凑到猫眼看，见是老莫，就不太想开。刚想装作不在家，就听老莫在外面喊了起来："高稚影，高稚影，我是老莫，莫蒙天啊。我来找你说点心事，我要找你倾诉衷肠……"

高稚影吓坏了，这左邻右舍的，都是熟人。老莫这么喊，不成绯闻也会是笑话。她立刻拉开门，一把把他拽进了屋。

"你这是干什么？"她生气地问他："你要干什么啊，都几点了，这么晚了，在门口喊什么？"

老莫全身都摇晃着，大着舌头说："高稚影，你是真不知道还是假不知道啊？我对你一片冰心在玉壶，你对我却是个啥态度？你这是要我的老命啊，我我我，我今天非要抱抱你不可……"

说着就往高稚影身上凑。

高稚影一看这阵势，道理是讲不清楚了。她反应也快，敏捷地脱了身，扭身拿了自家的钥匙，拉开门，就出去了。怕老莫会追上来，让别人看见，她索性将门反锁了。

哼，让他好好想一想吧。

高稚影以为，老莫出不来，她又不在跟前，自己就会无趣，说不定一会儿就安静了。过个半小时一小时，她再回去，让他走，就行了。

没想到老莫门打不开，立刻就着急了。也是做了一辈子的老实人，哪里有过这么离奇的经历？他第一个念头竟是高稚影去报案了，去叫派出所的人来抓他了！

好啊，狠毒不过妇人心，还真的是。高稚影，你不能这么对待我好不好，我只是来向你求爱，又不是小偷坏蛋流氓，你把我反锁起来干什么？是不是等着看我被电棒击昏呀？

他急得如热锅上的蚂蚁，从这屋走到那屋，因为窗户上都装了防盗条，根本出不去，他团团乱转。突然看见了后面的花园，立刻找到了出路。

在院子的角落，找到了一个破椅子，站上去，翻那近两米高的铁栅栏，刚跨腿出去，正看见赵素棠从旁边走过。

老莫不认识赵素棠，可赵素棠却认识他。赵素棠那是多八卦的人啊，厂里上上下下，她谁不认识呢？

于是，这消息，根本就没来得及过夜。像是乘了永不消失的电波，立刻传遍了国光厂的每个角落。

老莫以为他逃得聪明，高稚影以为她锁得干净，哪里想到，大家都在背后怎么说他们呢？

第二天一早，高稚影走在去绿地公园的路上，就觉得不对头，四面八方，来路不明的眼神嗖嗖地直冲她全身上下打量。

她敏感地觉察到，是不是跟老莫有关系。昨晚回来就没见到老莫，知道他跑掉了，她也没再管。现在她想，难道老莫从她这里跑出去，又遇到什么倒霉事了？

等到了地方，看见老莫和平时一样，坐在那里，她才放了心。再看团里的人，大家看她和老莫的眼光，也和平时不一样。终于有人开起了玩笑："老莫，你和高大夫，什么时候请我们吃喜糖啊？"

老莫一脸尴尬，脸色也变得铁青。高稚影一看这阵势不好，立刻解围："你们不要欺负老莫啊，老莫是老实人。冲我开火吧，有什么想问的，问我！"

这谁能问得出来呢？

高稚影开玩笑："大家都高龄一把了，还惦记着吃糖呢，小心尿糖啊！"

说完拍手，集合大家开始练习。

老莫听高稚影这么说，死寂了一夜的心，竟又萌发了新芽。"她如果对我没那个意思，怎么会跳出来主动说明情况呢？"

他决定再次来找高稚影，这次，他不要唐突上门了，而是改成了打电话。却没想到，电话刚通，就听见高稚影的声音："好了，不用再说了。你的意思我都明白了。就这样吧！拜拜。"

拜拜？

老莫该怎么理解这段话呢？

绞尽脑汁的他并不知道，高稚影的这番话并不是给他说的，而是给老陈陈编辑说的。

原来，就在她准备高高兴兴去和老陈约会的时候，一个女人给她打来了电话。她告诉高稚影，她已经和老陈同居七年了，这七年里，他们和夫妻已经没有什么区别。可是老陈却不想娶她了，竟开始重新见些乱七八糟的女人，也包括你。这事没那么简单，我不会放过他的，当然，如果你要坚持，我也不会放过你的！

高稚影一听这话，立刻傻了眼。但仔细想想，似乎也能猜得出老陈就是这样的人。

接下来，就是老陈的电话，他开始一次次对她解释，不停地说和那个女人早没感情了。高稚影说那你总得把自己的旧事烂事处理干净了，才能开始新的事吧。

老莫听到的那番话，其实正是高稚影对老陈说的。

他听了进去，并且联想到高稚影上午说的那些话，他觉得，这意味着高大夫接受他了。俗话说，情重不需言多，高稚影不让他再说了，一定就是这个意思！

欧耶！

第十二章　裙子风波

赵素棠一辈子都很节省，最见不得人乱花钱，尤其是自己的家人。夏天就快结束了，李腊妹却买回来一条吊带长裙，花色挺复杂。赵素棠过去翻了一下标签，居然打三折都要三百九十八！

一条肩和胸都遮不上的裙子这么贵，她能不急红眼吗？李腊妹结婚，她可没多少钱能陪嫁的。闺女一年比一年大，指望找个房子车子全包的女婿，概率肯定是越来越小。按李腊妹这脾气，结不了婚都是很有可能的。难道她不该给自己多存点钱吗？一个女人，没成家肯定很可怕，但没钱，一定比没老公更可怕。

越看这裙子的价钱，赵素棠心里就越生气。这姑娘得要她操心到什么时候啊？

"李腊妹！"她拿着裙子喊女儿。

周末的傍晚，李腊妹洗了衣服正在阳台上搭。听到喊声，也不应答。

赵素棠直接就到了阳台上。见她手里的裙子，李腊妹明白了，先发制人："又咋了？我又错了？这是换季处理的，否则等明年夏天，就更贵了。"

"你的裙子还少吗？处理不处理，都没必要再买这么一条是不是？瞧瞧这怎么穿，上班能穿吗？"

"上班不能穿，旅游可以穿啊。"

"旅游？一年你能有几天会旅游？花这么多钱买这个裙子，就为了旅游？"

"妈，这是我的钱好不好？我买件想买的衣服总可以吧？"

"是你的钱没错，可你也不能乱花啊。这就面临着恋爱结婚了，万一找个没房子的主，你不要存钱一起买房啊？"

"那万一找了个有房子的主呢？"李腊妹边挂衣服，边漫不经心地跟母亲逗嘴。

"那你就更得存钱了啊。他有房，那也是他的房。离婚时你连一块砖都拿不到，再没有了钱，你可怎么活？"

"总之，买了这条裙子，我就注定会活得很悲惨，妈你就是这意思是吧？"

"我是什么意思你听不懂吗？我就是担心你提醒你，不要这么乱花钱，要为自己的未来做打算。"

"前几天李春来还说呢，让你不要替我们发愁。我们会过好自己的日子的，你呀，急也是白急！"

"我白急？哼，等你急得头上长疮的时候，你就该知道我急得对不对了。"

赵素棠气呼呼地返回了房间。没争赢，她越想越生气，从女儿的包里翻出了裙子的小票，眼珠一转，干脆，给她退掉去！

二话不说，拿着裙子和小票就出了门。

晾完了衣服，李腊妹进屋，想试试裙子，才发现找不到了。再看小票也见了，赶忙叫一声："不好。"

追了出去。

李腊妹这裙子，正是在附近的太平洋百货买的。她跑得快，到商场门口，就追上了赵素棠。

"妈，你这是干什么？"她一脸的不可思议。

赵素棠说："我给你退掉去。你别拦着我，裙子这个价不值，真不值。"

"妈，这是品牌裙子。"李腊妹着急地拉住她："打折打成这个价，已经很便宜了。"

"你要是不好意思，我去给你磨。我一老太太，营业员不会对我怎么样的。你在外面等着，我去退。"

"我说我不好意思了吗，我说我要退了吗？"李腊妹着急了，从母亲手里抢起裙子来。

赵素棠身手敏捷，一下挣脱了。直接就朝店里走。

李腊妹在后面追，音调急促地嚷："妈，妈，你站住。"

周围闲逛的人不少，有些好事的，从外面直跟到里面，紧紧围着这母女俩。

赵素棠无所谓，甚至越有人这么观看，她还越来劲呢。恨不得把大家全都招呼到柜台去，帮着她一起退货才好。李腊妹到底脸皮薄，她可受不了被人这么看。生气地放了手，一扭身出了商店的门，并且在心里暗暗发誓，以后再也不来太平洋百货了。

李腊妹站在外面，委屈又生气，掏出电话打。

赵素棠则一路嚷着到了柜台，喊着要退货。营业员说，打折商品不退，赵素棠就喊："叫你们经理来。这是我闺女拿我的钱买的，没经过我的同意。这钱我不能出。"

她喊得又嘹亮又愤怒，还将裙子抖开到处给人看："瞧瞧瞧瞧，就这么一块布，还露这么多肉，竟要四百块钱。这是什么价钱，吃人吗？"又冲着售货员："闺女，你一个月才挣多少，你能穿得起这样的衣服不？你们不能这么昧着良心骗人的钱啊，四百块钱哪，我工资的三分之一，一个月的菜钱啊……"

她越喊越来劲，营业员受不了了，有人匆匆跑过来，一把夺过裙子去给她退。

赵素棠赢了。

不仅赢了营业员和商场，还赢了李腊妹。这闺女越来越不听话，赵素棠已经输了很久了，不能再随着她想怎么样就怎么样。拿着钱走出来，赵素棠心里那个爽啊。

天黑了，李腊妹却不在门口了。

赵素棠正打算回家去，抬头却见闺女正和一个男人胳膊挽着胳膊，沿着马路走着。

这是什么状况？

像猎人发现了猎物，赵素棠每根汗毛都警觉了起来。她情不自禁地弯下了腰，藏在一棵树后面。看见两人走得远了点，赶紧追两步，又藏在另一棵树后面。

男人看上去岁数不年轻了，至少没小伙子的样子了。但岁数大点也好，不是和李腊妹正好合适？这丫头，什么时候找了对象，也不跟她说一声。

两人越走搂得越紧，男人还低头亲吻李腊妹呢。赵素棠为这个动作而不耻，呸呸两声，继续跟踪。

他们这是要去干什么，看电影？逛超市？还是送李腊妹回家？

突然，两人一起站住了。

赵素棠差点喊出来，用手捂住嘴，心怦怦乱跳。

两人站的地方，前面正是一家小旅馆，那××旅馆的灯，还一闪一闪的哪。

闺女这是打算跟这个男人去开房吗？

就在离家不远的几条街外？

　　幸好两人继续又走了。

　　可没几步，他们又停了下来。这次，他们干脆是要进去了。原来，刚才是嫌弃那旅馆太小，现在到了一个酒店前面。大堂从外面看，就挺堂皇的。

　　李腊妹和男人正要一起进去，赵素棠一个箭步冲了上来，一把抓住了李腊妹的胳膊。

　　李腊妹看见又是老妈，气得简直要发疯。甩胳膊大喊："你你你，你跟踪我！"

　　男人过来拉赵素棠的手："老太太，有话好好说，你这是要干什么？"

　　赵素棠冲男人，不客气地说："走开，什么老太太长老太太短的。我是李腊妹的妈，你是什么人？带她到这种地方来干什么？还让我走开，哼，我连你一起抓，流氓！"

　　李腊妹声音里带了哭音："妈，妈，你放手。我服了你了，好好好，我跟你回家，回家。"

　　赵素棠不放手："你跟这男人什么关系？到酒店来干什么？"

　　又扭头冲男人喊："你是什么人？"

　　男人不说话。看看四周，又有人围了过来，他害怕了，露出一副想走的表情。

　　李腊妹拉住了赵素棠，赌气地冲男人喊："你走你的，赶紧走。"

　　男人竟然真的就走了。

　　赵素棠气得跺脚："哎，你给我站住。你是干什么的，什么单位的？一个月工资多少钱，有没有房子……"

　　李腊妹拉着赵素棠就走。她发了狠，力气大得了得，赵素棠边回头看那男人，一边只有跟着走的份。

　　走着嘴还不消停："那男人是谁，你的男朋友吗？他是干什么的，收入怎样，性格怎样？你怎么从来也没说过。还有，他扔下你就跑，这算什么事啊。跟我说句话就那么难吗？既然是男朋友，迟早是要见我的，对不对？"

　　李腊妹生气地站住了："妈，你能不能不要再说话了？"

　　让赵素棠不说话，还不如让她直接去自杀。她当然不能接受这个没理由的条件："我又说错什么了我？"

第十三章　没脸没皮

周二早上，端端要去银行办点事，可以迟点去单位。所以，这个早上，时间就显得很富裕。

不仅可以稍微起来迟点，还可以慢慢吃早餐。然后去给儿子穿衣服，并且亲自送小皮去幼儿园。

睁开眼看见妈妈，这让小皮又惊又喜。平时他起来时，妈妈大多都已经去上班了。

小皮立刻抱住了端端的脖子："妈妈，你怎么来接我了？"

他睡糊涂了，以为是幼儿园放学了呢。

端端哈哈大笑，拍他的小屁股："你看看我是来接你的吗？"

小皮不好意思了："原来我才刚起来啊。妈妈，你今天可以不上班吗？"

端端说："不是，妈妈要上班。不过，今天可以送你去幼儿园。"

小皮立刻欢呼："好啊好啊，妈妈送我去幼儿园。"

说着，从床上直接跳下来，举平胳膊，学飞机翱翔，在房间里到处"飞"了一圈。

端端喊："去尿尿。"

于是小皮一头"飞"进了洗手间。

端端给孩子做了点吃的，小皮在妈妈面前美美地撒娇装可爱，吐出小舌头，一边吃一边呲嘴，把端端乐得哈哈大笑。母子俩一路高高兴兴地去了学校。

小皮的老师叫吕红，一个三十多岁，总有点忧心忡忡的女人。看见她，立刻就能想起"天降大任于斯人"这句话来。

见端端亲自来送儿子，吕老师忙扔了其他家长，一把将端端拉到跟前，站到角落里，要跟她"汇报汇报"。小皮兴高采烈地跑到教室角落的玩具堆里，一只手抓住两辆小汽车，嘴里喊出呜呜的声音来。

吕老师皱着眉头，问端端吃了吗。端端点头，说吃了吃了。吕老师，您有事要跟我说啊？

吕老师叹口气，望着小皮，一脸的担忧。她说："你很少来接送孩子，我也就没机会跟你说。孩子的爷爷，毕竟是老一辈，老人带孩子的方式，和父母不一样。跟他说了好几次，我发现完全没有效果，所以猜他可能根本就没有告诉过你们，也说明他根本就没有当回事。今天幸好你来了，我得赶紧跟你讲讲，孩子的教育，家庭和学校一起配合，才能更好，小皮妈妈，你认为我说得对吗？"

端端赶紧点头："没错没错。吕老师，都怪我平时太忙，上下班和孩子上下学的时间，又都不一样，所以忽视了跟老师多沟通这个环节。"

吕老师说："小皮妈妈，你能有这个意识就非常好。很多家长根本不认同我们的说法，总觉得我是在上纲上线，危言耸听。说小孩子有点毛病，不爱学习算什么呢。等大了，自然而然就好了。但我不是这么认为的。现在社会竞争这么厉害，就像刘翔跨栏跑一样，起跑慢了，就很难追上去了，而且节奏乱了，还很容易撞栏，严重影响成绩。所以，很多人才会说，不要让孩子输在起跑线上。在我看来，幼儿园就是这个起跑线，不说他速度怎样，他的起跑姿势，已经很不正确了。别的孩子，都蹲下待命了，可他还叉着腰站着东张西望呢。这个样子，哨子一吹，他可能冲到前面去吗？"

吕老师说得滔滔不绝，端端心里越来越打鼓，她知道吕老师的每一句，其实都在说着同样的话：小皮表现很不好！

吕老师还要继续发表高见："如果冲不到前面去，那就比其他同学慢了。小皮妈妈，你看过现在小学一年级的课本吗？和我们那时学的东西已经完全不同了啊，我们是从横竖笔画，a、o、e开始学的，可他们呢，一年级就已经开始看图作文和成语接龙了！大量的知识，都已经移到幼儿园学前班里了……"

端端再也不敢听下去了，她忙打断："吕老师，您告诉我吧，小皮到底怎么了？"

吕老师又皱起了眉头："这孩子，怎么让我说呢？他是个好孩子，尤其是性格，不记事，也没什么烦恼。不像有些孩子，会胆小，会忧虑，或是太争强好胜。他几乎没有过这些想法，既不怕人，可也不想考个好成绩。他……和别的孩子太不一样了，成绩不好，课堂捣蛋，老师批评，甚至同学孤立，似乎都影响不到他，照样玩得不亦乐乎……"

端端听明白了："吕老师，是不是就是特没脸没皮？"

吕老师看了看端端，不像生气的样子。迟疑了一下，点了点头："用民间比较通俗的说法可能就是这样。"

端端叹气："这孩子……"

再看看在角落里玩得高兴的儿子，端端不知道这还是不是早上跟她一起来幼儿园的那个孩子，他是那么的可爱，让她心里说不出的幸福。这才多长时间啊，他怎么就让她变得这么烦躁厌恨了呢？

吕老师继续："比方，昨天，他上数学课时不遵守纪律，只管做鬼脸，惹大家发笑。把我们小黄老师都气哭了，小黄老师就叫他站在后面，不要影响其他同学听课。结果你猜怎么的？"

端端紧张地瞪大眼睛："怎么了？"

吕老师说："他从口袋里掏出个小树枝来，含在嘴里，学着老爷爷抽烟袋。他学得那个叫惟妙惟肖啊，还转着眼珠，看着烟圈上升呢。其他小朋友都朝后看，都在看他的表演，小黄老师课都没法上了，气冲冲地来找我。等我们重新进教室，你家小皮正站在讲台上，他又在学我的样子，给大家讲课呢。"

停了一下，吕老师有点委屈地说："当然，他的模仿里是有丑化的成分的。"

端端吃惊极了，她再也无法按捺气愤，一个箭步朝小皮冲了过去。拎起他的胳膊，就拖到了吕老师跟前，一把将他顿在地上，手已举起，要打巴掌了，被吕老师拉住了。

吕老师劝说："小皮妈妈，打孩子是解决不了任何问题的。你不要冲动，好好跟他说。"

端端用指头狠狠戳了一下小皮，小皮一个趔趄，差点没站住。端端心想，这一指头，肯定让吕老师解了点儿恨。

端端说："臭小子，你说，抽烟是跟谁学的？是不是爷爷？"

小皮很可能还没想起他昨天干的坏事，老师夸他性格好，不就是因为会忘事吗？

他眨巴着无辜的小眼睛："妈妈，我没有抽烟。"

端端说："还犟嘴。昨天，你罚站的时候，是不是拿根树枝装抽烟来着？"

小皮想了起来。旁边小小和其他一群小朋友也围了上来。听端端这么一说，也勾起了他们的"美好"回忆，一起发出了嘻嘻哈哈声，有个别的小男孩，还赶紧驼了背，翘起下巴，学老爷爷咳嗽呢。

小皮没心没肺地望着那个男孩子笑了起来。被端端狠狠拽了一把。

"笑，你还敢跟我笑。"

端端说着又想抽小皮一巴掌。小皮缩起脖子来躲，吕老师不满意端端的做法，让小皮继续去玩。小皮得到大赦，一个猛子就扎到玩具堆里去了。

端端一脸着急地问："吕老师，那你说，我该怎么办呢？"

吕老师说："小皮妈妈，我一直想跟你好好谈谈孩子上补习班这个事儿，我认为，这很可能是将孩子拉入正轨，行为得到矫正的唯一办法。"

端端问："为什么呢？"

吕老师说："先不说算术语文英语这一类文化课，就说各种才艺班吧。才艺班多，是我们幼儿园的特色教学之一。绘画，音乐，运动，我们给家长和学生提供了充分的选择机会，孩子们大多能找到自己最喜欢的项目。这学期，我们还加了击剑，我想小皮一定会喜欢。每个孩子都在上不同的才艺班，这提升了他们的自信心，也让他们的关系更加融洽，友情得到了提升。可小皮一个班也没报，在话题上，他就明显格格不入，还有种被排斥的感觉。这让他怎么能在课堂上表现良好呢？他需要在其他场合引起大家的喝彩，就是说，他也需要一项才艺来证明自己，于是他才将捣蛋出丑，当做了引人关注的方式……"

"我懂了懂了。"端端明白了，自己的儿子，这是闹自卑呢。自卑造成的特立独行，这可怎么整。

"小皮妈妈，我还真是想问问你，为什么不给小皮报个特长班什么的呢？有的孩子，报着好几个班呢。"

端端问："那个，你说的击剑班，是怎么收费的？"

"这个班因为是冷门，教练也请的是专业人员，加上设备，场地要求都高，比较贵。但比起社会上的来，还是便宜很多。一个月两千五百元。"

端端全面崩溃，一个月两千五百元，小皮再喜欢又有什么用？

她决定实话实说："吕老师，这费用太高了，我们出不起。"

吕老师说："我们的特长班收费确实有点高，但请的都是非常好的老师，并且全是小班教育，最多只有十个孩子。如果你不抓紧，我保证你还报不上。报不上名，周末你不还得送孩子去外面学吗，学费贵不说，还占用孩子和家长的休息时间。我们幼儿园的学费，比起周边其他幼儿园都低很多，对不对？可我们的环境师资都是一流的。这也体现了我们的办学理念，面向大众，培养精英。小皮妈妈，如果你们经济条件差，我也就不跟你说这些个了。可你和小皮的爸爸，都有稳定的工作，收入至少也能算是中等，这个费用不给孩子出，就太可惜了。还有一年，小皮就该上小学了，到那时功课更重，他哪里还有时间去学这些才艺呢？"

端端心里那个苦啊，也不知道该怎么给老师说，刚嗫嚅出一句："房子压力太大了……"

吕老师说："哦，你们是在还房贷吗？那就明白了，这确实压力会很大。不过我们孩子中也有不少家长，和你们一样，也在还房贷款。但他们为了孩子，会将贷款时间稍微延长一点，幼儿园阶段，每月还少一点。因为上了小学到初中，义务教育，需要用钱的地方就不太多了。你说呢，小皮妈妈？"

端端望着吕老师，实在没有勇气说出自己连最低的首付都还没有存出来呢，哪里有什么房贷要还？

她决定反击："虽说到了小学初中阶段，义务教育收钱少。可按片划的话，我们小皮只能上四小，那个学校太差了，换在十年前，还属于城中村的村小。我们是想让他上外语实验学校的，虽然那里收费也很贵，可是如果考试成绩特别好的话，好像有部分学生是可以免赞助费的。"

吕老师冷笑了："那你们就更需要督促小皮的学习了啊。我可听说那个学校小学入学考试是很难的，除了算术语文，绘画音乐等才艺，还要加试英语口语，甚至父母也要参与面试。你和小皮的父亲，都是大学本科吗？"

端端赶紧点头。

吕老师说："就这条还算不错。其他的，你们可要加油啊。既然你说还想给孩子存钱上私立贵族学校，补习班的事我也就不多说什么了。总之，小皮的教育你得抓紧，尤其是不能全部教给爷爷来带。老头儿完全拿孩子当羊在放，在我看来，情况并不乐观。"

说完，皱着眉望着端端，一副再也不想多说的表情。

第十四章　内分泌失调

端端灰溜溜地离开了幼儿园，到银行去办事，精神很不集中，恍惚中落了一张单据，到了办公室，银行那边才来电话，幸好都是熟人，数落她犯大错了，否则出了问题，看你工作怎么保。

端端吓得浑身冒冷汗，一个劲感谢对方，又说请人家吃饭。电话是躲到走廊里打的，刚收了线，却见小乐的身影一闪，站到消防门后面。

她悄悄走过去，果真见小乐正在门背后抹眼泪，肩膀还抽得一耸一耸的。

端端吃惊，赶紧敲敲玻璃门。

小乐见是她，两手左右开弓擦眼泪，妄图毁尸灭迹。端端很是震惊，在她眼里，小乐是属于特别命好的女孩，才刚怀孕，两家老人就争着抢着要立功。哪里像她，亲妈和婆婆都死得早，孩子只能交给父亲带。遇到个啥难心事，连个说点体己话的亲人都没有。而且，小乐的老公也能赚钱，两人结婚时，父母又陪嫁了不少，那么大的房子，楼顶就是花园。她还有什么需要抹眼泪的呢？

换成端端让她来试试，再加上还有小皮那么个让人头疼的儿子！

"你这是怎么了？我是不是看见了什么不该看的东西？"端端凑过去问。

"唉，啥该看见不该看见的。可能是内分泌不平衡了吧，怀孕真烦，特容易掉眼泪。"

小乐敷衍她呢，端端能听出来。不过也没关系，她又问她："那，是要我在这待会儿，还是我先走？或者我们中午一起吃饭？"

小乐点点头："一起吃饭。"

两人一前一后，回了办公室。

到了中午，小乐对端端说起了这桩"内分泌失调"引发的小事。

果真是跟李春来有关。果真还是跟怀孕有关。

原来，一大早起来的小乐想吃牛肉面了，面馆就在小区的对面，是兄弟俩开的。每天早上，一个和面拉面，一个调汤端面，嘴里还不停地吆喝着，那场面总是特能吸引人。

味道好，辣椒足，汤特别鲜。小乐刚结婚那阵，和李春来几乎天天都去那里吃。后来慢慢少了，也学着喝点牛奶吃点麦片什么的。可这天小乐特别馋那味儿，光听见那兄弟俩的吆喝声，口水就止不住了。

脸不洗牙不刷，就要往外跑。李春来忙给拉住，问她怎么了。小乐跳着脚指着对面，迫不及待地嚷嚷："牛肉面牛肉面。"

李春来刚放手，突然喊一声，不好，又拉住了小乐："不行。你怀孕了，不能随便到外面去吃饭。不干净。"

小乐急了："吃了那么多次都没事，怀孕跟这个有什么关系？"

李春来摇头："NO，NO，NO。我来，我去给你买回来。"

李春来说着从厨房拿了一个饭盒出来，匆匆下了楼。

小乐急得像热锅上的蚂蚁，嘴里吸呀哈地，在房间里转圈，就等那碗面快点回来。

十分钟不到，李春来还真端上来了。

可小乐打开饭盒一看，气得差点晕过去。

确实是一碗牛肉面，牛肉，青菜，面条，汤，一样不缺。可唯独缺了调料，没辣椒，没花椒，没红油，没芫荽，面条卧在白乎乎的汤里，毫无生气。

小乐满脑子想的不是这样的面，她想吃辣椒了。想一口面条下去后，从脊椎延伸到脑后的那种刺激感。她还想喝汤，喝下辣得舌头只能卷起来的汤。可这算什么呢？

小乐气得都要哭了："这是牛肉面吗，李春来？你吃的是这样的牛肉面吗？"

李春来意识到小乐的不高兴了，可他尽量装作啥事没有。

"挺香的，这牛肉汤的味道多好啊。你知道吗，他们说是牛棒骨和鸡架一起熬的。你看上面这层油，还有这面条，细如发丝……"

小乐眼泪都要出来了："李春来，你吃吧。"

见小乐眼泪汪汪了，李春来赶紧解释："小乐，这辣椒花椒红油什么的，孕妇不能吃呀。书上不是写了吗？刺激性的调料一定要少吃，还有芫荽，那是发的东西，对身体也特别不好。我是怕你吃坏了肚子，拉肚子就坏事了……"

小乐终于放声大哭起来："做女人怎么这么难啊，想吃口面条，都吃不上……"

她哇哇地哭，突然又冒出了那个可怕的词："我要去做掉！我不想怀孕了！"

这一回，李春来怪怪的，他没像往常一样扑过来捂小乐的嘴，或是抱住小乐哄她不要再说。他看看那碗牛肉面，两眼无神地又望望天花板，叹口气，一屁股坐了下来。然后，他平静地说："好吧。你什么时候去做，我陪你去。"

小乐吓住了。

她没说话，等着李春来再挽回一次，可李春来没有。他没有丝毫挽回的意思，突然站起来，将那碗牛肉面端进了厨房。不知道他是倒了，还是收进了冰箱。小乐听见水龙头在哗哗响，李春来在忙。

不一会，李春来出来了，他又进了洗手间，刷牙洗脸。他面色平静，脚步平稳，一点也看不出高兴或是不高兴。

小乐咬咬嘴唇，也站了起来。她去换衣服，准备去上班了。

两人在沉默中准备着出门。

终于，到了出门的时候。两人同时站在了门口。

李春来郑重地说："什么时候你决定了去医院，早点告诉我。我请假陪你去。"

小乐点了点头。

李春来拉开了门，他先走了。

小乐在后面，换了鞋子，背好包，看看房间，也走了。

李春来突变的态度，让小乐不适应，也非常难受。她知道李春来说这话，不是他心里想的。他是非常想留住这孩子的，他之所以这样说，是因为小乐不想。

小乐不想当恶人，但又不愿意收回说出去的话。

端端听了这段故事，问她："你是赌气是吧，是因为不想输还是怎么的？"

小乐出口长气，勺子放在碗里，双手放在桌上："我也不知道。我一直不想怀孕，可他真的这么说了，心里又特别难受。"

端端用勺子点点小乐："我还是那句老话，生下来。除非你永远不想要孩子。"

小乐小声地抗议："可我还没准备好。"

郑大头从小乐身后正好过去，他听见了这话，站住了："还没准备好？你们女的就爱说这话，孩子都怀上了，还没准备好？"

小乐骂他一句："滚。你这个龌龊小人。"

端端一时还没反应过来："他说什么了？"

小乐挥挥空气。

端端突然明白了，"噢"了一声，继续刚才的说："我觉得没啥准备不准备的。世界上有多少事是等你准备好了，才发生的呢？大家不都是赶着鸭子上架，边走边瞧吗？"

小乐拿起饮料啜一口："也是哦。"

端端问："那你干吗又哭了？"

小乐说："哎，说起来丢人。到了单位后，我就在MSN上叫李春来，这家伙在线，可他干脆不搭理我。"

"你就哭了？"

"换你不哭啊？"小乐有点惆怅地说："我觉得我伤了他的心，我不想伤李春来的心。"

"好吧，我也哭。"端端想起了早上在幼儿园的事："说真的，要是能有这么个会，让人痛痛快快地大哭一场，我一定报名参加。就算是自费也要参加。"

小乐问："又怎么了？这么苦大仇深的？"

端端说："还不是儿子。上午在学校，被老师奚落了一顿。追着撵着，要我给小皮报才艺班。说没上这些个课外补习班，才是小皮问题百出的真正原因。"

小乐说："什么就叫问题百出啊？小皮哪里问题百出了？我觉得他很可爱啊，整天高高兴兴的，又很单纯。小孩子不就是要这样吗？"

端端摇头："现在小孩子的标准已经变了，一出生就得目光深邃、出口成章。反正小皮是完全不符合当代标准的。"

小乐不以为然："老师太夸张了，你也信。"

端端语重心长："小乐你现在别说大话，等你儿子落了地，再看你怎么着急吧。对了，说到教育孩子，怀孕期间，也要注意早教啊。音乐啦，谈话啦，抚摸啦，这套东西，你得跟上。"

小乐表情别扭："唉哟，快别说这个了，真是够难受的。"

端端说："有什么难受的，你不好意思说，我来跟李春来说。孩子一定要生下来的，你不想带的话，我还是那句话，卖给我表姐。我表姐说了，可以直接就给我一套房子做中介费。这么皆大欢喜的事，我们一定要做哦。"

小乐气得捶端端。

电话却响了，小乐一看，是婆婆。

赵素棠很少直接找小乐，有什么话也多是通过李春来转达。小乐就有些紧张，赶紧叫声："妈。"

赵素棠粗声大气，声音连对面的端端都能听见："小乐，你帮我问问你那个叫啥端端的同事，她的那个男同学和你姐是不是在谈恋爱呢？"

"啥？"端端立刻支起脖子，掏出手机，嘴里念叨着于力的名字，就要给对方打电话。

小乐使劲拿手按，示意她别着急，问清楚再说。

"妈，怎么了？"

"我昨天晚上看见他们了。你姐和那男的，两人手挽着手，散步呢。幸好我发现得及时，否则他们就进宾馆了……"

"进什么了？"小乐还没明白。

"宾馆宾馆。"端端倒是立刻听懂了，在对面冲小乐抿口型："开——房！"

她小声大气地，将开房二字说出了口。

大头正巧路过，听见这两字，不由站住，吃惊地看看这两人："你们这是在说什么呢？都怀孕了还这么开放！"

端端尴尬，冲他挥手，做拜拜状。

小乐好好好地放了电话，一脸的奇怪。

"真的？还是假的？我婆婆说要进宾馆？"

端端点点头："可不。"

小乐说："快，赶紧问问大力同学，和我姐神速啊。"

端端抄起电话，打给于力："大力啊，是我。没什么事，就问问你最近忙什么呢，是不是好事将近，就忘了老同学啊？啊？你在青岛开会，要开一个月？什么时候去的，都一周了？哦哦哦，那我不打搅你了，话费贵，等回来再说再说……"

小乐吃惊地望着端端："他说他在青岛？你确定听清楚了？"

"这有什么听不清的？"

"这么说……"

"那男人不是他。"

"为什么要去宾馆开房呢？"

"他没房子。或者难道连出租的房子也没有？"

两人眼珠同时一转："莫非？"

端端笃定地："情况不对头，你得回去告诉李春来了。这男人，让我分析哈，要么没房子，要么没工作，连个固定住所都没有。还有一种可能……"

"是什么？"小乐完全失去判断力，光剩下着急了。

"他呀，"端端又拿着勺子点小乐："他是一个已婚男！"

第十五章　鸿门宴

杜小军在单位，家里，无论是做工人，还是儿子，丈夫，甚至朋友，都是绝对的老好人。工厂这些年几乎全都自动化了，一线工人流累出汗的活也不多，他整天坐在仪表前面，一坐就是八小时，越发屁大股沉，也越发没有脾气了。

这个周末，孩子都来了家里，张如芬决定就小乐怀孕的事，敲打敲打儿子。她可不想让儿子没个后代，那样等老了，生活该多么乏味。万一有个头疼脑热，容利又懒，谁去管他啊？

张如芬买了韭黄，猪肉，还买了点虾，打算煮熟剁碎，包饺子。面早已和好，她在客厅里择着菜。小乐和李春来来得早，李春来在书房里帮杜光明用电脑整理相册，小乐拿了本书，坐在窗边，边晒太阳边摸肚子。

温馨和谐的一幕，容利一来，就给打破了。她进门就嚷："谁家这么缺德冒烟啊，把垃圾放在楼梯口。就不怕招老鼠吗，老鼠进了谁家都不好是吧？妈，我看你得跟物业反映反映，最好出一规则，谁不扔垃圾，就罚谁的款。"

张如芬问："几楼啊那垃圾袋？"

"二楼！"

张如芬说："那么近，不如帮人家拎着扔下去就行了。"

容利吃惊："那我不成狗拿耗子多管闲事了。应该有人上门去说说他们，而不是帮他们扔垃圾。"

张如芬不快地说："二楼两家都是老熟人，以前从没楼梯口放垃圾的习惯。一定是有特殊情况，临时的一个举动。"

在婆家，容利是一定要争个输赢的，即便事关别人家的垃圾，也不嘴软："有了第一次，就会有第二次。再说，能有什么样的急事，让垃圾在楼梯放这么久？现在都快十点了，难道家里还没人出来，把垃圾提下楼吗？看得出来，这家人本质就是懒，懒得下楼，懒得起床……"

她还要滔滔不绝，被张如芬给打断了："嚯，别人都懒。你不懒你去帮我把馅剁了。"

容利被横空打断，很不高兴。等进了厨房，就更有理由不高兴了。那么大块肉，横在菜板上，这要剁到什么时候啊，胳膊还不酸死？

"妈，你怎么不买现成的饺子馅啊？"她急了。

张如芬说："那些饺子馅都用猪脖肉，淋巴太多，吃了不好。"

"那你也可以买好让人家给你绞啊，现在还有谁剁肉馅呢？"

张如芬不愿扯着嗓子跟容利说话，没吭声。小乐看着这一幕，悄悄乐了。冲张如芬挤挤眉毛，小声说："妈，你可真会整治人啊。"

小军在一边，知道母亲和妹妹在说什么，也不气，只管扶腮一笑。容利在厨房搬案板，磨刀，接着就喊："小军，来帮我。"

"小军，别去。"张如芬小声命令儿子。

小军已经站了起来，笑笑："没事，我不去她会一直喊。"

说着挺着大肚子进了厨房。

张如芬对小乐撇嘴："瞧你哥这点出息。"

厨房里，容利也压低了声音，冲杜小军发泄着对婆婆的不满："你妈这是故意收拾我呢吧？这么大块肉，我哪里有力气剁成肉沫？那得花多少时间啊？噢，敢情把我一人支到厨房，你们一家人看着电视，有说有笑的？饺子是我一个人吃还是咋的，凭啥让我做这么重的活啊？"

小军洗手，卷起袖子，在案板上切着肉。他只说一句："你那是多心了，老婆。"

"我怎么多心啦？这是事实，伤害都已经造成了，你还认为我是多心？"

小军摇头："哪里有那么严重。"

他跟花和尚绣花似的，低着个大光头，一块肉切半天，切完还要看看长宽厚度都一样不一样。

容利张嘴，刚要继续唠叨。张如芬进来了，对儿子说："你们出去吧，还是我来。"

小军笨笨地放了刀，笑笑。容利还要讨巧："哎呀，妈，不是我不剁，我的手腕不得劲，可能是腱鞘发炎了，疼了好几天呢。"

张如芬心里很不痛快，儿媳妇这种偷懒还要让别人同情的做法，非常不厚道。她是个不怕吃亏的人，当劳模，当先进，当领导那么多年，最知道的，就是顾全大局。可这会儿，她一句关切的话都不想说，只是淡淡地系围裙："好了，你们出去吧。"

小军和容利到了客厅，容利生气地叨叨小军："你看你妈，一点也不关心我。人家都说了腱鞘发炎的。"

小军呵呵笑："又不是真的。"

容利说："那最少证明她不关心我……"

两人嘀咕着到了客厅，小乐听见厨房响起了剁饺子馅的声音，立马放下书，去书房叫正教杜光明上网的李春来出来帮忙。

李春来进了厨房，杜光明没人玩了，也来到客厅。张如芬不想见容利，在厨房搬个小凳子，坐着和李春来说话。

小乐打趣杜光明："老爸，最近跳舞跳得HIHG吧？"

杜光明点点头："确实学了一招两式呢。年轻人应该多跳跳，我现在就后悔年轻时没学，乐趣多多啊。"

小乐问："哟，是跳舞的乐趣多呢，还是男女搭配的乐趣多呢。"

杜光明哈哈大笑："你还会讽刺你爸了？不许这么开玩笑啊，你妈会生气的。"

哪壶不开提哪壶，正是容利的拿手好戏。她立刻凑了上来："妈怎么会生气呢，跳舞是非常健康的活动。何况，爸，你的那个舞伴真的很漂亮，很性感，什么时候请她到家里来吃饭吧。"

张如芬正巧出来喝口水，听见最后一句，就问："请谁来吃饭？"

杜光明来不及使打岔，容利已经脱口而出："和爸跳舞的那个女人。"

说起这个，张如芬就恼火。她不好意思大庭广众之下发脾气，也不好意思对着杜光明吃醋喝酸。可心里这股怒火，并没有散。这段时间，一说起杜光明的跳舞，她的语气就不大客气。

现在倒好，儿媳妇还要请高大夫来家里做客了。她目光凌厉地扫了容利一眼："那你打算怎么招待她呢？"

小乐都能听出老妈嘴里的咬牙切齿，知道这玩笑开大了。看看爸，杜光明已紧张起来，站起身，打圆场："孩子这是在跟我开玩笑，没有的事。就算请了，人家高大夫也未必来啊。"

张如芬刚才对容利的气还没完，这又添上堵了。她意味深长地看了杜光明一眼，话锋转移到了容利身上——这话她早就想说了，如果容利能乖巧一点，她还能忍个三个月半年的，但今天既然儿媳妇这么具有挑衅性，她还忍个屁啊！

张如芬拉开了大话家常的姿势，坐在了小两口对面："小军，我一直想问你个事呢，你得认真回答我，行不行？"

小军眼睛盯着体育频道，刚才身边发生了什么，一点也没听见。突然见妈这么严肃的表情，就有些吃惊，赶紧点了点头。

张如芬说："你保证？保证回答我的话，都是经过你自己的大脑？"

这话一出，容利就不痛快了，她知道张如芬这是在说她对小军控制太多呢。赶忙撇清："我们家最后拿主意的，其实都是小军。"

小乐听了这话，捂嘴一笑。杜光明敏锐地意识到大事不好，"老婆一严肃，保准要遭殃。"这是他多年生活经验的总结，心想，要不要把这句话写成一副对子，挂在什么地方？横批可以用"山雨欲来"四个字。

张如芬抓住了容利的话柄，点点头："那这样最好，最好。既然是小军拿主意，我就问小军好了。"

小军坐坐直："妈，你说吧。"

"你们打算什么时候要孩子呢？既然又不参加培训，也不想追求进步，评个职称考个证书什么的，不要孩子干什么呢？"

张如芬单刀直入，倒让小军措手不及。他可不想动这个脑筋，太累人了。本能地，他转过了头，望着容利："你说呢，老婆？"

容利吸口气刚要说话，被张如芬做手势打断了："我问小军呢。"

容利抢一句："他不是让我说吗？"

小乐讽刺道："嫂子，你也给我哥一点发光发热的机会呗。哥，这么个事，你自己也没想法啊？"

小军不好意思了，惭愧地挠挠头："怎么没想法啊，可是有想法，也没用啊，我一个男的……"

张如芬严肃地说："男的怎么了？我要说的就是这个，一个家里，要不要孩子，不是妻子一个人说了算的。你也有一半的发言权，如果你想要，当然也要坚持自己的想法。也就是说，在婚姻里，男人也有生育权，如果对方耽误了你要孩子的时间，你当然也可以表达不满，提出解决的办法啊。"

这话，太赤裸裸了。不仅容利听得一清二楚，在厨房里忙的李春来都跑了出来，为老太太这话喝彩："对，妈说得对。要不要孩子，是两个人的事，小乐你听妈说得多好，做老婆的，也得尊重丈夫的心愿。不能光让丈夫满足自己，是吧。养育下一代，那是家庭大事，当然不能一方说了算的。"

容利脸都要气绿了，小乐赶李春来走："剁你的饺子馅去，是唯恐天下不乱是吧？"

杜光明做好人，和稀泥："这是孩子们自己的事情，让他们自己去做决定吧。小军会和容利好好商量的，也许他们有他们的计划……"

"计划？"张如芬瞪了杜光明一眼，刚要冲他来两句狠的，杜光明的手机响了，老头干脆跳起来，拿着电话，去阳台上接了。

张如芬转向小军："那你说说你的计划吧，打算什么时候要个孩子？你看你妹妹这就要生了，趁妈还干得动，能帮你一把。等我真的老了，你再突然要生个孩子，我怎么帮你呢？"

小军结巴："没想过呢妈，这事还早，也没计划。"

"还早？小军，你三十六了。"老太太语重心长："就算过两年生个孩子，等他上了大学，你都要退休了！"

容利终于伶牙俐齿地插进了话："妈，我和小军是要当丁克的。现在养个孩子太难了，一出生就要吃进口奶粉，国内食品又太不安全，还有教育问题，孩子小小负担就那么重。万一生个儿子，还得存钱给他买房子。我们俩都是小工人，现在还住在上世纪八十年代的老房子里排队等着换房呢。真养不起孩子啊！这年头，就让有钱人和穷人去养孩子吧。有钱人需要把钱花出去，穷人多生几个孩子当投资。小乐，不是我说你，对咱们这些个普通人来说，能管好自己就不错了，费那事干嘛呢……"

张如芬听着容利的谬论，眼睛都要冒出火了。杜光明却抢着要往枪口上撞，仰着脖子，说得哈哈大笑："稚影啊，你不能这么开我的玩笑啊，我能记对步子，就已经很万幸了，哪里还有什么灿烂的表情和情感深度呢……"

张如芬一听高稚影的名字，无名之火就噌噌往上冒。无从发泄的怒火，终于找到了喷发口，她一个箭步冲到阳台上，劈手夺下杜光明的手机，就扔了出去。手机一个完美的弧度，落在了小区后院的石灰地上。啪叽，顿时粉身碎骨。

杜光明吓得一愣："老婆，你这是干什么？"

张如芬怒吼："过来教育教育你儿子，他脑子进屎了！"

这声怒吼吓倒了所有的人，李春来怯生生地从厨房走出来："妈，那个肉剁好了，我来拌馅还是你来？"

张如芬大喝："不吃了不吃了，都给我滚！"

第十六章　**你是六指啊**

现在通讯方便，端端和陈昊天，虽然天各一方，但两三天就要通一次话，所以也不觉得很牵挂。平时两口子说得多是工作朋友或是小皮的可乐事，端端很少正儿八经地跟陈昊天说儿子的前途未来。她不想太让他操心，而且他操心也是白操，隔那么远，又有什么办法？

可今天，端端决定要跟老公好好商量商量到底该怎么办了。老师的话都说到这个分上了，已经将儿子划到了坏学生的队伍里，已经在他脑门上贴上了问题小孩的标签，端端觉得自己失去了对局面的掌控，她能不着急吗？

于是，这天下班的路上，端端给陈昊天打了个电话。她不想回家说这事，怕被老爸听见。电话一接通，端端就有些委屈，声音带了哭音。这让陈昊天吓了一大跳。结果端端说是儿子学习的事，他才松了口气。在这上面，他多年来阳奉阴违，表面支持端端，背后和老丈人的认识很一致。那就是：孩子还小，顺其自然，能玩当玩。

端端说："吕红老师非要逼着我们给孩子报名上课外班。我觉得这不是最主要的，最主要的问题，还是出在我爸身上。"

陈昊天很奇怪："是你爸坏的事啊？你可别乱给老头子扣帽子，他那么疼小皮，听了这话，会伤心的。"

端端继续说："我爸他完全不重视孩子的学习，而且觉得小皮这样挺好的。我就是想让他意识到这一点是很不对的。因为他跟小皮在一起的时间不比我少，对孩子的影响特别大，除了关心孩子的吃饭睡觉玩耍，一点危机意识都没有。我想我得让他对孩子的前途和未来重视起来，并不是说非要学什么，但每天的作业，至少要

押着孩子好好做吧。对了，老师还说了，儿子有时候作业没做就来上学了，我爸居然蹲在操场上，替小皮把生字写完。这都让老师逮住好几次现形了，他还无所谓，说，那有什么，娃忘记了么。你看看，小皮看见他崇拜的爷爷，就是这么看待学习的，他又怎么会重视成绩呢？过个一年半载的，外语学校就要招生了，他这样怎么去考试呢？"

陈昊天听着端端说话，不假思索地组合着语气词："噢，真的吗，这样啊，真是的，唉，好吧，哼，够呛，难啊，哦，喔，咳……"

端端终于听出了陈昊天语气里的调侃和敷衍，怒了："姓陈的，你啥意思啊？什么态度啊？"

陈昊天不敢逗了，忙打圆场："行行行，我知道了。那你说怎么办好呢。是我去跟你爸打电话说呢，还是你自己说？"

端端生气地说："我要能说明白我爸早就不是这个样子了。你去说，你是女婿，严肃点儿，他不好意思不听。"

陈昊天利索地说："行。我一会儿就打给他。"

"在带小皮的事上，我爸从来就看我不顺眼，我脾气大，没耐心，打孩子，给孩子压力，我就没有一件做对的。我去说，就算是对的，他肯定也听不进去。你是他的得意女婿，你们之间肯定比较好沟通。"

陈昊天哈哈大笑："行。"

说着又问端端在哪里，端端说走在路上呢。陈昊天说，在"老家卤店"买点熟肉吧，给孩子吃。小皮爱吃肉，在学校又挨了批，我们家庭还是要给他温暖的。部队里有句话，吃饱饭不想家。吃好了，思想工作就好做了。买点好吃的，给爷爷的肉买烂一些的。

端端知道陈昊天疼儿子，说这话，也是希望她负担别那么重。就乖巧地说了声好。又问陈昊天："你说说，你会怎么跟我爸说呢？"

陈昊天答应得爽快，其实脑子一片空白。端端这一问，他还真愣了，想了想，回答："让他对儿子盯紧点，每天作业要抓紧完成，还得全对。"

端端说："这是最起码的，是底线，懂不懂？"

两人达成了共识，端端就挂了电话。绕到"老家卤店"去，买了猪蹄和排骨回家。才一进门，就见老爸正拿着电话，笑得哈哈呼呼，还一口一个昊天的。看来陈昊天说话算数，还真给老爸打了电话。端端提着气，等着听点重要细节呢。赵栓锁却把电话给挂了。端端问："你给昊天说话呢？"

"是啊。"

"都说啥了？"

"没啥。他正好没事，就跟我闲诌两句。"

端端声音提高了："没说小皮吗？"

赵栓锁想想："说了。我夸娃娃很好，让他放心。"

端端问："还有呢？"

"没有了。"

说着，赵栓锁就看起了电视。

端端心里着急，这个陈昊天，是糊弄她呢吧？这都是什么人啊，儿子难道不是他的？心里恼火，一回头，看见了小小和小皮。

小皮正在做作业，而且是很慢很不专心地在做。作业本前面放着小机器人和小汽车，还有半包薯片。他写作业，是在专门买的一张小桌子上。小小抱着个娃娃，没事做，陪着小皮，坐在桌子另一边。

见妈妈手里提着个塑料袋，而且发出浓郁的肉香，小皮的眼睛就亮了，他立刻跑到端端跟前，用小手掰她的指头，假装可爱："妈妈，这是什么呀。"

端端没好气地说："你认识啊？反正不是吃的。"

小皮一听就急了，说："是吃的是吃的。我知道是肉。"还凑到跟前，深吸一口气。

端端说："你作业做完没有啊？做完才能吃啊。"

"好，"小皮其实不饿，只是馋。他听话地跑到小桌前，开始看作业。

今天是数学。4+3=？　5-4=？　7+2=？　8-5=？

还全都是十以内的加减法。端端走过去等着看儿子写答案。

没想到，儿子掰着指头，还写错了两道。

端端瞪大眼睛，急了："喂，5-4等于几？从哪里来的2？你是有六指啊？"

话里带着侮辱和气愤，可小皮只听出了快乐。小小这时逞起能来："小皮，5-4，等于1！我都会做两位数的加减法了，你这么简单的题，还做错！"

端端听见小小这么说，顿时着急了。两位数的加减法，她真的会了？她问："小小啊，那两位数加减法是课外辅导班学的吗？"

小小点点头："是。"

端端不信："我问你啊，12+8 等于多少呢？"

就见小小抓起纸笔，算了两下，大声报出："20！"

小皮坐在对面，敬佩地鼓起了掌。端端打了他脑袋一下："这孩子，怎么连点羡慕嫉妒恨都没有，能进步吗？"

爷爷最看不得端端冲儿子动手，随便动动也不许。他立刻从电视中醒了过来，冲端端鼻音浓重地说："不会就不会，打娃脑袋做甚？还要娃聪明不了？"

端端恼火，既然老爸接了话，她也就不客气了。她把自己的着急一股脑地发泄给了老头："爸，你这么惯着小皮合适吗？我拍他一脑袋怎么了，都是同班同学，小小就比小皮会的多，不仅多一点，而且多很多。大家都说孩子学习是种习惯，从小没有学习的习惯，这一辈子，都不会爱学习。小皮就是学习上不用心，算术语文，没一样考出好成绩的。按理说，他没有去上任何一个课外班，学习正课的时间，比其他小朋友都多。每天三点多放学，回到家里就能写作业，可常常第二天到了学校，作业本还是空的。爸，你作为小皮的爷爷，你就不着急吗？你该不该给孩子教点有用的东西，而不是让他学着你抽旱烟袋，说方言，随地吐痰！"

这话说重了，尤其是小皮，听到随地吐痰，立刻大清嗓子，要往外吐。端端瞪小皮一眼，指头指着他："你敢！"

爷爷不高兴了，换了谁也高兴不起来。老头站了起来："你这是冲我来的，看不惯我做这做那，怕我带坏孙子，是不是？"

端端赶紧否认："没有，我就是想……"一想，自己只会越描越黑。

老头索性关了电视，走到小皮跟前，冲着端端："我整天风里来雨里去，接送孩子。从他小小一点大，就带在身边。病了饿了，哪样不要爷爷操心。以前怎么从没说我不对过，现在好，我干什么都不对。我看你是借口孩子学习的事，看我不顺眼，是要撵我走是吧……"

端端又委屈又生气，心里恨着陈昊天，刚才那电话肯定是糊弄她的，指不定跟老头聊得多开心呢。难道她对孩子这么上心，是错了吗？可小小分明两位数的加减都会了呀。这该怎么办呢？

气氛凝重，小小抱着娃娃，看看赵栓锁，又看看端端。只有小皮浑然不觉："妈妈，我的手很干净很干净的，我能先吃一个猪蹄吗？"

第十七章　那个晚上

偏偏这天，杜小军和容利也发生了口角。

事实是，周末从张如芬那里出来后，小两口就没停过拌嘴。饺子没吃成，容利觉得婆婆就是冲她来的，当着家里所有人的面，造成因为她容利不懂事，破坏了家庭聚会的印象。惹老人生气的罪魁祸首是她容利，不给杜家传宗接代，还压制老公，又馋又懒……婆婆公公小姑子，所有人都在看她笑话。最可恨的是杜小军，竟不站在她一边帮她，他还是大男人吗？就这么看着老婆被人欺负？

"谁欺负你了啊？"杜小军听容利这么说，一脸的茫然："你是说我们家的人欺负你了？没有啊，他们没必要欺负你啊，欺负你他们能得到什么好处呢？你看你这想得歪的……"

这天，从张如芬家吃完晚饭，刚出门，两人又吵了起来。

容利睁大眼睛，恶狠狠地说："你是眼睛被猪油蒙了吗，这么明显地在收拾我，你还看不出来？"

杜小军摇头："真没看出来，你说，谁收拾你了？"

容利说："就是刚才，饭桌上。你妈给小乐舀鸭子汤喝，记得不？"

杜小军点点头。

容利问："当时她说了一句啥？"

杜小军说："我想想。好像是说鸭子这个东西好，清热解毒的。"

容利问："然后呢？"

杜小军抱着胳膊站在路边认真地想："然后我爸就说，他们有个老同事得了结肠癌，什么肉都不能吃，就能吃点鸭子肉。"

容利着急，耐着性子继续启发式教育："再然后呢？你妈说了啥？"

杜小军翻翻白眼："然后大家就吃鸭子了。我不是给你也舀了一碗汤？"

容利生气地说："不是这个！就是你妈冲我说的那句话：小军爱吃这些，容利你要学着做一做才好。否则以后我死了……"

杜小军吃饭时肯定没听到这些对话，他吓了一跳："谁死了？"

容利爆发了："你妈！是你妈！你妈说她死了！"

声音这么大，吓得路人都站住听这个"噩耗"。

杜小军终于火了："你妈才死了呢！有你这么咒人的吗，好好的，你这么说我妈干什么？"

当街被男人吼了，容利面子丢了，气上加气，眼泪哗地落了下来："好，你也欺负我。你们全家都看我不顺眼是吧，你也这么吼我，凭什么啊，我妈我爸都没有这么吼过我。你回家跟你的家人庆祝去吧，把我赶跑了，你们终于都可以省心了，都可以大大喘口气了，眼中钉肉中刺被拔掉了，你赶紧找个女人，最好还能年轻点，她肯定特愿意给你生儿子，还乐意给你做饭吃。你妈也不用看见我就这么头疼，最好你的媳妇大学本科，你爸也不会跟她没话讲。还有你那个妹妹，成天也没见她孝顺过你爸你妈什么东西，眼睛却总盯着我的嘴，生怕我多吃了你家一口白饭。你去找他们吧，以后就跟他们过去吧……"

小军见容利哭了，心就软了。想拉容利站到偏一点的树下去，容利甩胳膊蹬腿的，就是不干。小军哄她："好吧好吧，全都是我不对，我错了，你别哭了行不行？"

容利见小军认错了，想乘胜追击，问他："你错了，那你说你错哪里了？"

小军哪里知道自己错哪里了呢？明明是容利说话刻薄，他的气还没消呢。

容利一推他："你就是敷衍我呢吧，你心里和你家里人一个德性，根本就瞧不起我！有什么了不起的啊，是高工是干部，就可以随便瞧不起人啦？你杜小军不过也就是个高中生而已，我配你绰绰有余了，他们凭什么看不起人啊。"

杜小军又糊涂了："谁说他们看不起你了？你怎么无事生非呢？"

容利又开始掉眼泪："你又吼了，你还敢说你没看不起人。行，姓杜的，你今天是非要跟老娘斗个你死我活是吧？"

杜小军辩解："不是不是，你怎么总是想偏啊你。我这认错不是给你台阶下嘛，赶紧着，下了台阶，我们就回家吧。"

　　容利气疯："你还说是我想偏了，你听听你自己这话，认错就是为了给我台阶下。原来你根本就没意识到你和你家人的问题是吧？你妈你爸你妹甚至你妹夫，个个狗仗人势欺负我，你是我老公，一点忙都不帮我，尽让我在你家丢人现眼，被人奚落。对，他们都是知识分子，都读过书，最知道怎么说话才能更伤人，我哪里有他们那么机灵那么会说话。你是大傻子，反正什么也听不出来，可他们不能也拿我当傻子啊，说话阴阳怪气，到底要干什么？生不生孩子，那是我们自己的事，我不爱做饭做家务，可你也不会做啊。凭什么你妈总是一副看我不顺眼的表情？她不喜欢可以不用叫我们来吃饭啊，你当我缺她那顿饭还是怎么的，不都是为了陪着你去尽孝，让他们每天能看看他们的宝贝儿子吗？话又说回来，你杜小军做做饭打扫打扫房间，又能怎么样？你这么胖，做点事又不会死，厂里多少家都是男人忙里忙外，连你们厂长只要回家，都会给老婆做饭洗衣服。你杜小军又干了什么，奇了怪了，你妈从不说你怎么不对，矛头总是对准我。她也不想想，有什么样的儿子，当然就会有什么样的儿媳妇。她还闹哪样吗？"

　　杜小军大脑接受信息的容量有限，容利话一多，他明显消化不了，完全不知道容利在说些什么，只觉得头疼脑胀，烦不胜烦。

　　"唉——呀！"他大喊一声，伸手指向远方："你走你走，你就别给我吵吵了行吗？你这是嫌我傻啊，还是恨我家对你还不够好啊？这么多年，我妈这么照顾我们，体谅我们收入少，一分钱都没要过。结果还落下了一身的埋怨和不是。你这么说话，对得起自己的良心吗？"

　　容利发现自己控诉了半天，一切又都回到了原点，甚至比原点还要更靠后一点。她什么都不想说了，心里那个拔凉拔凉的。哼了一声，脚一跺，走了。

　　杜小军看着容利的背影，张张嘴，又闭上。他想追，又不知该不该追。他长这么大，还没跟谁这么明目张胆地对峙过呢，何况这个人还是他一贯娇纵害怕的老婆。容利一走，他腿都软了，走也没法走，站也站不住。脑袋一昏，眼冒金星，控制不住地往下出溜。身子正发软，一双胳膊从他的胳肢后面支住了他。一个女人用四川话在喊："嘟个栽倒了么？吵架吵得好好的，说栽就栽！"

　　杜小军全身无力，意识也在远去。这突然的声音，让他明白有个女人在撑着他，虽说女人劲不小，可还是越扶越吃力。思维渐渐回到了他的身上，有气无力地，他勉强自己用了点力，女人手脚麻利不失时机地拉过一只塑料椅子塞在了他的屁

股下面。

杜小军这才发现，自己刚才和容利是在一家小面馆前面吵架，扶他的女人，正是小面馆的女老板。和很多四川女人一样，她个头不高，皮肤很白，圆脸，看着有点娃娃相，说话做事非常麻利。

面馆就开在杜光明家小区的大门外，杜小军以前就来这里吃过，面条味道很是不错。

他出了一身的冷汗，完全虚脱的感觉。老板娘二话不说，从里面舀了一碗热腾腾的面汤来，放到杜小军面前："先喝点汤，不敢给你下面条吃，怕你吃不下。先喝点热汤缓一缓，要吃面，我再去下给你。"

这汤来得如此及时，浓稠、微咸、散发着浓浓的面香，它真是能救杜小军的命。

杜小军一大口入肚，精神恢复了不少。

"谢谢，"他说。

容利负气离开杜小军，此时此刻，她最不想去的，就是他俩的家。房子是厂里给分的，一室两厅，格局也不好。买下来就三四万，很便宜。等以后有了资格再集资大的房子，只要将这房退给厂里，就能去住新房了。这几年容利他们一心攒着钱，等着下一批厂里集资盖楼呢。

是不是因为这个原因，没有一套真正满意的房子，容利才过得这么懒散？对，一定是这个原因，容利想，房子没到位，日子就有些敷衍了事。既不想好好收拾，也没心思等着升值，甚至连生个孩子的心思都没有。

想着想着，就抱怨起公公婆婆来。和她差不多大的女的，单位没集资房的，很多人都在外面买了商品房。他们哪里来的钱，不都是两家老人凑的吗？可杜小军的父母呢，却总是要他们凑合着等一等等一等，说集资房便宜。这一等，就是五六年，等房子盖好住进去，谁知道还要几年？

还整天数落她不生孩子，凭什么给他们生孙子啊？生下孙子，就让孩子跟他们一起住筒子楼啊？

越想越理直气壮，恨不能返回原路，将这些刚想起来的话再冲杜小军说一遍去。不，最好再让时光机器朝后拨一点，回到饭桌上去，她非得在饭桌上，将张如芬和杜小乐辩个哑口无言不可。

脑子里乱哄哄这么想着，就到了百货商场的下面。楼下在搞毛巾被的促销，床上用品摆了一大堆。容利四处看看，没什么吸引她的。百无聊赖，她进了商场。

却又不想看商品，想起这里的八楼，有个露天喝咖啡的地方，风很大，又凉爽，环境也很好，她就想直接坐电梯上去。

这时，端端正巧和她同时走到了电梯门口。进去后，端端直接按了八楼，望着天花板，铁青着脸，也不问问容利要去几楼。一看和自己一样，又是个怨妇！

电梯往上升，到了四楼，容利就开始幻想，不知道在上面会碰到什么人，也许能遇到个聊得来的人，管他是男是女，她要把烦心事都说出来，就让外人来评评理好了。

突然，轰隆一阵响，电梯停了。

电梯间里刹那黑了下来。两个女人同时发出尖叫声。

"停电了！"端端说。

"停电了！"容利说。声音里含着说不出的恐惧。

电梯里的应急灯，几秒钟后，亮了。

很微弱，但好逮有点光亮。两人凑到一起看，到了哪一层了——四楼和五楼中间！

怎么办？容利害怕了，声音里带上了哭腔。

端端自言自语："这算什么事啊，本想散个心，竟遇到这么倒霉的事。做人还能更倒霉吗？"

容利听端端这么说，觉得特亲切，就仿佛说到了她的心坎里。

"你也是来散心的啊？是去八楼喝咖啡的？"

"是啊。去喝茶。我还从没来过这里呢，早就听人说，这个地方很休闲。平时谁没事一个人会来啊，今天一早就特倒霉，刚又跟老爸吼了一架，气得慌，走过这里，突然就想，上来坐坐。我也得安慰安慰自己，否则迟早会被儿子老爸活活气死。刚到四楼时，我都后悔了，本想压门，直接下呢。就迟疑了一秒，竟被卡住了。你呢，是去会朋友？"

容利看看端端，个头不高，胖胖的，无论身材还是相貌，都构不成任何威胁。一看就是一肚子的委屈，哎呀，今晚上不愁没人说话了。

她甚至有点高兴地说："不是，没叫朋友一起来。我也是一个人走到楼下，突然想起应该到这上面来坐坐。你猜猜，我是为了什么呢？"

端端疑惑地问："为什么？乘凉？"

容利一拍手："和你一样。不过我是和老公吵架了。他把我气坏了，我们站在当街就吵。他一点没让我的意思。"

端端噢了一声，似乎为这样的巧合，有点不好意思。

容利立刻从头讲起她和杜小军的各种纷争来。从结婚到吃饭，从小姑子到公公，从婆婆到丁克。

容利说话一快，是容不得任何人插嘴的。任何人也别想插进话去。她密不透风地将婆家所有的人，都数落了一遍。

端端突然伸出手来，对她说："我叫赵端端。你呢？"

端端和容利，在全区大停电的那个晚上，成了好梯友。小乐却在那个晚上，耽误了工作。

又到月底，财务上工作特多。小乐因为怀孕，被分去管库房那边的账。谁知库房统计员的数字出了问题，全部都要重新来过。小乐上班时间忙不完，就将活儿拿回家里做。

结果就遇到了大停电，小乐捧着电脑着急地在家里直打转——李春来说，这是天灾，保险公司都得赔偿。看着吧，明天报纸上就会登的，何况你们部里不少人都住在附近，这点理解，大家还是会有的吧？休息吧休息吧，停电最好，我来搂着你睡觉。

小乐惨兮兮地说："不是怕同事不理解，是怕蔡丹言会骂。那个变态疯婆子，你不知道有多可恶。"

李春来说："我怎么不知道。看你天天晚上做噩梦，我就知道她有多么恐怖。"

小乐怀着侥幸心理，果真早早睡觉了。电是半夜来的，她本想爬起来接着干，可瞌睡不饶人，还是没起来。

第十八章　婆婆发威　老妈道歉

第二天，不幸的是，她又迟到了。

说起来还得怪母亲张如芬。老太太去早市买菜时，看见有人在卖鸽子，想起大家都说，鸽子炖汤营养最好，没鸡汤那么油，比牛肉汤更提气。小乐最近在家吃饭，常常抱怨长肉太快，喝汤的积极性明显不高。张如芬就想，不如买鸽子来炖。

张如芬为自己这突发奇想欢欣鼓舞，刚付了钱，就忍不住给小乐打了电话。小乐那时才出门，张如芬说："晚上早点来，给你吃个好东西。"

小乐已经被这些日子的各种好东西，吃得肠胃犯堵了。一说吃这个字，立刻就会头晕。听母亲特别兴奋，她不好扫兴，强打精神问："是什么呀？"

张如芬说："鸽子！"

"鸽子？"从小到大，小乐还没吃过鸽子肉呢。巧的是，头顶刚巧一群鸽子飞过，她立刻抬起头来，看着鸽子在楼顶盘旋。

"我不吃，"她说，"我不吃什么鸽子，我听到吃鸽子，就害怕。"

张如芬耐心地解释："怎么能不吃呢？鸽子补气的，又瘦。我就买了一只，还不能大家都吃，只给你一人吃。还可以加点花生一起炖。这是我从电视里看来的。"

小乐赶着要上班，干脆地说："别买啊，我说了的，不吃。那些鸽子经过检疫了吗，要是什么怪细菌进了身体，看你怎么办？"

一听这话，张如芬傻眼了。是啊，她怎么没想到这一层呢？

立刻转身就对小贩说："不要了，你给我退了。"

小贩当然不肯，哪里有这样的买家，我给你把鸽子的翅膀都剪了，凭什么退啊。

张如芬着急："剪了不还是可以卖给别人吗？我拿回家去，没人吃，那不就浪

费了吗？"

小贩说："你怕浪费给我放这儿啊，钱我可不退给你。"

张如芬嚷道："有没有你这么不讲理的？"

正说着，小乐又来了电话。她越想越怕老妈真的把鸽子买上，然后再炖了端给她。她可吃不下那个东西，太恐怖了。

"妈，你没买吧。我可告诉你啊，你买了我也一口不沾。"

张如芬顺势告状："我买了。可死活退不掉。要不你还是吃吧？"

小乐吓一跳。要是退不掉，她就得吃。那还得了。

上班的路上，正好要经过这个早市。小乐一路走，一路找老妈，终于看见了。母女俩的力量就是大，小贩也怕人多势众，三下两下，还真给退了。可就这么多出几分钟的花絮，小乐就迟到了。

蔡丹言看着她，没什么表情，伸手就问她要昨晚做的报表。

小乐支吾："昨晚停电了，我没做完。上午保证做出来，争取午饭前就给您。"

蔡丹言一副见了鬼的表情："不会吧杜小乐，这事我昨天是怎么给你交代的？"

一办公室的人都看着她，小乐低了头："今天一早要。"

"啪，"蔡丹言将手里的一个夹子重重地摔在桌上，几乎咆哮道："那你是怎么答应的？"

小乐说："对不起，部长。"

蔡丹言继续："说声对不起就可以了吗？这是什么工作态度！我上午要去开会，要用你的报表去做报告，现在你让我拿什么去？你要我在会上说什么？"

小乐眼泪下来了："我现在就做。"

蔡丹言说："我看你不要再做了，回家去吧。把你的工作移给别人，你不愿意做的话，愿意做的人多得很。"

小乐慌了，蔡丹言怎么突然说出这么狠的话来？除了她一贯做人刻薄，难道还有她怀孕的缘故？是故意要赶她走吗？

小乐着急了："部长，你这是在歧视孕妇吗？"

手下竟然还敢顶撞，蔡丹言气得鼻孔都放大了。她拿起夹子，再一次摔在桌上："我就歧视你怎么了！你工作不上心，耽误部里的事，你还来对我兴师问罪！我不该歧视你啊？"

小乐又气又恨，还有后悔。早知道半夜爬起来，把事情做了该多好。都怪该死的李春来，不让她起来。还说用电脑对胎儿不好。现在被领导骂，难道就好了吗？

正急着想说点什么，就觉得肚子突然一阵抽搐，疼痛袭来。她的脸色变了，嘴角也歪起来。端端和几个站在旁边一起陪骂的员工，立刻跑过来扶住了小乐："怎么了怎么了？"喊个不停。

蔡丹言见状，也有些害怕。也算她运气，电话突响，通知她早上的会挪到下午了。她没好气地说："行了，别在这里装神弄鬼了。赵端端，她不舒服就打电话叫办公室派车，尽快拉去医院。那个报表，下午一上班，我要在桌上准时看到！"

说完，进了自己办公室。

端端不敢懈怠，让小乐去洗手间看看有没有出血，小乐说没有，可肚子确实很疼。端端忙叫了辆公司里的车，二话不说，陪着小乐就去了医院。

偏偏李春来去了下面市县，一时赶不回来，就给赵素棠打电话。听到儿媳妇进了医院，赵素棠二话不说，立刻打了辆出租前来。这要花二十多块钱啊，换平时，她哪里舍得这样花钱。

来得及时，小乐也才检查完，进了观察室。见婆婆探了个头，小乐的委屈，终于有了发泄的地方，眼泪哗地就流了下来。婆婆跑过去，搂住小乐，嘴里还乖呀乖地哄着。这让从小没了妈，也没了婆婆的赵端端红了眼圈，竟比小乐还伤心地哭了起来。

情绪平复点了，婆婆就问起缘由来。端端三两下，将经过讲了一遍。"那是个女魔头，"端端对赵素棠这么形容蔡丹言。

"女魔啥头？"赵素棠不懂。

小乐嘀咕："就是很凶啦。"

说曹操，曹操到。蔡丹言大步流星地走进了病房。她是来看小乐的，偏偏嘴上不愿服软，问小乐报表在哪里，没人做她来做。

小乐小声说："给了别的同事了。"

蔡丹言就没话说了，对她惹的这个祸，她也挺紧张。可就是不愿低头，太好面子了。

端端赶紧汇报："部长，小乐没什么大事，肚子不疼了，也没出血，没有流产的症状，只是医生叮嘱，要卧床休息一阵儿。"

蔡丹言放了心，就对小乐点点头，说："你是不是也太娇气了，现在这才几个月？还是……刚怀上？"

小乐说："两个月了。"

赵素棠终于知道站在对面这女人是谁了，媳妇怕她，她可不怕她。她是长辈，该说的话还是要说清楚。

"你是小乐的领导是吧？"赵素棠拿出公事公办的表情来。

蔡丹言点点头，好像才看见这儿还有个老太太似的。小乐忙介绍："是我婆婆。"

"哦，老人家好。"她淡淡地说。

既然被人叫了老人家，赵素棠何妨不能倚老卖老呢。她拉住蔡丹言坐下，做出推心置腹的表情，说："我这个儿媳妇好得很。工作认真，回家经常看书加班。就是脾气软了点，容易被人欺负。也难怪，父母娇惯嘛，不像我，老头子死得早，一个人带着俩孩子，不泼辣都不行。我是什么都不怕，要打要杀，都敢往前冲。我最见不得的，就是孩子受人气，不管对方是谁，我都不允许……"

话越说越恐怖，蔡丹言脸越来越难看。小乐叫了两三声："妈，妈，"赵素棠充耳不闻，非要将这一局扳回来不可。

"孩子有不懂事的时候，谁上班头几年，会没个出差错的时候呢？我想领导你也不是一开始，就像个领导样子吧。敲打敲打是对的，可她是个孕妇，身体和我们普通人不一样，是需要照顾的人。你也是个女人，一定能体谅女人的难处。我们家儿子挣钱挺多的，房子车子都有，说老实话，家里不缺小乐每月赚的这些个钱。"说着望着小乐："要不小乐，咱们把工作辞了，索性回家去？生完这个，赶紧再怀一个，趁着年轻，多生几个。妈来给你带。"

小乐听着婆婆的话，一瞬间想死的心都有了。她不敢看蔡丹言的表情，有气无力地哀求赵素棠："妈，你少说两句行不行？"

话没停，张如芬也站在了门前。蔡丹言不想再坐下去了，站了起来。端端赶紧介绍："部长，这是小乐的妈妈张……张书记。"

她想好歹说个职务，能让蔡丹言高看一些。

张如芬伸手，想跟蔡丹言握手。蔡丹言鼻子哼了一声，看也没看她，就走了。

张如芬一头雾水，问小乐："这是咋了？"

赵素棠不高兴地说："这女人确实欠揍。小乐，咱不受她这个气，干什么啊，大家不都是给资本家卖命的奴隶吗，她自己做奴隶上了瘾，还帮着老板欺负别的奴隶！这不是典型的狗腿子嘛！"

张如芬还是有经验，一听这话，立刻猜到了大概情况。一定是女儿被领导骂了，身体欠佳，婆婆过来火上浇油，说了一些不三不四的风凉话。这年头，有份工作这么难，做人可不敢这样随意啊。

张如芬二话不说，扭头就冲外跑。

停车场，她还果真将蔡丹言给堵住了。

"领导领导，部长部长，"她一路喊着，将蔡丹言拦在了车前。

蔡丹言一脸紧张，她这人和很多看起来横的人一样，其实骨子里多少有点胆小怕事，还特别爱面子。她不想跟老太太在外面也发生冲突，嘴巴闭得紧紧的，一言不发。

张如芬赶忙道歉："小乐一定不懂事，说了什么不该说的话是吧？你是她领导，怎么批评她都是应该的，都是为了她的进步和成长嘛。在家里小乐经常说起你，她很佩服你的，说你是她的榜样。小乐那孩子，你不知道，她其实是很有上进心的。这次怀孕，也一直怕耽误工作，耽误中级考试，常跟我的女婿说，不想要孩子。但女人啊，总得过这一关不是？孩子是我们全家都希望她生的。怀孕也许造成了一些情绪不稳定，你大人有大量，千万别跟她计较。"

蔡丹言脸色这才缓和了，到底是书记，说话就是有档次、有素质。她僵硬地笑了笑："小乐妈妈，谢谢你理解。"

说完就上了车。

张如芬站在原地，看着蔡丹言的车越走越远，一时没有话说。

端端跑了出来，见张如芬一人，松了口气。凑过去问："阿姨，没有吵起来吧？小乐紧张得都要哭了？刚才婆婆可说了几句难听的话呢。"

"哼，"张如芬说："我能跟她一样那么没见识吗？放心吧，没事了。该道的歉我都道了，该服的软我也服了。以后让小乐乖巧着点，就行了。其实，让我说，你们这部长人挺好的。就是个不苟言笑的人而已。"

端端点点头："那是，那是。"

第十九章　胡乱懦夫斯基

在医院，小乐被观察了几个小时，就回了家。母亲和婆婆在上司面前，如此替她出头，算是犯了职场大忌。她得努力多少年，才能消除这个恶劣影响呢？也许，在公司里，所有人都知道这件糗事了吧。

婆婆发威，老妈道歉。她杜小乐，就是个在大人庇护下永远长不大的孩子。这样的女人，谁能放心将重要的工作交给她？而她，还惦记着三五年晋职，进入高管行列呢。

完蛋了。杜小乐越想越沮丧，心里对两个老太太，说不出的气恼。

她没去母亲那里，只是说想回自己家。张如芬还没意识到自己也做错了事，以为小乐是在生婆婆的气。赵素棠也跟着来到了小乐的家里。张如芬就替天行道，对亲家母一脸的冷若冰霜。

小乐被母亲安置着躺到了沙发上，她盖着被子，不想听老太太们唠叨，闭上眼睛假装睡着。两个老人压低嗓子斗起心眼来。

张如芬埋怨亲家母："你怎么能对小乐的上司不礼貌呢？这以后让小乐多被动啊。她有自己的职业规划，又是个事业心很强的女孩子，你这样不是给她添乱吗？这会让她多年的努力付诸东流的啊。"

赵素棠这才知道小乐妈一直臭着脸是为什么，她也火了："你看着闺女被人欺负，就一点也无所谓啊？那个女人，蛮横霸道，小乐肚子疼，还不是她害的。噢，换你这么说，就算她把小乐弄流产了，我们也不能对她说三道四的？这次饶过了她，下次她会对小乐更狠。见猪不欺三分罪。我看她就是爱欺负人，谁软她欺负谁。小乐现在怀着孕，成了弱者，她就可以不讲道理，随便要霸道啊？我赵素棠眼里揉不得沙子，最恨这样的领导！"

张如芬苦口婆心："老赵，不是我说你。这样顶撞小乐的顶头上司，你考虑过小乐的感受吗？毕竟以后每天共事的还是她。人家来医院，已经是表达歉意了。你也不能说小乐肚子疼，就一定和她有关。总之，你这么做，太欠考虑，不礼貌，也卤莽了点。"

赵素棠说："小乐是你的亲闺女……"

话没说完，李春来开了门，后面跟着杜光明。两人都是一脸的焦急。李春来见小乐躺在床上，立刻扑过去握住了小乐的手。小乐睁开了眼睛，李春来问："怎么样，好了吗？"

小乐点点头，她不想让李春来担心："没事。就是有点累。"

李春来脱外套："你想吃什么，我来做。"

小乐说："稀饭。"

张如芬不等李春来站起来，自己先进了厨房。"我来我来，"她知道小乐更想见李春来，所以把李春来留给小乐。

小乐叫杜光明："老爸你也来啦。"

杜光明说："是啊，上午我们队搞活动，我还走不开。刚在楼下见到李春来，就一起上来了。"

小乐见到爸爸心情好多了，坐起身，她调侃起杜光明："你还在跟那个老美女做搭子吗？"

杜光明瞧瞧厨房，悄悄说："那可不。我们现在配合得已经很不错了。"

赵素棠也知道男亲家的事，她可不赞同杜光明玩这么危险的游戏。为此，她专门找人打听了高稚影的情况，现在正好到了可以公布的时候。

她摇摇身子，坐稳屁股。身体稍稍前倾，脸上带出神秘的表情："这个高稚影，命挺苦的呢。"

杜光明的耳朵登时就支了起来，在一起跳舞这么长时间了，他还真不知道高稚影的任何私事。她从不说，他也不好问。

"怎么啦？"

张如芬火上做上了稀饭，也走出了厨房，一起听赵素棠八卦。

　　"她呀，被男人抛弃了。大概十年前吧，男人去上海做生意，在那边就找了个小丫头。男人也挺狠心，离婚前把所有的财产都转移了。高大夫什么也没捞上。最糟糕的还不是这个，而是她有个残疾闺女，那女孩小时候脊椎得过病，下肢瘫痪了。一直坐在轮椅上。男人有了新老婆，肯定不会要这么个孩子，高稚影就留在身边自己带。这一晃，孩子都工作了。说是也当了中医，在一家药店坐诊呢。"

　　谁也没想到，那个看上去高雅神闲的高大夫，竟然有这么不幸的过去。小乐挺感慨的，不由说了句："真不容易。"

　　杜光明也点头："真是一点也不知道。她总是挺高兴的，根本看不出来有这么多事。"

　　李春来感叹道："是因为跳舞的原因吗？她看起来确实比同龄的老太太显年轻好多，外表一年轻，给人感觉心态就好。"

　　小乐对母亲和婆婆说："你们其实也该学学这个高大夫，把自己的生活搞得轻松一点。看人家经历那么多不幸，可还活得这么潇洒自在。妈，我觉得你也跟爸去学跳舞吧，别把心思全都放在我和哥身上。给我哥做饭这么些年，弄得自己也不开心。现在还要把我也管起来，以后还要管孙子的学习是吧。你看你这么着，什么时候才是个头啊。你得自己解放自己，像高大夫这样。她要是不跳舞，带着个残疾闺女，那还不整天愁死忙死了？"

　　张如芬不满："你别在这里跟我说大话。我要是真有个残疾姑娘，别说我还真没心思每天去跳舞唱歌呢。就算退了休也得到处去打工赚钱，给孩子能多留就多留一点。糟了，稀饭喷了。"

　　说着就朝厨房跑。赵素棠见儿子似乎还挺赞成小乐的话，也撇嘴巴："你们都觉得高大夫那样挺好的是吧，谁知道她跳舞是不是因为空虚寂寞啊？"说着看着杜光明："是吧，老杜？"

　　小乐看着老爸张口结舌的样子，不由可乐："得，老爸，你跳的不是舞，是寂寞。"

　　谁人背后不说人，谁人又不被人说。赵素棠刚八卦完高大夫，自己家里就出了一桩大丑事。

　　这天傍晚，正是国光厂下班的时间，穿着工作服的人回家的回家，买菜的买菜，把家属区挤个水泄不通。这时，一小撮奇怪的人，引起了人们的注意。

　　领头的是个四十岁左右的女人，个头中等，短发头，黑皮肤，微胖。穿件大花的衬衣，下面是条紧绷绷的紧腿裤，脚踩一双黑色的粗跟鞋。她仰着脖子，到处东张西望的样子，一看就是来找人的。可她来意不善，这在她一脸挑衅的表情上就可以发现，还有她身后的四个男人、三个女人。他们全都是同一副表情，似乎在说："我们是来要某人好看的。你们最好跟紧我们，不要落下，否则就会错过一场好戏了。"

才几分钟，他们的身后就跟满了下班的人，这些人也不回家了，菜啦肉啦面条馒头，也不去买了。他们不仅跟着这群人，还给领头的女人指指点点呢。

到了赵素棠的楼下，这群人站住了。他们在马路对面的时候，正忙着洗菜的赵素棠就看见了，隔着窗户，她也感受到了浓烈的八卦气息，她可太想冲下去问问是怎么回事了。现在好了，他们到了自己的楼下，她打算立马擦干净手，下楼去看热闹。她得弄清楚他们是来找谁家的茬儿的——可不就是来找茬儿的嘛，看这个她是最有经验的了。

她探出头，正巧胖女人仰起头。两人的视线硬硬地碰到了一起，空气中仿佛响起了劈里啪啦的电流声。女人手一指："你，就是你！"二话不说，就进了单元门。

赵素棠慌了，怎么这条胳膊竟指向了她家呢？不，一定是搞错了。她赵素棠连这个女人都不认识，她带这么多人来找她干什么。

为了尽快说明情况，她喇的一下先拉开了门。人群已上到了楼梯口，门一开，那女人叉着腰就进来了。二话不说，她对身后的那四男三女发出指令：

"砸！"

赵素棠这才看清楚，这些人手里竟都拎着棍子。有人手脚快，已经一棍子下去，将茶几上的一个糖盒掀翻在地。赵素棠着急地拦："这是什么事啊，你们找错人家了。你们到底是要砸谁家，我认识你们吗，砸错了砸错了，我可要报警了！"

"不怕丢人你就报！最好把电视台的人也叫来。你们家的狐狸精，勾引别人老公，她不嫌丢人，我们又怕什么？快，老太太，去叫警察，叫记者，叫你们厂保卫处和领导都来。来的人越多越好，大家一起来评评理，一个大闺女找谁不好，非要跟有妇之夫勾搭。还撺掇着我老公离婚娶她。喂，你闺女李腊妹是不是到了没人要的地步，还是从小就喜欢吃别人嚼过的馍？她怎么这么贱啊，口味怎么这么怪啊，一点也不挑食啊。我男人要是有权有势，她有点图，那说明她至少不傻。现在倒好，一个爪干毛净的蔫巴巴的老男人，也来抢，这不是故意恶心人还是干什么？老太太，我告诉你，我家男人我也不稀罕，要是没孩子，我肯定把他洗干净喽双手捧着敲锣打鼓地送给你家闺女，还要对她大谢特谢，外搭几斤好酒！"

听了这一段，赵素棠浑身发抖，她终于猜出那天晚上，李腊妹为什么要和那个男人进宾馆，又为什么他一见她，干脆就躲了。原来是这么一档事。闺女怎么能做出如此丢人的事来，老太太阵阵发昏，站不稳了，更说不出什么话来。胖女人倒还仁义，找出个凳子，让她坐下，接着又一挥手："继续砸。"

门口看热闹的人越来越多了，赵素棠无力反抗，只盼这群人早点砸完早点走。李腊妹离下班还有点时间，这几个人是特意来出她赵素棠的丑的。也应该，谁叫她没教育好闺女呢。也别砸东西了，干脆砸死她好了。

东西噼里啪啦地飞起，落下，碎成渣子。终于有人看不过去了，大喊着冲进来阻止。都是一些老街坊老邻居。见有人制止，家里也砸了个乱七八糟，胖女人住手了。出了恶气，她变得高兴多了。竟神气活现地从口袋里掏出张名片，放在了茶几上："老太太，要是想赔偿，就拨这个电话。我在批发市场批茶叶，有自己的生意和员工。告诉你闺女，放聪明点。否则下次碎的，就不是这些东西，而是她的脑袋了。"

说着，一群人如旋风一般，呼啦啦就走了。

看热闹的人还不想走，和赵素棠要好的几个老太太，赶大家走，然后关上了门，帮着收拾东西。赵素棠当着几个老姐妹，终于忍不住，发出了号啕哭声。蔡妈安慰她："不是你的错，是闺女不对。等腊妹回来，我帮你好好教训教训她。"

"她不听啊，"赵素棠一把鼻涕一把眼泪："真是女大不中留啊。她那心思，说多怪有多怪。就是不往正道上放啊。她要听我的，哪里会等到今天还嫁不出去……"

赵素棠哭得伤心，老太太们哄着哄着，也很无奈。这会儿女下班，孙子放学，老头子下棋回家，全都等着吃饭呢。赵素棠体谅她们，让她们赶紧回去，自己慢慢收拾。

这群老姐妹走了，赵素棠拖着疲软的身体，蹲下来收拾。她无意中走到窗边洗手台时，突然看见楼下有个熟悉的身影闪过。她眯了眼，仔细看去。这不是那天晚上，跟李腊妹在一起的男人吗？

他正偷偷摸摸地躲在一棵树后面，也不知道是不是在等快下班的李腊妹。或是还想看看老婆怎么耍了威风？赵素棠怒火中烧，恶狠狠骂了句："不要脸。"

她冲到茶几上，拿起名片，看见上面三个大字："刘文红"。这是那女人的名字，管不了这么多了，老太太趴在窗户上，大喝一嗓子："刘文红，嘿，刘文红的男人，你给我站住！"

　　这声音惊住了那个男人，当他抬头看见赵素棠眼里冒火地正盯着他，伸出胳膊要他待在原地时，他脸色一变，不顾形象地撒腿就跑。

　　"胡乱懦夫斯基！"这是赵素棠年轻时工人们在一起常骂人的话，都好多年不用了。这会儿，赵素棠脱口而出。

第二十章　金朋鲍勃和老莫

艾真一大早，就给高稚影发了条短信，说晚上请她到自己的出租屋来吃饭，并且要给她介绍个人认识认识。

高稚影立马想到，肯定是艾真说的那个坐轮椅的男朋友。

竟还真有这事！

她答应了，心里却七上八下的。对方会是个什么样的人呢，岁数和艾真合适吗，性格怎么样，对方家里条件如何，他们怎么认识的，两个残疾人以后怎么办呢，艾真真的喜欢他吗，他会对艾真好吗……

这些想法搅得她心神不宁，却又不好多问。她试探性地回了一条："要我带点什么吃的来吗？"

艾真回答得很干脆："你就自己来。饭菜我俩做，他很能干的。"

高稚影看出女儿对她照顾的抗拒，她也不好再多纠缠。

偏偏这天乐活队有活动，市政府组织的什么交流节的开幕式，还邀请了一些群众文艺团体，在广场做表演，乐活队表演的是一首大合唱。

几十个人，早早地就在绿地公园集合了。退休办为他们租了一辆大轿子车，工作人员特兴奋地站在车边上，点人头数人数。

衣服都是为这次活动统一做的，男的全是白西装红领带，女的都是天蓝色的长裙。平时大家都穿得很随便，今天这么一打扮，还真有些令人刮目相看。高稚影是女生部的领唱，长裙颜色跟大家不一样，是红色的。她穿在里面，外面套了一件长长的黑毛衣，头发在后面挽了纂儿。她刚一到，老莫就迎了上去，给她看他手里拎了只暖水壶："我这里面泡了菊花茶，要是你口渴了，就来喝啊。"

高稚影点点头，没有说话。老莫这段时间，确实又来找过她几次，她终于对他用他能听懂的话，说得一清二楚了。"不行，不想，不知道。"可老莫说："我不会放弃的，你就看我的行动吧！"

面对这样一个书呆子，高稚影还能怎么样呢？

车一出发，大家伙就又唱了起来。什么《万水千山总是情》、《草原上升起不落的太阳》，怪声情并茂的。正唱得投入，突然坐在靠东边窗户的人，表情很怪地望着外面，头贴在窗玻璃上朝外使劲看着什么。好奇的老头老太太们，立刻乱了阵脚，坐在朝西窗户边的人，也站起来，纷纷朝这边看。退休办的工作人员小赵没忍住，也跑过来，贴着窗户看。

"哟，这是谁呀？是谁组织的拉拉队，这么热情？"

转头喊高稚影："高团长，你来看看。是你的朋友吗？"

高稚影扶着椅背，走到了窗边。就见一辆皮卡车，正跟他们的车并行着。车身上拉了一条特壮观的横幅："预祝国光厂老年艺术团在全市洽商会上的表演马到成功！"在风中，这长得念起来拗口的标语，飒飒飞舞，甚是扎眼。

再看车后的后备厢里，很多箱饮料，冬瓜茶、冰红茶，还有一只大的保温桶，不知里面装着什么。

高稚影糊涂地问："这是谁呀？不知道啊？"

说着扭过身，问车里："这是谁带来的后勤部队啊，我们好好为他呱唧呱唧。"

说着就要拍巴掌，小赵却捣她一下："快看快看，副驾驶有人冲我们招手啦。"

高稚影凑过去看，果真，副驾驶的窗户打开了，里面的人正冲他们又是微笑又是挥手。

天哪，这副威风凛凛的亲民架势，不是金朋，还是谁呢？

高稚影立刻就急了，她也不管金朋看见没看见她，就冲他直摆手。那意思是别这样别这样，赶紧回赶紧回。

金朋却收回了手，冲司机做了个向前冲的手势，他们的车开到前头去了。

这下，大家都知道拉拉队是高稚影的朋友了，而且，聪明点的，也都看出来是个什么状况了。

歌也不唱了，立刻就有老太太打趣高稚影："高大夫，你这是傍大款呀，竟偷偷摸摸找了这么一个有本事的老头呀。也不告诉我们一声，是怕我们抢了呢，还是怕我们抢了呢？"

还有老头也起哄："高大夫，你这让我们莫工情何以堪？是吧，老莫？别怕，等我们下车了，看看到底是个什么人，竟敢来抢我们的高大夫，我们给你做主！"

老莫又嫉妒又难堪，但他却表现得挺可爱。他大声宣布："我觉得对方也不是什么大款，你们看见没有，那饮料是冬瓜茶！冬瓜茶耶！冬瓜茶有什么好喝的，全是糖水嘛！高大夫是中医大夫，很讲究养生之道的，怎么会去喝那个加了防腐剂的糖水呢？是不是啊高大夫？"

高稚影听他们说得好笑，只能点点头："是啊是啊，别误会，那只是个朋友，我跟他没什么关系的。"

"朋友？哎呀，这年头，朋友的含义是最丰富的。几乎可以囊括天下所有的关系，是不是？"有人喊。

杜光明看高稚影有点不好意思，联想到张如芬说过的，她在缘线征过婚，就猜想这个男的，很可能是高稚影在那里认识的朋友。作为高稚影的舞伴，他有义务替她解解围，于是他站起来，说："大家不要小人之心度高大夫啊，有朋友来加油送水，这可是我们乐活队的福气，对不对？管他是不是糖水，我报名，我先喝。"

等到停车场，果真，金朋已经在那里了。他挺潇洒，穿了一件鸡心领的横条毛衣，下面是条牛仔裤，一副休闲的派头。见高稚影他们的大车来了，就迎到了车门口。

大家都后退，让高稚影先下。

高稚影一露面，金朋就声若洪钟地喊道："辛苦了辛苦了，我是来慰问大家的！"

高稚影哭笑不得。

今天这场演出，她一周前偶尔跟金朋提过，没想到他竟一直还记得。其实两人这段时间的接触，并不顺利。金朋誓不后退，还说一定要攻下高稚影这个山头！两人会打打电话，也一起吃过饭，无奈高稚影总是找不到感觉。

"你到底要的是什么感觉呢？"金朋也很奇怪，问她。

"真实的感觉吧。"

"难道我不真实吗？"金朋简直不敢相信自己的耳朵："我是天下最真实的人好不好？如果我老金都不真实了，我不知道谁还敢说他真实。"

高稚影心想，你这话说得就很不真实。

她觉得两人不是一条线上的，太难有交集了。他的世界，和她的实在是太远了。

最简单的例子就是，有一次，她去他家里做客，他要出去买点东西，高稚影说那你找本书给我翻翻吧，金朋摸遍了四室两厅，拿了一叠广告单来——这是他家里唯一算印刷品的东西。

而高稚影，八岁开始看《红楼梦》，十五岁就读遍了身为大学教授的父母收藏的所有图书。二十岁，读医学院时，曾因一篇《卡拉马佐夫兄弟》的读后感，获得过全省大奖。她拿着广告单，益发觉得不真实了。

金朋对此不以为然："我是个军人。"这是他的理由："军人重在行动力、执行力，而不是什么诗呀歌的。"

他不肯放弃高稚影，他说："你有拒绝的权利，我有追求的权利，好吧？"

高稚影只好说，好。

今天想出的这一招，让金朋感觉特好。他想他终于找到能打动高稚影的办法了。他还没有为谁这么兴师动众过呢，只差在车身上拉出"高稚影，我不追到你誓不罢休"的宣战横幅了。

"来来来，"他对冲下了车的队员们说："先来吃点喝点。开幕式领导讲话还要大半天，等你们开始表演，都要饿晕了。"

说着，冲司机——一个年轻的军人小伙子一挥手："把东西抬下来！"

小伙子二话不说，保温桶就放在了地上，打开盖儿，竟是一桶热气腾腾的肉包子，那个香气扑鼻，立刻就让队伍乱了阵脚。你伸手我伸手，个个都抓着包子吃起来。饮料盒也打开了，连老莫也伸着脖子在旁边喊："我要红茶，来盒红茶，红茶好喝。"

金朋看效果这么好，就冲高稚影耸耸肩，很得意地笑。那意思是："怎么样，我办事，你放心吧？"

高稚影对金朋这么冒失地当着众人献殷勤，打心眼儿里不高兴。离婚这么多年了，她对人们在她背后说三道四，早就受够了。现在可好，金朋如此大张旗鼓，又会给她带来多少是非口舌啊。

她不吃包子，也不喝饮料，而是到老莫那里，倒了一杯菊花茶喝。也不跟金朋站一起，而是拿着乐谱，假装忙忙碌碌，找各声部叮咛注意事项。好在广播上很快就开始喊了，要大家各归其位。高稚影拍着手，集合队伍带着大家走了。

走之前，跟金朋连句招呼都没打。

这天的演出，果真辛苦，等一切结束，都到下午一点多了。退休办拿钱，请大

家吃饭。见到了高稚影对金朋的态度，大家也不敢再拿这事开玩笑了。高稚影倒是一脸平静，像是什么也没发生。只有老莫，抑制不住喜悦，吃着饭，嘴也不休息，直说真有意思，没唱够，真刺激，还想唱。

下午，高稚影回家后，休息了一个小时，就准备去艾真那里。今天是周日，艾真不上班，也没回家，就等着准备带男朋友见她呢。

艾真真够可以的，口风一直很严实，高稚影从看到那个轮椅到现在，也好几个月过去了，却再没从艾真那里多问出过一句话。她甚至以为，这事情都黄了。毕竟比起别的女孩来，艾真要不容易得多。

想到那张轮椅，高稚影的心里就不舒服。可再想想，如果艾真觉得很幸福，那自己的不舒服，是不是就一点也没意义呢？

只要艾真高兴，不管对方是什么样的人，她高稚影都没问题，她也就能高高兴兴地接受他。

这么想着，她换了衣服，还稍微化了点淡妆。出门后，又去酒庄买了瓶红酒。

到了艾真的门口，就听见里面有音乐和说话声。艾真朋友很多，她参加了一些残疾人的社团，还在一些公益组织里做事，结交了不少年轻朋友。音乐声，让高稚影猜想里面是不是正在开派对。果真，一敲门，一个叫露露的女孩就打开了门。露露是艾真的好朋友，非常漂亮的女孩，重度耳聋，会看唇语，她认识高稚影，一见是她，立刻用不是很清晰的口语叫她："高阿姨，你来了。我们就等你了。"

高稚影进去，见客厅里布置得很是漂亮，空中还拉起了彩旗。有六七个人，高稚影全都认识。孩子们见到她，都很高兴，兴致勃勃地围上来。高稚影到处看，除了一个坐轮椅的、被人们叫做王子的小伙子外，还真没有别人再坐轮椅了。

可王子早有女朋友了，就是露露，两人好了两三年了，正准备着结婚呢。她四处张望的眼神，让大家知道她想看见谁。偏偏孩子们个个面露神秘，笑兮兮的，有人将酒从她手里拿到一边去开。高稚影只好发问："艾真呢？"

"妈，我在这里。"艾真在厨房喊道。

高稚影拨开人群，走到厨房去。一进去就看见艾真正挂着双拐，站在灶台边，狭小的厨房里，还有一个坐在轮椅上的男人，他金发碧眼，相貌堂堂，肩膀很宽，竟是个外国小伙子！

艾真向她介绍："妈，这是鲍勃。还有，红烧排骨起锅时，要勾芡吗？"

第一次和艾真的男友见面，竟是在这样的场合这样的情境下，高稚影真有点哭笑不得。她万万没有想到，艾真居然会认识个外国人。这让这份情感，增添了更多的不确定因素。她有些迟疑地向鲍勃伸出手去："你好，鲍勃，你会说中国话吗？"

鲍勃的中国话像是从机器里蹦出来的："你、好、妈、妈。"

艾真冲高稚影笑笑，她还有点不好意思。看来鲍勃不会说中文，那这就好办了。高稚影对艾真说："我来帮你做吧，你让他进屋里去？王子英文不是也很好，可以跟他聊天？"

艾真点点头，她对鲍勃说了两句，鲍勃推着轮椅离开了厨房。高稚影站在灶台边，帮艾真洗豌豆尖。她抓紧时间赶紧问："他是哪国人？你们怎么认识的？来了就住你这里吗？"

艾真说："是新西兰人。我们在网上认识很久了，我很喜欢他，他也喜欢我。他是住在我这里，昨天才从北京转机过来的。我想跟他接触一段时间，其他的事情，以后再说。"

虽然艾真这事，让高稚影心里不是很舒服。但她在女儿身上，却看出自己做事的一些风格——她太有主意了。

那天剩下的时光，可以说非常好。艾真做菜的功夫大有长进，她的那几个朋友，聚在一起也非常快活。鲍勃是个随和人，这让高稚影很高兴。虽然他说话不多，可是他懂得处处关心别人，什么菜也都肯尝一尝，尝完通通翘大拇指，怪声怪气地用中文说："倍儿有味儿！"

说是在新西兰找老师学的。

高稚影猜那老师一定也是老外，学了几句中文，就敢四处教弟子的那种。

晚餐结束了，艾真的朋友们在跟她和鲍勃告别，高稚影到厨房想帮艾真清理清理，鲍勃却进来了。他说："妈妈，我来。"

高稚影不肯，让他回去休息："你飞了那么久，时差都没倒过来吧？快去休息吧。"她能用的英文单词，只有"飞机"和"休息"。鲍勃听懂了，却摆手。从她手里将抹布拿了过去。

高稚影见他坚持，就罢了手。她站在厨房门边看他忙碌，鲍勃一看就是个生活能手，感觉比艾真都能干。他动作麻利，洗碗擦碗，整理灶台，找出垃圾袋装剩菜剩饭，不一会儿，厨房就收拾干净了。高稚影看着，不禁笑了。

既然鲍勃来了，艾真就不回她那里了。可高稚影觉得自己怎么着，也该邀请他来自己家里做客。

鲍勃挺高兴，艾真却有些犹豫。终于她说了："我和鲍勃来你这儿，你不怕被厂里人看到，说闲话啊？本来我们这家女人，在别人眼里就是话题，现在我又找了个外国男朋友……"

高稚影搂住女儿的肩膀："有男朋友总比没有男朋友强吧，我是不怕，你怕呀？"

艾真说："我才不怕呢。我只是考虑你，怕你难堪。毕竟厂里那么多你的熟人，现在都退休了，一个比一个闲，个个都是包打听。问起你来，你怎么说？"

高稚影说："我想说我就说，不想说什么都不会说的。这是私事，凭什么别人问什么就说什么呀。"

艾真见母亲挺坚定，就高兴了。凑到跟前问她："妈，你觉得鲍勃怎么样？"

高稚影说："挺好的一个人。只是他来中国，跑这么远，他父母同意吗？"

艾真笑道："那有什么不同意的。他去过很多国家旅游呢。人家读大学后就离开家里了，现在也是独自一人生活，有工作，有朋友，有自己的房子。他是个设计师，很多事可以在家里做，收入也还不错。他说他挺喜欢中国的，比新西兰热闹多了。"

高稚影感慨："人家的观念和我们还是不太一样。不过国外残疾人的各种设施比较健全，生活起来可能比在中国容易点。"

母女俩觉得这只是家事，但对很多人来说，却不是这么回事。自从鲍勃和艾真一起，到高稚影家里来做客后，高稚影就明显感到有风自四面八方来，不仅人人都想从她这里套话，而且人人都想指点她该做什么不该做什么。

连张如芬都如此。

之前艾真搬出去住时，张如芬有次跟她闲聊时，就对这事很不以为然。说她的口气，俨然是宣判和指责："她有残疾，那和一般人能一样吗？你怎么会答应她出去一个人住呢，这不是让她难上加难吗？你还真是想得通啊，也难怪，你要跳舞，又有那么多的活动，还要交朋友，当然顾不上闺女了。她住出去，你也轻松对吧？"

高稚影很不高兴，但那时她跟张如芬刚认识，拉不下脸面顶回去，更不想给她讲清楚自己的想法——她觉得讲了张如芬也不懂。当时她只是淡淡一笑，说了一句："我尊重她的想法。"

这次，艾真带着鲍勃回娘家，很多人都看见了这个"老外"。事后大家来问高稚影，她大多笑笑，说一句"是艾真的朋友"就算了事，但对张如芬却不行。一来张如芬和她关系特殊，是她舞伴的老婆，她用了她的丈夫做舞伴，就好像在道义上欠了她点什么似的，张如芬问起来时，她也不好只用一句半句打发掉。

"男朋友啊？网上认识的？新西兰人，现在就住在艾真那里？"几句话，她就全都套出来了。

张如芬平时嫌弃赵素棠爱嚼老婆舌，对别人，她也确实很少打听什么。可换到对高稚影，她就不一样了。杜光明劝她少点是非，她气势汹汹地说："她天天跟我老公又搂又抱的，我问她点私事怎么了？"

看来，在张如芬的心里，她也觉得高稚影是欠了她的。

"高大夫，不是我说你啊，这事你不能大意了。我劝你得让艾真打消这个念头，自己本身就是残疾人，再找一个残疾人怎么办呢？我倒觉得，可以找一个老实本分的、文化不高的、农村出来的小伙子，也能照顾艾真呀。"

高稚影再有涵养，再觉得对不起张如芬，就冲她这句话，她欠她的，也全部还清了。她看着张如芬，冷冷地说道："张书记，您可真庸俗。"

说完就扬长而去。剩下张如芬孤零零地站在当街，走也不是留也不是，还真有点尴尬："这女人，真不识好歹。"

她说。

从那以后，好长一段时间，高稚影见到张如芬都不理她，就像根本没看见一样。张如芬知道自己说错话了，但她不愿承认自己错了，她还跟杜光明抱怨来着："你那个高稚影怎么回事啊，是阔太太啊还是官夫人，那么大架子，摆什么谱啊。"

杜光明立刻就猜到了什么："是你冲人家说什么重话了吧？高大夫不是那样的人。"

张如芬不快："噢，她就不是那样的人了？那到底是哪样的人啊，你老婆我又是哪样的人啊？她是你什么人啊，你这么护着她？我还什么都没说呢，你就知道又是我错了？"

杜光明强忍不快："那你说，是个怎么情况？"

张如芬把那天说的话，大概说了说："我是好心提醒她，又是外国人，又是残疾人，你说说看，哪一头能靠得住？不是关心她，我费那劲那时间那口水，去跟她说这个干吗呢？"

杜光明说："你这么说真是太不地道了。那是人家的私事，而且是人家下一代的私事。高稚影都觉得挺好的，你凭什么觉得有问题啊？什么就叫靠得住，什么又是靠不住？多少婚前看着特般配的，门当户对、郎才女貌，那不还是说离就离吗？你说的这都是些什么话呀！换了我，我也不想理你。"

张如芬被杜光明这么一说，也觉得自己还真是有点多管闲事了。而且说的话也不中听，尤其是当杜光明听到，她还给高稚影建议让艾真找个农民工，他当场就跳了起来，骂她真是太坏了。"我不是说农民工有什么问题，而是你这话里透露出的势利、刻薄、不道德，实在是太可怕了。既不把艾真当人，也不把农民工当人。你做领导干部这么多年，说话做人的底线，怎么都没有了？不知道什么该说什么不该说吗？不行，你得给人家高大夫道歉去。"

张如芬一脸错愕："你这是吃了哪门子药了？我说什么了，至于吗，又是道德又是底线的，我那不是关心她吗？"

杜光明生气："你关心得一点都不善良，难道你就没有觉得吗？人不是猪狗，拉到配种站，就可以了。人是讲感情的，越是受教育程度高、越是文明的人，对感情对精神的需要就越多。你怎么越活越原始，越活越退化了呢，说的那些话，除了贬损，除了狗眼看人低，哪里还有一点点正面的东西？"

两口子为高稚影又是大吵一通，高稚影却蒙在鼓里，什么都不知道。

老莫这段时间，却有些着急。虽然那次高稚影给陈编辑的电话，被他错听了，心里高兴了好一阵，但后来高稚影也给他解释清楚了。后来又冒出了个金朋来，尽管高大夫对金朋不太感冒，但团里几乎所有人都觉得，金朋的条件好，身体又好，追得又紧，高稚影不为别的，就为自己的晚年和女儿的幸福考虑，也会选择金朋的。

偏偏高稚影就是不落实。金朋随后还来过乐活队几次，高稚影总是拉着他和大家一起玩，并不跟他单独在一起。这让老莫心里希望的种子又发了芽。他决定再试一试。

这次他想要杜光明来给自己帮忙。杜光明可是高稚影的舞伴，人家都说，跳这个舞，动作和谐只是其一，灵魂相知更为重要。杜光明一定知道高大夫到底想找什么样的老伴。

他给杜光明说了，正好就在杜光明数落张如芬的那几天里。杜光明一想，正好，让张如芬也给高稚影赔个不是，趁机缓和一下两个女人的关系。

于是，他回家就对张如芬说了，说老莫想让他们帮这个忙。张如芬想了想，也觉得自己该主动点，就答应了，说那我们就在家里设宴，请他们来做客吧。家里气氛好一点。

那天老莫早早就来了，还特意换了件新衣服。张如芬见到他，也没客气，直截了当地说："老莫，我说你怎么还不死心呢？高稚影到底哪点让你这么放不下了。要我说啊，找老伴，和找舞伴，可不是一回事情。那可是要找个能伺候人，能吃苦的女人呢。你自己生活能力又不强，应该找个实在点的女人，高稚影让我看，太文艺太小资，根本不适合当堂客。不过，你非要……"

杜光明一见她又犯了老毛病，赶紧拽进厨房，呵斥住："你就不能不对别人的事指手画脚，评头论足吗？就好像你什么都很正确似的，管天管地管小军小乐也就够了，他们是你儿女，没法反抗。别人的事你说那么多，累不累啊？少说点吧，天不会塌下来的。"

高稚影来的稍迟，她也知道杜光明请她的意义何在。本以为只是为了说合她和张如芬，却没想到老莫也在。心里就有点不高兴。张如芬这次表现还不错，赶紧上前，先表示热情。拉着高稚影不撒手，就好像几辈子没见了。

四个人坐下，张如芬就给高稚影夹菜倒酒，赶紧先委婉地做了一番自我检讨："一直也没请高大夫来家里坐坐，都怪我不好。你对老杜帮助那么大，我真该好好谢谢你。今天你能来，真是蓬荜生辉，我特别高兴。老莫也是老朋友了，大家一起坐坐，随便聊聊天吧。"

高稚影还能说什么呢？她是个懂礼之人，更是谦卑之人。她举起酒杯，先站起来，敬大家一杯。酒量也好，一口喝干。老莫着急地赶紧陪着喝光，喝完又喊头晕。高稚影真怕他又像上一次一样，喝点酒就胡来，赶紧劝阻老莫："你量力吧。"

老莫拍着胸脯，用他那南方口音说："我怎么可能不管你，只管自己呢？不可能的，你喝多少，我就奉陪多少。"

张如芬看着老莫这样又可笑又可怜，赶紧夹菜给他："吃吧吃吧，先吃饱了，再来豪言壮语。"

四个人有点儿冷场，因为都知道老莫的心事，而且他赤裸裸地盯着高稚影看，让大家也很尴尬。杜光明终于想到了一个好话题，那就是谈他们的对手，四零六厂的老年艺术团，据说他们从文化馆聘请了一个专业老师，老师编了一套堪比皮影舞的舞蹈，练得很是热火。人家说了，下次汇演，一定拿全省第一，还要报名去央视去参加"我要上春晚"呢。

高稚影一听这个，就来劲了，缠着杜光明说说具体情况。两人你一句我一句，把老莫和张如芬倒给冷落了。

老莫喝了点酒，兴致不错，插不上话，倒不难受。张如芬却不高兴了，这算怎么回事情啊，你来我家，就光和我老公聊天？还把别人放不放在眼里了？你们天天都见，还没聊够啊，还要切磋啊？

她的脸色渐渐不好看了，偏偏谁都没有注意到。

干脆一句话不说，进了厨房。厨房并没什么事可做，可她就要待在里面，还看了表，看看她消失多久，这些人才能注意到她不在了。

竟一直没有人叫她，她越待越气，不停地看表。整整十二分钟，杜光明才意识到老婆不在桌前很久了，赶紧喊了一声："如芬，你在干什么呢？"

张如芬撺着脸，抱着胳膊出来了，连鼻孔都在煽呼着生气，却还假装平淡地说："没干什么，就是透透气。"

这时老莫已经插进话了，正在讲自己年轻时的奇遇，老杜听得也有趣，哈哈笑着。反倒是高稚影，立刻注意到了张如芬的满腔不快。她站起身来，推着张如芬进了厨房，嘴里说着："有什么要我帮忙的吗？"

张如芬知道高稚影是不想看到她和杜光明吵起来，可还是为她这么知趣的举止，有些吃惊。进了厨房，高稚影就缓和气氛地说："今天你和老杜是撮合我和老莫的，是吧？"

张如芬点点头："谁叫老莫对你念念不忘的。"

高稚影笑："咳，真是吃饱了撑的。老都老了，这是干什么呢？"

张如芬听她说得这么清高，就有些不高兴，觉得高稚影还真能装，她不客气地戳穿她："什么叫老都老了呀。那你不是还去缘线登记征婚了吗？"

这话让高稚影吓了一跳，脱口而出："你怎么知道？"

张如芬不敢说自己跟踪一事，含糊道："天下没有不透风的墙啊。"

高稚影想了想，就跟张如芬拿出谈心的架势："这事是女儿艾真去替我做的，不过我也觉得挺好。离婚这么多年了，一直有人在给我介绍，也有男人在表示，但因为孩子，我不想考虑。艾真的身体不好，我比一般的母亲更怕她受委屈。不过这次艾真是决定要独立出去了，不管我愿意不愿意，她就这么长大了，要离开我了。离开了相依为命这么多年的女儿，我也要开始学着自己生活，要有自己生活的内容。而重新组成家庭，就是一个重要任务。真的，就是任务，我是拿它当任务来完成的。

既然是任务，我就必须端正态度，负责地好好完成它。你觉得这有问题吗？"

张如芬当然听不出有什么问题，只是有点不屑地说，要是她自己，可能她不会再找老伴了，多累人啊，多麻烦啊，一起生活了这么多年的老头子，还吵来吵去的，再换个新人，一切要重新开始磨合，那还不把人折腾死了？

高稚影轻轻一笑："张书记，你真是站着说话不嫌腰疼啊，希望你不要有那一天哦。"

第二十一章　王老师教认字

端端下班时，路过新华书店，在音像专柜前，她买了几张光盘。什么《嘟嘟学英语》、《算术一百通》、《跟王老师学认字》等等。

每张光盘都附有送的书，书做得很漂亮，有人物，有故事，还有旁白呢。

小皮不爱看书，也许跟孩子从小没好的阅读习惯有关系。儿子一出生，老爸就来家里了。小皮爱跟爷爷睡，老头儿睡觉前从不讲故事。错过了两三岁的年龄，小皮对乖乖地坐着听故事，就失去了兴趣。陈昊天对此也无所谓，他说，男孩子听那么多故事干什么，小心变成娘娘腔。

得，于是小皮除了疯玩，再没有任何启发心智的活动。端端现在有点后悔，总怀疑儿子有学习障碍，就是在小的时候，没有给他养成一个爱听故事的好习惯。儿子对书完全没有概念，更无好感。

买点光碟来学习，这是端端想到的一招。既然儿子爱看电视，那就将这些学习内容放给他。让爷爷每天从幼儿园接回来，就学习上一两个小时。这些课程还是比较系统的，等一年半载学完了，外语学校的考试也可以参加了。到时候儿子说不定还能考个免费生呢。

越想越高兴，端端乐不颠颠地回了家。

一开门，呛人的辣椒味就弥漫房间，小皮的鼻子上绑着个毛巾，跟基地组织的人似的，只露一双眼睛来。他正站在客厅的一片空墙前，肆意做画。这是他最喜欢做的事，端端从没阻拦过，反正是租的房子，爱怎么造就怎么造吧。墙嘛，弄脏了最多刷一刷就行了。

端端头一探，果真是老爸在炒洋芋丝，她捂着鼻子大喊："爸，把抽油烟机打开。"

　　老头总是忘记这回事，但也许是怕浪费电吧。听端端这一喊，才轰隆隆抽起烟来。端端回家迟，赵栓锁就会做饭，他的揪面片和拉条子，都是一绝，最拿手的菜就是炒土豆丝。

　　小皮画的无非是小人打仗，或是汽车乱跑。但他那大画家的姿势摆得挺足。也不知是从电视上看来的，还是别的什么。他两腿张开半蹲，画上几笔，就朝后仰仰，又仔细端详一番，嘴里还念念有词的。端端看着好笑，换了鞋，问他："儿子，你在创作什么呀？"

　　小皮把毛巾从头上掀掉了，他说："未来世界。"

　　端端看了一眼，丝毫没看出什么未来世界的影子。她一向懒得跟儿子谈学习以外的事情，坐到了沙发上，拿出光碟来，说："儿子，到妈跟前来，我给你买了好东西。"

　　小皮扭头看看，有点失望："不是吃的吗？"

　　端端说："不是吃的。你怎么这么馋呢，光惦记着吃。"

　　小皮学端端说话："你怎么这么馋呢，光惦记着吃。"

　　端端说："少学我说话！"

　　小皮接上："少学我说话！"

　　端端生气，儿子学什么都慢，就学怎么气她特别快。她从包里摸出一块椰子糖来，假装自言自语："哎呀，这块糖特别好吃。也不知道为什么这么好吃。据说这个牌子的糖在外地都买不到，只有海南当地才有。是正宗的椰子糖啊。"

　　说着，假装要剥糖纸。

　　小皮果真不再画了，一下就跑到了端端跟前。他挨着端端坐着，眼睛盯着这块糖，问端端："妈妈，这糖是谁给你的呀？"

　　端端说："我的一个同事从海南出差回来，送大家的。因为太好吃了，我只抢到了一块。现在我得尝尝是什么味道了。"

　　小皮不好意思直接要，就说："那妈妈，你尝之前让我舔一口行不行？"

　　端端心里发笑，儿子确实是个小活宝。她逗他："你都舔脏了，我还怎么吃呢？不如扔了算了。"

　　小皮就说："你要扔的话，就再让我舔一口。"

　　正说着，赵栓锁端着盘子从厨房走了出来，果真是酸辣土豆丝。他将盘子放在餐桌上，扭头看见了那些光碟，就问端端："这些是啥？"

端端跳起来说："正好。爸，这是我给小皮买的学习用品。数学，语文和英语，全都有。你下午接他回家后，给他看上一两个小时，盯着他学习学习。看完这个，才能看动画片或是出去玩。成不？"

端端站起身，小皮就赶紧剥了糖吃到了嘴里。这会儿，他靠在端端跟前，听妈妈给爷爷布置任务，眼睛咕噜噜地转。

赵栓锁最不乐意听端端来这套，让孙子脑壳痛的事，他可做不出来。他说："我得去拉条子，水要开了。"

端端追到厨房去问："爸，可以还是不可以？"

老爹两手围裙上擦擦，拿起一根切细的面，长长地拉开："跟你说过多少回了，娃娃就是娃娃，你得顺着人的本性让他长。这么大点的娃，就要好好玩，大了才能成个正常的人。你整那些幺蛾子干什么？"

抵触情绪跃然纸上！

端端也洗了手进去，站在老爹旁边帮着拉面："爸，这回你得听我的。不需要你再每天盯着他的课本教他东西了，就给他看看光碟。那里面老师都讲得挺好的，也很有趣。你就负责每天让他看够一个小时或两个小时。不管怎样，每天这么灌灌耳音，他也能吸收一些吧。马上就要考小学了，城里这上学，可跟农村不一样。上个不好的小学，直接就影响到进入好的中学。考不上好中学，大学就别指望了。你说我和陈昊天，钱没啥钱，权没啥权，又没一亩二亩地，要是孩子上不了大学，你让他以后干什么去？"

老头儿听端端说这些危言耸听的话多了，他懒得辩，糊弄地点点头："行行行，"他说："看了这个，就能上重点小学了？"

端端保证："至少能比现在学得多点是不是？离重点小学的门，就能近一点对不对？"

端端耐心地在说服老头儿，赵栓锁大口叹气，很不情愿。突然，端端乍起耳朵，没有听到小皮的任何响动，忙喊一声："不好，这家伙干坏事了。"进了客厅，果真就见小皮正蹲在地上，把那些光碟包装全都撕开，一片一片正往外拿。看那手势，是想掰碎还是怎的？

端端心头火起，一巴掌打了过去。小皮生了气，竟没哭，将手里拿的光碟照着地板就狠狠扔了下去。

端端心疼地没接住，幸好也没摔破。她顾不上收拾儿子，先放到硬碟机里看看。一看，还能用。不禁乐了，又叫小皮："儿子，你过来，这是妈给你特意买的。"

"刚才的糖不好吃！"这就是气呼呼的小皮的回答。

因为对这些光碟的第一印象就坏了，小皮回家后，爷爷拿出它们，要给他"看电视"，他立刻就恼火地满地打滚。

小皮收拾起爷爷来，那叫一个如鱼得水。撒手锏就是满地打滚。一边滚一边喊，干打雷不下雨。没等眼泪出来，爷爷就投降了。

"这个不是电视，我不要看我不要看。"

爷爷赶紧收起光碟："好好好，不看就不看。"

小皮听爷爷说了不看，一骨碌就爬起来，拉着爷爷的手："走，爷爷我们出去玩。"

小皮最喜欢早早放学，跟爷爷玩的下午。想到别的小朋友还在教室里，吆呀哦的，念这个念那个，他和爷爷已经手拉着手，自由轻松地走在大街上。有时买根雪糕吃，有时什么也不买。小区门口，总围着一帮老头，在看其他老头下棋，爷爷就会站在那里，让小皮进去，在树荫下玩。树很大，围了一圈花坛。小皮就站在树底下，一会扮好人，一会演坏人，打得还挺热闹。

今天爷爷一放学，就将他拉进了家，小皮就觉得事情不妙，果真，原来在这里下着套呢。

见孙子态度很坚决，爷爷就下定决心："好，咱们出去玩。"

出门前，又站住："那你妈要是问起来呢？"

小皮无师自通："就说看了看了。"

老头公然教孙子撒谎，也没半点负疚，两人手拉手地出了门。

端端想出了教育儿子的好办法，在办公室里都乐。她将这一壮举叫作"光碟革命"。你就看着吧，小皮的进步指日可待。

小乐点点头："你还真是挺聪明。寓教于乐，不错。"

端端想得美滋滋的，看看一个小时了，觉得应该提醒老爸给孩子休息休息了，就拿起电话给家里打。

响了六下，还没人接。端端的表情就有些凝重了。"这是怎么回事呢？"她自言自语，小乐也挺关心地看着她。

"是不是家里电话坏了，要不打你爸手机？"

"对。"

这下有人接了。

见是闺女的电话，赵栓锁慌了。"喂，"他说："我们在学习，你有什么事？"

一边打电话，一边朝小皮跑过去。

端端说："家里电话怎么没有人接啊？"

老头儿脑子反应还挺快："我怕吵着小皮，就把电话线拔了。"

"小皮在你身边吧？"

"在，在！"

"让他接电话呗，我跟他说两句。"

老头赶紧凑小皮耳朵上："你妈问你学习的事呢。"

小皮点点头，心领神会的样子："妈妈，是你找我吗？"

端端可笑，可不是我找你吗？

"你找我什么事啊？"

"没事不能找你啊？"

"我不是在学习吗？你找我干什么呢？"

端端了听这话，比喝了蜜糖还高兴。她以前所未有的温柔对小皮说："哎，儿子，妈妈真是太高兴了。你说吧，你想吃什么好吃的，我回家买给你。"

"吃肉。"小皮大声而坚决地说："妈妈，你去老家卤店给我买只鸡吧。"

"行。"端端答应得也痛快。

孙子撒谎撒得这么溜，这让站在一边的爷爷，不禁有些胆战心惊。收了电话，他决定教育下小皮。

"你妈要给你买好吃的？"

小皮高兴地点点头。

"可你妈为啥给你买好吃的，知道不？"

说到实质的问题，小皮就装糊涂："知道，她觉得我可爱。"

"才不是，"爷爷说："你妈是不是因为你学习了，才给你买的？"

小皮点点头："噢，对啊。"

爷爷说："可你学习了吗？"

小皮说："学了啊。"

爷爷问："是你妈说的看了光碟了吗？"

小皮发现爷爷下的套了，不高兴："爷爷，是你说不用看的。可以出去玩。"

爷爷表情跟吃了多酸的酸枣似的，身体都酸得歪了。他赶紧摆手："可不是爷爷的错啊，是你不要去学的，对不对？"

小皮想了想："不对，是爷爷说出去玩。"

爷爷就说："那好，现在我说回家去学习。"

"我不！"

"那还是你不要回去学的。你不学，鸡肉就吃不上了。"

小皮面临了史上最严峻的挑战，他站在太阳下想啊想的，终于叹了口气，决定妥协。

"好吧，我们回家吧。"

于是，等端端回到家里，就看见了一幕让她差不多要落泪的镜头。小皮挺严肃地坐在电视机前，正在看《跟王老师认字》。小皮的面前，还放着一个本子呢，上面歪歪扭扭地写着几个生字。虽然不工整，但全对了。端端扑过去就拿起本子，一边看一边由衷地赞叹："儿子，你太牛了！这么难的字，你也写对了。"

小皮严肃地说："妈妈，鸡呢？我可以吃鸡腿吗？"

"当然可以，当然可以。"端端高喊着，去给儿子撕鸡腿。又兴奋地对赵栓锁说："爸，你看，这效果是不是好极了？"

老头儿眼睛不敢看端端，哼啊哈的。端端顾不上多问，像捧了宝贝似的，拿着那本子，对着几个字看了又看。

又大声宣布："我得把这张纸加个膜，当个纪念保留下来。"

吃了一口鸡腿的小皮，这时全然忘记了和爷爷的约定。他来发表意见了，用小手指着那几个字说："爷爷其实可以写得更好看的，他是故意写成这样的，要不妈妈，让爷爷再给你写一张吧？"

端端缓缓抬起头来，老爸已经二话不说，进了厨房。端端转过脸，看着小皮："这是爷爷写的？"

"是，"小皮没心没肺地继续出卖爷爷。他的灵魂仿佛天生不能同时做两件事，吃了鸡腿，就必然会忘记之前的撒谎。

"你和爷爷一放学就在学这个？"

　　"不是，"小皮摇头："我们在外面玩来着。爷爷说，要吃鸡，就要回家看光碟。我不喜欢看，就看了动画片。爷爷后来说，妈妈要回来了，赶紧看光碟。妈妈，我的动画片还没完，我可以继续看吗？"

　　"可以。"端端的这两个字，几乎是咬牙切齿，从嘴缝里冒出来的。

第二十二章　家丑不可外扬

李腊妹出了这么大的事，全家属院都沸腾了，张如芬怎么会不知道呢。张如芬知道了，小乐又怎么会不知道呢？

赵素棠主动上门，跟儿子儿媳妇商量怎么办。老太太吵吵闹闹了一辈子，突然遇到这么丢人的事，满嘴打泡。李春来摩拳擦掌的，说要去教训一下那个臭男人。赵素棠说："你打他还不如打你姐。糊涂的是你姐，她看上他什么了？贼眉鼠眼，又没钱没势，真是，唉！女大不中留啊，留来留去成冤家。老话果真没错！"

小乐不爱听这样的话："妈，你别老这么说姐。要是从家庭到社会，都不给剩女们这么大压力，何苦至于留成冤家呢。她享受单身生活还来不及呢，至于找个那样的男人吗？"

赵素棠生了气："这么说，问题还在我身上了？是我逼着她去找有妇之夫的？"

小乐赶紧哄："不是不是，妈，我不是这意思。不过你确实在姐跟前唠叨结婚成家多了点。这肯定对她有压力嘛。"

赵素棠来这儿可不是来听儿媳妇说她不对的，她一下就火了："那你呢，你给你姐介绍个啥对象？去陪人相亲，自己打扮得那么年轻干什么？你这是在帮你姐，还是在害你姐？你这么掺和，她能相亲成功吗？"

这话说的，也忒不讲理了吧。小乐还从没被婆婆这么呛过呢，今天婆婆看来确实是气昏了头，连点礼貌都不要了。小乐眼泪一下就出来了，李春来赶紧打圆场："这都说到哪和哪去了。要我说，我姐这事，必须得赶紧结束！坚决不能在错误的道路上继续走下去了。当务之急，我们还得给姐继续找男朋友。有了合适的别的男人，她自然就离开这个坏蛋了。被人这样羞一下也好，至少她也会反思反思是不是？

婆婆走了，小乐一晚上都没休息好。翻来覆去的，黑夜里还皱个眉头，把突然醒来的李春来都吓了一跳。他问她："你怎么了，有什么心事吗？"

小乐说："不知道，就是睡不着。一脑子乱七八糟的。你说你姐吧，怎么会干这么件事。被人一闹，以后进进出出怎么抬头做人呢，再找对象，还能好找吗？别人不会嫌弃她这段历史啊？还有，我也想孩子，不知生下来，长什么样。我们又会变成什么样。还有，我现在在单位感觉挺尴尬的，努力吧，人家同情你，不努力吧，人家鄙视你。"

"蔡丹言呢？她对你什么态度？"

小乐没精打采："她冷落我。"

李春来说："她呀，只要是个女的，还不是谁都冷落的？"

小乐叹气："这就是成熟的代价呀。干什么都得付出代价！何况怀孕这样的大事呢。"

李春来夸她："还好你胸怀宽广，想得通。"

刚被夸想得通呢，一早起来，小乐就在洗手间发出了杀猪般的叫声。

李春来一个猛子扎进去，推开门，就见小乐对着镜子，恐怖得五官都要变形了。

"怎么了怎么了？"李春来扑上去先护腰，再扶小乐的肚子。

小乐恐怖地指着脸上："斑、斑，我长斑了！啊——"撕心裂肺地喊。

李春来伸出手，去捂她的嘴："别喊别喊了，别人家还以为我怎么虐待你了呢！"

小乐扯李春来的胳膊："别挡着我。你快看，看见了吗？斑，斑，这些斑一长出来，可就再也不会下去了。我这是怎么了，哎呀，我不要长斑，我不要长斑。"

说着生气，身体竟像小孩子一样扭起来。

李春来看着好笑："喂，谁天天凑那么近，去看你的斑？放心吧，只要不是老年斑，就没关系，啊？"

小乐生气："你才老年斑呢！你才老年斑呢。你一点也不明白我有多痛苦。"

李春来笑："半夜还夸你想得通，心胸宽广，怎么这么几颗斑，就能放翻你？"

小乐惶恐地说："几颗斑？几颗？你看见了几颗？"

李春来敷衍："行啦行啦，你不说我一颗都看不见。出来吃饭吧，这也算是成熟的代价。"

小乐坐在餐桌前，恨恨道："我不要成熟，我也不想要什么代价。还有，"她望着桌上的盘子："这都是什么东西？"

李春来回答："煎鸡蛋啊。"

小乐说："怎么像油泡出来的？你是想恶心死我呀……"

话音未落，人已飞速跃起，朝洗手间再度奔去。传来一阵一阵的干呕声。李春来在外面，听得面部肌肉都在抽搐。

新一天的开始，如此叫人不痛快，但一切都还没结束，小乐刚进办公室，端端就好奇地问："怎么一脸蜡黄？生病了？"

小乐一听这话，背也驼了，胸也塌了，一下蹭到办公桌前，趴在了桌子上。端端伸手去摸她额头："发烧了？"

小乐那个悲愤啊，仰起头，让端端看她的脸："看，快看！使劲看！还没看见？什么眼神啊！"

端端好奇："没什么青啊紫的呀，怎么了，挨老公打了？"

小乐反问："你才挨老公打呢！斑！我长斑了！"

端端呼口气："你可真矫情啊，杜小乐同志！一颗斑就让你的天都塌下来了？等以后生了儿子，还有无数的斑默默地等着你呢。我看你怎么对付。"

"所以我才不想要孩子嘛。"

"杜小乐同志，躲得了初一躲不过十五！这是你命中注定要经历的，就别给自己找后退的借口了。我今天呀，还要跟你说一正事呢，中午一起吃饭？"

"行。"

小乐以为端端的正事，和工作有关。却没想到，刚坐下，端端就问："你大姑姐最近怎样？"

小乐一紧张，消息能传这么快？端端又从哪里知道的？

都说"家丑不可外扬"，小乐也不想说李腊妹的这些事。她含糊地说："怎么了？你听到什么了？"

端端大口吃饭："没什么啊。是于力出差回来了，他昨天找到我，说还想再见一次李腊妹。上次有点不礼貌，想跟她再套套瓷。"

小乐一听："好呀。这是好事啊，那我赶紧告诉我大姑姐，让她也做个准备。"

端端说："不过，我刚得到一个情报，这你也得跟你大姑姐说清楚。别说到时候我们骗了她。于力这小子，是有过短暂婚史的。他一直隐瞒这段不清白的历史，奶奶的，原来是个二手男。不过，没孩子。这点我真是打听清楚了。结婚时间也很短暂，刚大学毕业那阵，不到一年就离了。"

"哦？这样啊，这样也不错。"小乐一听这话，放了心。既然对方不清白，那么李腊妹这事的坏影响，也能小一点。

端端一愣："嗯，有过婚史也不错？嚯，你这么想得开，我还有啥说的。那就一言为定，周末再见一次？"

"好好好，好好好。"小乐一口答应。

下了班，小乐没去张如芬那里，而是改去了赵素棠家。李腊妹今天在家校对，没去上班。事情大概小乐已经跟李春来说了，就等李春来来挑起这个话头呢。

等饭菜上桌，李腊妹还不出来。赵素棠喊她，她回答两个字："不吃。"

小乐就和李春来挤眼睛。李春来站起身，去敲门："姐，出来嘛。不吃饭，跟我们见一面也不行啊？"

"等会儿。"这是李腊妹的回答。

这一等，就是十分钟。赵素棠急了，一扔筷子："我就不信了，我这暴脾气……"

小乐叫："妈，妈，妈，别，别。赶紧坐下。"

话音未落，李腊妹出来了，穿一件贴身的背心式长裙，头发盘起，高高挑挑的。小乐由衷赞叹："瞧姐这条子靓的。"

"少奉承我，"李腊妹不吃这一套。自从被刘文红"家闹"过后，李腊妹越发把自己当"坏人"，浑身上下都仿佛在说："我是小三我怕谁。"

李春来看着不爽，说她："别这么叛逆好不好，是在补青春期的课吗？非要处处跟人作对？"

李腊妹反讥："哟，怎么了。我说你媳妇一句你就要这么收拾我呀？你还真是知道哪头轻哪头重啊。"

"行了，"赵素棠不高兴："小乐好不容易来一趟，你这个当姐姐的，是什么态度！过来，吃点东西，不要半夜又爬起来，翻来翻去找吃的。"

李腊妹坐下来，不打饭，提着筷子，只吃菜。李春来就打算说正事了："你最近上班没事吧？"

"能有啥事？"

"我可听说了，那个男的，跟你一个写字楼上的。"

李腊妹啪地放了筷子："哪个男的？哪个男的？你跟踪我还是怎的？我的事

什么时候轮到你管了？"

赵素棠也啪地摔了筷子："你弟说你怎么了？家里人不管你谁会管你？李腊妹，你别狗咬吕洞宾，不识好人心。这是我让你弟管的，早该管了，否则怎么会落得如此下场，让全家人都跟着你丢脸！"

"好好好，我让你们都丢脸了是吧？那我走，我走了你们就不丢脸了，行不行？"

李腊妹撒起泼来，还是挺吓人的。小乐忙劝架："姐，妈不是这个意思。一家人要互相帮助。以前我们就是帮助关心你太少了，所以你才会遇到那样的男人。我们大家都检讨，我们确实有做的不对的地方。现在我们只是想改正，想帮你找到幸福，李春来，快给姐认错。"

小乐的软话来得及时，李腊妹的剑拔弩张得到了缓解。李春来赶紧认错："姐，我说话重了。不该朝你伤口上撒盐，不该提那男的。"

李腊妹鼻子里哼了一声，文艺女青年的清高范儿出来了，不打自招地说："没什么伤口，那男人也没什么不能提的。他叫段一市，不仅跟我一个写字楼，还是一个杂志社的呢，是我们编辑部的美术编辑。是的，他是有家，可他不爱他老婆，跟他老婆早没感情了，又怎么了？"

赵素棠虽然早有准备，但闺女这么畅快地承认了，她还是受不了。捂着脑袋，气得直捶胸口。

李腊妹看她一眼，不为所动。

李春来说："那你打算怎么办呢？"

李腊妹说："等着呗，等到他离婚，我们结婚。就这样。"

李春来问："那他要是不离呢？"

李腊妹说："不可能不离。大款不离是怕分家产，他有什么啊，存款房子，全是老婆的。他一无所有，再离个婚算什么？"

李春来说："正因为一无所有，他才不想穷上加穷，好不好？现在好歹还有存款房子跟孩子，等跟了你，不是什么都没有了吗？"

李腊妹一愣，她可能还从没这么想过。

李春来继续："婚姻外偷吃的男人，其根本的品质是有问题的。暂且不说他逃避责任，过分贪婪什么的，就冲他撒谎成性，鬼鬼祟祟，就很令人讨厌。明知道一个人有这些臭毛病，还要跟他交往，你到底是怎么想的？"

　　李春来这么一说，李腊妹又不愿意听了。赵素棠掀起新一轮咆哮："他就是懦夫、是摊臭狗屎、是不要脸的人渣。这样的男人，总有一天会恶心死你的，不信你就走着瞧。"

　　李腊妹又站起来了，谁喜欢被人这么收拾呢？她朝自己的房间跑去，小乐忙喊一声："姐，于力出差回来了，他想见你。"

　　听了这话，李腊妹终于站住了。

　　小乐趁热打铁："我知道你现在心思不在这里，不过姐，他对你有好感呢，而且他条件真的也还是很不错，人也不讨厌对不对？和段一市的事，谁也不知道什么时候会是个头，不如这样吧，你还是再去见于力一次，慢慢接触接触。也许他比那个段一市更适合你呢？恋爱嘛，又不是结婚，不就是需要多找一找，才能找到最适合自己的那个人吗？"

　　李春来听了这话，冲小乐在下面举拇指。

　　好不容易说通了李腊妹，小两口也出了婆婆家的门。李春来夸奖小乐会说话，小乐却说："少来这套，你妈拿话刺我，你也不帮我？"

　　李春来一脸糊涂："我妈又怎么刺你了？啥时候的事啊？"

　　小乐说："你妈跟你姐说，小乐好不容易才来一趟。她说这话啥意思啊，我怎么好不容易才来一趟了。是想显得我不孝顺是吧？"

　　"小心眼吧你就。"李春来笑笑："大人不记孕妇过啊。"

第二十三章　"鬼家的鬼"

到了周末，于力把宴请换到了另一家酒店，小乐本来是不想去了，因为于力和李腊妹都已经认识了。可端端说，你那个大姑姐不爱说话，于力的意思是怕冷场，他也不知道怎么表现自己，又怕你大姑姐也别扭，非要拉我去。我去了你不去行啊？

小乐心里很忐忑，李腊妹当小三这事她没跟端端说过，可世上没有不透风的墙，她真怕什么时候端端知道了这事再来怪罪她。只好嘴里含糊着答应了。

"反正我们就是介绍人，更深入的认识，还得靠他们自己。"

"咦，瞧你这口气，怎么这么不积极啊？"端端说。

离上次见面，才一个月，于力见到小乐的口气，就变了。他不再觉得小乐是未婚女青年，而且还挺不客气地开口就问："小乐啊，你怎么脸色暗沉？是身体不舒服吗？"

李腊妹今天光彩照人，款款宣布："她呀，她现在是一孕妇。"

说着，一挽于力的胳膊，两人就朝前头走去。于力一定没有想到，李腊妹竟会这么开放，他又乐又惊，扭头冲后面的两个中年妇女使眼色。

小乐悄悄掐了一下端端的胳膊，小声说："我真烦她。"

端端点点头："还真是有点烦。"

上次小皮和老爸舞弊之事败露后，端端就长了个心眼儿。以后只要有时间，下了班就要检查小皮的学习情况。作业她也会复查，再也不允许老爸代笔。

偏偏小皮就是看不进去光碟，电视上老师一出来，他就怪喊怪叫。一会儿说那个老师很丑，长了大象的鼻子，一会儿又说里面的小朋友是装的，他们是演员，是在背台词。

这小家伙，为自己找借口，怎么就那么聪明呢？

老头儿没治了，竟打电话，跟陈昊天诉苦。

陈昊天说："你打他啊，爸，你别老是那么惯着他。端端说她和她哥小时候，你也动手打的呀？"

赵栓锁说："那可不行。自己的闺女儿子可以打，小皮是孙子，还是外孙，我怎么能打他？要打也该你来打。"

陈昊天说："我不能打。教育孩子的事，这么多年都是端端在管，她说了算。我骂了打了，肯定弄不到点子上。完了孩子再犯点错，还会赖到我的身上。最好的办法，就是什么都不管。"

赵栓锁叹气："按理说，孩子这么小，就是让他好好玩的年龄，学那些东西干甚！"

陈昊天敷衍："反正你看着办吧，小皮也忒不乖了，你还是得严厉一些才对。"

听女婿也这么说自己了，老头就觉得责任有点重大。小皮再闹，他就想出了一个好办法："要不，孙子，这样吧。爷爷跟着电视里学，然后再教你，好不好？"

小皮很乐意，高高兴兴地点点头。

这天，是学英文，要学四个单词：小羊，小鸡，小猪，小马。

老头儿跟着电视上念：

小羊小羊——社扑，社扑。

小鸡小鸡——趁肯，趁肯。

小猪小猪——屁股，屁股。咿，怎么是屁股呢。

小马小马——好四，好四。

爷爷只用了一会时间，就把四个单词全记住了。学完了，他很满意。"孙子，这英文一点也不难么。我上学的时候，在农村，英文是一天也没有上过。光是听老师说过，英语和汉语拼音的字母是一样的。现在看来，果然没错。"

他把汉语拼音的发音写在那些单词的下面，然后让小皮坐正，跟着他大声念。

小羊小羊——社扑，社扑。

小鸡小鸡——趁肯，趁肯。

小猪小猪——屁股，屁股。咿，怎么是屁股呢。

小马小马——好四，好四。

小皮积极性很高，大声跟着爷爷念。几下子，他就全都记住了。

"难吗？"爷爷问。

小皮为自己拍手："一点也不难。我全记住了。"

第二天，是学拼音认汉字。

爷爷跟着电视念："G—U—O，国，G—U—O，国，鬼家（国）的鬼，鬼（国）家的鬼。B—E—I，被，B—E—I，被，算（被子）子的算，算（被）子的算，G-O-N-G，共，G-O-N-G，共，棍产党的棍，棍产党的棍。"

那浓郁的陕北口音，真是怎么挡都挡不住啊。

端端终于忙完了，有时间坐下来，检查儿子的学习情况了。她让小皮坐在自己对面，先打预防针："有没有信心啊，儿子？都学会了吗？"

小皮拍拍胸脯点点头，一副志在必得的神情。

再看看老爹，笑眯眯地坐在椅子上，抽着旱烟袋，也是十拿九稳。端端就特别高兴，心想，教学要出成果了。她拍出五块钱放在桌上，豪迈地对小皮说："等你过了关，这钱你拿去买好吃的。记住，给爷爷也得买点。军功章里有小皮的一半，也有爷爷的一半嘛，对不对？"

小皮赶紧点头，催妈妈："快考，快考。"

端端说："好，先看英语。哟，学了四个单词呀，都是小动物，不错，来小皮，给妈妈念一个！"

小羊小羊——社扑，社扑。

小鸡小鸡——趁肯，趁肯。

小猪小猪——屁股，屁股。咿，怎么是屁股呢。

小马小马——好四，好四。

小皮念得很是利落，没有一点磕巴。端端脸越来越怪。她翻翻拼音那本，声音都小了很多："这个呢？"

"没问题。考吧。"小皮说。

好，那你认认这几个字，连拼音一起念。

"G—U—O，国，G—U—O，国，鬼家（国）的鬼，鬼（国）家的鬼。B—E—I，被，B—E—I，被，算（被子）子的算，算（被）子的算，G-O-N-G，共，G-O-N-G，

共，棍产党的棍，……"

端端大喊："停！"

说着就将五块钱收到自己口袋里了。小皮一看好吃的没了，急了，大声地说："妈妈，你还没听完我念的，怎么就把钱收起来了呢？"

端端恶狠狠地说："谁让你这么念的？"

"爷爷。"在出卖爷爷以求自保这事上，小皮从来不敢懈怠。

爷爷慌了，烟袋也不抽了。嘟囔着："又咋了又咋啦？"

端端气得眼泪都要出来了："爸，你不能随便这么给娃教啊。尤其是英语，这发音有问题，会影响他一辈子学习的呀。现在英文这么重要，所有升职，考试，都要有英语成绩。英语不好，就没有机会进外企，没机会出国，没机会拿职称，小皮的前途，不就毁了吗？"

爷爷最不爱听端端这些危言耸听的话，敲敲烟袋，要跟她理论："我连二十六个字母都不认得，让你这么说，我就没法活了是不是？端端，不是我批评你，你就是太能自己吓唬自己了。就这么四个单词，念错了，噢，小皮的人生就都毁了？你这是在吓唬娃呢，还是想赶我走呢？"

老头儿生气了，端端也不敢再往下念叨了。但她要把局面扳回来。她问赵栓锁："小皮是看着电视学的吗？"

赵栓锁理直气壮："是我看了学会后教他的！"

端端说："爸，你知道你说话有口音不？"

赵栓锁说："有又咋了？我就这口音，舍（说）了一辈子了，就改不过来，你舍（说）砸（咋）办？"

第二十四章　大闹麻将馆

杜小乐有两天没回张如芬那里吃饭了，巧的是，容利也没来。见杜小军又是一人推门进来，张如芬奇怪地问："容利今天又有事啊？"

张如芬猜，容利是在跟她和小乐生气呢。上次在家里包饺子，闹得不欢而散后，容利就来得少了。每周总有那么一两天，是小军一人过来。

心里不快，张如芬问儿子："她是不是对我有什么意见呀？最近来得少了？"

小军看着电视，摇摇头："哪里。她那个人，没心眼子。有意见哪里藏得住？"

张如芬说："那她都在忙什么？少年宫不到寒暑假，都没什么事。她动不动就不吃晚饭了，是去干什么了你知道吗？"

小军说："她告诉我了，说是跟几个朋友一起吃饭。"

"在哪里？"

"麻将馆吧，"小军说："她最近挺着迷打麻将的。说是有好几个人，都成固定搭子了。"

张如芬平生最看不惯有不良嗜好的人，觉得打牌打麻将都属于玩物丧志的表现。她不满地嘀咕："这么年轻，有时间多学点东西不好吗，多考上几个证，也能做点更有成就感的工作呀。一下班就去打麻将算什么事，这对身体也不好嘛。小军，你怎么不说说她呢？"

小军笑笑："没事的，她喜欢就让她去玩嘛，多认识些朋友也挺好的。"

母子俩的话，杜光明也听见了。在这个问题上，他是站在张如芬一边的，问小军："容利一直不是说想来厂里工作吗，最近我可听说厂里在搞什么培训，分好几期。你和她都可以报名的啊。"

　　小军摇头："我这期的时间排不开，下午的课没法上。容利没有报，她又不是厂里的人，怎么报？"

　　杜光明说："厂里职工是免费，外面的人可以交钱学啊。既然想来厂里工作，拿个职业培训结业证什么的，我们也好找人递话是不是？还有，学到手总是自己的，总有好处，她为什么不去学？"

　　小军说："嗨，我哪里知道。"

　　杜光明说："你们是两口子，平时要多交流，相互进步。我和你妈当着容利，毕竟有些话不好说，怕干扰到你们的生活。但我也不赞同打麻将，这么年轻，就贪玩，势必会影响到工作的。"

　　小军说："是，我知道了。"

　　杜光明进了厨房，张如芬就跟他嘀咕说："对儿子媳妇，我们有什么不好说的？既然是一家人，我们又是老人，该说的话当然就要说。容利这样下去，早晚我会说她的。我才不怕干扰他们的生活呢。因为到时候她出了事，受牵连的是小军。小军有了问题，难受的还不是你和我？你当爹的，说话更管用一些，干吗要这么客气？你这么说儿子，小军也就听听而已，而且他那个性格，早被容利收拾得服服帖帖，他哪里有那个实力，能让容利听他的呢？"

　　杜光明对张如芬的说法不赞同："儿子大了，娶了媳妇，其实就是两家人了。我一直不赞同你这么事无巨细，事事参与的做法。既不利于他们俩过日子，也不利于家庭和睦，容易滋生是非。到时候容利生你气，小军也未尝会埋你的账。"

　　张如芬听老伴这么说，又委屈又生气，刀子一放："怎么的，我当牛当马当错了？我一天不歇息地伺候他们，还伺候错了？我这还成了多管闲事，成了家庭矛盾的导火索了？"

　　杜光明一听老婆这么说了，就知道再说什么，也等于白说。忙举手投降。张如芬说："你心里想什么，别以为我不知道。你就惦记着你的跳舞，怕我说你不管家事，所以也想拉我下水。我告诉你啊，老杜，高稚影那个人，是个现代女性，才不讲什么温良恭俭让呢。你整天跟她混在一起，别把自己也搞得太自私，家人家事都不管，还美其名曰要放手。我不会理会你那一套的。"

　　杜光明听着苦笑："怎么啥事都要把人家高大夫扯进来，你这么着有意思吗？"

　　张如芬说："有没有意思，你自己心里清楚。反正我就是看不惯她那样，都到了做外婆的年龄了，还那么爱玩，打扮得花枝招展，是想找个多年轻的男朋友……"

杜光明说："行了行了。这只是个人不同的生活观念。你觉得自己这样好，她觉得她那样活也不错。说不定她还看不惯你这样的呢。"

张如芬点点头："她看不惯就对了。我才不要她看惯我呢。"

三个人吃饭，也简单。小军吃过就走了，杜光明也去跳舞了。张如芬看了两集电视剧，看看时间，已经十点了。儿子老头子都还没回来，外面电器广场上，音乐声震天响，睡也睡不着，她就拿了把扇子，索性出去转转。

从家属院出去，走个两三百米，就到了靠近公路的大街上。街边有一些茶馆，啤酒烧烤摊，不少人在喝茶喝啤酒。张如芬正无聊地一个人走着，突然就看见了杜小军，和几个人坐在桌边，旁边放了两三个空啤酒瓶子。小军没有酒量，这几瓶已经让他有点醉意了，热，衣服掀了起来，对着风在吹。

张如芬第一反应，就是会生病，想叫儿子把衣服放下来。但也知道，这样喊会丢儿子的脸。她站在边上，嘴巴张了又张，想喊又喊不出来。索性伸出扇子，冲儿子的方向，猛扇了几下。

这个动作，终于被小军看见了。他跳起来，冲张如芬走过来。

"妈，你怎么这么晚，还在外面转？"

张如芬说："我睡不着，家里热。你呢，你怎么也不回去？不怕容利又跟你生气啊？"

小军摇头，满不在乎："不会。她不过十二点，不会回家的。我现在回去，也是一个人，没意思，还不如在外面跟朋友喝喝酒呢。"

张如芬吃惊："容利不过十二点，不回家？"

小军点点头："只要去打麻将，就是这样喽。"

张如芬终于按捺不住了："她在哪里打，你知道吗？"

小军说："说是她一个朋友开的麻将馆里，就在附近吧。"

张如芬生气："你忘记你回家迟，被她是怎么收拾的了？她不许你玩，自己就可以这样玩？而且还几乎天天玩。不行，小军，你不能让她这样做，玩野了，心思就收不到家里了。你们两个人，没孩子没家务，婚姻里能维系的东西，本来就很少。现在再各玩各的，家庭会很危险的呀。"

小军说："哪里会，妈，你不要吓我哦。不会的，要不，她回家了我说她。放心吧，没有事情的。"

"你让我怎么能放心？"张如芬说："知儿莫如母，你说的话，容利会听进去吗？"

小军心思显然不在母亲这里，他看着那几个朋友，冲他们做一会儿就来的手势。张如芬拉住他："你给容利打电话，问她在什么地方。"

小军说不用，"那个地方我知道的。"

"在哪里？"

"妈，你别吓我。你不会要去找她吧？"

看着儿子傻乎乎的样子，张如芬很是不忍。她说："不找。不过你不是说就在附近吗？"

"是，就是斜对面那个坡上去的金都小区里，说在一楼，据说那家生意还很好呢。"

张如芬告别了儿子，绕了个道，躲开儿子，就朝金都小区走去。

她也不知道她这是要去干什么，但容利玩得这么狠，她确实心里很不痛快。儿子结婚这么几年，她是看在眼里的，根本就没享受到正常家庭生活的乐趣，他还以为和容利这样，就是家庭生活了呢，老婆的热饭没吃过一口，连袜子裤子都还是老妈帮着准备。她容利对小军的关心太少太少了，还总是做出一副委屈的样子，仿佛下嫁了一般。想起这些，张如芬就一肚子气。

金都小区很快就找到了，一问保安，哪里有家麻将馆，果真是家喻户晓，旁边好几个老头老太太一起指给她看。还七嘴八舌地说："打得好晚，有时半夜了还在打。"

"周末过节就是通宵。"

"赌钱吗？"张如芬问。

老头老太太们就笑了："不赌钱谁有那么大的热情哈？"

一听这个，张如芬更着急了。还赌钱，你容利有几个钱啊？

她径直就朝那套房走去，门关着，但在外面，就能听见麻将声声。她按门铃，有人在里面问："谁呀？"

"我。"

"你是谁呀？"

这问话的人警惕性还挺高，难道担心会被警察抓吗？张如芬不知道该怎么回答，依然大声喊："是我！我找人。"

"找谁？"就是不开门，麻将声也停了。看来还真是警惕了。

张如芬不说不行了："容利，容利在吗？"

门咔哒一声，开了。

就见是一个三室两厅的房子，厅还挺大，放了三张桌子，还有沙发和电视。里面其他几间房，也都放着麻将桌，每张桌都坐得满满的。还有一次性打包的餐盒，堆了不少。可见饭也是叫来吃的。

开门的，估计是经营这家麻将馆的老板娘，一副活络的样子，人也漂亮。看见张如芬一个人，就冲里面一个房子喊："容利。"

张如芬听见容利在答应，可人就是不出来。她也火了，直接就进去了。

这是三室中比较小的一间，所以只支了一张桌，同样也有沙发茶几和电视。容利坐在桌上，那才叫容光焕发、精神抖擞呢，张如芬好像还从没见她这么情绪高涨过。旁边是三个男人，岁数看着都不小了，见张如芬进来，甚至没有时间多看她一眼，更别提问她是谁了。

容利差不多也是同样的表情，她叫了一声"妈，你怎么来了"，站都没站起来，手还在不停地码牌，看牌。

张如芬强忍着气，说："你最近不回家吃饭了，我来看看你忙什么。"

"没什么啦，妈，就和朋友们玩几把。"

听容利叫妈，其他三个男人都憋着笑。

容利说："是我婆婆。"

三个男人索性放声大笑起来："哟，是婆婆。婆婆坐吧，稍等片刻。"

张如芬怎么听不出来这些人口气中的嘲笑呢。他们是拿她当老古董老怪物在笑话呢。这年头，闺女打麻将，妈都管不了，何况是婆婆呢？老板娘端杯水走了进来，招呼张如芬："阿姨，坐下喝点水吧。你要不要打麻将，我给你安排一个地儿？"

容利说："就是，妈，要不你也打一盘吧。或者等会儿，我打完这局你就来。"

张如芬生气了，容利这么怠慢她，还真是够胆大包天的。她进来这么一会儿了，她连好好看她一眼都没有。眼睛只管盯在麻将上，一副想让她快走的表情。

张如芬说："容利，不打了。赶紧回家吧。这都十点多了，你明天不是还要上班吗？"

"没影响的啦。"

"你不回去小军也就不回去。"张如芬的口气终于厉害了起来："这样下去，你们那个家还像个家的样子吗？"

"怎么了怎么了，"容利终于不耐烦起来："我不就打个麻将吗，这么多人都在玩，别人玩得我有什么玩不得的？妈，你还有事吗，没事你就走吧！"

容利轻佻的语气，彻底惹恼了张如芬，她二话不说，抡起胳膊，就将一桌的麻将牌，扫翻在地。容利跳起来，喊道："妈，你这是干什么啊？我得陪大家的钱的啊！"

张如芬拉住她的胳膊，朝外走："你跟我回家。乌烟瘴气男男女女的，这到底算是怎么回事！你有正当职业，有好好的婚姻，可你看看你，和无业游民有什么区别，和坏女人有什么区别？"

张如芬这话说重了，等于惹翻了房间里所有的人。一刹那，所有摸牌的手都停了下来，大家在寂静中满怀敌意地看着她。

容利摔脱了胳膊，不满地跺着脚："你这是在说些什么啊！"

第二十五章　怎样度过更年期

可怜天下父母心，张如芬在麻将馆颜面尽失，容利以后几天再没露面，也没通过小军对她说一句示好的话。这让张如芬伤透了心，竟病在床上起不来了。

她没有告诉小军和杜光明，那天去找容利的事。估计容利也没有跟小军说。儿子老公和小乐，都以为她是累了，又伤了风，所以才病了，都安慰她说，好好躺着休息，别再累了。

晚饭小军和小乐就不来添乱了，杜光明则主动承担起家务活来。纵是这样，张如芬还是特别难过，觉得自己很委屈，活得很憋屈。

这想法，和赵素棠又有什么区别呢？

自从李腊妹的事，被人在家属院那么一闹之后，赵素棠进进出出，总觉得别人在背后指指戳戳，话里有话地在编排着她。她低头进低头出，见了从前的老朋友，老姐妹，也眼睛看别处，支支吾吾两句，赶紧就走。

以前她喜欢打听别人家的事，觉得那样，才是关心别人，是热心肠的表现，现在，她体会到被人关心，该多么让人难受。而且，那些关心当中，怎么总有些不怀好意呢，是想打听消息的，还是真心想帮她拿主意的，这也忒难分辨了吧。

赵素棠难受别扭着，李腊妹却越发张扬。以前顺溜的长发，突然剪短了，而且烫成了爆炸头。一副样不惊人死不休的表情。

母女俩走在一起，赵素棠像做贼一样低声对闺女说："快走，对面是你刘姨，别让她看见你。"

李腊妹高声脆亮地喊："刘姨，出去啊？"

反而搞得刘姨怪不好意思。

突然这一天，听李春来说，小乐妈生病了，小乐没地儿吃饭了，要来婆家吃。赵素棠眼珠一转，计上心来。

周六一大早，就提着收拾好的行李箱，上了儿子家的门。

小两口刚起来没多久，李春来正在小乐的指挥下拖地抹桌子。赵素棠一进门，就从儿子手里抢下抹布，忙活起来。一边跟儿子儿媳妇解释："小乐，听说你妈生病了，干脆我就住过来照顾你。也别光顾着晚餐了，早餐我也包了。中午饭，最好就带小饭盒，别去外面吃了，不干净。这么一想，不如就住到你们这里来。反正你这里房子也多。你们好好工作，什么心都不用操。你说呢小乐？"

小乐怪不好意思的，赶紧感谢。其实并不乐意，婆婆的性格，她可知道。热心到了家，也会让人烦。而且说话只顺着自己的思路来，很少能考虑到别人的感受。小乐很忐忑，仿佛看到闹矛盾的那一天。

"不会的，"李春来倒是无比高兴："你这么温柔，我妈又那么勤快，你们两个是绝配，肯定没事。"

张如芬听了这消息，却一头朝枕头上栽去："完了，赵素棠那粗线条急脾气，小乐该会受多少气啊。"

说着又怨恨自己，这一病，让赵素棠钻了空子。以后搞不好连孙子都带不上了。

杜光明看着张如芬气急的样子好笑："带不上就带不上呗。再带不上，他还不是你的外孙？难道会变成别人家的外孙不成？"

张如芬着急："这带和不带就是不一样，孩子以后跟你没感情，那就和别人的外孙没什么区别了。而且我说过多少次了，她没文化，孩子不能给她带，这耳濡目染的，指不定会教育出什么样的野小子呢。哎哟，气死我了，她凭什么住到小乐那里去啊，当初买那房子，我们还出了钱呢。"

"那大头不还是人家儿子出的啊？"杜光明说："她那住，也是住儿子的房子。没啥不对的。何况，小乐这一日三餐就有了保证，你又不用太辛苦，这样不是挺好的？"

张如芬冲杜光明啊呸一声："我看你是老糊涂了，要不就是被高稚影洗了脑。你少给我来这套儿孙自有儿孙福的消极理论，在我这里没市场！"

这天吃完晚饭，张如芬挣扎着要去小乐那里看看，杜光明说好陪她一起去，临出发了，却突然又说乐活队有活动，晚上要开会不能去了。张如芬不快："一群退休的老头老太太，个个都不带孙子，白天那么多时间不开会，非要晚上聚到一起，真是闲得蛋疼。"

杜光明说："非要说那么难听才行吗？我看你虽然身为老年人，但和很多社会上的人一样，打心眼里，其实就是见不得老年人快乐的，见不得老头老太太活得自我一点。总觉得老年人就得俯首甘为孺子牛，为了子子孙孙流大汗出大力，再或者，就得含蓄隐忍夹着尾巴做人。你这是偏见，懂不懂？是很多年里中国人对老年人不公平的定位造成的偏见。这个偏见，不仅让你现在活这么累，总想控制孩子的生活和前途，也束缚了你天性中追求快乐自由幸福的另一面。"杜光明说得动情："老太婆，你好歹是个读过书的知识女性，也做过雷厉风行的女干部。可你怎么越老越回到过去了呢？你这么做，其实是害怕过自己想要的生活。咱们这些人，都是解放后生的，没那么多封建意识。从前工作上，你也表现得很独立很勇敢很张扬啊，为什么一退休，就龟缩起来了呢。儿子自有他们的活法，你处处插手，那样对他们是不公平的呀。"

听了这话，张如芬像不认识杜光明似的看着他："老杜，我就奇怪了，你这么激进的思想是怎么来的？以前你不也说过，看不惯什么为老不尊，晚节不保的那些老头老太太吗？还跟我说过有些老太太涂脂抹粉很让人看着不顺眼。怎么了，你这一百八十度转弯从何而来的？"

杜光明说："我以前那不是还没到真正老的时候吗？所以体会不来老人的想法。现在不一样了，找点自己喜欢的，而且有挑战性的事情去做，会很有成就感。你想，我还能学新的东西，并且还能学会，不仅锻炼了身体，还交了一大群朋友。这是多么快乐的事啊。我开始理解那些老头老太太了，因为太高兴了，所以就忽略别人怎么说怎么看了。"

张如芬听不进去老伴儿这些话，"好吧，那你就找你的快乐去吧。我呢，我还是要处处插手。你不想跟我去小乐那里，想去开你的什么男欢女爱会，你就去好了。别跟我说这么一大堆没用的。我现在对孩子抓紧点儿，就是弥补以前工作太忙对他们的疏忽。和追求什么新生活毫无关系。你别老是教训我了，每个人有每个人的活法，参与儿女的生活，就是我的活法。我也没觉着这有多么可怜，相反，我觉得能帮到孩子，能让他们少走弯路，工作上积极进步，生活上有条不紊，就很幸福，也很乐活！"

杜光明听老婆说出很乐活三个字，就没话说了。他劝张如芬换个时间去看小乐，比方明天晚上，他就可以陪她去了。但张如芬坚决不肯，她虚弱，她累，她还有些

伤心，走在路上，很可能会昏倒过去，但她就要今天去。你老杜自己看着办吧，是去和你的舞伴开会呢，还是等个半小时，到街上来给你老婆收尸呢！

这话说的，杜光明还敢去开会吗？两人这么吵着说着，不知不觉地就过了开会时间。杜光明只好说好，陪着老婆去看闺女。

两人正要出门，却响起了敲门声。高稚影清脆的声音在门口喊："老杜，老杜，要开会了。你在家吗？"

杜光明急着去开门，张如芬却搡开他，自己将门打开了。她刚收拾好，穿了一身挺正式的短袖套装，心想可能形象还不错。可一见高稚影，就发现差距太大了。人家高大夫完全没有年龄概念似的，穿了一条脸谱图案的低胸V领连衣裙，坡跟鞋，身材玲珑有致的，比张如芬可好看太多了！

张如芬的不满，被高稚影这身行头，更激出一层来。她仗着个头比高稚影高一截，眼神就带上了轻蔑。鼻子朝天，冷冷地说："哟，是高大夫啊，打扮这么漂亮，找我们老杜跳舞啊？"

这话说的，再没脑子，也能听出其中的酸涩苦辣咸吧。高稚影兴头上被这么一泼，脸上欢喜的笑容突然就尴尬地停住了。

她探头朝里面看了看，又看了看张如芬："张书记你们这是要出门？老杜不在？"

站在张如芬后面的杜光明露了头，忙伸出胳膊跟高稚影打招呼："嗨，高大夫你好，吃了吗？"

高稚影笑："都什么时间了，当然吃了。"她又指指手腕上的表，问杜光明："去开会不了？刚才队里给我电话，说你还没去。我也出发迟了，正好走到你楼下，就来叫叫你。"

见张如芬拉着门把手，面无表情地挡在她和杜光明中间，而且没有丝毫请她进去的意思，高稚影赶紧告辞："不好意思，看来你们是有活动。我告辞了，老杜，你忙你的吧。张书记，多保重。再见。"

张如芬却突然来开了门："高大夫，别走。进来坐坐，我有话跟你说。"

听张如芬这么说，杜光明就着急了。他真怕老婆会冲着高大夫说出什么不好听的话来，那该让高大夫多尴尬啊。

杜光明赶紧阻拦："别，老张，高大夫人家还要去开会呢。我不去没关系，她可是负责人，不去会影响大家的。是吧，高大夫？"

高稚影见张如芬没有罢休的意思，就干脆地说："行啊，张书记有话说，当然得听了。"

说了一跨步就进了客厅。

张如芬请高稚影坐下，却并没有像杜光明想象的那么咄咄逼人。她真诚地说："高大夫，你和老杜搭档跳舞一段时间了，对他帮助很大，按理我也早该去你家里拜拜门，经常跟你吃吃饭，聊聊天了。嗨，一直瞎忙，没有机会。我还有个问题一直想问问你呢，今天你来，正好，我也不多耽误你的时间，就问问，怎样才能愉快地度过更年期？"

听到这个问题，高大夫爽朗地笑起来，杜光明也挑挑眉毛，松了一口气。

高稚影拍拍张如芬的大腿："张书记——哎，我叫你张姐吧，叫姐姐更亲切一些。这个题目可真是个长话题，一时半会儿还讲不清呢。我个人认为，更年期呀，对女性来说，除了生理上的变化，更大的还是心理上的一次冲击。心理上的调整，比起身体上的保养，要重要得多。所以，你才会说出怎么愉快度过，对吧？确实是这样，很多更年期的女人，心情很糟糕，郁闷，伤心，失落，无意义感，空虚，看人不顺眼……其实都是进入中年后，长期累积的负面情绪没有处理干净，到了五十岁左右集中爆发而已。我们乐活队，经常会有类似的讲座，以后你要是感兴趣，我叫杜工通知你，你也来开会吧。比方今晚上我们其实就是一个讲座，不过讲的是社会政治的话题。我们的活动很丰富的，张姐你真应该多来参加参加。"

张如芬点点头，心里承认高稚影确实有说的对的一面，可这些话，解决不了她的问题。但她当领导干部多年，习惯了给别人答案，很难迈出向别人寻求答案的那一步。她站起身，彬彬有礼地准备放高稚影走了。

"那就不耽误你去开会了，高大夫。不过我们老杜就不去了，他要陪我去女儿家里一趟。"她说："工作那些年，太投入事业。我俩又没有老人在身边帮忙，真是亏欠孩子太多了。现在总想弥补他们，心里装的全是他们的事情。不像你啊，高大夫，能这么潇潇洒洒心无旁骛地跳舞唱歌，无忧无虑啊。你是有福之人，才会拿得起放得下。不错不错，人啊，就该像高大夫这样，把自己活痛快了就行。"

咳，这话说的。听着是表扬，细究起来，怎么越听越不是滋味呢？好在高稚影从离婚那天起，早习惯了别人对她的非议。

她站起身来，抹平自己裙子的皱纹，对张如芬笑笑，说了一句这么多年属于她

自己的一句话："人一旦把坚持自我放在首位，在别人眼里，就很难和自私区分开来了。我就是这样一个人。好在，我的女儿理解我。所以，张书记，我确实没你那么多要操心的。"

得，又叫回张书记了！

第二十六章 尽买些没用的

端端的光碟学习法，显见又破产了。她捧着儿子的小脸蛋，发愁地问小皮："要是考不上外语学校怎么办？"

小皮说："那小小去哪里上小学？"

端端说："小小都会两位数加减了，她一定是去外语学校的。"

小皮笃定地说："那我也去外语学校。小小得需要我保护，她是女孩子。"

端端听着好笑："天下那么多女孩子，你保护得过来吗？吹牛！"

小皮就撩起衣服给端端看他的小肚皮："我这里有肌肉，你看看。我才不是吹牛呢。"

端端手指戳戳他的小肚皮，叹口气："儿子，妈妈个子不高。你以后可能个子也不会太高。男生个子不高，就得特有本事，才能娶到漂亮媳妇。你可得记住妈妈的话哟，一定要学东西，变成个有本事的男人，知道吗？"

小皮点点头，他这点比陈昊天和赵栓锁都好，话不仅能听进去，而且执行力很强。这不，才三分钟，他拿了一幅画过来了："妈妈，这是我画的星球大战图。你看我有本事吧？"

小乐最近上班时，总是带着饭盒，里面荤素搭配，还有饭后甜点，那叫一个营养合理。端端嫉妒地问："李春来给你做的？"小乐鼻子出冷气："他哪里有那么贤惠，是我婆婆。婆婆最近住到我这里来了。"

"真的假的？"端端一听就坐到了小乐的办公桌上："她是打算怎么着，一直战斗到孩子出生？"

小乐说："可能不止吧。反正她说了，孙子是要给她带大的。也许会一直住在我这里呢。"

"哎呀，小乐啊，你可别到时候怪我没提醒你哈。我可听了太多这样的例子了，告诉你，孩子千万别交给公公婆婆啦什么的带。不行的，矛盾百出，而且，孩子最后跟你不亲。"

小乐瞪大眼睛："怎么会！多少孩子都是爷爷奶奶带大的。"

端端严肃地说："所以才造成了多少的家庭悲剧。我倒是看你妈对人要求挺严格的，把孩子交给你妈肯定行。"

"算了算了，我才不会给我妈带呢。你知道，哪三种父母对孩子伤害最大吗？"

端端问："哪三种？我算吗？"

小乐说："第一种就是我妈这样的，动不动就拿别人家的孩子来跟你比。我小时候可没少为这比较伤心过，把人比得特没自信、特绝望、特失败。她觉得是在激励你，还挺有道理的。直到这些年，我才想，我也没拿她跟别人家的父母比啊，换了我整天把别人的爸妈怎么有钱怎么成功挂在嘴边，她会不难受啊？"

端端点点头："说得这么激愤，看出来，确实很受伤很受伤。还有两种父母呢？"

小乐继续："冷漠不管的、抬手就打张口就骂的。你自己去对比你算哪一种吧。"

端端想想："我好像跟你妈有点像，但不算严重。以后得注意，否则以后小皮跟你似的，对我一肚子怨言，我可受不了。"

小乐有气无力地说："我倒不怕什么孩子跟自己亲不亲。只要父母天天都跟孩子在一起，是没有问题的。我难受的是婆婆一住在家里，就没了自由。连幸福感都大打折扣。"

"为什么呢？"

"什么为什么啊，这都不理解啊？婆婆在家，肯定没有我跟李春来两人时那么自在了啊。我平时穿个睡裙可以到处跑，跟李春来可以小动作不断，现在能行吗？老太太眼睛盯着呢，她又那么八卦，生怕错漏了一点。从前都李春来做饭，现在他妈能见得他干活？这让我觉得特别不爽，活生生剥夺了我的幸福感。"

端端说："大小姐啊。敢情你的幸福感就是靠使唤李春来啊？"

小乐说："那可不？他也是一样啊，他奉献他才快乐啊。现在别看婆婆什么都弄得挺好，可我都快要抑郁了。"

端端说："真是身在福中不知福。每天老太太给你好吃好喝地照顾着，你还抑郁。唉，我这小白菜的命啊，妈没了，婆婆也没了……"

小乐打断她："我和你不一样，你是老白菜，我可是高等动物。要是光满足于有饭吃有人照顾，那成什么了？我们高等动物还有精神需要呢，需要爱抚、昵称、打情卖俏、拥抱、撒娇、对唱、亲吻、互相喂饭、按摩……等等等等，可是现在都不行了。"

端端说："没听来什么精神需要啊？好像全是肉体需要。"

小乐白了她一眼，继续说："我每天下班上楼梯，走得那个沉重啊。我觉得我都不是在回自己家，觉得那就是李春来和他妈的家。我都没法想象她得住到什么时候。"

端端说："你这种女人，属于疆域意识过强的那种。那以后李春来还不能孝敬他妈了，老太太总有老的时候，她要住过来，你还不活了？"

小乐摇头，无奈地说："反正我现在喜欢待在自己的屋子里，不爱跟她说话。你不知道，她特八卦，跟她说什么，转眼全天下就都知道了。"

端端严肃地说："小乐你少装清高，女的到一定年龄不八卦，那就是精神病。你看看……"她朝蔡丹言的房间努嘴："她倒是一点都不八卦。"

小乐问端端："我说你到底向着谁呀？"

端端说："当然向着你了。不过呢，你还真得听我多啰唆几句。孩子生下来，教育问题得当个百年大计来运作，我看你婆婆也是个缺乏先进教育理念的老太太，跟我爸似的，那样最好别让她带孙子。如果不让她带，最好的办法，就是别在一起住太久。"

小乐站起来，要去洗饭盒。说端端："你想得太远了，白菜同志！我还没到那一步呢。"

端端跟在小乐屁股后面，苦口婆心："根本不是这么一回事。当初我跟你想的一样一样的。总觉得孩子小，没问题。可上了幼儿园，甚至在上幼儿园之前，竞争就已经开始了。现在孩子的成长环境，已经和咱们当孩子那个年代，完全不同了。现在每个孩子，都是一发上了膛的子弹，从一出生，就随时准备着要发射出去，而且必须打个满堂彩，否则这颗子弹就浪费了，就成空弹臭弹了，根本没有第二次打靶的机会，更别说回炉再造的机会了。你说，这样的局面下，再跟我爸似的，守着老一套的教育方式，还行吗？"

小乐问："他是个什么态度？"

"哼"，端端说："就是对孙子的一生不负责任的态度。随遇而安，顺其自然，爱咋的咋的。好像多清高似的。"

小乐说："你不如别那么急着买房，给小皮报点课外班呗。反正你不清高，干嘛那么免俗呢。"

"我哪里免俗了，我这个人怎么会主动去做自绝于人民的事呢？正是因为不能免俗，才会急着攒钱买房子。以后还得给儿子攒钱买房呢。你小乐把婆婆留在身边，到时候下场就跟我一样，你就看着吧你！"

端端的话，有点耸人听闻，却也让小乐有点担心。现在的她想孩子教育确实还远了点，但住在一起，生活理念的不同，已经开始造成矛盾了。

赵素棠很节省，李春来的父亲去世前，她就很省。她出生在农村，进城当工人之前，一天只吃一顿饭，衣服没有一件三块补丁以下的。当了工人，有了三顿饭吃，就觉得很奢侈了。结婚后，生了两个孩子，日子又开始紧巴巴的。等改革开放，经济刚松展一点，老头子又没了。她一个女人，拉扯着两个孩子，拿着厂里最低的工资，逢年过节，不申请点补助，连二斤肉都割不上。等再过些年，俩孩子上大学，更是折腾得她不轻。好在当时厂里的效益还可以，补助标准也提高了，赵素棠一个人，竟把两个孩子供了出来。

她不省吃俭用，怎么能有今天呢?!

赵素棠的省，是落实在每分钱上的计较。如果这分钱，花在了没用的东西上，她的脑子里，就会为这不该花的钱，想出无数急需的用途来。于是，这一分钱的用途，就放大了无数倍，每想到一次，就让她心口剧疼一次，继而夜不能眠，总想着怎么才能把这钱弄回来。

问题是，像李腊妹的裙子那样的东西，在大商场里可以退，可路边小摊上的东西，要退就没那么容易了。

这天，小乐下班回家了。和往常一样，她会从单位一路走回来。虽然单位和家，都在城郊处，但正因为地方偏，街市管理才比较松散。一到下午四五点钟，跑街的小摊小贩，就推着各种各样的小车出来了，从烤红薯到摊煎饼，从玻璃项链到过期杂志，从凉席凉枕到袜子背包，街面有多长，就能摆多长。小乐觉得逛这些摊子，还真是其乐融融呢。

于是，她沿路一边走，一边买。看上去都是三块五块的小东西，可走到家门口，却已经提了四五个袋子了。

一连几天，她都是如此。那些东西，买回来有能派上用途的，但大部分却都是扔了就不用的。赵素棠只要见小乐拿回了东西，就赶紧围上来，要一样一样地看，还要一个一个地问价钱。然后拿到手里掂一掂，放到灯下照一照，用指头抠一抠，就差放到嘴里尝一尝了。她得检验一下对不对得起这个价钱。

可能心里对小乐这么花钱，早就不舒服了吧。这一天，终于忍无可忍爆发了。

小乐又提了一堆没用的东西进门了。赵素棠已经将饭菜都做好了，放在桌上晾着等他们回来。绿豆稀饭，馒头，拌白菜，西红柿鸡蛋，还有一小碟糖醋排骨。小乐放了包，就去洗手换睡衣，赵素棠便将她提回来的塑料袋，摊到茶几上，一样一样检查。

前天才买了一串手链，还没戴过，不知怎么今天又买了一条。还是廉价的便宜货，三五块钱一条。今天是串粉色玻璃的，花样挺花里胡哨的。两本时尚杂志，封皮铜版纸，大十六开，价钱半天没找到，最后才在封面右上角看见了，一本竟十元！拖鞋——是那种街头现在年轻人每人一双的沙滩鞋，可这样的鞋子，小乐至少有三双了，只不过今天新买的是黄色的。赵素棠终于看到价钱了，原来是超市打折的产品，可也要八块五角钱！还有一个袋子里，装着削好皮砍成段的甘蔗。这么一根，至少也得三块钱吧。

赵素棠看着这么一堆东西，终于忍不住了，喊小乐："小乐，这条手链多少钱啊？"

小乐在洗手，也高声回答："四块钱。不贵的。"

赵素棠着急地说："你不是前两天才买了一条吗？"

小乐听声音不对，愣了下，她看看镜子，做了个鬼脸，用毛巾擦干手，走了出来。"是想换着戴。"

"什么时候戴啊？"赵素棠不满："上班时，能戴这些吗？"

小乐其实是不会戴这些东西，买它们，完全是从小姑娘时养成的一个习惯。她控制不住地喜欢这些廉价的小玩意，可真要戴出去，又会觉得太掉价。于是她说："留着吧，万一生个丫头呢，给她用不是挺好的？"

这话说的，赵素棠顿时睁大了眼睛："你现在就开始给孩子暗示他是个女孩子了？你是有多想生姑娘啊？觉得当女人没当够还是怎么的，喜欢当女人是不是，就因为能戴这些个不值钱的破东西？"

婆婆的口气带上了愤怒，越说越火大，小乐知道说错了话，可也不喜欢被老太太这么收拾。什么叫不值钱的破东西啊？这是审美，她懂不懂啊？

小乐没吭声，弯下腰，从婆婆手里将手链拿过来，塞到袋子里。

赵素棠还没完，又问她："那这杂志呢，打折没有？你可是买了两本啊。"

小乐买的是过期杂志，一本才三块钱，可这会儿，她不想给婆婆说她省钱的事，她就想刺激一下老太太。"没有，"她说："随便看看就扔的东西，谁给你打折呀。"

"正因为随便看看就扔了，才要打折啊。看看这些杂志，里面全是广告，是图片，有几个字呢，花这么多钱，买本图画书，太亏了。"

话音未落，李春来进了家门。见婆媳俩正在茶几上看东西，两人脸色都有些不快，他就猜到是什么原因了。敢情小乐下班买零碎是种习惯，李春来都不知给她扔了多少这些没用的东西了。

他不在乎媳妇买这些，可老妈估计会看不惯。果真，见儿子来了，赵素棠觉得有了同盟者，举着杂志对李春来控诉："你看看你看看，就这么一本图画书，十块钱。随手翻翻，就能全都看完。你买它干啥呀，站在摊子上，看看不就行了吗？还买两本，二十块啊，换成我自己，这得好几天的菜钱呢。"

小乐的脸色越来越不好看了，她花的是自己的钱，婆婆凭什么说来说去的呢？而且，家里现在的菜钱，都是李春来给赵素棠的，一月三千，根本吃不完，目的就是让她搞得丰盛一些，营养好一些，可看看，她都做的是些什么呀，和妈妈的营养汤哪里有可比性呢？小乐没说她，她还先说上她了！

小乐嘴嘟着，把杂志又从婆婆手里拿回来。李春来当然知道小乐在想什么，眼见矛盾要激化了，赶紧提醒："吃饭吧吃饭吧，我都饿死了。"

说着手也不洗，先坐在了餐桌前。赵素棠也走了过来，小乐喊李春来："去洗手。顺便帮我洗洗甘蔗，我要吃。"

李春来去洗手，婆媳俩坐在了桌前。赵素棠疼惜钱的劲头还没过去，见李春来拿了甘蔗出来，又问小乐："这甘蔗多少钱？得有三块吧？"

"是三块。"小乐淡淡地说。她感受到了婆婆给自己的压力，只想快点结束关于钱的谈话。

赵素棠说："家里有苹果，有香蕉的嘛，为什么还要买甘蔗呢？这么一根就三块钱，可以买两根香蕉，一个苹果了。吃甘蔗最划不来，吃了就得吐掉，等于没吃。这三块钱，不就浪费了吗？"

小乐听婆婆这么念叨着，吃饭的心情都没有了。总之，她没有一样东西买对了，到底要她怎么办呢？

"那我去退掉？"她话里带着气地冲赵素棠说。

赵素棠没发现小乐生气了，她一门心思在这些东西花了多少钱上，她说："拖鞋你有好几双了，这个非退不可。杂志也可以退掉，还有手链，要不吃完饭我陪你去退。甘蔗可能不好退了……啧啧，这多花了多少钱啊，浪费啊，可以买多少菜吃了……"

李春来赶紧打住："好了好了，吃饭时说这些干什么。买都买了，又不是多贵，别说来说去的了。妈，赶紧吃饭吧。小乐，来，排骨，这个好吃，我们小时候，过年才有得吃哟。"

小乐气鼓鼓地说："我就吃甘蔗。"

第二十七章　本家大哥

　　赵素棠不知不觉中，得罪了儿媳妇，她没想过这是自己和小乐不同的金钱观所引起的，而是觉得小乐脾气不好。真是知人知面不知心啊，以前没住在一起过，一直觉得小乐性格挺好的。真没想到，这孩子竟是个烈性子。

　　唉，以后有李春来受的。

　　这些话，是赵素棠晚上给女儿打电话时说的。她本指望着自己住到了儿子这边，李腊妹也会跟她一起来，离开那个是非之地。没想到，李腊妹并不来，赵素棠操心闺女，只能晚上打电话，问她怎么吃饭的。

　　说着说着，就说到了小乐乱花钱的事。李腊妹听着心烦，知道都是当妈的在无事生非，她严厉正告赵素棠："妈，我可跟你说啊，你别去烦人家小乐。她花的钱是她自己赚的，人家想买什么就买什么。她也不是你闺女，不听你的很正常。你别把你在家里对付我的那一套，拿到李春来家里去，既然是去帮忙的，帮好忙就行了。买菜买零用，用的都是他们的钱，你也就别那么斤斤计较，重点是让人家吃好。而且说老实话，小乐买的那些东西算什么啊，你至于吗你？"

　　"钱要花在刀刃上，买那些没用的干什么啊？"

　　"好了好了，我不跟你说了。说了也白说，反正你要是不改正，就等着和小乐吵架吧！"

　　李腊妹挂了电话，赵素棠坐在沙发上生闷气："真是没一个省心的。"

　　头天小乐多花了钱，第二天赵素棠就想省回来。

　　本来计划是吃鱼，买鱼时，她左瞧右瞧，总想少切一块。鱼贩子问她："老人家家里几口人吃呀？"

赵素棠说："我和儿子儿媳妇。媳妇怀孕了，吃点鱼有营养。"

卖鱼的就说："那得拿一条，别说家有孕妇吃得多，儿子也肯定能吃不是？那一小块够谁吃啊，就拿这条吧。"

说着，就把鱼扔到秤上。赵素棠赶紧阻拦："一半一半，不行，这太多了。"

卖鱼的瞧不起地看她一眼，懒得跟她多说，拿刀砍了一半。

旁边站一老头，也在买鱼，就说："那把那一半给我吧。"

鱼贩子讽刺说："你家也三口人？"

老头儿说："对。"

卖鱼的做出无奈表情，看看四周。说："现在的老人家真会过日子，半条鱼，打发全家人。你们是想从菜钱里给自己省养老费吧？"

赵素棠听这话，特别生气。她训斥卖鱼的小伙子："什么叫给自己省养老费了？我是有退休金的人，有自己的养老钱，不需抠儿女的！再说了，省钱也省的是我们的，跟你有什么关系，你卖你的鱼就行了，啰唆什么！"

小伙子被老太太教训，也有点生气："嘿，老人家。我就说说怎么了，那嘴还长在我身上呢，我说什么跟你又有什么关系？"

见两人有吵起来的架势，旁边就围上了些闲人要看热闹。赵素棠旁边的老头儿帮赵素棠说话，冲小伙子："你是卖东西的，要懂得和气生财么。赶紧称好鱼，收了钱，不就成了？"

老头儿一口陕北腔，引得赵素棠不由地看了他一眼。

小伙子冲周围的人，举起半条鱼："看，老人家会过日子吧，这么半条鱼，一家老小吃一顿。你不嫌麻烦做，我还嫌麻烦剁呢。"

赵素棠面子上受不了，她生气了："有人买你的东西，你还嫌麻烦。你用这种态度做生意，迟早是个赔光光。嫌麻烦是吧，好，老娘我成全你，我不要了！"

说着，就要走。小伙子怎么会放过她，剁都剁了，卖不掉，一个小时就会臭。他眼疾手快，一把抓住了赵素棠的胳膊。那手上又是血水又是鱼鳞的，赵素棠用另一只手打，硬要走。小伙子高喊："没有你这么不讲理的啊，老太太不许耍赖啊，鱼砍了，又不给钱了，你让我去卖给谁！"

赵素棠不管，非要走不可："天下卖鱼的多了，凭什么我要在你这里买？你羞辱老年人，欺负老年人，你松手，不松我报警了！"

小伙子冲四周喊："你们看看是谁在欺负谁，是谁在羞辱谁？我们这做小本生意的，辛苦一天才能赚几个钱？你让人砍了鱼又不要，算是什么？去啊，你去报警啊，叫警察来评评理，看谁有道理。"

旁边的老头儿看不下去了，他还有半条鱼要买呢。他说："来来来，小伙子，你把这两块都给俄（我），俄（我）来替这大妹子买了。"

小伙子听老头儿这么说，就松了赵素棠的手。赵素棠恨老头儿多管闲事，又觉得丢人，揉揉手腕，扭头就走。

老头儿称好了鱼，突然发现赵素棠不见了，不由吃惊："咦，刚才那个老太太呢？"

小伙子讽刺他："早走了。人家大妹子可不领你的情。"

老头儿提着鱼，赶紧出了菜市场的门。东看看西望望，终于发现了赵素棠的身影。她正在买豆腐。

老头儿走到她旁边，把她刚要的那一半鱼拿出来："大妹子，哎，大妹子。"

赵素棠自从离开农村老家，多少年就没有听过什么大妹子的叫法了。老头儿叫了好几声，她才反应过来，指着自己："你是叫我？"

老头儿点点头："来，这是你的那一半鱼。给你。"

赵素棠低头看鱼，刚才那生气的一幕不由浮现眼前，不过这会儿，想起来只觉得好笑。从小声笑到越笑越止不住。"哎呀，这鱼，乐死我了，还吵那么一架，半条鱼，哈哈哈哈哈，你又买过来……哈哈，乐死我了。"

老太太笑得直擦眼泪，老头儿也觉得可笑，索性也一起笑了起来。"是不值得，跟人家娃娃吵……"

老太太说："还抓住我的手，瞧瞧，还有条红印呢。"

两人想起刚才那么认真地争执，就乐不可支。赵素棠爽快地要了鱼，放进自己菜兜里。又从口袋里掏出十块钱，塞给老头儿："还差你两角，我再找找。"

老头儿忙摆手，连十块也不要："不用不用。这是我买的，送给你好了。"

赵素棠硬塞给他："好了好了。那两角我不给你了。"

两人一边走着一边唠嗑。赵素棠说："大哥你不经常买菜啊，没怎么见过你。"

老头儿说："是是是。家里买菜都是闺女买。今天外孙说要吃鱼，我就跑来看看。我也不知道该买多大的，听你说你家里三口人，半条就够了，我想那半条我也就够了。我又不爱吃鱼。"

赵素棠又笑："其实半条是少了一点，不过这不是想省一点吗？我那个儿媳妇啊，花起钱来没个计划，我一想到她昨天大手大脚浪费了，今天就特想在菜钱上省回来。没想到闹了个这样的笑话。哎……"

老头儿也跟着笑，点点头表示赞同："那该省就是要省的。钱么，这个东西，平时不节省，用的时候哪里有。"

赵素棠就问他："大哥，你也和孩子住在一起？"

老头儿说："是，是跟女儿住。还有个外孙。娃一出生，我就来帮忙了。"

赵素棠问："老伴呢？"

老头儿说："老伴儿走啦，走好多年了。老家还有个儿子，我自己还有一院房，我在这里帮闺女，女婿是军人，常年不在家里。等他们买了房子，孙子上了小学，我就想回老家去。自己一个人自由自在，多舒服。"

赵素棠哦了一声，有点同情地问："女儿还没买房子？哟，这可是个费事的活儿。两口子挣得多不？"

老头儿摇头："听着也不少，可买房总不够。这不，正攒着钱呢，也在到处看房。现在的孩子，不容易啊，比我们年轻那会儿，要难多了。"

两人说着说着，就走到了分岔路口。赵素棠要朝左拐，老头得插另一条小道。赵素棠说："谢谢你啊。还没问你贵姓呢。"

老头儿说："我姓赵。叫赵栓锁。我是解放那年出生的。"

赵素棠说："我五五年的。我们还是本家姓。看来叫大哥真没叫错。"

老头儿听赵素棠这么说，也挺激动："我送你回去吧，反正我也没事。不不不，你别怕，我送到你楼下，我就走。"

赵素棠看看赵栓锁，想笑，又忍住，点了点头。

第二十八章　阳奉阴违

自从张如芬去麻将馆找过容利后，容利就再也没有来她这里吃过晚饭了。张如芬估计容利也没有对小军说，她更不好意思讲出那个过程。对杜光明也说不出口，因为事后想想，她确实将话说得太过分了。当着那么多人的面，指责容利是个坏女人，和一群游手好闲的人混在一起。换了她是容利，肯定也受不了这么被人找上门来数落。

她心里着急，不知道该怎么挽回局面。要自己去跟儿媳妇道歉吗？不，她还没有错得那么离谱。一个已婚女人，不生孩子，不事家务，工作总是得过且过，对未来没有一点规划，下了班还痴迷于打麻将，换了别人家的孩子，张如芬都会看不顺眼，何况是自己的儿媳妇。全家没有一个人出面来制止容利，指出她的不对，张如芬主动出头，并没有错。否则按容利的脾气，早就闹得让大家都知道她是受害者了。她并没有张扬出来，说明自己也有心虚的地方。

张如芬觉得自己唯一不合适的地方，就是方式有点粗暴。她对容利确实有成见，早就看不顺眼。否则不会那么不给她面子直接找上门去，而且把多年的积怨，用几乎歇斯底里的语气表达出来。

又快到晚饭的时间了，张如芬做好了饭，佯装正经地坐在沙发上等儿子来。她心里盼着容利也能来，她只要肯进门，就是给她张如芬台阶下了。后面的事就好解决了，张如芬会说点软话，两人的关系，就还能不显山不露水地维系下去。

偏偏进门的还是小军一人，张如芬紧张的心放了下来，恼火也随之涌上心头。她没说话，杜光明则有些奇怪："容利怎么又没有来？好长时间没来了，她难道不吃饭吗？"

小军帮着媳妇打圆场："她今天有点事，确实不是去玩了，是真的有事。"

张如芬皱着眉头，往桌上端饭菜。三个人坐下来，谁也不说话，气氛很是沉闷。

杜光明意识到这样不好，主动挑起话头，他问小军，最近车间上的那个新产品，销售情况如何？

小军摇头："我哪里知道。我们只管干活。不过程序上又改进过两次，应该还行吧，不过就是发动机的一个部件而已。"

杜光明说："这个部分是最重要的部分。我前些天看到厂报，你们厂长还在表态，说年底以前，要和瑞典公司谈下一个新技术。"

小军漠然："不知道，不关心，不管，跟我们小工人有什么关系？"

一直不说话的张如芬，此时却突然爆发了，筷子一拍："杜小军，你这是什么态度？什么都不闻不问，事关自己的利益，自己的生活，从工作到家庭，从没有一个主动积极投入的姿态。得过且过，漠不关心。我告诉你，别等到那一天，工作没了，老婆丢了，你才知道自己错过了什么！"

张如芬激烈的态度，让杜光明和杜小军都吃了一惊。父子俩面面相觑，不知道说什么才好。杜光明试探地问："老婆，你是身体不舒服啊？"

张如芬说："没有。我很好，我舒服得很。从没有这么舒服过，简直是太舒服了！"

听了这话，杜小军终于确定了："爸，妈肯定是生病了。妈，要不要去看一看？"

张如芬恨这父子俩的不懂人事，不通人情。她大喝一声："吃饭！"

等小军走了，杜光明主动找张如芬聊天："你刚才是怎么了？我猜你是在生容利的气，对不对？有什么想说的，就该说出来嘛。自己的儿子，有什么不能说的，非要那样指责小军。他是个好心眼的傻孩子，你那样说，他怎么能懂呢？"

张如芬忍不住，突然就掉了眼泪："正因为他傻，他好心眼，我呀，我真怕容利给小军戴绿帽子。虽说这个儿媳妇，我从来也没喜欢的，可万一家里出了问题，离婚什么的，总是一件不幸的事对不对？小军从小我没带过他，搞得他成绩不好，大学都没考上，已经够对不起他了，到中年，连孩子都没有一个，又把婚姻弄没了，你让我这当妈的，该怎么想呢？我这段时间老琢磨，小军这么没心眼儿，是不是就是和小时候父母没在身边有关系，和老人待的时间太长，他就变得特没朝气，四平八稳的，也没个追求，甚至连正常人该有的怀疑都没有……"

杜光明吃惊地问："你怀疑什么，容利怎么了？"

张如芬说："我，咳，我呀，我前些天去麻将馆堵过容利。那一屋子人，那个精神状态，那些个男人，真是让人很担心。玩物丧志啊，别小看这些东西，玩得来劲了，对自己的要求就会越来越松，就会将什么人什么事都当做玩。容利那个性格，又没什么脑子，那玩起来，还不跟疯了似的。你看看，现在小军连面都干脆很少照见她，这样下去，可能会不出事吗？"

杜光明听着也有点悬，点点头："适当地提醒是应该的。只不过，这些事怎么解决，还得让小军自己去面对。毕竟这是他的生活，即便吃点亏，也得让他去吃。人只有吃了亏，才能长智慧。你说是不是？"

张如芬不爱听杜光明说这些，不耐烦地说："你的智慧从哪里来的，是我给你亏吃了吗？"

杜小军其实并没有张如芬想象的那么不解人情，他当然知道母亲的发怒，是为了什么原因。而且，这段时间容利贪玩得过了头，晚上十二点能赶回家，就算好的。上班都迟到好几次了，本来工资就不高，再扣掉一半，她竟也不着急。小军一说，就跟他翻脸："结婚这么久，问你要过什么，你又给过我什么，日子过得够沉闷了，我就这么一点爱好，你还要阻拦我！"

小军一听，再问下去，会引火烧身，只好闭嘴不语。

但母亲这回是真的生气了，他得找容利说一声。

这天晚上，小军在客厅里等到快一点，容利才悄悄开门。一进屋，见小军还没睡，她的眉头倒先皱上了。"干吗啊你，这么迟了还不睡？"

小军在看电视，懒洋洋地说："你不也没睡吗，不仅没睡，还没回家呢。"

容利厉害："怎么啦，你是要跟我算账是不是？"

小军摆摆手："算什么账，你真能瞎想。就是等你，想给你说个正经事，大事。"

容利最近在麻将馆，认识的朋友多，干什么的人都有，最少表面看上去，都挺有钱又有闲的。这让她有水涨船高的感觉，觉得自己身价也高了，再看小军，就特别窝囊特别不顺眼。话都懒得跟他说，更别提听他说什么事了。她一边脱鞋换睡衣，一边说：

"你能有什么正经事，还大事，切！还猴到三更半夜来说。真搞笑。我那些打牌的朋友们，哪个身家没有几千万上亿的，偏偏他们很少说事，要说也只是吃喝玩乐。我算是看出来了，这世上吧，越是穷人，事儿越多。而且还特能把自己当回事，有钱人，反而什么都不是事，也不把事当回事。我们得学学人家，活得潇洒一些。钱这个东西，来得其实也特容易，多认识几个有钱的朋友，就能跟着他们轻松发财。小军啊，我看这个家，还得靠我呢，你是靠不住了。你看，我这么打打麻将，多认识几个朋友，他们都挺有势力，以后办事也方便对不对？"

小军见容利那么笃定和骄傲，他还真有点说不出自己家的那点事了。他点点头，咬着嘴唇。

容利准备去洗澡了，说："你先睡吧。"

小军说好，站起身来。也许是他疲惫肥胖的样子，让容利动了恻隐之心。她问他："那个，你说吧，你想说什么，刚才？"

小军哼唧了一声："也没什么。"

"说，"容利不耐烦了："你等我这么长时间，也没什么？像个男人好吧，想说就说。"

小军说："是我妈，再三问你为什么不来吃饭了。我也搞得很尴尬，每天要去面对她。"

容利想想："得，我知道怎么办了。我明天给她电话，我会说明一切。然后告诉你怎么办。你先去睡吧。"

小军欲言又止，"好吧。"他进了卧室。

第二天，容利说到做到。到单位没一会儿，果真给张如芬打去了电话。

张如芬买菜回来，和往常一样，她会坐下来看看随手买的报纸。刚戴好老花镜，电话就响了。是容利打来的，一声妈，叫得甜得能淌下蜜来。

"妈，我是容利啊。好久没有见你老人家啦，听小军说，你想我了。"

这声问候，让张如芬简直一身的鸡皮疙瘩，她拿开话筒，不敢相信似的看了看。

"妈，好长时间我都没有来你这里吃晚饭了。也不全是因为忙，是因为不好意思。妈你也说过我和小军不够自立，老是赖着老人，那总不是个事对不对？我呀，就想不要再麻烦你和爸了，你们过你们的清净日子，别整天老想着要照顾我们，弄得忙来忙去的。加上小乐又怀孕了，你还得多花时间照顾她。我们就不要给你们二老添麻烦了。我想呢，我不去了，小军慢慢也就不去了。没想到妈一直惦记着我，还老跟小军说要我回去吃饭。不行，妈，我想好了，我们不能再总是这样啃老了，麻烦你们那么多年了，我们也该自立了不是？"

瞧这话说的，张如芬简直不知道该说什么。事情肯定不像容利说的这个样子，她绝对不会因为怕麻烦才不来吃饭的。可这会儿，张如芬能说什么呢？她刚咳嗽一声，想具体再问问清楚，容利就说了："妈，我还在上班，不能说时间长了。我得挂了，总之啊，妈你不用再准备我和小军的饭了。我周末再来看你和爸啊。"

咔嚓，电话挂了！

张如芬拿着电话，半天没缓过劲来。"这鬼女人，"她生气："还真是会两面三刀。小军怎么摊上她了，真是被骗了还要帮着数钱呢。"

不对，抄起电话，再打给小军。看看是怎么回事。

刚打过去，小军就全招了。"是，是，容利是这么说的。她刚给我说过，让我也不要去你那里了。嗯——对，她说了，她说回家她做饭。你别担心，慢慢来吧。好，好，再说。"

"她回家做饭？"张如芬能相信容利这话吗？单从儿子吞吞吐吐的语气中，她就察觉到这其中有诈。

果真，容利教给小军的话，只是为了哄骗张如芬的。容利才不会回家做饭的，但她对小军说："你也别回家去吃了，动不动就去吃你妈的饭，让别人听着多可笑啊。而且，吃她一口饭，得听一锅的教训。你呀，就骗她说，我会做给你吃。你呢，到外面吃去。外面那么多小饭馆，随便一顿饭，还怕打发不了啊？不过我给你说，你不许给你妈漏底啊。"

小军只好点点头。

第二十九章　笑容尴尬

下了班，小军习惯性地走到了父母的楼下，这才想起来，今天不能在家吃了。那去吃什么呢？

等绕出院子来，就看见了上次被老板娘救了的内江面馆。吃饭时间，老板娘估计正在里面忙着做饭，外面有个小伙计在帮忙招呼客人。见小军来了，就请他里面坐。

房间里只剩一张桌子了，上面还趴着个小姑娘正在写作业。伙计叫她："让开，客人来了。"小丫头忙整理自己的东西，手脚熟练地从角落拿了个小板凳，又搬一个椅子过去，眨眼就做了套小课桌。

角落里光线不好，小军看着不忍心，就叫小姑娘过来，还是坐在桌上写。小丫头八九岁的样子，害羞地摇头。小军冲她招手，叫到跟前："没关系的，你写你的，我不看你写，行不行？"

小军天生和孩子就能搞好关系，可能跟他比较绵软的性格有关系。听他这么说，小姑娘就笑了起来。咬着铅笔头，拿着作业本，还是有些害羞。

小军说："我吃面条会小心，不弄脏你的作业本。"

听了这话，小姑娘就放心了。她点点头，坐在了小军的对面。

小军偷眼瞄，见她写的是算术。姑娘的作业本很干净，字也写得好。孩子不放心地又看他一眼，他赶紧把眼睛转开去。小丫头就笑了。

伙计过来，刚要冲小姑娘喊，小军冲他摇手，不要他叫。问他要了一碗牛肉面。又要了一碟泡菜。

面条一会儿就端了上来，味道依然很好。面条的香味让孩子不由抬头看了看小军，小军就小声问她："你饿不？要不要吃点什么？"

孩子摇头，小军又叫伙计端点花生米来。还拿一双筷子给小丫头："要是你馋了，可以吃点泡菜，还可以吃点花生米。"

小姑娘望着小军乐，小声回答，她才不要吃呢，这是她家的面馆。

小军点点头，说是呀是呀。不过是你家的，你也可以吃点儿啊。

丫头摇头。小军吃面。

不一会儿，小姑娘嘴里嘟囔起来，看起来是被一道题给难住了。

小军这时面也吃完了，菜也吃完了，擦擦手，准备走人了。可看看时间还早，自己回家去又能干什么呢？他干脆把碗筷拿到一边，问小姑娘："你给我看看你的作业好不好？我看看我会不会？"

小丫头乐不颠颠地把作业本推给了小军。

小军哇了一声，假装看见了特别难的题目。他摇摇头，啧啧道："还真是不简单呢。"又指着上面写好的那些题，问："这些都是你做的？"

小姑娘点点头。

小军说："真是太不容易了。这些题目好难啊。你一定学习很好吧？"

听到这么赤裸裸的表扬，小姑娘高兴极了，用力点点头。

小军看看她，低头，又看看她，奇怪地问："你喜欢点头的呀？"

小丫头又点头。

小军哈哈笑了起来。

赵素棠住到儿子这里后，最不放心的，还是李腊妹。

这天小两口下班回到家，见赵素棠愁眉不展地坐在电话机旁，手里叠了一半的衣服，还放在膝头。李春来问："妈，你这是怎么了，好像有心事？"

小乐刚洗了手出来，站在餐桌边，夹了口凉菜吃。边吃边看着赵素棠，没说话。

赵素棠叹口气，站起身，说："还不是你姐。"

"我姐又咋了？"

三个人坐到桌前一起吃饭，小乐先报告："上次我姐和那个于力见面后，人家反馈的消息说不错，我姐也没表示反对，听我同事说，他们偶尔还见面呢。"

"那她这就叫脚踏两条船。太不像话了。"赵素棠气鼓鼓的。

李春来挑起眉毛："她还跟那男的在来往？你怎么知道的？"

赵素棠说："肯定还在来往。我刚给楼上的蔡妈打了个电话，还没问呢，她就主动给我说，李腊妹和一个男人在我那里出双人对的。还让我别太放任了。她一形容男人的长相个头，我就知道是那个叫段一市的。"

小乐同情地叹口气："要不，我再去跟姐谈谈？"

赵素棠生气地说："这要是能谈好就好了，哪里有这么简单呢？"

李春来也发愁："她这是要闹哪样嘛！"

赵素棠说："不行，等吃完我想回去看一看。春来，你陪我去，要是那个男人在，我们就收拾他一顿，给他点教训，问问他凭什么搞别人家的大姑娘。这年头，真是没有王法了。"

李春来点点头："行，我早想揍那小子了。"

小乐迟疑地说："这……合适吗？会不会让我姐变得更激烈了呢？"

赵素棠说："她还要怎么样，都已经闹得满城风雨了。以后还想不想找个清白的男人嫁了？我算是明白了，以前人们总说，那些破坏人家家庭的第三者，有了第一次，常常就会终身做小三。她不终身当小三怎么办，好好的男孩，哪个会要做个第三者的女人，除了找已婚男人，她还去找谁？我真怕你姐这一来，以后结婚会更难。唉，真是能气死个人啊。"

小乐听着，也沉重地点点头，"我也去吧。"

"你别去，"赵素棠说："小心动了胎气。搞不好还要大吵大闹。哎呀，简直是丢死人了，我在厂里那么多年，什么时候丢过这样的人啊。"

李春来大口吃饭："算了，别说了。吃饭，吃完我们就走。"

别说，蔡妈提供的情报还挺准确。李腊妹确实又和段一市在一起了，而且因为赵素棠不在家，等于腾出了房子。

老婆来李腊妹家闹，段一市是知道的，那天一直跟踪到李腊妹家楼下，被赵素棠一嗓子给吓破了胆，赶紧跑掉。李腊妹知道后，很生气，骂他胆小鬼，为什么没上楼来跟刘文红对峙。段一市说，老婆和舅子哥在一起，又是棍棒又是玻璃瓶的，他上来不是找死吗？

"那你躲在下面干什么？"

"是想保护你啊，我担心你下班回家，不知轻重上了楼，还不被打坏。我在下面是想拦住你的。"

"那你就不怕我妈被他们打坏啊？"

"他们不是冲你妈去的，不会对你妈动手的。这个我心里有底。"

段一市说得还挺有条理。

李腊妹跟他闹了几天别扭，无奈段一市缠得紧。在家里，他现在是过街老鼠，老婆孩子都不理他，就觉得特别没有意思。跟李腊妹在一起，不说沆瀣一气吧，至少两人是同根绳上的蚂蚱，就算遭人白眼，那两个一起受着也比一个人担着要好啊。

李腊妹心里也烦，明明知道段一市这么拖着不地道，可又没办法真的离开他。这天下了班，两人和平时约会一样，一前一后出了门，直到过了两三条街，才重新碰面。本想找个地方去吃饭，李腊妹突然说，买点菜，去我家里做饭吧。

段一市慌："那哪行呢，别人看见了怎么办？"

李腊妹说："爱看看去。都闹成那样了，还怕别人看见？"

于是就买了点儿菜，回家做饭。两个人约会这么久，从没体验过家庭生活的乐趣，能在一起洗菜，烧油，感觉还真是挺好的。

李腊妹就说："唉，我这人也是贱。其实我想要的，就是这样的生活，每天能一起吃吃家常饭，看看电视，说说话，就可以了。可怎么这么简单的愿望，都实现不了呢？"

段一市就哄她："快了快了。我一定会让你实现这个愿望的。"

李腊妹说："哼，快了近一年了，你这速度，还真是够可以的。"

段一市露出尴尬的笑容。他这表情，还真是容易引起李腊妹的同情。她并不懂得有些男人的尴尬笑脸，并不是在说对不起，而主要是为了自我怜悯。而且仅仅靠自怜这一招，就能博得不少女性的青睐。

两人忙着，说着，终于饭做好了。两菜一汤，还挺有模有样。也不在餐桌吃，而是放到茶几上，打开电视，边看电视边吃。

外面天黑了，凉风吹进来，还挺舒服的。

段一市就说："哎呀，要是我们天天都能这样，我也觉得挺幸福的。自从有了这事，我也好久没吃家里的饭菜了，那个母老虎对我凶的啊，见了我从来也没个好脸。"

李腊妹说："这就对了，否则两个女人都对你好，那你成什么了？"

吃得正香，突然门上响起了钥匙声。两人停顿，李腊妹说："不好，可能是我妈。"

段一市大惊，手捧着碗筷吓得愣住了。李腊妹推他："快，你进卧室藏起来。"

可段一市刚站起身，赵素棠和李春来就进了门。

一见段一市，手里还捧着她家的碗，赵素棠那个火冒三丈，顿时炸了锅。她一言不发，一个猛子就扎过去，伸手就去挠段一市的脸，举腿踢，抓他头发。李腊妹喊："妈，妈，别。"

段一市端着碗躲，也喊："妈，妈……"

赵素棠终于骂出了口，一口口水吐了出去："谁是你妈，你配有妈吗？你个有人生没人教的坏蛋。有你这么不要脸的吗？啊，老婆追杀到别人家里来，你还好意思再上门。来了还吃饭，你是个男人不，就这么讲骨气啊？别说你有老婆有孩子还在外面乱搞，就是没家没口，我也一百个一万个看不起你。扔到大街上，都没人要。我家李腊妹真是瞎了眼，让别的姑娘去说说，看看哪个会多看他一眼。"

赵素棠的凌厉拳脚，终于让段一市服软了。他乖乖缩了头，碗也摔到地上碎了。李腊妹拉开了赵素棠，李春来半天还是没下去手。

赵素棠坐下来大喘气，扭头又骂起李腊妹来："你带他到这里来干什么？还给他做饭吃，你到底要糊涂到哪一天啊？"

李腊妹辩解："是他给我做。"

李春来说："姐，你快别说了。"

李腊妹说："为什么不能说，是他给我做的。"

李春来鄙视："恶心。"

李腊妹听李春来说出这两字，竟愣住了。她想过要为自己和段一市争取什么，可从没想过在外人眼里，这样的一对男女，其实是很恶心的。恶心这两个字，还真是够打击人的，李腊妹眼泪涌了出来，她不知道该说什么了，去推段一市："你赶紧走吧。"

段一市当然巴不得赶紧离开，他二话不说，像狗抖毛一般，扭头就跑。赵素棠却大喝一声："你给我站住。"

"妈，你要干啥？"李腊妹伤心地跺着脚："你要把我逼死啊，非要我难堪到头啊。"

赵素棠说："是你逼我还是我逼你？要说我们都难受，是和这个男人有关的对不对？是他让我们家丢人抬不起头来，你问问他，到底这么做是要干什么？"

段一市说："我会娶李腊妹的。"

赵素棠脱下自己的鞋就冲段一市砸过去："谁要你这个下三烂老男人来娶！我

告诉你，我家姑娘要嫁你，我当场就会在你们跟前抹脖子，李腊妹，你相信不相信妈今天给你说的话？我要这个男人当着我的面发誓，以后再也不会见李腊妹。否则我现在就死给你看。"

赵素棠还没起身，段一市已经结巴着开始赌咒发誓了："李腊妹，我以后保证不会再跟你纠缠了，我发誓……"

话音未落，自己拉开门，就先溜了。

眼泪在李腊妹眼眶里打转，赵素棠说："你看看，这样一个男人……"

李腊妹一转身，进了卧室。将门摔得震天响。

第三十章　下河和绝食

小皮的光碟学习，端端认识到效果不大，所以也不怎么检查了。端端一偷懒，赵栓锁立刻就放松。接小皮回家后，又开始带着孙子到处玩。这一天热，他带着小皮去了护城河边。有一些闲人，见河水还挺清澈，又热得慌，就在岸边脱衣服，穿着个裤衩，搓搓胸脯，半截身子下了水。

平时在岸边钓鱼的老头儿，看着眼馋，不由也蠢蠢欲动，东张西望地脱起了裤子。

爷爷笑眯眯地看热闹，小皮突然拉着他的胳膊摇："爷爷，你也下水去玩。别的爷爷都去游泳了，你也得去。"

赵栓锁摆手："我不去，我还得带孙子呢。我去了，万一孙子跑丢了怎么办？"

小皮保证说："不会的，你孙子天生就是个好孩子，保证不乱跑。"

赵栓锁逗他："从哪里可以看出来你是个天生的好孩子啊？"

小皮将头凑到他跟前："看，我头上的旋。我只有一个旋。我妈妈说了，两个旋的孩子就不好。我一个，所以我天生就好。"

赵栓锁说："你好老师咋罚站你咧？"小皮说："老师不知道我好。"

爷爷对孙子这种乐观的精神由衷赞叹："就是，那些个老师，哎，真是瞎了狗眼，不识我有这么好个娃。"

小皮说："爷爷，你不要说脏话。"

爷爷呵呵笑："好好好，我不说。"

赵栓锁四处看看，又望望天空，没有一丝风，空气闷热闷热的。他知道，小皮撺掇他下水，其实是自己想下水。老头也想让孙子下去玩玩，可端端要知道了，肯定不会饶了他。他就很是犹豫，东张西望地，嘴里嘟囔着："好像没有小孩下水哟。"

　　小皮明白爷爷的心思，知道他们得找出个特别好的理由来。他发愁地站在旁边抓耳挠腮，附和着："没有别的小孩下水，你孙子也就不好下水了。"

　　"是啊，问题是，我孙子是不是特想下水呀？"

　　小皮点点头："可不是吗？下去挺凉快的，你看他们玩得多高兴啊。"

　　爷爷给小皮暗示："下水是很高兴，可是如果万一被孙子的妈妈知道了怎么办？"

　　小皮也发愁："最后总会被她知道的。烦死了。"

　　爷爷听着孙子这么说，也觉得乐："还不是你个小叛徒，管不住自己的嘴。每次都说露。"

　　小皮发誓："这次保证不说。"

　　爷爷想想，就发出命令："脱。"

　　爷孙俩站在岸边，手脚麻利地一忽儿就脱得只剩条裤衩了。

　　下到水里，果真凉快。小皮大呼小叫，光着脚丫就要朝水中间跑。被赵栓锁一把拉住，他可不敢冒这个险，他带着小皮一点点朝里走，自己在前，孩子在后。看着过了小皮的腰，他就不走了。

　　一群人正玩得高兴，突然从哪里蹿出个戴红袖章的老太太，扯着嗓子冲河里喊："上来上来，这里不是游泳池，你们不要命了吗？下面有流沙，会陷人，赶紧上来。"

　　又指旁边一牌子，上面一行大字："河域危险，禁止下水游泳。"

　　赵栓锁这才看见那牌子，奇怪之前怎么一点儿也没看见。拉着小皮就朝上走。小皮不肯，因为还有人没上来。他给爷爷指着看："他们都没上来。"

　　爷爷说："他们马上就会上来的。"

　　说着，也站住，往水里看。

　　岸边的老太太见叫人叫不上来，生气了，竟使出了坏招，抽出一个环保袋，就将岸边人们脱下的衣服给装起来了。她正巧站在爷孙俩的衣服旁，第一个拿的就是他们的。

　　水里的人没注意老太太在干什么，等有人吆喝起来，爷爷扭头一看，老太太已经抱着满满一袋衣服要过马路了。

　　赵栓锁急了，赶紧带着小皮朝岸上跑。哪里还有衣服的影子？

　　裤衩也湿了，这形象可真不怎么好看。随后也有人上来了，大家一起骂，说那个老娘们儿真是个女流氓，这么大岁数还偷男人的衣服。

怎么办？只能去街道办取去呗。那老太太是街道办的，手里捏着芝麻大的权，诈唬得却跟老虎似的。

一群人，顶着大太阳，一手捂着短裤，一手提着鞋子，光着上身，一起过马路。小皮夹在这群老爷们儿中间，还挺显眼。赵栓锁旁边一个老头儿就问他："这是你孙子？"

赵栓锁点点头："我孙子。"

"怎么这么早就放学了？还是没有上学？是不是上幼儿园忒贵，就在家里带着啊？"

赵栓锁摇头："不不不，他上幼儿园。可是也嫌贵，所以放学早。"

小皮好奇地看着两个老头儿迈着同样的步子，他在边上也调整自己，同时出左右脚。

那老头儿没太听懂爷爷的话，耸了耸肩，但他懒得再问下去。他重新开了一个话头："你养过鹦鹉吗？"

赵栓锁看看他，摇头："没有。你呢？"

老头儿说："我也没有。"

两人就没话了。赵栓锁冲小皮眨了眨眼，示意这老头儿有点怪。

过了马路，街道办就在眼前。一群光着身子的人直接冲进去，将几个老太太吓了一跳。有人眼尖，看见了那个包，顾不上听几个老太太叫嚷什么，一群人挤到包跟前去找衣服。小皮也夹在里面，他主动伸出手，帮着一个人将包倒扣下来。

衣服哗啦啦朝下掉。小皮终于看见了自己的牛仔裤，他拣起来，站到一边去穿。赵栓锁也忙着找自己的衣服穿。人很多，大家挤在一起。刚才戴红袖章的老太太神气活现地站在了门口，扯着嗓子说："每天都要这么来一下，你们就是想光着身子，来给我们这些老娘们儿显摆吧。"

男人们懒得应答，有人吹口哨。

赵栓锁穿好了衣服，转身去找小皮，没影了！

他喊："小皮。"

没人应答。他慌了，跑出门，站在街边看，没有发现孩子的身影。他重新冲进屋子，问那几个老太太："看见我孙子了吗，一个小男孩，五六岁的样子？"

每个人都摇头。

赵栓锁吓坏了，他一边大声喊着，一边再次冲出去。不，没有。他返回，大声喊着，又跑进街道办的其他办公室里，还是没有。二楼，有人吗？他指着二楼问。

老太太们摇头："门都关着，下午领导开会出去了。"

他不相信，跑上楼梯，看看，所有的门都关着。他慌了，下楼来，拿到衣服的人几乎都散了，除了刚才跟他说话的那个老头，他还在等他，等他只为了说一句话："这就是养鹦鹉的好处。"

老太太们同情地望着赵栓锁，有人把电话伸给他。"给孩子的妈妈爸爸打电话吧，要不，报警？"

赵栓锁人都要疯了，他紧张地转着圈子，不可能不可能，他说，孩子不会丢的。这里离我们家也不远，也许他没看见我，自己回家去了。

是的是的，肯定是这样。

赵栓锁撒腿就朝家里跑去。这会儿，还真看不出他是个做爷爷的人了。几个老太太看着他的背影，一言不发。

进了院子，没有。树底下小皮平时玩的地方空空如也。他去问门口下棋的老头，问保安，都摇头，说没有看见。

老头有些恍惚了，他抱住了头，不知道该说什么。幼儿园放学的孩子回来了，小小跑过来拉他的衣服："爷爷爷爷，小皮在哪里啊？"

赵栓锁努力集中精神，问旁边小小的妈妈："几点了？"

小小妈妈说："五点半了，小皮妈妈也快到家了呀。"

赵栓锁想了想，扭头又朝外跑。在临街口，正巧遇到了赵端端："爸，你干吗去？"

赵栓锁没回答，就大步过了马路。他使劲跑，端端疑惑地望着他的背影，心里涌上不祥的预感。突然，她明白了什么，丢下手里的东西，掏出手机，打给老头。手机一直在响，可就是没人接。

她放了电话，快步跑起来。进了院子，四处看看，没有小皮的身影，上了楼，进了家，没有，没有孩子的影子。

端端手发抖，腿也软了。她按电话键老是出错，她拨不通110的电话，也打不通赵栓锁的电话，她终于砸了话机，然后哭出了声。

门开了，赵栓锁垂头丧气地进来了，他低着头，声音低沉："我报警了，娃不见了。警察说，最少也要到明天早上，才能算是失踪案。"

端端找小皮的这个傍晚，小乐没有回自己家，而是去了张如芬那里。一进门，她就长长吁了口气，两脚把鞋子甩到客厅中央。张如芬下午已经得到小乐的报告，所以早早炖了黄豆海带猪脚汤，先给她舀一碗凉着。又问："不回去吃饭，你给婆婆说了吧？"

小乐拿起筷子，夹根海带吃，摇头："没有。我没敢提前给她说，刚进家门前，才给李春来发了个短信，说公司临时有事，回家迟点儿。"

张如芬问："为什么不能告诉她你来我这里了呢？"

小乐烦恼地说："哎呀，少说一句算一句。说多了是非就多，她又该猜我不满意她了什么的。"

张如芬说："你是不是不满意她了？"

小乐不高兴："妈，你想听我不满意的话是不是？行了，别挑拨离间了，我呀，我没什么满意的，也没什么不满意的。只是婆婆总在家里，那个家我待着就觉得不那么自由了。所以，我才想回来。我回来呢，也不是要跟你说婆婆压迫我啦什么的，不说也能吃到好吃的，对吧？吃完我就得走，哎呀，总之，我现在挺高兴的。哟，哟，哟……"

她单脚跳，还举起一只胳膊来，就像是在跳赶马舞。张如芬看着好笑："行了，别蹦蹦跳跳的，怀着孩子呢。"

小乐坐下要吃饭了，才发现杜光明不在。"爸呢，爸怎么不在家？"

张如芬撇撇嘴，冲里屋："在呢，跟我斗气，绝食。"

小乐笑："真的绝食啦？这么好吃的东西也不出来？"

张如芬说："反正他不跟我一起吃。等我吃完了，他还吃不吃，我就不知道了。"

小乐小声地问："几天了？"

张如芬说："三天了。"

小乐问："为啥呀？让我猜猜，对了，肯定是为了跳舞的事，对不对？妈，你还没想通呢，还在嫉妒那个高大夫呢？"

张如芬不点头，也不否认。她叹了口气，难得温柔地说："吃饭吧。"

小乐乖巧地吃饭，又抬眼看看张如芬："你是不让我爸去了吗？"

张如芬委屈地说："我也没有那样明说。他自己就说不去了，然后就绝食了。"

小乐说："那是他理解了你的意思呗。又觉得很委屈，是被你强制的，所以，就绝食给你看，表明他不情愿的态度。"

张如芬鼻子哼一声："爱咋咋的吧，难道还要我认错不成？"

小乐点点头："唉，今天还好我来了，否则你俩得冷战到啥时候啊。我帮你去哄哄爸吧，替你道个歉？"

张如芬坚定地说："别。我没觉得我做错什么了。你不知道，他总是拿那个姓高的跟我比，我都跟他这么多年了，他是才发现我和别的女人不一样吗？"

小乐这么一听，也觉得事态严重："爸这就真不对了，他怎么能这样呢。你都没有拿别的男人跟他比，他凭什么这样对你啊。他都比什么了？"

张如芬说："他说我放不开，太婆婆妈妈了。说他们乐活队的那些老太太，整天可高兴了，该放的就放下，人也越活越年轻。我说人都是在不同的阶段是吧，以前学哲学，我们还知道有个阶段性，发展性的呀，在我们家目前这个阶段，就是需要我多操点心。等到七十八十了，啥负担都没了，我不也就放开了吗？"

小乐听着可笑："七老八十啊，想放也放不开了，动不了了。我倒觉得爸这么说也有他的道理，他现在挺潇洒，也希望你跟他一样，进进出出总在一起，高高兴兴的，多玩玩，多享受享受生活，别整天待在家里，不是发愁我哥，就是担心我的。"

张如芬说："我是不喜欢玩，可又不能啥事没有。幸好还有孩子可以操操心。我呀，我就盼着你生下孩子，好歹有我忙的，把时间都占满，就没啥烦恼了。"

小乐严肃道："你可千万别把我的事当做生命的唯一。那样一来，你又得管着我，整天这也叨叨，那也叨叨的。我可受不了。"

张如芬说："我什么时候叨叨过？"

小乐撇嘴："你还没有？昨天是催着考证，今天是喊着晋升，明天又要人家勇挑大梁。我呀我现在就是个孕妇，等生了孩子，还得有两三年的时间，没工夫追求进步。你就做好这个思想准备吧，别老催我了。妈，你说你都退休了，这动不动就讲大道理的领导干部的职业病，怎么还不痊愈呢。"

张如芬吃惊："哪里有？"

小乐说："原来你一直不知道啊？"

张如芬有点受挫，不说话了。想了想，还是没忍住："那孩子上了幼儿园，你还是去读个在职的硕士。现在文凭很重要，趁着年轻时多读点书，总没错。文凭上去了，提拔也能快点……还有，吉安妈妈才告诉我说，在国外学习的时候，她还去了德国，高速路不限速，她租车去的。还在维也纳参观了艺术史博物馆和爱乐乐团呢……"

　　小乐心想，为了记住这些奇怪的地名国家名，老妈一定下了功夫。真是何苦来哉？是呀，也许真还刺激到小乐了，可比吉安更牛逼的人不是还有很多？小乐摇手，不要听，劝老太太："你还是管好自己的事情。下次吉安妈再跟你说她那伟大的闺女，你也主动问问她女儿找到对象了没有好不好？说正经事啊，你不能这么对爸，他好不容易找到了一个自己喜欢的活动，你干嘛打击人家呢。再说了，高大夫那么漂亮优雅，屁股后面肯定有很多男人在追求的。她不会对爸怎么样的，你应该放心的。让爸去吧，我给他说去。"

　　张如芬说："别。"

　　一下没拉住，小乐已经进了杜光明的房间。这房间以前是小乐的，小乐出嫁后当了客房，看来老两口都不睡一张床了。

　　杜光明正半躺在床上看电视，见小乐端着饭菜进来，挺高兴地拍拍床让她坐下。

　　小乐说："爸，特意给你多打了几块肉。炖得好烂的，你好好吃吧。"

　　杜光明毫不客气，拿起筷子就吃。边吃还边说："嗯，不错，确实很烂。"

　　小乐说："我妈说你闹绝食呢。"

　　杜光明说："我是不想理她，让她好好想一想。"

　　小乐笑："我还以为是你需要好好想一想呢。"

　　杜光明说："我没什么好想的，就是生气。"

　　小乐说："好了，我妈已经低头了，你通过绝食，赢了！"

　　杜光明停筷子："真的？"

　　小乐说："真的。你晚上就可以去跳舞了。"

　　杜光明想想，又吃上了，摇头："不行。我现在没脸去了。高大夫那边我一声没吭就不去了，我猜她肯定知道我是什么原因。我再怎么去呢，这也太丢人了。我都不好意思见她了。"

　　小乐又气又可笑："爸，你这也太矫情了吧。去吧，啥也别说，抓起她的手，跳就行了。"

　　杜光明说："可我总得找个理由告诉她吧，我怎么说呢，老婆吃醋，还是我赌气？不行，不能去，我去不了了。"

　　小乐想想："得，我让我妈去想办法吧。"

第三十一章 小·花园 女强人

高稚影家在上世纪 90 年代中后期厂里的那片集资房内，在当时，这房子算好的，但现在看就有些旧了。高稚影住一楼，自己在后窗开了扇门，又辟出一个小花园来，种着点花花草草，还放了一套喝茶的桌椅呢。张如芬在前面敲门，没人应，转到楼后面，才看见她正蹲在地上，戴着手套整理花草呢。

张如芬喊："高大夫。你在家啊。"

说着举举手里的袋子："我来看看你。"

袋子里装着一点橙子，是早市在农民摊上买的，很新鲜，叶子都还鲜绿。高稚影忙站起身，直接打开了后院的小铁门，让张如芬进来，客气道："我在这里一忙，就听不到前面的门铃声了。幸好你多个心眼儿，到后面看看，否则就错过了。快，进屋里坐吧。"

张如芬摆手："你忙你忙，坐外面更好更舒服。我看着你忙，我就坐在这里。"

说着就在八仙桌边坐了下来。看看四周，发现花园虽小，却被高稚影整理得很漂亮。贴着墙面的爬山虎，成了天然的装饰。花也开得艳丽，还用碎石铺了一条小小的道。张如芬想夸两句，可拘谨得说不出口。

高稚影也不多问她什么，只是给张如芬讲她在干什么，为什么要松土，要把一些根铲掉。等忙了一阵，她拍拍土，站起身来。进了屋子，很快拿一电水壶来，又端了一套喝功夫茶的茶具。在桌椅后面，从房间里拉出一根插销板，水壶插在上面烧水，高大夫慢条斯理地往茶具里放茶叶。

张如芬除了在外面吃饭或喝茶，自己从没有这么悠闲地在家里大张旗鼓地泡茶喝。看着高稚影熟练的动作，啧啧道："你还真会享受啊！自己一人也这么喝？"

"可不，"高大夫笑着说："看着花，喝着茶，吹吹风，看看书，可惬意呢。"

张如芬说："唔，这得心静。"

高稚影说："可能是吧。反正我也没什么事，这样坐坐挺好的。"

张如芬多少有些好奇："你除了跳舞，真的一点事也没有？"

高稚影笑笑："可不。"

想起高稚影的女儿艾真是残疾，张如芬的问题就有些刁钻，她说："每天就这么坐在这里喝茶？"

高稚影看出张如芬在想什么了，她索性直截了当："其实我忙着呢，每周有两个上午要去老年大学上课，学国画和书法。自己在家里，跟着光碟还在学裁缝，你看，我很多衣服都是自己买料自己做的，还不错吧？"

其实，张如芬听高稚影这么说，还觉得真不错。曾几何时，她也想过，退休了学这几样东西，可真回到了家，才发现要学点东西，并不容易。时间全都是支离破碎的，心情也不一样了。急，着急，想想还有那么多事没摆平、要操心，怎么安下心来学画画写字呢？

高稚影跳起来，让张如芬进屋看她的书画作品。张如芬跟着高稚影进了房间，见里面干干净净，家具电视都还是老款的。但摆设得很别致，也很舒服。写的字画的花，被高大夫装裱了，钉在墙上，还挺好看。

张如芬见高稚影兴致勃勃地又从抽屉里拿出自己画的画，就凑过去看。高稚影画的全是花花草草，张如芬自己不会画，见别人能画出来，就觉得很是了不起。可赞美的话就是说不出，她不说高稚影就自己说："我才学一年，老师都说，能画成这样还算不错。"

张如芬终于说："你还是有追求，这么大年龄了，重新学艺。"

高大夫说："多学点新东西，可以防早老年痴呆。"

张如芬笑笑："这事还早吧，你我年纪差不多吧，怎么就想到早老年痴呆了呢？"

高稚影拿了个苹果给张如芬削，慢悠悠地说："张书记，我和你们的情况不大一样。孩子身体不好，自己能管好自己，已很不错。我得特别小心，坚决不能再当孩子的负担。锻炼身体，不要生病，对我来说，不单单是保养，还是任务呢。"

听了这话，张如芬点点头，小声说："那是那是。"

清清嗓子，她要说今天来的正事。

高稚影却不等她开口，就笑道："你是为杜工的事来的吧？"

张如芬说："是，他好几天没去了，身体有点不舒服。我就是来问问你，他还可以去吗？"

高稚影惊讶地点点头："当然可以啊。我们这个团队，虽然经常会参加一些比赛什么的，但本质上，还是一个玩的地方。没有那么严格的组织纪律，全靠个人的热情和自觉。杜工这几天没来，大家还跟我开玩笑，说我成了孤家寡人，要跳单人舞了呢。我还在想，什么时候去看看他呢，可巧你就来了。"

张如芬赶紧接高稚影的话："对对对，你最好能去看看他。"

高稚影笑："还非要上门去请啊？"

张如芬说："是啊，他有点不好意思再去乐活队，觉得自己拖了大家的后腿。还担心你会找新的舞伴，不要他了呢。"

高稚影爽快地同意："行，那我下午就去。"

张如芬站起身，要告别。高稚影问她："张书记……嗨，张姐，你平时不出来玩玩？我很少看见你参加集体活动，锻炼吗？"

张如芬说："是啊，我不会跳舞也不会唱歌，所以还真是没什么可参加的。运动项目会的也很少，锻炼嘛，最多早早起来散散步，平时在家里就做家务，看看闲书电视什么的。闺女快要生孩子了，我这全力以赴地准备照顾她呢。"

高稚影点点头，说："那你也是忙。"

寒暄着，高稚影将张如芬送出了小区的大门。

去看高稚影，动员高稚影来邀杜光明重返乐活队，这是小乐给张如芬出的主意。张如芬从高稚影那里回到家，想想高稚影的生活状态，还觉得挺羡慕。她没敢仔细问艾真和她的个人生活，怕像上次一样，说多了又惹她不高兴。只是觉得高稚影有张有弛，有动有静的状态，挺有意思。回到家里，见杜光明的门还关着，她一把推开门，叫杜光明："你出来，给你说个事。"

杜光明不吭声，还在闹别扭。

张如芬在外面等半天没响动，又站到门口："叫你哪，出来一下啦。"

杜光明翻了个身，故意拿屁股对着她，嘴里不满地说道："想让人起来就让人起来，想不让人出去就不让出去。我就不起！"

张如芬吓唬她说："高大夫来了。"

杜光明立刻一个大翻身，立马站在了地上，还拿手去抹头发呢。

张如芬嘲笑道："瞧你激动的，快出来吧。"

杜光明跟着张如芬进了客厅，却没见到高大夫。张如芬坐到茶几边上择菜，眼睛也不看杜光明。杜光明这下不好意思了，知道老婆是在拿他开涮，就说："你看你这是干什么，还拿高大夫来引诱人。"

张如芬笑："那你说说，引诱上了没有？"

杜光明自嘲："肯定引诱上了嘛。"

说着，坐到张如芬跟前，帮着她择菜。张如芬就说："我刚从高稚影那里回来，去看了看她。她家里你去过没有？"

杜光明摇头："还真没去过。"

张如芬就给他形容，外面有个小花园，种了不少花花草草的。还有喝功夫茶的地方，别看人家一个人，小日子还过得挺惬意的。

杜光明说："看着就像会生活的人。"

张如芬撇嘴讽刺："哟，你眼光还真是好，什么都能看出来。还看出什么来了？"

杜光明说："这不是你说的吗？"

张如芬不理他，又自己说："衣服也大多是自己做的，手还挺巧的。还学书画呢，也写大字，你们共同爱好挺多，这个嘛也可以交流交流。"

杜光明这才想起来："对了，你去她那里干什么？"

张如芬说："上次不是我把她气走的么，你又这么闹别扭，我想我过去，给她示个好，别让人家误会，以为我吃醋。"

杜光明笑她："你可不就是在吃醋吗？"

张如芬说："换了你，你不吃啊？我天天跟一个老帅哥抱在一起，又跳又转的，你会怎么想？"

杜光明吐口气，没话说了。张如芬说："她说下午来看你，我跟她讲你是身体不舒服，你呢，下午就顺着这话讲，还是去跳吧，否则给我闹绝食，谁能受得了。"

杜光明站起来，拉张如芬："来，如芬，跳这个舞，真的让人觉得很愉快。我特想让你也感受感受这样的快乐，要不，我在家里先教教你，等学得差不多了，你也来跳吧。"

张如芬跟着站起身，可一迈脚，就发现全然不对路数，胳膊不是胳膊，腿脚不

是腿脚的。整个身子硬邦邦的，背都痛了起来。"不行，我不会，实在不行，"张如芬拒绝，要重新坐下，杜光明拉住她，"再坚持几分钟，就几分钟，来，你跟着我转。提气，挺拔，抬头，想象自己很轻盈……"

张如芬的小腿碰到了桌子腿，哎哟一声，松了手。

她灰头土脸地一屁股坐下来，杜光明要拉她，却发现她突然掉了眼泪。

杜光明蹲在她旁边："你怎么了？"

他怎么能明白张如芬此刻的感受呢？

活了大半辈子，生活中除了工作，就是家庭，唯独没有她自己。到老了，丈夫却喜欢上了她完全不熟悉不了解的一种娱乐方式，那个轻盈、美丽、欢快的世界，对她来说，是那么的陌生，而且她融不进去，它不仅让她全身僵硬，一碰还就会疼痛！

杜光明着急地去抹她的裤腿："碰破了吗？"

当天晚上，杜光明就兴高采烈地重返乐活队了。张如芬心里跟猫抓似的难受，实在忍不住，给小乐打了个电话。其实这对母女，并没有诉说心事的习惯，很多年里，张如芬只是那个严格的母亲，小乐则是听话的女儿。她们在一个固定的轨道上，扮演着固定的角色。小乐是被教育被抚养的那个，张如芬是被尊重被服从的那个。小乐的烦恼和快乐，张如芬是知道的，可张如芬的心事，小乐却是很少去触碰的。她相信母亲是强大有能力的，可以解决自己的一切问题。

却没有想到，张如芬会突然打来这样一个迷茫惆怅的电话。

"小乐吗？我是妈妈，你在做什么呢？"

小乐在书房里看书，她不想放弃中级会计师的考试，所以只要有时间，还是会看书。

"那我不打搅你了，"张如芬说。

小乐听着语气不对，迟疑地问："妈，你是有事吗？"

"没有没有。"张如芬一听小乐这么问，又要掉眼泪。

小乐终于察觉到状况了，她小心地问："妈，你是哭了吗？"

张如芬哽咽起来，小乐吃惊地说："怎么了妈，爸爸在你身边吗？"

张如芬说："他不在，家里我一人。"

小乐更吃惊了："那你这是干什么，是和爸爸闹别扭了？你们要离婚？"

她的一惊一乍让张如芬破涕为笑："好了，没有的事。你怎么会这么想。你看书吧，我不打搅你了。"

"不行，"小乐不放电话："你不说，我就马上过来。你肯定有心事，你得告诉我。"

张如芬想了想，问小乐："你有没有觉得妈妈这么些年，活得很窝囊……很匆忙很不实在……很没有女人味？"

"窝囊？女人味？"小乐吃惊，母亲怎么会突然说起这个来："你那么威风，怎么能说窝囊？从小到大，你在我心里都可高大了，我们不少同学，一说起你来，都会用一个词来形容，你猜是什么？"

"什么？"

"女强人。"

张如芬不说话，小乐说出的这个词，终于验证了她内心的痛楚。是的，强这个词，是和硬、狠、苦、抗、重等等词归于一类的，而这些词，就是她多年来生活的全部。高稚影则让她看到了软、甜、香、轻、淡这一类的东西。谁不喜欢后者呢，连她是个女人，都有着说不出的向往，别说男人了。

张如芬不说话，小乐就有些着急："妈，你怎么了？我说错什么了吗？至于女人味儿，那确实少了点。不过这不是你们那一代女人的普遍现象吗？大家不都那样吗？这玩意得是年轻时才能培养出来的东西呀，你年轻时光想着怎么进步怎么当铁姑娘了吧，怎么可能老了老了，会突然有女人味呢？关于这个，就劝你别再多想了。"

张如芬叹口气："你说的没错。我只是有点失落，我怎么突然觉得，自己好像这辈子白活了。可是不这样活，又能怎样，我却心里一点想法都没有。既改变不了自己，又觉得现在委屈，你说这是怎么了？"

小乐明白了："你这是在羡慕人家高大夫，是吧？"

张如芬否认："我羡慕她干什么？退休时连主任医生都没评上，婚姻也不幸福，孩子身体也不好。不，我不羡慕她。"

小乐笑："那你失落什么呀？是看别人跳舞潇洒，打扮得年轻是吧？那谁倒霉也不能全都是倒霉，幸福全都是幸福呀。你呀，只要你自己过着自己想要的生活，不就挺好的？"

张如芬觉得小乐这话说得很在理，点点头："我就是觉得你爸有点让人伤心，他和我不是一条心了。"

小乐扑哧一声："瞧，你还是嫉妒人家高大夫了。"

这个晚上，小乐注定没法安静看书，刚放下张如芬的电话，端端的电话又来了。刚一接通，就是一阵号啕大哭，小乐吓了一跳，就听端端边哭边说："小皮丢了，已经报警了。我们全家都在找……明天可能不能去上班了。小乐，咋办啊，现在人贩子这么多……"

小乐吓得寒毛都竖起来了，她连忙说："我去你家里吧，我现在过去。"

端端说："别，你别来。我们在外面呢。我老爸下午竟带孩子去河边游泳了。我现在很担心小皮是自己又下了水，遇到了什么危险。我呀，实在是后悔死了，早发现老头儿孩子有问题，却一直没有想办法解决。真是不该要攒钱买什么破房子啊。小皮要没了，我可怎么办啊……"

小乐着急，坚决要去陪端端，端端不许。"你也是个孕妇，别乱跑了。我的事就是给你一个教训，你千万要记住，带孩子是门大学问，不能随便交给老人带，知道吗？"

小乐听着电话，偷眼看看外面客厅里坐着的婆婆，点了点头。

没想到，第二天一早，小乐刚到单位，就看见端端捧着个大块的肉松面包在吃。她仿佛饿了很久似的，见扑过来问消息的小乐，噎得直伸脖子，好不容易才咽了下去。

"小兔崽子一大早自己回来了。"端端喝了口水，说："奶奶的，我赶着上班，没来得及收拾他。晚上回去，非得好好揍一顿不可。"

谢天谢地，小乐拍自己的胸脯："回来就好，回来就好。他去哪里了呢，这么一个晚上？"

"去了街道办旁边的一个杂货店里，结果人家店主有事，早早就关了门，把他给关在里面了。他倒好，开着灯，把人家店里能吃的东西全都吃了。到了早上，人家刚开门，他就跑回来了。街上还没什么人，我们一家一夜未睡，人都虚脱了，他敲门，敲得还挺有节奏。我一开门，见是小东西，伸出胳膊就去抱他。他呢，竟不往我身上扑，直接就钻到爷爷怀里去了。这个小兔崽子，真是太没良心了。哎呀，小乐啊，你不知道，我当时那个高兴的，直接就跪到了地上，磕头磕得嘭嘭响，"说着，撩开刘海指给小乐看："看，看这破的。谢天谢地啊。真的要谢天谢地。"

小乐替端端高兴："那以后怎么办呢？还让爷爷带吗？"

端端大嘴咬了口面包，含混地说："带着！我今年非把房子的首付和装修费存出来不可！"

第三十二章　　地沟油事件

小乐下班前，跑到洗手间去洗了把脸。出来时，遇到大头，看她湿漉漉的脸，赶紧站住，同情地问她："哟，你干吗哭了？"

小乐横他一眼："谁说我哭了？"

大头打趣她："没哭洗什么脸？"

小乐说："脸脏了不能洗啊？"

大头摇摇头："有什么心事，要说出来才好。孕妇动不动就哭，对孩子不好。"

小乐知道大头在逗她，"对孕妇不尊重啊你。"

谁知道进了办公室，端端也是同样的话："怎么了你，头发都打湿了，有什么想不开的，得去冲一把脸？"

小乐奇怪地问："什么时候洗脸成了一件掩盖痛苦的事了？"

端端想想："对了，孕妇比别人热。但你还没到热的时候啊，洗什么脸呢？"

小乐撇嘴："真没劲，你们这些人。"她坐下来，才想起其实人家这么说她，是有道理的。

自从知道怀孕后，小乐就没有再化妆了，可大部分女同事，都是化了妆来上班的，怕妆容被毁，没人会在上班时去洗脸。难怪大家会觉得奇怪呢！

小乐从抽屉里拿出纸巾，擦擦脸。又拿梳子将头发梳梳整齐。这才挤眉弄眼地告诉端端："今晚有约会，和李春来一起去吃饭。"

端端说："那就更没必要洗脸了，不就跟老公一起吃饭吗？"

小乐讽刺她："谁像你那么粗俗呀。跟老公吃饭衣服可以不换，脸还是要洗的呀。再说了，今天可是我们的结婚纪念日。"

端端赶紧祝贺："原来如此。那你光洗洗脸，是不是有点不够重视了？"

小乐站起身，给端端看小手指上的戒指："看，昨天我自己在摊子上买的，便宜货，不过也很喜欢。"

端端凑过去看，点点头："你这是准备抛砖引玉是吧，让李春来看见，内心又愧又羞，然后就给你买一真的？"

小乐笑笑："那这就得看他的悟性了。"

说着，收拾包，看看时间，跟端端摆摆手，挺胸抬头地下了楼。

李春来正在楼下等她，见她下了楼，忙上前表功："我是特意请假提前下了班的哟，我们领导一听今天是个特殊的日子，立刻就说，李春来祝你幸福，然后又说了一句：你幸福的日子也不多了。"

小乐说："他是过来人呗，等孩子生下来，忙呀累的，哪里还有闲心过纪念日什么的。"

李春来说："他那是危言耸听，嫉妒。"

两人突然有这么一个可以单独在一起的傍晚，都特别高兴。直到小乐问李春来："我们不回家吃饭，你给你妈说了吧？"

李春来一拍脑袋："哟，忘死了。这就说这就说我这就说。"

掏出手机，给赵素棠打电话。

赵素棠饭菜已经做好了，正开着电视看电视呢。一听李春来说不回来吃饭了，声音顿时就尖了起来："小乐呢？小乐也不回来了？跟你在一起？为什么，为什么要出去吃？啥特殊日子，什么特殊日子非要出去吃饭？她是不喜欢我做的菜吗，不喜欢可以直接说嘛，我可以改啊。不是？不是为什么要突然出去吃饭？你们在哪里吃，吃什么？"

李春来被母亲的大嗓门喊得耳朵生疼，他将话机放远点，掏掏耳朵，小乐在一边看着偷乐。李春来说："我们就在小乐单位附近，准备吃水煮鱼呢。你自己先吃吧，我们晚点回去，吃完饭还想转转。"

赵素棠还要说别的，李春来赶紧挂了电话。

小乐伸出手给李春来看她买的几块钱的"戒指"，做出乖巧的样子依偎过去："好看不好看？"

李春来仔细看看，点点头："确实挺好看的。还有别的颜色吗？"

小乐说："还有蓝的和绿的。"

李春来就说："蓝的好。粉红的有点太小孩气了。一看就不怎么值钱。"

小乐撇嘴说："本来就不值钱。"

李春来丝毫没有察觉到小乐在想什么，他乐呵呵地说，吃完饭我们去看个电影吧。好久好久没有进过电影院了。

小乐说好。

临街的饭馆有不少，但因为在市郊，能上档次的，只有那么一两家。小乐最近在家被婆婆管着，没怎么吃过麻辣的东西，好不容易出来了，就特想吃点口味重的东西。李春来也说："豁出去了，吃一回又能怎样。孩子还小，估计还不会品尝味道啥的吧。"

两人去的这家，是个百年老店的分店，这家的牛肉和点心都非常有名。两人找了靠窗户的安静的地方坐下后，服务员例行公事地来问："请问有人过生日吗，寿星本店可以送长寿面。"

李春来说："结婚纪念日算吗？"

服务员一脸笑意："哟，纪念日啊，我去问问领班哈。"

小乐对李春来说："你看人家到底是大店，就是大方。也不说回绝你，而是去问问领班。"

没一分钟，服务员过来了，高高兴兴地说："我们领班说了，送一盘点心。"

小乐和李春来那个乐，直冲服务员举大拇指，夸小姑娘："你们真会做生意，和气生财。来，菜单拿来，我们好好点几个菜。"

翻开菜单，还真有水煮鱼，而且用的花椒，是四川本地的青花椒。李春来又加了几道比较精致的菜，小乐一高兴，把想要李春来给她买礼物的事也忘记了。

上了几样小菜，两人边聊边吃起来。

小乐给李春来讲端端家小皮的事情，李春来很严肃地说："男孩子看来确实比较淘气，这也太让人操心了。亏得端端身体好，能撑住。换了你，估计一个晚上哭鼻子都哭垮了，更别说去上班了。"

小乐撇嘴："要是我生个这样的儿子，哼，直接把他扔掉算了。"

李春来假装着急："你这是在开玩笑的，对吧，小乐？孩子再淘气，那也是自己的心头肉啊，怎么舍得扔呢。"

小乐摇摇头："好了好了，咱们别说这个好吗？好不容易高兴点，动不动就招人烦。"

李春来说："这怎么是招人烦呢……"

话音未落，就听见有人喊："嘿，你们在这儿呢！"

两人扭头一看，却见是赵素棠。李春来忙起身："妈，你怎么来了，有什么急事吗？"

赵素棠走得满身大汗，将手里的一保温桶嗵地朝桌上一放，气喘吁吁地说："可不，着急死我了。生怕小乐已经动了筷子。"

小乐正拿着筷子的手顿时停住了，一脸的不知所措。

赵素棠一屁股坐在旁边一把椅子上，把保温桶往小乐跟前一推，说："小乐，赶紧地，还热着。吃这个，有你最爱的凉拌藕片，还有炒鸡丝。"

保温桶盖还没打开，服务员端着热气腾腾的水煮鱼来了。香味直冲屋顶，小乐的口水顿时包得满满的，情不自禁地，她的筷子伸向了盆里。

赵素棠迅雷不及掩耳，也不怕脏，一把就将小乐的筷子夺了下来。"这怎么敢吃？就怕你吃这个，我沿路挨着饭馆问有没有水煮鱼。"

李春来不满母亲的做法："妈，怎么了，小乐吃这个又怎么了。你就是怕她吃辣椒啊，没事的，她从小就喜欢吃辣味，习惯了。偶尔吃一吃也没有关系的。"

赵素棠声音尖尖地说："怀着孩子吃辣椒当然不好，但这不是主要的，主要的问题是这个菜有地沟油。你们看看，那上面多汪的一层油？开饭馆不要考虑成本吗？他们不怕浪费油吗？现在物价这么贵，菜肉就很花钱了，谁还舍得在油上花费？这么一锅鱼，至少需要二两油，你们算过没有……"

赵素棠嗓门大，说得急，声音就越说越高，猛一听，简直像是在吵架。周围的人都停下了声音，乍着耳朵听她讲。小乐已经看见有服务员在互相咬耳朵，她有些担心，连忙息事宁人地表态："好的好的，我知道了，我要个盘子，把保温桶的菜也倒出来。正好，咱们一起吃，李春来，再给妈加两个菜吧，妈，你爱吃什么？"

赵素棠一脸诧异："你们还要在这吃？小乐，你还要加菜？我不吃，我吃什么呀，家里饭菜做得好好的，你们不回去吃。到底是咸了还是淡了，是干了稀了，不合适你们也要告诉我的嘛。一声不吭，这么跑出来吃饭算是什么？不吃，我不吃。"

说着，做出坚决不吃的姿态，把身体半转过去，不看桌上的菜。

一个穿西装的年轻姑娘，匆匆跑了过来。一看，就是领班。小乐想，人家刚好心好意送了点心，这会就受到了诽谤，肯定火气大着呢。果真，姑娘一脸严肃地过来，微微鞠躬，口气很有礼貌，但因为这礼貌更透着生气："请问，刚才是哪位说我们用的是地沟油？"

赵素棠一激灵，她没想到随便一句话，竟能招来质询。但她的性格词典里，可没有支支吾吾这个词。她立刻转过身，脱口而出："我。"

领班身后，立刻又站了两个穿白制服上衣的小伙子，一看就是厨房里叫出来的。小乐和李春来愣了，人家是生气了，刚才赵素棠那一番宏论响动太大，把饭馆的人都给惹毛了。两人忙起身打圆场，小乐说："没事，我妈是担心我，我怀着孕呢，所以带了饭来，让我吃得更放心些。"

李春来说："不好意思，刚才声音大了点。老太太很少出来吃饭，她不知道情况的。"

两人是想当和事佬，可在对方听来，却没有一点诚意，没有一句说到赵素棠刚才的话不是事实，也没有丝毫道歉的意思。领班姑娘既有送点心的气魄，也就有解除谣言的勇气。她立刻一伸胳膊，冲赵素棠做了个请的姿态："这位阿姨，请您跟我去趟厨房好吗？我们可以给您看厨房里用的油是什么油，我们还可以给您再重新做一盆水煮鱼。但费用您得自理。"

赵素棠见了这阵势，有点害怕，她才不想去厨房呢，更不想费用自理地再来一盆水煮鱼。一旦问题棘手时，她就会拿出老工人身上的那股泼劲，蛮不讲理，一条道走到黑地说："怎么了，我就说了怎么了？现在哪个饭店不用地沟油，连中央领导的食堂都用地沟油，谁能肯定你就不用呢？你比中央领导级别还高吗？"

小乐听着婆婆这既没文化又没道理的一通言论，着急地直眨眼睛，伸手拉婆婆："好了，妈。别说了行吗？我吃你带来的饭。"

领班和后厨的两个小伙子却没有结束的意思，何况这么一来，不仅附近饭桌的人停了筷子，远一点的，还有人拿着双筷子赶过来看热闹。领班趁机做宣传："在座的各位，谁愿意跟我一起去后厨看看菜的制作过程的，我们也一并欢迎。本店郑重承诺，保证没有用一滴地沟油。质量和品质是我们店生存的根本，我们生意这么好，根本不需要在油上造假，贪图那一点便宜。"

　　吃客们相信不相信地，反正表情都挺轻松，服务员还在一盘一盘地往桌上运菜，一点也看不出有谁嫌弃油的意思。小乐这一桌，立刻有了那么一点众矢之的的意思，偏偏赵素棠嘴还硬，非要争个输赢："你们让我们进去，谁知道进去之前有没有做手脚。再说我们又怎么知道什么油是好油，什么油是地沟油。电视上都说了，现在的地沟油做得外表和好油根本没区别。你们拿地沟油糊弄人，谁又知道？"

　　这话太狠了，领班姑娘忍无可忍，立刻掏出电话，要给工商局打电话，叫他们来人验油。一个小伙子也冲上前来，对赵素棠说："老太太你这是来专门找茬的是吧，是跟我们老板有仇呢，还是跟我们哪个员工有私怨？"

　　围在小乐这一桌的，现在不仅仅是三个员工了，又过来了好几个服务员和一两个厨师，将他们团团围住。赵素棠这才意识到有点危险，她口无遮拦得罪了人，开始退让了："我不跟你们讲，你们这么多人，又是在你们的地盘上，我打也打不过你们，吵也吵不过你们。我就是来叫儿子媳妇回家吃饭的，和你们没有一点关系。"

　　领班姑娘说："那老太太，我倒要问你一句，既然没有关系，为什么你一定要诽谤我们用地沟油呢？"

　　赵素棠脖子拧着："这怎么叫诽谤呢？我去别的饭店也会说有地沟油。用地沟油是中国的国情，我说错什么了？"

　　领班姑娘不卑不亢："这位阿姨，请跟我去厨房看，我们家没有用地沟油。如果你没有证据，请向我们道歉。"

　　口气这么毋庸置疑，让小乐和李春来也很为难。李春来出面替赵素棠道歉，小乐拉住老太太，不让她再继续发言。李春来说："好好好，我替我母亲道歉。你们没用地沟油好吧，我们相信你们没用，要是怀疑你们会用的话，我们也不会来这里吃了。这么多人到你这里吃饭，不就是相信你们没用地沟油吗？"

　　这话说得很漂亮，邻近有桌上的人鼓起掌来。领班姑娘赶紧顺势下台阶："这位先生谢谢你的理解和好评。您和妻子今天是结婚纪念日吧，我们送的点心很快就上来。希望你们能在本店度过一个愉快的夜晚。"

　　事情总算解决了，服务员们不再逗留，扭头就走。可能是怕赵素棠节外生枝吧。赵素棠问道："今天是你们的结婚纪念日？"

　　李春来点点头。赵素棠说："那你们应该早点说，我可以多做点好吃的。"

　　小乐说："不用了妈，大家一起吃吧。我不吃水煮鱼了，你和李春来吃。"

李春来说："没事，吃吧，人家不是都说了不是地沟油了吗？"

小乐赶紧瞪李春来一眼："快别说了。妈，你也吃。"

赵素棠举起筷子，转移话题，掩饰尴尬地说："原来是结婚纪念日啊。"

说着，一筷子就夹进了水煮鱼的盆子里。同时问了句："多少钱，这盆鱼？肯定特贵吧。"

第三十三章　最后通牒

上次赵素棠回自己家，看到李腊妹和段一市在一起，气得要命。给闺女下了最后通牒，要是再敢带段一市来家里，她会立刻没收房子。李腊妹想住哪里就住哪里去。

都说"家丑不可外扬"，可这丑已经扬遍了天下，赵素棠自己无法监控，于是决定发动群众，特意叮嘱邻居蔡妈王妈们，帮她看着点儿。

"要是那男的再露面，你们立刻给我儿子家打电话。我立马就来，不打烂他的头我不姓赵。"

段一市一次次狼狈逃窜，让李腊妹心里还真是觉得够生气的。她陷入这样混乱的局面，心里为自己不值，又恨不能斩断情丝。这天，下班刚回家一会儿，就听见有敲门声，门一开，站着可怜巴巴一脸讨好的段一市，手里还提着不少吃的。

李腊妹看着他，想了想，还是拉开了门，让他进来。也不说话，段一市就站在冰箱前，把东西往冰箱里放，边放边说："我怕你不好好吃饭……"

这话一出，李腊妹眼睛就红了，就要掉眼泪。段一市似乎也有些哽咽。李腊妹叹口气，突然说："我们俩最大的毛病，就是太像了……"

段一市点点头，从冰箱里拿出一节肉肠，看了看日期，说："这个不能吃了。我看你的酸奶也都时间长了，扔了吧。"

李腊妹说："我自己来弄。你走吧。"

段一市说："你要不要我给你做顿饭？"

李腊妹摇头，小声说："我们这样不是个办法，以后你再也别来了。"

段一市一脸痛苦，说："我也这么想，总是这么想来着。可是，我看见你就又特别不忍心，总想关心你疼爱你。我只想要你高兴，真的，可是，见到我你又不高兴……"

李腊妹觉得很难，这段关系耗了她一年多的时间，一直在快乐和痛苦中交替煎熬。该说的话都说完了，该做的爱也都快做完了。她拍拍身边，让段一市坐下来："嘘，别说话，就这么坐一坐吧。"

段一市坐在她的旁边，两人安静又空洞地望着前方，似乎像是看着他们彼此的未来。

一瞬间，安静得仿佛世界都消失了，车声人声，突然都没有了。这不由让李腊妹又害怕又激动，她一把抓住了段一市的手。

门突然开了，原来李腊妹刚才没有关好门。门口站着蔡妈。她一脸严肃地说："果真在这里。"

说完，不等李腊妹发话，就关了门，堵在了门口。指着段一市："你不许走，腊妹的妈妈很快就来，我已经打电话给她了。"

李腊妹一脸的无奈，看看段一市紧张的表情，她似乎力气已经用完了，只是拍拍他的大腿，安慰道："没事，没事。"

段一市却不这么想，哪有男人愿意落入这样的境地呢。他站起身，要朝外走，嘴里还嘀咕着："不要发生冲突。我不想跟人冲突。"

李腊妹只好也起身，冲蔡妈求饶："蔡阿姨，我跟你无冤无仇，你让开好吧？"

蔡妈不肯："腊妹啊，你是我看着长大的是不是？你一直都很乖，从小到大，学习好，人品也好，一直是其他孩子的榜样。还会写文章，会画画，多才多艺的。我们这些工人家庭里，有几个像你这样的孩子呢。可是终身大事就是终身大事啊，找个男人，是要跟你过一辈子的，首先一定得是个靠得住的好人，对不对？你妈跟我说了，这个男人只要一露面，就立刻告诉她，她是不会放过他的。我们也不会放过他的。总之，我不走，他就不可能离开这屋子，腊妹，你要听话，我们这都是为了你好。"

老太太苦口婆心，李腊妹只能摊手耸肩。她也看出来了，今天又得有一场大吵不可了。考虑到母亲说的，会赶她走的话，她索性二话不说，进了里屋，收拾东西去了。

所以，赵素棠来时，看见的就是这么一幕。闺女李腊妹拖着行李箱，站在房间中央，踱着步正在给房屋中介打电话，商量房子的租金。段一市则站在一边，估计因为李腊妹想出了办法，也不怕了。没意思悻悻然的，反而是蔡妈，斗志早没开始那么强了，见赵素棠一推门，赶紧交差："唉，老赵啊，你来了你来了，我交给你就好了。不容易啊，你这个妈当的，孩子的事，我看难管，还得他们自己醒悟啊。你也不要动气，气坏了身体，那是自己的。你看他们比你有主意，腿脚也都在他们身上，你总不能一天二十四小时都跟着吧。好了，我也不多说了，俗话说，清官难断家务事，你自己看着办吧。我家里炉子上还热着饭呢。"

说着就跑上楼去了。

赵素棠看看箱子，知道李腊妹这是要跟自己对着干到底，不由火冒三丈，连骂段一市这一环节都不想有了，顺手抄起门边放的鞋架子，扑上去就去打段一市。只是老太太用力过猛，没站稳当反把自己给摔了，一屁股坐到了地上，鞋架子也滚到了一边去。段一市赶紧去扶老太太，却被赵素棠一巴掌打到了脸上，清脆的啪的一声，惊得三个人都愣住了。

李腊妹先说话了："妈，你这是干啥呢？"

段一市捂着涨得跟猪肝似的脸，看了李腊妹一眼："我……我想……我走了。"

他要朝外走，赵素棠却不放，一把揪住了段一市的裤腿。李腊妹收了电话，跑过来："妈，你这样干什么啊，有意思吗？"

赵素棠说："有意思有意思，我就觉得有意思。你和这个男人一天不断，我就跟你们意思到底。这是我家，你还想来就来想走就走啊？你当这里是什么地方，公园啊，厕所啊，还是你家后花园啊？我一个好好的闺女，让你给糟蹋得坏了名声，从头到尾，我没听到你说一句对不起，见了我就跑。跑什么，敢干不要脸的事不敢承认啊？"

李腊妹也不跟赵素棠说了，转身去提行李箱。赵素棠一看不好，二话不说，从地上爬起来，也不拉段一市了，扑上去扯李腊妹的箱子，不许她带走。

"你要去哪里？你要干什么？要跟他私奔吗？想远走高飞吗？"

李腊妹不说话，只是咬着牙跟赵素棠抢箱子。赵素棠想出办法了，她松了手，索性跑到门上，把门反锁了，然后把钥匙装到了自己身上。"你走吧，我看你走到哪里去？你真是无法无天了，吃了迷魂药了，那个男人有什么好，值得让你去这样犯傻？"

　　说着才想起来，环顾一圈房子，段一市果真又跑了。赵素棠那个气啊，抖着手指指着门："你看看，你看看，遇到事他只会比耗子还跑得快，屁都不敢放一个。好歹在我跟前替你说两句话，我也能心里舒服一点啊。腊妹啊，你简直是要活活气死我，活这么大岁数，你看人等于是瞎子啊。"

　　李腊妹见段一市又来这一手，心里也失望到家。腿一软跪在了地上，靠在箱子上哭了起来。

　　赵素棠拉着李腊妹的手，也抹眼泪："闺女，妈养你这么大不容易。你难受妈心里更难受，你也别恨我老找你茬，我就是不放心你啊，想让你过得幸福过得快乐过得正常，这就是妈的心愿啊。这个男人真的太坏了，你不能再在他身上浪费时间了。走吧，跟妈住到你弟弟那里去，我们躲一躲也行，在这里整天被人指指点点的，以后还怎么做人呢？等时间长了，大家就慢慢忘记了，过些日子，咱们把这房卖了，再凑点钱，到别的地方去买套新的。换个环境，一切就都好了。成不，闺女？"

　　事到这个地步，李腊妹还能说什么呢？

第三十四章　　隆胸

一转眼，儿子媳妇都不回家来吃饭了，小乐那里有婆婆贴身看护，出趟门放松放松都很难，更别说到娘家来转转了。张如芬心里空落落的，她可不想变成个怨妇，整天把心思都放在杜光明和高稚影跳舞这事上。

是的，杜光明在高稚影拜访后，又去乐活队了。他很少再跟张如芬谈跳舞的事，知道那是张如芬内心的一段痛。他变得挺乖巧，老婆说什么，就听什么。尽量不顶嘴，更不多提乐活队的人和事。

这天，他回到家里，见张如芬在发呆。

要知道，张如芬当领导干部多年，说话做事很严于律己，凭空发呆，和跳舞一样，基本都属于二流子不务正业的范畴。可现在她在发呆，而且连杜光明进了家门都不知道。

杜光明奇怪极了，他哪里见过张如芬这样呢？他小心地叫她："如芬，如芬。"

张如芬像被拍了一下，惊讶地转过头。瞬间仿佛连他都没有认出来，眼神呆滞，杜光明有点急，就说："如芬，你是怎么了，生病了吗？"

张如芬眨巴眨巴眼，身心合一了。说："我在想个事情。"

杜光明说："怎么了？想这么入迷？"

张如芬心事重重地说："周末叫小军和小乐夫妻一起来家里，我要开个家庭会议。"

杜光明说："怎么了？你有什么文件要宣布？"

张如芬翻他一眼："你少讽刺人。"

杜光明做投降状："哪里是讽刺你，我这只是习惯性地问问你。"

张如芬生气："你少来这套行不行？想说什么就直说，怎么着，跟别人的女人跳舞跳好了，看我这么硬邦邦的不舒服了是吗？"

杜光明摆手："不敢不敢。老婆说开会就开会，我保证给你一一通知到。小乐家里听说李春来的姐姐也过去了，要不要让她婆婆和大姑姐也列席参加？"

"不用。"张如芬说："每个人都必须来。这就是你的任务。"

老婆下了命令，杜光明立刻执行。眼看今天已经周五了，周日上午乐活队和另一单位的老年合唱团有交流，所以家庭会议必须安排在周六。

他赶忙先给小乐打电话，小乐二话不说，就答应了。还问要买点什么东西不，杜光明说不用，让李春来早点来帮忙打打下手就行。

然后又找小军。小军这边就有点棘手，因为他永远不知道容利是否有空，也不知道自己来了容利是否又会不高兴。他先说，等下，我先问问容利。

过了几分钟，小军电话来了，估计容利没空，于是小军给杜光明请假："周六不行。容利要回她家，她家老姑来了。"

杜光明知道会是这样的情况，他倒也平静，继续说服："你告诉她，就中午吃饭时过来一下也行。其他时间都给她。"

小军说好。挂了电话继续去请示。不一会，又来电话了："爸，这样吧，我今天晚上下班了过来。容利最近有点忙，她周末可能得陪她老姑到乡下去看个老中医。"

杜光明心里那个气，恨儿子实在是没有出息。他强压着怒火："你就告诉她你妈也需要看老中医。"

此话一出，小军知道形势严峻了。张如芬听到杜光明这么说，冲他举大拇指。

不一会，容利的电话就来了，和往常一样，好人都是她做。嘴巴倒是特别的甜，对杜光明说："爸，是我，容利呀。小军说周末去吃饭，没问题。我家里是有点事，不过可以抽开身的。也好久没来了，妈可能都生我气了吧。我们保证来，让妈别太辛苦，随便准备点就行了。"

到了周六，张如芬买了只酱鸭，阉了点五花肉和排骨，准备煎烤着吃。又做了一锅菌汤，炒了两道热菜，做了一大盆凉拌菜，就算收拾整齐了。

小乐和李春来来时，带了点水果和酒。酒是李春来孝敬老丈人的，法国的红酒，是设计院从法国的一个酒庄专门订的。杜光明看着高兴，笑呵呵地说要留着自己单独喝。

小军和容利快吃饭时才来，容利一进门，大家眼前就一亮。她说不出什么地方变了，就像完全成了另外一个人似的。前次从这离开时，还是个漂亮急躁且毫无个性的人，这一看，竟变得妩媚娇柔，性感十足。

头发烫成了中分的大卷。穿着紧身裙，胸也出来了。脸上估计是抹了脂粉，涂了口红，眼睛凭空似乎都大了很多。

张如芬猛地看见她，不由站住了。这样的容利和小军站在一起，显得小军更邋遢更老气了，张如芬不仅吃惊地哟了一声，容利倒不见外，赶紧上前，挽住张如芬的胳膊，亲热地叫了声："妈。"

这是张如芬那次去麻将馆抓容利后第一次见她，她想象该会有多么尴尬，又该怎么把旧事不露声色地抹过去。没想到容利根本就像没那回事似的，叫了声妈后，竟夸奖起她来。

"妈，你最近脸色挺好的呀，小乐你看是不是，妈妈的皮肤多好，气色多红润。我一个月没见妈了吧，这段时间看来我们不打搅你，你身体好了很多。我就说嘛，我们老这么麻烦妈，真是说不过去。小乐肯定在背后说你哥呢吧，说妈偏心我们。现在好了，我也学着做饭做家务，和小军在一起的时间也多了，主要是妈的身体也好了。就应该这样，退休了，老年人就应该多休息休息……"

她滔滔不绝，一时间房间里全是她的声音。张如芬知道容利在撒谎，她不客气地说："好几次吃饭时间，我给你们家里打电话，怎么都没有人啊。你真的在做饭啊，容利？"

容利面不改色心不跳，点头道："可不是。你要是没找到我们，那也是巧了，也许正好那天出去有点事呢。对吧，小军？"

小军眼睛躲闪着张如芬，点点头。张如芬不想为难儿子，招呼大家上桌吃饭。

李春来跑前跑后地拿碗拿筷子，等坐下后，杜光明招呼大家动筷子。李春来趁和小乐到厨房的时间，悄悄对小乐说："你妈今天有心事，肯定要说事，你看着。"

小乐懵懂不觉："是吗？"

果真，眼看吃得差不多了，张如芬就说："好久咱们家没有聚这么齐过了。今天看到你们都在，真是高兴。以后一家人，还是要多在一起。你们要知道，最后能跟岁月一起守在我们身边的，只有家人。很多事很多人，都会成过眼烟云，我们应该珍惜和家人在一起的时光。"

听张如芬这么说，容利就有些紧张，她无师自通地觉得张如芬今天要针对她说点什么，忙点头赞同，又说："真想跟大家多待一会，只是可惜，我家里还有事，非走不可。"

张如芬黑了脸："容利，再等一会。我要说的话，时间不会太长。"

杜光明也发话了："难得聚齐，听你妈说。"

容利抬起来的屁股，就又坐了下去。脸上也有些不那么高兴的样子。

张如芬清清嗓子，说："我呀，还真是针对小军你们两口子的事，要说一说。小军，我知道你最近一直在外面吃饭，咱们厂就这么大，老人孩子，都是熟人。已经很多人告诉过我，经常见你在门口的那家面馆吃饭了。你这么长期下去，身体怎么吃得消呢？还有容利，上次我去麻将馆拉你出来，是我不对，没有给你面子。可是我最近也听到一些消息，说你上班迟到下班早退，有时还有旷工。你这是玩物丧志啊。时间长了，会出大事的。别说我是危言耸听，这样的人和事，我见过的太多了，你们看看社会上把自己生活搞乱的人，大部分都是从玩开始的。说是娱乐，说是休闲，渐渐就迷失了自我，就失去了对正常生活的把握。所以，今天我还是要说，容利，你和小军生个孩子吧。生个孩子，把自己的心收住，学会责任，学会牺牲，学会为孩子努力奋斗。这不是很好吗？"

容利生气了，越听脸越红，就像一个正在膨胀的气球，她整个人，似乎都因为脸红而变大了似的。小军害怕容利生气，讨饶地用眼神看着母亲，坐在容利旁边，背也驼了，人也缩了。张如芬看不惯，突然大喝一声："小军，你挺起胸来，坐直了。一个大男人，在老婆跟前抠胸驼背的干什么！"

此话一出，容利再也坐不住了。她突地站了起来，对张如芬说："妈，我就知道，你今天这是鸿门宴，是要关门打狗啊还是怎么的？一家人欺负我一个外人啊——"

李春来听了这话，想举手，又放下。

"生不生孩子，是我和小军的事。我上班迟到或早退，那是我自己的事。在哪里吃饭，是小军的事。这些事情，有哪一件和妈你有关系呢？你是不是退休了，没人管了，难受得紧啊。你可以跟爸一起去跳舞啊，去唱歌啊，天天盯着我的肚子干什么？动不动就拿我当靶子干什么，我是不是做什么，你都看不顺眼啊？"

说完，拿起包，扭头就走了。

门摔得山响。一时间把大家都吓住了。

小乐先叹口气，说小军："哥，你真是的，嫂子这样，你一点办法也没有啊？

她是不是天天在外面打麻将啊？"

小军点点头。

小乐迟疑了一下，又说："她……她那个隆胸了？"

这话一出，更是吓了大家一跳。张如芬看上去都要惊厥了："不会不会，那以后怎么给孩子喂奶？"

小乐说："妈，你还想着这事呢。"

小军赶忙摇头："不知道，没有吧。"

张如芬恨铁不成钢："你知道什么啊，小军。她是你老婆，你连这个都不知道！你这个糊涂虫，你活活气死我了。"

小乐劝张如芬："好了，妈，别乱生气了。我这不也是在胡猜吗？主要是嫂子怎么看着都不像了。我是胡说的，妈，你也是的，你真的管得太多了，她那么不愿意让你管，干嘛你还是老惹她啊。"

"是啊，"李春来也说了："她说得似乎也很有道理的，想法很难改变，不如不要管了。等她自己想明白吧。"

张如芬不高兴："怎么样就叫想明白，什么时候才能想明白？时间不等人啊，什么时候就要做什么事情，这是自然规律，人怎么能和自然对抗呢？该生孩子就要生，该结婚就要结婚。错过了最好的时间，剩下的，总会有这样那样的麻烦。李春来，你看看你姐姐，拖着不结婚，就出了这样的事情，闹得自己和家人多么被动啊。我就怕容利哪天会给小军造成伤害，毕竟一个家是两个人，她自己乱来也就算了，可现在你们是在一起的呀，她出了问题，必然会带给小军麻烦。所以啊，小军，你得想清楚这个事情，不是妈管得宽，而是你自己不努力打理自己的幸福。你说我讲得对不对？"

杜小军当然觉得母亲说得有道理，可是他能怎么样呢。杜光明给他出主意："从今天开始，你得强硬一些，给容利定一些家规家法，如果她一味坚持这么做，告诉她就离婚。"

对，离婚。

小乐在这上面，坚决支持。

李春来赶紧圆场："那不行。离婚这两个字不能随便说。这样吧，哥，你还是要坚持坚持自己的立场。如果需要我们给嫂子做工作，你就说。"

李春来的话说得漂亮，等于给这个家庭会议画了一个不成功的句号。

　　小乐和李春来帮张如芬收拾好厨房，就一起回家了。出了门，小乐夸李春来会说话，李春来却一脸的不高兴。小乐奇怪地问："怎么啦，谁得罪你啦。"

　　李春来气呼呼地说："你妈。"

　　在张如芬家里，杜光明也正在对张如芬说这事："你刚才说错话啦，你看女婿那脸，一下就变了。"

　　张如芬不解："怎么了？什么话？"

　　杜光明说："你说李腊妹那段。干什么扯上人家姐姐啊你？"

　　张如芬恍然大悟，后悔地说："哟。还真是的。"

第三十五章　酸儿辣女

　　因周末来家，小乐说起婆婆做饭，以酸味为主，每餐几乎都要加点酸菜，这让张如芬心里犯起了嘀咕。她知道赵素棠求孙心切，而且迷信酸男辣女，但酸菜这东西，又不是健康食品，给一个孕妇每天吃，合适吗？

　　这天，张如芬一早起来，就忙着做饭。十点过一点儿，就做好了一份儿鱼，煲好了一锅黄豆猪脚汤。她大袋小袋地提着上了路，知道小乐和李春来这个时候都去上班了，家里只有赵素棠，敲门时，就喊着赵素棠的名字。赵素棠果真在家，正在织件小孩儿的毛衣。见亲家母来了，有人能聊天，不由很是高兴。再三说，自己正待着闷呢，想着下楼去找人说说话，亲家母啊老嫂子啊你真是来得及时啊。

　　张如芬可没赵素棠这么低级趣味爱八卦，她公事公办地说："我给小乐拿了点吃的来，这些东西比较健康自然，等她下午回来，你给她热热就行了。"

　　说着，将砂锅和装鱼的饭盒，从环保袋里拿出来，放在厨房的灶台上。一撇眼，就看见旁边放着一碗吃了一半的酸白菜。张如芬端起来闻了闻，赵素棠站在一边，看见她闻酸菜，忙热心地说："我泡了不少呢，亲家要带回去一些不？我给你找个饭盒来装？"

　　张如芬赶紧说不，又问赵素棠："小乐也吃这个？"

　　赵素棠点点头："可不，孕妇嘛，好口重，下饭很好吃的。"

　　张如芬严肃地："老赵，我来就是给你说这个。酸菜不要再给小乐吃了，腌制的东西都有亚硝酸盐，能致癌的。正常人吃了都不好，何况是孕妇呢。还有，剩菜剩饭也最好不要让她吃。"

　　赵素棠看看鱼和汤，这才明白张如芬是什么意思，是怪她给她闺女吃了不健康的东西了！她有些不高兴："放心，小乐虽然不是我亲闺女，但也是我儿媳妇是不是？生的孩子，也是我的亲孙子对不对？我怎么会让她吃不健康的东西呢？酸菜味重，孕妇都爱吃。哪里会致癌啊，咱们那个年代，一到冬天没菜，家家不都是吃酸菜，一吃吃半年的，吃习惯了，每天都要吃。祖祖辈辈就是这么过来的，哪里听说谁得癌症了，我妈九十多岁了，现在在老家，每天还不是要吃一大碗酸菜？亲家母，你放心，我做酸菜的方子，都是老辈子流传下来的，没事的，经过了多少代人的检验呢。"

赵素棠说着，满脸的自豪。张如芬摇摇头，从包里拿出一张报纸来，指给赵素棠："我就怕你不相信，所以专门带来给你的。"

赵素棠不看，她才不愿意承认自己错了呢。这份倔犟和张如芬想证明自己是正确的程度是一样的。她把报纸放在一边，说："现在电视报纸说瞎话的太多了。看它干嘛，我从来不看。"

张如芬说："是专家说的。"

赵素棠更有理由了："专家骗子就更多了，你还信这个呀。"

张如芬这个气啊，认真地对赵素棠说："老赵，这事不是我找你别扭。但是小乐现在情况特殊，中国食品问题又这么严重，本身就防不胜防的，我们最好就不要再添加一些不放心的东西吃了，你说呢？"

赵素棠一脸的敷衍，说道："行啊行啊，这个你说了算。"

张如芬没有说服赵素棠，出了门兀自生气，抄起电话就给李春来打过去："李春来啊，这会儿你有时间吗？我给你说个事情。"

李春来正在校正图纸，忙点头说："妈，你说。我听着呢。"

张如芬说："我刚才去了一趟你那里，给小乐带了点吃的。量大，你们也一起吃，不要剩下，再热就不好吃了，也不健康。我呢，主要是去给你妈说个事，上次小乐来讲，每天家里都会吃酸菜，可能小乐怀孕，也是馋，所以每天都要吃那个东西。你是经常读书读报的，这个知识肯定懂得，酸菜里有亚硝酸盐，平常人吃了都不好对不对，何况是孕妇呢。所以，我主要就是要告诉你妈妈这个事。"

李春来点头同意："是是，我知道。也说过小乐，她吃的不多的。"

张如芬说："可你妈不认同这个事，而且觉得这个说法没有科学根据。这样一来，事情就有点严重了，是不是？"

李春来当然点头同意："是是，这个我回去跟我妈说。"

可惜张如芬当过领导的职业病犯了，她需要论证，需要引申，需要上下五千年，需要听的人不仅心服口服，还要无比敬佩，并且以后不敢再犯。

她滔滔不绝地说："我的意思主要是三点：第一，小乐目前的状况特殊，吃什么不吃什么，都需要你们拿出一个系统的方案来，因为孕妇补充营养本身就是一个系统工程，不是随便几顿饭就可以解决的。每餐饭突出什么成分，是补钙还是补锌，这都需要仔细考虑……"

李春来看看话筒，知道这一来，一时半会儿是打不住了。他悄悄将话筒斜放，放在了办公桌上，然后自己接着看图。

张如芬还在继续说："第二，你是小乐的丈夫，具有陪伴负责看护的责任。毕竟孩子是你们两个人的，是你们今后的未来和希望。你们应该比谁都更想看到一个可爱健康的宝宝，所以，你必须对小乐的吃喝拉撒保持高度的重视。比方酸菜这个东西，你就不应该迁就你母亲的安排，更不能放任小乐的口腹之欲，从此以后，让酸菜从你家的饭桌上彻底消失。"

李春来没听，张如芬奇怪地问："电话坏了吗？李春来？"

李春来忙拿起话筒："是是，妈你说的对。"

张如芬继续："这个第三，我认为你要传达给你母亲，我说她听不进去，我也不好多说。毕竟只是亲家关系，又不是姐妹，对不对？在我看来，你妈妈有点重男轻女啊，这个问题你是怎么看的？给小乐总吃酸菜却不让吃辣椒，是不是也有这个想法在作怪？如果是真的，春来你要负责给你母亲做工作，要让她的思想扭转过来，不要一意孤行，又不听劝告，都已经什么时代了……"

李春来听着这话，已经开始上纲上线了，开了闸要合上，可就难了。他只好横空打断："妈，我领导叫我开会呢，你说的我都记住了。回家保证跟我妈和小乐传达到。"

张如芬赶紧再补一句："第四，不要叫我亲家母，更不要叫什么老嫂子。难听死了……"

电话已经压了。

偏偏李春来晚上回家迟了点儿，进门时婆媳两人，加上李腊妹已经开始吃了，桌上还是放着酸菜，赵素棠正在劝小乐："猪脚汤太淡，配点酸菜吃正好。"

见李春来进来了，小乐告诉他妈妈带了吃的来。李春来随口一句："我早知道了。"

"你怎么知道的？"小乐好奇地问。

李春来说："你妈打电话给我了。"

这话引起了赵素棠的警觉，上午和亲家母不欢而散，是不是转身就给儿子告状了？她追问李春来："亲家母都给你说什么了，是不是不让我给小乐吃酸菜？"

李春来刚回答了一声是，见母亲表情难看，立刻将话头又绕回来："小乐妈的意思是，少吃一些酸菜，有亚硝酸盐，这话也没错啊。"

小乐缩缩脖子，将刚夹的酸菜放了下来。赵素棠二话不说，立马夹到小乐的碗里："吃，吃酸菜开胃。你这反应期刚过，就是需要多吃一点。没事，我怀这两个时，哪顿会不吃酸菜？再放在多少年前，哪个中国人不是顿顿吃酸菜吃咸菜的，现在都是什么歪理邪说，动不动这也不能吃那也不能吃，有毒的东西却越来越多……"

李腊妹听不下去了，说赵素棠："行了，妈，这有什么好唠叨的，非要争个你输我赢的，不就一口酸菜吗？不过小乐，我也跟你说，少吃点这东西，有那么多新鲜的菜吃，干嘛吃酸菜啊，真是的。"

李腊妹果真不吃，和很多文艺女青年一样，她吃东西小心又仔细。小乐刚点头，她又说了："对了，小乐，我的伙食费交到妈那里了啊，不包括酸菜的钱。"

小乐笑笑："嗨，姐你这么说跟我们客气呢。我们希望你住这里，人多热闹，吃饭都香，对吧，李春来？"

晚上临睡前，小两口终于有单独相处的机会了。李春来认真地对小乐说："你妈说得对，你就别吃酸菜腌肉啥的了，反正这几个月别吃。"

小乐说："这一天吃啥不吃啥都得被管着，真是烦人啊。你说我早早结婚图了个啥，不就是因为渴望自由吗？可现在你看看，和中学生有什么区别？不是这个妈叨叨，就是那个妈叨叨，现在还冒出个大姑子来。天下之大，没个让人清净的地方了。"

李春来穿个睡衣，盘腿坐在床上，深思熟虑的表情："这个问题我们得解决，必须解决。不能让他们掺和我们的生活。这玩意就是越掺和越深，越掺和越理直气壮。你看，我妈不仅来了，还把我姐也带来住。这理直气壮的，怎么得了？别说你难受，我也觉得别扭不自由啊。夫妻生活是需要隐私的，这样算什么呢？"

小乐说："这就是中国式父母。永远围绕着孩子转，儿女长大，已经不需要他们了，他们却依然不肯放手。于是老是处于吃力不讨好的地步，搞得很苦恼，又体会不到退了休的闲情逸致，儿女也烦恼却又摆脱不掉。我们以后老了，可得吸取这个教训，孩子需要咱们时，立刻站在身边，有钱出钱有力出力。不需要我们的时候，赶紧着，走得远远的，让他自己体会成长的乐趣。"

李春来同意："小乐，行啊，说得真好。看来你已经做好了当妈妈的准备了，而且是为今后漫长的时期做好了准备。那你打算怎么践行你的理论呢？"

小乐一边铺床一边说："第一，孩子出生后，我们请保姆，不要她们帮忙。第二，咱们自己的事，跟你妈或我妈，尽量少说或不说为妙。他们整天闲着，我们自己一句无心的话，在他们那里也会放大千倍万倍。就比方酸菜，我记得就说过一次，居然整得这么热闹。你看着吧，这事肯定还没完，你妈的表情根本就不是偃旗息鼓的意思。"

第三十六章　是城里人不

端端家里，永远是一波未平一波又起。这天，赵栓锁去幼儿园接孩子，吕红老师又来告状了。无非还是小皮经常犯的错误，对小朋友没有耐心，要别人的玩具，人家不给，先求告后出手打。赵栓锁说："这不是很正常吗，孩子哪个不是这样的？"

吕红老师叹口气："话是这么说，可对方孩子的妈妈不肯放手，一定要小皮给她家孩子鞠躬道歉。"

赵栓锁无所谓："那就鞠一下躬么，有什么了不起。那个娃娃呢？"

吕红老师指给他看，见小皮正和一个胖小子玩得高兴，两人头靠头的，一起看着一张图片，还在说着什么。

赵栓锁就说："这不是和好了吗？两人玩得这么好。"

吕红老师说："是啊，孩子一般很快就和好了。不过这孩子的家长一定要小皮道歉，还要我用手机录下来，等她来接孩子时放给她看。"

赵栓锁听了这话，就很不乐意："这不是没事找事吗？还有这么想不通的家长？是城市里的人不？"

吕红老师笑笑："这和城市人有什么关系啊？"

赵栓锁说："城市里的人见多识广的，心胸也开阔一些么。怎么还这么计较？算了算了，我叫娃来给他鞠个躬算球了。"

吕红老师可能没想到爷爷这么好说话，见多了动不动就脸红脖子粗的家长，赵栓锁这豁达随意的老农性格，还真是让她喜出望外。连忙打开手机，设置成录像，大声叫小皮和胖小子。

两个小家伙兴高采烈地跑了过来，小皮看见爷爷，亲昵地拉住爷爷的手，给小胖子介绍："这是我爷爷。"

小胖子也友好地来拉爷爷的手，也叫"爷爷"。赵栓锁摸摸孩子的头，又摸摸自己的口袋，没有带吃的，就给小胖子许诺："明天我接小皮时带吃的来给你。"

小胖子点头同意。爷爷就说："小皮，你给你朋友鞠个躬吧。"

小皮奇怪地问为啥？

吕红老师拿着手机在录像，找合适的地方和角度。爷爷看看吕老师，没说话的意思，对孙子说："别管了，给他鞠一躬，咱们就走。"

小皮想了想，就双手扶正小胖子的肩，二话不说，给小胖子鞠了一躬。

本来这就没事了，没想到小胖子二话不说，竟给小皮也还了一鞠躬，吕红老师把这一幕也给录上了，不由叫了一声："哎哟，还得再来一次。"

赵栓锁就给小胖子说："小皮给你鞠，你不用鞠，懂了没有？"

小胖子问："为什么？我也想鞠躬。"

赵栓锁看看吕老师，吕老师朝他比划OK，示意他可以开始"导演"了。

这次小皮鞠躬，头还没抬起来，小胖子也鞠了下去。

赵栓锁觉得没意思了，冲吕红老师说："可以了可以了，娃娃是自己当好玩的。谁还会当真要看什么录像呢。"

吕红老师很严肃地说："爷爷啊，孩子有了毛病，我们就要想办法一次解决掉，以后不要再犯……"

话没说完，爷爷就冲小胖子说："这样吧，你打小皮一拳，我们就扯平好不好？"

小胖子和小皮都有点糊涂地点点头，小皮问爷爷："他为什么要打我一拳？"

同时又觉得应该讲义气，把肩膀凑到小胖子跟前："你可以打我这里，我这里有肌肉，我爸爸说的。"

小胖子于是伸出拳头，就打了小皮一下。

赵栓锁问吕红老师："拍上了没有？我们要走了。"

吕红老师说："这样不行的爷爷，我给你说了……"

话音未落，就见门口有一女人在喊："怎么回事？谁在教我孩子打人？"

一看就是小胖子的妈妈，纯粹是成人女版小胖子。女人一个箭步窜到了赵栓锁跟前："你别跟我不承认，我看见你在教他打人了。有你这样的家长吗？教唆犯教唆犯。我儿子从小到大，根本就不知道什么叫打人，你今天竟然教他打人，你这是犯罪，是戕害祖国的花朵，懂不懂？"

赵栓锁被胖女人逼得步步后退，不知所措，他胡乱晃着手，嘟囔着："怎么了怎么了，是你儿子打我孙子，你凶什么，我们又没有动手……"

吕红老师赶紧过来平息战火，劝胖女人："孩子们都已经和好了，我们做家长的，不要在孩子面前说这些好不好？能不能跟我来办公室？"

胖女人指着赵栓锁，凶悍地问吕红老师："这老头是什么人，从哪个犄角旮旯晃来的，有没有开化啊，懂不懂文明啊，认不认识字啊，普通话都说不好，还欺负小孩。"

赵栓锁委屈："谁欺负小孩了，哪个欺负你家儿子了？"

胖女人难缠，赵栓锁只有退让的份儿，见爷爷半天说不出话，小皮敏锐地感觉到了什么，他扑上去，冲胖女人举起了小拳头："不许你说我爷爷！不许你骂我爷爷。"

胖女人推小皮："他是你爷爷啊，难怪教出这么个小坏蛋，不懂礼貌，没教养，动手打人，还不道歉……"

胖女人凶，手上力气又大，小皮一个趔趄，被搡到了地上。这下真的惹火了赵栓锁，他迈前一步，伸出胳膊抓住了胖女人的手腕，胖女人立刻龇牙咧嘴，直喊："手腕断了断了！"

吕红老师慌了神，没主意了，只能赶紧给端端打电话，同时尽力将大人小孩一起带到了办公室。

于是，当端端赶到幼儿园时，看见的就是公公和胖女人撅着嘴，小皮和小胖子坐在一起，想玩又不敢玩，只能小手指在椅子下面碰来碰去。

这事让端端开始想，老爸在带孩子的问题上，总和她有不一致的地方，现在这个不一致，已经影响到其他人的孩子了，那肯定是什么地方出了问题。

和小乐说这事，小乐出一主意，让她去买点关于孩子教育的书来给老爹看好了，"反正他识字，也有时间对吧？你买点现代教育理念的书，也许会有帮助。"

端端点头："没错，这办法好。"

于是再一天，下了班，端端就去书店买了几本书。没有要那种怎么培养天才之类的，而是找了点深层次的，比方儿童心理呀，亲子关系的模型啦，童年事件对成年后的影响之类的。

拿回家，就放在了赵栓锁跟前，说："爸，这是我给你买的几本书。全是讲儿童教育和心理方面的，你没事看看吧。小皮整天跟着你，这也能让你更多了解他一点，找出他为什么不被老师待见的原因。"

赵栓锁有点怀疑："这书上能找出小皮和老师的问题？"

端端说："我就一比喻，我的意思就是你看完了，就知道怎么跟小皮的老师交流了，也知道怎么教小皮学文化课了。"

"行，"赵栓锁痛快地答应："这个我愿意。"

老头儿的学习热情还真是很高，吃完饭，电视也不看了，就盘腿坐在了沙发上，手指蘸着唾沫翻起书来。端端看着高兴，给陈昊天发短信："我爸这下总算是开窍了，以后小皮就会越来越让我们省心的。考上外语学校完全是有可能的。"

没一会儿，赵栓锁就议论开了："这个例子也太过分了吧，孩子沉迷网络杀了父母？这书是教育人学好的吗，看着太悬了，我觉得把孩子都写成妖怪了。我们家小皮和这些孩子没有一个像的，小皮多可爱多健康啊，一点坏毛病都没有，端端啊，你让我看这书真的对娃有帮助啊？"

说着说着就不耐烦了，把书页翻得哗哗的。

端端着急："爸，别啊。耐心点行不行？你得认真看，必须看。孩子的事情是大事，你要是不知道这些道理，小皮还会跑丢，还会在学校跟人打架，还会被老师冷落，成绩还是会老上不去。完了就不能去上外语学校，考不上外语学校，就没法上好中学，上不了好中学……"

赵栓锁仰着头："我知道我知道，就上不了好大学。反正总之，要是小皮前程不保，就都是我给害的。"

端端发狠，顾不上讲道理了，一跺脚："可不就是。"

老头子被端端这态度给弄伤心了，竟半天说不出话来，下巴抖着："我，我，我，我哪里能担这个罪哟。"

见爷爷伤心了，小皮忙扑到爷爷怀里，帮他揉胸口。又转过身，冲妈妈凶："妈妈，你不许说爷爷。"

端端不愿意退让，还穷追猛打："爸，你别不爱听。我说的可都是大实话。就是让你看看这些书，书里讲的都是有道理的。孩子的教育无小事，每一步都得特认真特小心地对待，你这么长年糊里糊涂地带孩子，一点方法也不讲，是会害了小皮的呀。"

爷爷被端端这么大的帽子给扣得一时喘不上气来，着急得咳嗽。小皮生气了，突然使出力气，来推端端，竟三下两下硬是将端端给推到门外去了。

端端这才发现自己穿着睡衣睡裤，裤子还是短裤，这可怎么办呢，她趴在门上求儿子："小皮，小皮，给妈妈开门。"

小皮在里面大声喊："爷爷，不许去开门。"

端端咬牙切齿，冲门举拳头："小兔崽子，等我进门非揍你一顿不可。"

门开了，赵栓锁正接着了她的拳头。

端端家里儿子和老爹的那些丢人事，她觉得隐藏得挺好，除了告诉小乐，其他同事谁也不知道。哪里想到，才没过两天，竟然连蔡丹言都知道她儿子将她关在门外，老爹被她气得说不出话来。

大嘴巴的不是杜小乐，而是赵素棠。

果真正如小乐预言的，酸菜事件，赵素棠不会那么简单地就认了输。从张如芬走了的第二天开始，赵素棠每天都要问小乐吃什么，还一本正经地拿个小本子和笔，就跟饭馆里的服务员一样。

"你点菜我做饭。你想吃什么你就说，你说了我再做，省得你妈又来找我算账。"

话没明白这么说，可潜台词就是这个。小乐知道婆婆心里有气，可她不能跟她一般见识。只能镇静无比地说："啥都行，妈。"

赵素棠跟上一句："除了酸菜。"

小乐想了想，点头："除了酸菜。"

结果这天中午，赵素棠就提着她的保温桶来小乐单位了，知道她在食堂，索性一直跟到了食堂。又是餐馆里的那一套，又说人家有地沟油，幸亏小乐动作快，就差捂她的嘴了。赶紧接过保温桶，点头说我吃我吃。无非就是些家常菜，端端凑过来看，说要看看小乐能享福到什么境界。赵素棠就接上话了："你就是那个端端是不是？哎呀，我们小乐在家里常说你，你有个调皮儿子，还有个公公，对不对？前天怎么着，儿子还把你给关到门外了，最后是公公给开的门，还穿着睡衣？公公在家你也穿睡衣啊……"

小乐急得挡不住，赵素棠滔滔不绝，端端脸红，辩解说："是我爸。"

小乐很惭愧，她就这么当着其他同事的面，出卖了好朋友的家丑。

　　可赵素棠的目的并不是揭发端端，她来这里，是要给自己翻案的。小乐吃的过程中，她把小乐妈也顺便诽谤了一下："那是小乐的亲妈，肯定更疼闺女。我可不能给她落下话柄，说我不关心她姑娘，否则又找上门来，挑剔我的菜谱怎么办。所以呀，我来这里是让她放心。看吧，你们食堂还真有酸菜粉条，你们要帮我监督小乐啊，以后绝对不许她吃那个什么硝酸什么盐的东西……"

　　端端冲小乐挤眼睛："谁叫你出卖我，活该！报应！"

第三十七章　喜欢不来电

　　李腊妹流年不利，和段一市的纠葛还没完，杂志社合并，又下了岗。早上睡懒觉一直到十点，打着哈欠出来吃饭，赵素棠这才发现她还在家里。大吃一惊："你怎么还没去上班？"

　　李腊妹无所谓地说："下岗了。"

　　赵素棠手里的盆盆罐罐咣地就掉到了地上。上世纪九十年代，厂里也曾搞过下岗裁员，下去的那一批人自谋生路，到现在可都可怜着呢。她最听不得的就是下岗二字，顿时炸了起来："怎么回事，什么时候下的岗，你怎么屁也没吱一声，是你自己下的还是单位要你下的，你以后打算怎么办，还没结婚呢，还得找男人……"

　　李腊妹做了个暂停的手势："让我把这碗粥喝完，行吗？"

　　赵素棠哪里能忍住，她脑子里第一个念头就是李腊妹下岗这事，是段一市给害的，那个男的，不是也在杂志社吗，肯定是老婆找到单位去了，李腊妹被开除了。

　　她二话不说，就去穿鞋，嘴里嘟囔着："我非让他家破人亡不可，还有这么糟践人的，怎么都不放过了是吧？"

　　李腊妹看了赵素棠一眼，没打算理她，再看，那架势不是随便发脾气，赶紧起身，一把抱住老太太："妈，妈，你这是干吗呢，要去哪里找人算账出恶气呢？"

　　赵素棠挣扎着要朝外跑："是那个男的害的你，是不是？你别不敢跟我说是，妈给你出头。他有没有被裁，要是他还在，那你就是受害者，他不是爱你吗，让他把岗位让给你。要是他也下了，你还是受害者，是他有家有口在先，就不该撩拨你，是不是？腊妹啊，你脑子里要有是非观念，别被人出卖了，迫害了，都糊里糊涂不当回事。我知道你清高，你看不起妈这动不动就闹的小市民劲儿，可是遇到利益了，谁不是一哭二闹三上吊的。都跟你似的，坐在家里喝粥，工作就到手了？走开，放我走，你不好意思去闹，妈去给你闹！"

李腊妹生气地说："妈，你这是演的哪一出啊？怎么这么爱演啊，动不动就吆五喝六的，不是盲从就是骂街，我说你们这一代人遇到事还有没有点正常的情绪啊？"

赵素棠奇怪地说："咦，你说什么？什么我这一代人，都不正常是吧？我看你才是最不正常的。因为自己不正常，所以看大家都不正常。我说错什么了，哪一句说出了，你不就是被人欺负了又没胆反抗吗，还这么说你妈，说得好像脑子有病似的。怎么就叫骂街了，还什么盲什么，是想说我眼瞎是吧，我还真是瞎了眼，自己的姑娘都看不清楚到底是什么人。"

李腊妹还从没见过赵素棠这么生气呢，她也有些害怕，只好放缓了语气哄她："是我自己辞的职。杂志社合并到集团公司了，我们这些人都被重新分配工作，让我去后勤搞办公室，就是管食堂采购什么的，我不想去，就辞职了。没有关系啊，我做媒体这么多年了，找份工作又不难，你跳什么脚啊，不弄明白就嚷嚷。"

赵素棠听李腊妹这么说，感觉没那么紧张了，说："你妈最听不得的就是下岗这两个字，十年前城市里到处大面积下岗，你不知道那个悲惨状况，有些家全家喝药自杀。那我问你，那个男的呢，他下岗了没有？"

李腊妹奇怪地问："你关心这个干吗？你不是不让我们来往了吗，我怎么知道他的事呢？别说了行不行？"

赵素棠着急地抓住李腊妹的手："那你还跟他来往没有？"

李腊妹拨拉她的手："行了行了，没有了，好吧？"

赵素棠叹口气："你真是让人操心死，要操心操到什么时候啊。现在好了，工作又没了，这要介绍对象，都不知道怎么跟人说。"

李腊妹重返桌前喝稀饭："有人不在乎，可惜我看不上他。"

赵素棠眼睛顿时就亮了："谁，谁不在乎？"

李腊妹慢悠悠地说："就是小乐给介绍的那个卖手机的，他说了，我怎么着他都喜欢。既然是怎么着，当然也包括没工作喽。"

赵素棠忙凑到李腊妹跟前："他真这么说的？什么时候说的，你们一直有联系吗，你怎么以前没有说过呢，他不是条件挺好的吗？"

李腊妹看赵素棠一眼："是，他是这么说过。有联系，但很少。还有，他条件好怎么了，那意思是我配不上他？他不也才是个二婚吗？"

"二婚？"这消息可是赵素棠第一次听，一听就急了："他二婚小乐知道不？"

"知道的吧，反正她那个同事赵端端是知道的。"

赵素棠就不高兴了："这个小乐是什么意思啊，把自己的姐姐介绍给二婚的男人。我说呢，那么大岁数了，怎么可能还没结过婚，果真是有婚史的。这事我得说说小乐，太不负责了。"

李腊妹打住："行了妈，他二婚，我也没好到哪里去啊，说什么呀还说。再说了，我不喜欢他，一点也不喜欢。"

赵素棠问："为什么？"

李腊妹说："一身的男人味，太粗了，没意思。"

赵素棠说："这是什么话啊？男人味不是好事吗，不是个好词吗，怎么到你这里成了缺点呢。那你喜欢男人有女人味吗，这都什么挨什么啊！"

李腊妹不跟赵素棠讲了，几口扒完饭，进了自己的房子："我不跟你说了，我上网，我去找工作，行了吧？"

赵素棠坐下，想一想，拿起电话，打给小乐："小乐，你在上班呢？"

小乐心想，这不废话吗？她不敢多说，怕被蔡丹言听出是在讲私事。她嘴里哼着哈着。赵素棠说："你那个端端给你姐介绍的对象，你再问问她，两个人到底有没有戏。我给你说啊，你姐把工作给辞了，我就想干脆趁这段时间，让她好好谈个恋爱，然后把婚给结了。她刚才交代了，和那个男的还有来往，而且，那男的好像还挺中意她。你赶紧给我打听打听啊。"

小乐说成。

到了中午吃饭时，她就问端端："你听过那个于力讲我大姑姐什么没有？"

端端眯着眼睛想了想："好像没有。上次见过后，就再没联系过。我以为没戏了。怎么，两人还有联系？"

小乐说："我婆婆让催着问问，我也不清楚。你就帮我问问吧，迂回着打听打听。"

"行。"端端说："我就问。"

不一会，消息果然来了。端端一脸的茫然："你大姑姐那人脾气怪？"

小乐说："谁说的，于力？"

"他没说，可他跟我说一事，我觉得好奇怪。我说出来，你别生气哦。其实我觉得这两人都有点怪。"

小乐说："怎么啦？"

端端说："她跟于力说她和一个有妇之夫有关系。"

小乐心跳得要蹦出来了，忙否认："不可能，那不成小三了吗？没有的事，我大姑姐不是这种人。"

端端茫然地说："是啊，我也觉得。谁会这么跟一个介绍的男人说这些呢？但这还不是最奇怪的，奇怪的是于力说他倒觉得无所谓，只要两人解除关系就行了。"

小乐赶紧说："那他是对我大姑姐挺满意的？"

端端说："也不是。你看奇怪的就在这里，他说他也没觉得李腊妹就特适合他，只不过他觉得李腊妹不装，挺好的，怎么样他都挺喜欢。就这些，让他再说多，也没了。"

小乐说："怎么样都喜欢，那就是喜欢喽。那就有希望呀。"

端端说："不是不是，人家特意给我说的，喜欢是喜欢，可是不来电。"

小乐点点头。端端问："明白了？"

小乐干脆地说："不明白。"

晚上刚进家，赵素棠一把就将她拉到厨房："问了没，那个男的怎么说的？"

小乐原话奉上："喜欢是喜欢，可是不来电。"

赵素棠问："这是他的原话？"

小乐点点头。

赵素棠气愤地说："真不让人省心。怎么什么事都这么费脑子！还有，他是个二婚的，这事你知道不？"

小乐支吾："这很重要吗？男的和女的不一样……"

正说着，李腊妹进了家门。

她下午到外面去了，吃饭时回的家，按她的说法，是去公园跑步了。她要好好利用这段不上班的时间，抓紧机会锻炼、睡觉、逛街、上网……

小乐羡慕地说："太好了，你终于过上幸福的生活了。"

李腊妹看她，冷冰冰的表情。洗澡出来换了衣服，先声明不吃晚饭，把脚搭到茶几上，撕开一包瓜子磕起来。

赵素棠说她："不吃饭，吃瓜子干什么，有那个胃口，不如好好吃两口菜。"

李腊妹干脆地说："不吃。"

赵素棠不罢休："反正你要吃东西，瓜子和菜有什么区别？"

小乐跟了一句："姐不吃就不吃吧，我觉得她这样挺好的，多随意啊。"

小乐是真心羡慕，李腊妹却非要歪着听，她脚一下就从茶几上放下来："就是，我这辈子就从来没有这么幸福这么舒服过，想干什么就干什么，想不干什么就不干什么。小乐羡慕是吧，你也可以辞了工作回家来养着啊，你比我更有理由不是，因为你怀孕了。"

这话带着火药味，让小乐有点不知所措。

赵素棠什么也没听出来，说："小乐倒是真的可以辞职回家，她有老公啊，春来赚得也多，养得起。能辞的不辞，不能辞的还辞掉了，这是什么道理啊。"

李腊妹本来就恼火，听赵素棠说了这话，更不高兴了："那是，小乐多有福气啊，什么都有，房子，老公，车子，父母双全，工作，现在还要有孩子了，你还真是什么都不差啊。我呢，我什么都差，我什么都比不上，可我还这么爱折腾，爱给人找不痛快……"

小乐一听，这话要杠上了，她立刻跳出来打圆场："姐，姐，没这意思。我们就随便那么一说。"

李腊妹生气了，站起身，进了自己房间。

赵素棠丝毫不觉得自己说错了什么，听到门响，才反应过来，探着头看，无辜的表情："这人怎么这么爱生气，肯定是缺男人的缘故。"

小乐制止她："妈——"

张如芬对赵素棠带着姑娘一起搬到小乐那里去住，特别不满。这是去帮忙还是添乱呢？又从小乐那里听到李腊妹老跟她找茬的事，就更不高兴了，这不是吃屎的还把拉屎的鼓住了吗？

"她怎么就不高兴了，你都说什么了？"

小乐说："谁知道，反正我说什么她都不高兴。心情不好呗。"

小乐倒不太在乎，反正白天她不在家，吵来吵去的，不过是那对母女。晚上回到家里，吃完饭，她大多时间就进了自己房间，看看书，看看电视，和李春来说说话，就睡觉。李腊妹脾气坏，她躲着她不就行了。

但张如芬不乐意，她心想凭什么要让赵素棠带着李腊妹给小乐不开心呢。她不乐意了，是不是赵素棠觉得小乐没有娘家人了呢？她有父有母，哪一个都会比赵素棠照顾得好。

她又把李春来叫到了跟前。

"听说你姐姐最近不开心啊，"她问女婿。

李春来点点头，突然被丈母娘叫上门来，他也在嘀咕，这又是要唱哪一出了。

"小乐是孕妇，"果真，张如芬只要说事，要达到自己的目的，都会拿这个当开头："怀孕期间，内分泌荷尔蒙都会和平时不同，这都是会影响到小乐的情绪的。家里有一个比较温馨舒适和谐的环境，非常重要。她心烦意乱，就会影响到孩子是不是？"

李春来大概知道丈母娘要说的是什么了。

"可我听说，你姐姐在家里经常和小乐闹别扭——"

李春来插上一句："她跟谁都闹。"

张如芬说："这就不合适了。一个人，怎么能把自己的不开心，强加到别人身上，特别是亲人的身上呢。何况现在她还住在小乐这里，严格说，只是一个客人。而且小乐还在怀孕，她怎么能随意放纵自己的坏情绪呢？春来啊，你这个姐姐，你要好好劝一劝的。你妈妈可能不好说她，但你的态度应该明确一点，不要让她再给小乐气受了！"

说到最后一句，张如芬的口气重了起来。李春来点点头："行，没问题。可是我没听小乐说什么不高兴的话呀。"

张如芬说："她能给你说吗，李腊妹毕竟是你的姐姐，是你的家人。小乐的委屈，当然只能忍着。"

小乐会这么隐忍？李春来听着有点不大相信，但回到家里，该说的话还是要说的。果真，他随便一观察，就发现李腊妹对小乐确实不大客气。小乐正在看电视剧，李腊妹说也不说就调到了旅游台，小乐着急地说："哎，别调啊，让我把这点看完。"李腊妹不客气地说："那么弱智的东西你也看，你就不怕对孩子会有坏影响？"

小乐闷闷不乐地站起身，去自己房间看小电视。

李春来这才发现，李腊妹还真是够霸道的。不禁生了气："姐，你怎么能这样呢，人家小乐正在看呢。"

李腊妹头也不回："她这不是去你们屋里看了吗？"

李春来将遥控器从李腊妹手里拿过来，随便调了个台："我这样你觉得合适吗？"

李腊妹转过头，看看李春来："怎么了，你这是要打抱不平啊？"

说着喊坐在沙发角处打盹儿的赵素棠："妈，你看李春来。"

赵素棠一个激灵，醒了。李腊妹告状："妈，李春来护媳妇，找我算账呢。"

李春来说李腊妹："给妈告状，你觉得有意思吗？刚才明明就是你做得不对，说你两句怎么了？"

赵素棠问："怎么了怎么了？"

李腊妹生气："真没意思！行了，我就知道，寄人篱下就是这个下场。得，我走，我走行了吧。"

说着起身就去房间里收拾行李。赵素棠一把抓住李春来："你怎么能这样！不能让你姐回去住知道吗，她一回去，就会和那个男的拉拉扯扯。她事事不顺，心情不好，你让让又能怎样？好，你要是让她走，我也走。我看谁给你们做饭收拾房间！"

小乐听见外面的响动，出来一看，李腊妹已经拉着箱子站在客厅了，忙问李春来："怎么了怎么了？"

李春来摇头，不想说话。小乐小声地问："姐，你要走啊？"

李腊妹说："是。我又不是没地儿去，待在这里受的哪门子气。"

小乐嗫嚅着："春来，你跟姐姐吵架啦？"

正说着，赵素棠也拿个包出来了，对李腊妹说："我也跟你走。"

小乐说："妈，咋啦这是？"

李春来喝住她："别管。妈，我可告诉你，你这么做，就是害了姐。她已经够不正常的了……"

此话一出，李腊妹彻底炸了锅："行，我就知道，在你们眼里，我一直就是个怪物。李春来，你真是肯为媳妇打击家人啊，你这个没良心的。我走，再也不会上你的门。"

说着拉开门就冲了出去。

赵素棠又气又恨，瞪了李春来一眼，赶紧跟着出去了。

小乐摇李春来的胳膊："到底怎么了呀？你说话呀。"

李春来硬着脖子，就是不说话。

当天晚上，李春来睡着了，已弄清情况的小乐，心里有点乱，就给张如芬发了个短信，说婆婆和李腊妹跟李春来吵架回老房子去了。

张如芬都睡了，立刻爬起来，给小乐回短信："我明天就来你这里。"

杜光明被她的动作吵醒了，问她干什么，这么迟了还在发短信。

张如芬乐不颠颠地说："明天一早我就去小乐那里，我要争取在她那里住一段时间，你也一起过来。我们不能让赵素棠把这一切都揽过去，孙子也有我们的一半，而且还是小乐生的，对不对？"

杜光明说："哪里有你的一半，最多八分之一。先睡吧，有事明天再说。"

赵素棠这一夜，真是很难受。和李腊妹回到家里，见家里乱七八糟，冰锅冷灶的，就觉得凄凉。她先烧上壶开水，又上厕所。还没出来，就听见李腊妹在打电话："是，心烦，你出来，陪我。老地方，就一会儿。"

赵素棠赶紧出来，见李腊妹装作若无其事地挂了电话。她问："你喝水吗？"

李腊妹摇头："我有点饿了，出去买点零食。"

说着拿上钱包就要出门。赵素棠一把抓住，紧张地问："你这是要去见那个男人是不是？你还要见他，你就不能不见他吗？你说过的不再见的话，不算数了吗？"

李腊妹表情诧异："谁说我要见他了？你瞎猜什么呢你！"

赵素棠手一松，李腊妹出了门。赵素棠一屁股坐在沙发上，叹口气半天没缓过来。

第二天一早，赵素棠去小乐那里拿东西，她是打算搬回家的，可一进门，就见到了张如芬，正提着个箱子，也刚进门。赵素棠就惊了："亲家母，你这是……"

张如芬神清气爽地说："我呀，我打算搬到小乐这里来。正好，听说你们走了，我就来照顾小乐。"

赵素棠眼前一黑，这还得了，自己刚走，对手就打上门来了？不行，她可不能就这么拱手让出了阵地。孙子姓李，可不姓杜。她脑筋一转，立刻一副惊讶的表情："没有啊，谁说的？这不，我东西都还在这里呢。没说过要走的。亲家母，你是不放心我照顾你闺女吧，放心吧放心吧，我都说了多少遍了，你真的得对我放一百个心啊。"

第三十八章　大哥你真有才

日子又恢复了原来的样子，赵素棠重新回到了小乐这里，李腊妹很快找到了份儿新工作，她发誓再也不会跟段一市联系，赵素棠也只能听之任之。

这天，老太太去买菜，刚走到菜市场门口，就听见有人兴奋地在喊："大妹子，大妹子，是你吗？"

她回头一看，是前段时间遇到的那个买鱼的赵栓锁。知道他是在喊自己，就说："哟，好久没见你了赵大哥，今天是买什么啊？"

赵栓锁会买什么呢，他身上连钱都没带。可他也不能说自己这段时间经常在菜市场转悠，就是为了碰见赵素棠吧？

他不回答赵素棠的问题，只是伸手去帮她提鸡蛋，又说："你这段时间都没有买菜啊？"

赵素棠说："怎么没有，天天买。只是时间不定，有时候早上，有时候下午，有时候还傍晚呢。"

赵栓锁就说："难怪我天天早上来见不到你。"

这话一说，就暴露了他有意在碰赵素棠的企图。他不好意思了，可赵素棠浑然不觉："你是找我有事啊？"

赵栓锁点点头，说是，又摇头："哎，不是。"

想想，干脆地说："是也不是。就是想说说话。"

赵素棠爽快地说："行，那等我再买点东西，我们出去说。"

赵栓锁陪着赵素棠，来到了赵素棠经常买的一个摊子。摊主认识她，跟她打招呼："大妈来了。哟，今天和老伴儿一起来的。真好，还帮你提东西呢。大妈你有

福气啊。"

这话说得赵素棠大红脸，赶紧解释："不是不是。是我大哥，我大哥。"

赵栓锁跟对方笑着，啥也不说。摊主就跟他开玩笑："啥哥哥妹妹的，大家都懂，是吧，大叔？"

赵栓锁也不反驳，点着头，直说是是是。

两人买了菜，到了街上，赵素棠埋怨赵栓锁："你看你，也不跟人说清楚，让人家误会了吧。"

赵栓锁含混地说："就那样，就那样。"

赵素棠说："对了，你要说什么？"

赵栓锁指指大厂那边的广场："我看那边挺热闹的，我们去那里坐坐。"

说着，提着赵素棠的菜就走到了前面。赵素棠只能跟着，两人到了广场边上，赵栓锁挺认真地从口袋里找了张纸，给赵素棠擦出一块干净的地方来，让她坐下，自己则腿一蜷，蹲在了她的旁边。

赵素棠看他那样子，怪可笑的："大哥，你在家里也这么蹲不，孩子们不会说你啊？"

赵栓锁摇头："习惯了，不说了。开始有点不习惯。在家里，我也不常蹲，不方便么，都爱干净。"

赵素棠说："你不买菜也不做饭啊？"

赵栓锁说："做，闺女回来迟了，我会做拉条子，揪面片，做得可好咧。"

赵素棠赞叹："那你还真是不错，还会自己做饭。我做面不行，但烙饼蒸馒头包子都不错。"

赵栓锁点点头："那肯定。大妹子一看就是个能干的女人。儿子媳妇上班去了，你都干点啥呢？"说着，指指广场上黑压压跳舞唱歌的老头儿老太太："你玩这些个不？"

赵素棠摇头："不玩，我不会玩这些。说句心里话啊，大哥你也别笑话我，我年轻时忙着带孩子做家务，孩子刚大老头子又没了，这整天拉家带口的，根本没有唱歌跳舞的闲心，也从没学过。到了老了，骨头也硬了，嗓子也辟了，还蹦蹦跳跳干啥呀。我就一粗人，每天楼上楼下跑跑，买菜做饭洗衣服，操心操心孩子，也挺充实挺忙碌的。我和这些人不一样，他们想得开，家里可能也没啥负担吧。所以人家想得开……"

说着，指了指里面："瞧见那个老头儿没，跳舞的，正跳得欢呢，和一女的，对，就是他，黑上衣，是我的亲家公。他退休金高，平时还有些别的收入，每天都来跳，又锻炼身体，还啥什么，他说的，什么陶冶啥操，搞不懂。"

赵栓锁哦了一声，说："那女的是你的亲家母啊，够年轻的，看着真精神。看，转圈了转圈了。"

赵素棠终于找到了出气的地方，带着点鄙夷的口气："那怎么是我的亲家母，我亲家母退休前是党支部书记，正统着呢，才不会到这里来。对老公和这个女人跳舞，她可是一肚子不舒服，又没办法，老头子要跳，还要参加什么比赛。那女的，可是不简单，以前厂里的大夫，早离婚了，有一个闺女，身体也不好，半残疾，可人家像没事似的，每天跳啊唱的，还真是……不知该说啥才好。我呀，我看着他们这么每天跳来跳去的，还真是替亲家母担心。也不知她咋想的，换了我，肯定不允许。"

赵栓锁笑呵呵，慢吞吞地说："其实这也没什么，不就跳个舞么。还有这么多人帮着看着呢，能干啥么。我觉得这女人还挺不错，自己能想明白，也能找乐子，这就了不起。"

赵素棠笑了起来："哟，没看出来，大哥，你还是个新潮人，你是不是也想去跳啊。"

赵栓锁说："那有什么不可以。大妹子你要跟我跳，我就去跳。"

这话说得太直接了，让赵素棠突然有点不好意思，赵栓锁也觉得唐突了，他赶紧转移话题："我会吹唢呐，还会拉二胡。大妹子你要是不喜欢唱歌跳舞的话，我拿来家伙给你吹吹拉拉吧？"

赵素棠笑了："大哥，你还挺有才的嘛。"

赵栓锁喜欢赵素棠，这是他跟赵素棠在岔路口分了手才感觉到的，他心里惦记着这个大妹子，怎么都放不下。"挺爽快挺随和的一个人，"他背着手，慢悠悠地走着，走两步，突然站住了，不行，下次再想见她了可怎么办，难不成再去菜市场堵个好多天？

他赶紧回头，去追赵素棠，一边喊着大妹子大妹子。赵素棠回头，问他什么事，他说："我帮你把这些东西提到你楼下吧，怪沉的。反正我也没事。"

赵素棠将菜筐交给他，也不多说什么。她能不知道赵栓锁啥意思吗，只是知道也不能明说不是吗？都这么大岁数了，送一送又不能怎样，过些日子，自己冷淡点，就没事了。

到了楼下，赵素棠问赵栓锁："上来坐坐不？"

她是客气，可不想真的让赵栓锁上来。赶紧加一句："这是儿子的家，我也就临时住住。"

赵栓锁没听出话外音，挺高兴地说："坐坐就坐坐。"

赵素棠没辙了，只好带着他上楼。

开了门，赵栓锁走进来，一脸好奇："这么大的房子，是你儿子媳妇自己买的？"

赵素棠说："可不是。买得早，那时这片还没开发，赶上便宜的了。儿子搞设计的，赚得还行。"

赵栓锁就说："你福气好啊，不用操心了。我闺女的房子，还不知道猴年马月呢，我可什么忙也帮不上。"

赵素棠说："你帮她带孩子不就是帮她了。"

她招呼他坐，说去给他削个苹果。赵栓锁挥着手说不用，赵素棠在厨房没找到削皮器，想起小乐头天晚上吃梨，李春来给拿到他们房子里去了，于是她进了小两口的卧室，果真，就放在床头柜上。

刚拿上要出门，却豁然看见床上扔着条花色样式都很时髦的连衣裙，这裙子她没见小乐穿过，不由就走过去，拿了起来。一看价码牌，竟要六百多，心里气不由就上来了。

到了傍晚，小乐下班回了家，就见赵素棠虎着个脸，锅铲炒得唰唰响。小乐这些日子也有了经验，知道婆婆不主动开腔，就意味着有脾气。她吐吐舌头，也不去主动招惹她，放下包，先去洗手换衣服。

李春来这晚不回来吃饭，饭桌上就婆媳俩。面对面坐上了，小乐躲也躲不了，只好硬着头皮问一言不发的赵素棠："妈，怎么了，不高兴了？"

"没有。"

"没有还一句话不说呀？"她逗她。

赵素棠想了想，进了卧室，出来，手里拿着那条裙子："这是你新买的？"

小乐说："是。"

"多少钱？"

"六百过点，"小乐说："这不写着吗？"

赵素棠生气地说："小乐，你怀着孕马上就要生孩子了懂不？女人生育后，骨架会变大的，而且要喂奶，一两年里也瘦不下去，很多衣服都会穿不上的。你说你花这个钱干什么嘛？"

小乐眨巴着眼睛，她还真没想过这个。昨天路过商场，看着好看，忍不住就买了。

而且，最主要的是，前些日子张如芬才给了她三四千块钱。张如芬说，你婆婆舍不得花钱，你在家里要注意这些。要花就拿妈的钱花，她也没啥话可说的。

赵素棠还在教育小乐："上次说你路上买那些乱七八糟的小东西，就是在提醒你了，不要买没有用的。你看你，竟然买这么贵的衣服，而且一时半会儿穿不上，很可能因为发胖，以后都穿不上。"

小乐脱口而出："这钱是我妈给我的。"

赵素棠卡住了："你妈给你的？为什么？"

小乐说："她说花她的，你就没什么说的了。"

赵素棠被噎住了，想了想："你妈的钱那也是钱啊，她是钱多还是怎么的，钱花不掉了可以去捐助穷人做慈善啊，不能让你这么完全不考虑浪费地乱花钱啊。不行，这道理我得跟你妈辩一辩去。"

小乐吓坏了，这两个妈要是真的辩起来，她可咋整？

事实上，小乐的提心吊胆还真是白瞎了，赵素棠哪里真会去跟张如芬辩这个。但张如芬的做法，却让她心里特别不舒服。给闺女私房钱，摆明了就是在教唆姑娘跟她这个节省的婆婆对着干嘛。张如芬这么不给她面子，她能给她好果子吃？

打蛇打七寸，她太知道张如芬心里难受的是哪一块了。于是，再一天，她掐着张如芬在家的时间，给她打去个电话："亲家母，老嫂子啊，我是老赵，李春来的妈。在家呢，没忙什么啊？哎呀，有个事，我还得跟你说说，不说我也觉得过意不去啊，说了又怕你生气。是这样啊，厂里有人在说小乐爸和高大夫的闲话呢。对，是，是我亲耳听到的，真不像话，听着让人真生气。我跟她们说，没那么回事，可人家说得有鼻子有眼的，说就是看见了。"

"看见什么了？"张如芬尽量沉住气，挺从容地问道。

"嗨，说是看见两个人一起吃饭了。"

"胡说，"张如芬说："老杜天天都回家吃饭，他哪里有时间去跟高大夫吃饭。

再说了，就算一起吃饭，又是什么事？都在公开场合，都让大家看见了，还能有什么闲话？这些人真是吃饱了撑的，老赵啊，你是我们自家人啊，你可不能跟着去传谣散谣啊。"

赵素棠说："我怎么会帮着别人说这事呢，没有没有。"

突然想起头天还跟赵栓锁八卦过亲家公，就闭了嘴。不管怎么样，这几句话，能让张如芬不快乐一下，也是值得的。

谁叫她让她不高兴呢，哼！

那一晚，李腊妹还真没去见段一市，她打电话的那个人是于力，而且于力最后也没来。他走到半道上想想不对头，他给李腊妹电话说："你是想跟我一夜情吗？如果不是，我们还是别见了。我的意思是，我们又没什么特别的关系，都是单身男女，大黑夜的，就为了心烦去酒吧，不仅见一见，还得喝一喝，之后要是没有下文，会不对头，可是有了下文，会不会又会难受？"

李腊妹笑道："滚你的。你说得对。拜拜。"

第三十九章　儿子的婚姻

杜小军在小面馆吃久了，就和老板娘熟悉了。老板娘叫谈丽丽，女儿大名小名都叫林林。谈丽丽三十七岁，大了小军一两岁，林林刚满九岁。谈丽丽见他是真心喜欢林林，又是常来的熟客，玩笑时对他说："你叫我谈姐好了。"

杜小军认了姐，就来得更勤了。来了也从不把自己当外人，谈丽丽忙时，还帮着小伙计给客人端茶送水收钱。林林的作业，也常让他看，三年级的课程他还能对付，不过遇到应用题，他就会想半天。实在想不出来，就认真地拿张纸抄下，改天到单位找人去问。

"我们厂里研究生博士生一大把呢，"他对林林说："我随便问一个都能帮你问到。"

事实是，研究生博士生讲的杜小军并不能听懂，他们解题的方法早已超越了小学三年级，人家用方程式，或是直接给答案。小军再问下去，对方也很头疼，想半天："很简单啊，可我说不清楚。"

林林很喜欢小军，这种毫无芥蒂的喜欢，让小军受宠若惊。他绝对不能辜负这个小家伙对自己的喜欢，所以，他想了想，就去找杜光明了。

杜光明做工程师多年，而且是自己的老爸，多问几个为什么，既不麻烦他，也不觉得丢人。于是，这天下了班，杜小军就回了家。

自从上次家宴时容利半途离开，就再也没在杜家露过面，也没给张如芬两口子打过一个电话。杜小军也来得很少了，偶然上次门，多是拿来东西或是来拿东西，说两句话就走。他对父母倒没什么成见，但因为害怕母亲会叨唠容利的事，所以能躲就躲。

容利呢，和公公婆婆那一场不快之后，索性没了顾忌。现在早出晚归，连小军有时候都不容易见到她。

所以，这天张如芬看见小军主动上了门，真是又吃惊又高兴，但还是做了个习惯动作，朝他身后看看。小军有点不自在，杜光明也给张如芬使眼色，那意思是让她千万别问小军容利的事。

张如芬忍住了，端出饭菜，要儿子一起吃。小军却说："我有个事要问爸。"

说着，一把扯着杜光明就进了书房。从口袋里掏出作业题来，杜光明戴上老花眼镜，说："这是小学课本里的算术题吧。"

小军点点头。杜光明看他一眼："哟，你怎么学起这个来了？"

小军不想说林林的事，含糊地说："自己学着玩。"

杜光明点点头："这样好这样好，找点题来做做，也比无事可干强。来，我讲给你听。"

到底姜还是老的辣，有本事的人，往往会举重若轻，没学透的人才常常举轻若重呢。杜光明几句话，就让小军豁然开朗，小军高兴地一拍大腿："欧了！谢谢老爸。"

说着揣上纸，就要走。张如芬见儿子来了，赶紧进厨房加炒个菜，没想到小军竟要走，追着喊："吃饭吃了再走。"

小军扬扬手里的纸："不吃了，妈。沙由那拉了嘿。"

张如芬问杜光明："怎么回事啊，你给他吃什么兴奋药了，就这么跑了？"

杜光明说："拿了一道小学数学题来问我，讲明白了揣了就走。"

张如芬好奇地问："他这是在干什么，在自学什么吗？小军可从小读书就费事，他这是改邪归正了？"

突然眼神一转："不对，别是受了什么刺激吧。容利要跟他分手？老杜，你问容利了没有？"

杜光明摇头："没问。我说你想象力还能再丰富一点不，这么诡异的念头也能冒出来。"

张如芬怪他："你为什么不问问容利的情况呢？"

杜光明说："有点耐心好不好？跟你说了多少回了，孩子大了，不再是小时候。我们要像对其他人那样对待他，有礼貌，尊重他的想法，你换了其他人会这样张口就问别人不想说的事吗？"

张如芬急了："问题他不是其他人，他就是我们的儿子！"

杜光明说："他是你儿子，他也是成人了好吧？哪个成年人喜欢被人当小孩一样追着回答自己不想回答的事情？有点常识好不好？"

张如芬一时没了话，想想杜光明讲得也对。可她心里还是着急，忍不住地问："那你说，容利现在和小军到底是个什么情况？"

杜光明耐心地说："我也不知道。我们不要着急，等一等。你不去问他，随意一点，他该说的时候，自然就会告诉你。"

张如芬说："怕就怕他说的时候就晚了。"

杜光明说："那也没有办法，这是他的运，也是他的命。我们活到今天，不也经历过很多没办法的人和事嘛，这是每个人必须要承受的，让他去吧。你硬要管，那你就自己难受好了。不要拉着我。"

张如芬听杜光明说这话，生气了，筷子一拍："你这是什么话，真自私啊！自古以来，父母管孩子天经地义，在你看来，竟成了要逃避的麻烦事？自私，真自私，是那个高稚影教给你的吧？我看她就够自私的，整天光顾着自己的快活和漂亮。明明是个大夫，却不去帮女儿坐诊多赚点钱，钱多一点，她女儿也可以不用那么辛苦对不对？还有，竟答应让孩子搬出去住，一个坐轮椅的大闺女呀！还有还有，孩子以后的婚姻怎么办，她也没有丝毫操心的意思。我可听说，她姑娘都二十五六了，可你看看，她有赵素棠那么着急吗？每天还唱得出来跳得起来，我呀，我看你们还真是臭味相投，一丘之貉！"

杜光明瞪大了眼睛："张如芬，你怎么说出这么刻薄的话来？还有没有一点仁厚之心？人家高大夫惹你害你了，你这么评价她？换一个人如此说你，你会怎么想？人家会不会也说你，当年为了升官发财，把大儿子放在农村老家十几年，耽误了他的学业和前程？难道你能接受这样的评价吗？做人要厚道，别以己度人，人家怎么活是人家的活法，重要的是她活得快乐活得开心，而且不给任何人添麻烦，这不就是很好很不错，很让人觉得欣慰的一件事吗？"

张如芬听杜光明这么明目张胆地维护高稚影，特别生气，也不顾他说得有没有道理了，索性发起横来："我看出来了，你就是看我不顺眼，那个姓高的女人，你怎么看她都对都好都顺眼。已经有人在说你们的闲话了，而且都传到我耳朵里了。她用了什么勾魂术，让你这么痴迷？不就是穿得好看一些，打扮得妖精一些，腰细

一些，眼神魅一些吗？我告诉你，哪个女人的性感，不是一群男人给熏陶出来的？高稚影哪里能看得上你，追她的男人一大把，你做梦去吧。"

杜光明恼羞成怒："张如芬，你看看你说这话，还有没有一点素质。哪里还像曾经当过领导的人？好了，我不跟你说这些，我们道不同不相为谋，我要去跳舞了。你愿意说啥就说啥去吧！"

"离婚！"张如芬突然破口而出，这两个字声音之大出现之干脆，连她自己都像是被吓住了。

杜光明看了她一眼，没有丝毫平时妥协的样子："你想好喽！"

父母会为一道数学题引发离婚大战，杜小军可绝对没有想到。他乐不颠颠地跑回小面馆，林林正眼巴巴地等着他呢。一见他进来了，赶紧拉着他的手，走到一张桌前，还是不怎么说话，笑着把水杯和茶壶推到小军的跟前。

小军假装很累，手伸出来擦一脑门的汗。他吁着长气说："哎呀，为了弄懂这道题，我爬了四座山——哦，不对，六座山，还过了一条小河……"

他胖胖的身体和夸张的语气，让林林分外高兴，她凑过来看那张纸，小军轻轻地将她揽在怀里。这个动作，可能孩子平时很少能感受得到，谈丽丽每天都很忙，哪里有时间抱孩子，加上对爸爸没什么记忆，林林在大人的关爱上是缺乏的。小军的拥抱，让她的小身体微微颤栗，小军假装没有感觉到，只是伸出大手，在她的背上轻轻抚摸着。

林林一点点靠在了小军的怀里，小军给她耐心讲题，她听得认真，间或像不相信自己会这么幸福似的，看看小军。小军很感动，他也奇怪，这孩子的所有心思，他都懂得。

谈丽丽下了碗面，亲自给他端出来，笑笑："给你加了个蛋。"

小军看碗里，其实肉也多放了，他看着谈丽丽，也笑笑。

这么温馨的一幕张如芬没有看见，否则她也许就不会把矛盾对准杜光明了。

直到有一天，一个朋友告诉她说，看见小军领着个小姑娘在外面转悠，很是诧异，问她："小军有孩子了还是你们什么亲戚的孩子？"

张如芬脑袋嗡的一声，仿佛眼睁睁地看见火焰在家里烧了起来。

第四十章　唢呐和投资

那天赵栓锁走的时候，问赵素棠要了手机号码。第二天他就迫不及待地打给她，约她去广场看他吹拉弹唱。赵素棠嘀咕，这老头肯定是太闷了，但又不好意思跟大厂的那些退休职工玩，所以拉上她，算是个伴。算了算了，看在老头也可怜的分上，她去帮帮他，捧个场，给他介绍点人认识。认识的人多了，可能他就不找她了。

于是，买好菜就提着菜筐找赵栓锁去了。

赵栓锁蹲在花坛边上，一手拿唢呐一手拿二胡，正傻呆呆地看着乐活队的那帮老人闹腾，他一副老农民的打扮，和其他人格格不入。见赵素棠来了，赶紧跳下来，帮她放东西，又找地方给她坐。赵素棠擦擦汗，问他吃过早餐没有。赵栓锁想起来了，又从口袋里拿出个酥饼来，递给赵素棠，说自己吃过了，怕赵素棠饿了，专门买了一个。

赵素棠见饼子包得挺好，又觉得老头还挺细心，就有些感动。虽然吃过了，还是接过饼子，返手给赵栓锁掰了一半，两人就坐着吃起来。

赵素棠问老头："你想不想和他们一起玩呢？这里的人有我认识的，我跟他们说说？你加入进去，大伙一起玩，不是高兴？"

赵栓锁就问赵素棠："那大妹子你来不？"

"我不来。我给你说过，我玩不来这个。我们那个年代，都时髦铁姑娘，年轻时，我都表现特铁，哪里会来这些个，当时玩这些，那都是资产阶级。"

赵栓锁点点头："我知道。你要不来，我也不去了。我跟他们不一样，他们都是退休人，有工资，我一个农民，掺和个啥。"

赵素棠说："都退休了，还有什么不一样的。你又不靠他们养老，真是的，不

就是个玩嘛，哪里有那么多顾虑？你等着，我给你叫人。"

不等赵栓锁说不，赵素棠就扯起了大嗓门："亲家，亲家公，杜工，你来一下。"

杜光明正在跟高大夫说着什么，见赵素棠叫他，他和高大夫一起走了过来。

赵素棠拉着赵栓锁站起来，冲高大夫笑笑："正好，你们团长也在。我给你们隆重推荐个文艺人才——老赵，这是我本家老哥，陕北人。会唱歌，会乐器，你们看，这手里拿的，都成双枪老太婆了。你们要不要这样的人才？"

高稚影眼睛一亮："陕北的呀，哟，我老家就是陕北的。太好了，那你要不要表演一下？我们这里会乐器的人还真不多，瞧那个老钱，会吹萨克斯，而且还是才学的，可牛呢，动不动就给我们耍大牌。老哥你要是唢呐吹得好，把他震一震，那不是给我们出口气？"

说得大家哈哈笑。

赵栓锁站起来，提起唢呐，鼓气就吹。还真没得说，那个荡气回肠，宏伟嘹亮，顿时震惊四周。突然，音乐声，人声，车声，似乎都没有了，只听见赵栓锁的唢呐声。

一曲终了，人人喊好。高稚影激动地握住了赵栓锁的手："哎呀，我们太欢迎你了，欢迎你加入啊。"

赵栓锁赶紧说："那我提个条件行不？"

高稚影说："提，你提。提什么都可以。"

赵栓锁说："让我大妹子也来。"

赵素棠赶紧摆手："不要不要，我不会，什么都不会。"

高稚影拉她："你老哥这么支持你，你也该支持下他嘛。"

赵素棠拒绝加入乐活队，赵栓锁有点失望。不过总的来说，他还是高兴多过失望。因为突然有了组织，而且成了一朵奇葩，赵栓锁心里那个美，就有点刹不住车。那天接小皮回到家，拎起唢呐就吹了一曲。这声音深深吸引了小皮，他也闹着非要吹不可。赵栓锁知道端端不会允许儿子学这么老土的东西，就对小皮说："吹这个要保密哦，要不我再也不给你教了。"

小皮哪里能保住秘密呢？吹得嘴皮发酸，端端回来时，他正在喝水，端端好奇："儿子怎么会主动喝水啦，幼儿园吃咸了吗？"

小皮头一摇："没，我跟爷爷学唢呐呢，脸吹酸了。"

"学什么？"

"唢呐！"

"学会了没？"

"不知道，明天还要学。"

端端讽刺他："你还很好学啊。"

小皮说："是的，谢谢妈妈。"

端端手一伸："唢呐在哪，拿来！"

唢呐赵栓锁一直是藏着的，知道端端不让吹。今天好不容易过了把瘾，就放在床上。小皮跑到爷爷的被子后面，把唢呐拿给了妈妈。要交给端端，突然想起来爷爷的话，赶紧捂嘴巴："糟糕了。"

"什么？"

"爷爷说不要说给你。"

端端用手戳了他一下，拿着唢呐去找赵栓锁了。

赵栓锁正在厨房忙活，戴着个大围裙，哼着信天游，高兴得摇头摆尾。

端端说："爸，爸，你给小皮教那啥唢呐了？"

老头一回头，坏了。赶紧说："就教了两分钟，娃看着好玩，让他玩一玩。学不会，没事的。"

端端说："不是不可以学唢呐。主要是我想让他学别的。乐器什么的，等买了房还是要学的，现在孩子都学。我就怕学了这个，对他以后再学别的管乐有不好的影响。好多人都说过，民乐的音不准，和现在国际上流行的东西不接轨，我不是反对你吹唢呐或是什么别的，真的没有。"

赵栓锁点点头："行行行，我知道。"

端端没想到老爹今天这么好说话，一点生气的意思都没有，饭端上来时，还哼着歌曲。

端端悄悄问小皮："爷爷咋了，今天怎么这么高兴？"

小皮没感觉："爷爷每天都很高兴。"

端端又问："爸，爸，你这么高兴是咋啦？中彩票了是吧。钱你不能偷着藏起来啊。"

赵栓锁得意地说："这事比中彩票可让人高兴多了。"

端端就好奇："那是什么呀？中房子了？"

她满脑子房子，就觉得天下最好的事莫过于中套大房子。就算小房子也行啊。

赵栓锁摇头，坐下举筷子，小皮已经挨着爷爷坐好了，手里拿着根鸡腿，特认真地看着爷爷，等爷爷宣布什么喜事呢。

赵栓锁说："俄呀俄参加了一个老年文艺队，成文艺骨干啦。"

"哦，"端端一听忒没劲，转头就冲小皮："儿子，先吃饭吃菜，再吃肉。"

赵栓锁眨巴着眼睛看着端端，盼着她能反映更强烈些。偏偏端端毫无感觉，倒是善良的小皮，跟爷爷更能心心相通，他冲爷爷举起大拇指："真棒啊！"

端端最近有点神不守舍，这点她自己没感觉，赵栓锁却看出来了。以前也心烦气躁，也爱冲小皮大呼小叫，但最近在家里的话明显少了，而且公事公办的语气多了，这就说明她有心事了。连他这么重要的活动，她都听而不闻，让老头心里不由一愣，等吃完收拾完，他主动凑到端端跟前："跟你爸杀一盘？"

这还是端端小时候跟赵栓锁玩的游戏，很多年都没有干过这个了。见老头盛情的邀请，只好没精打采地坐在老头对面。赵栓锁摆着棋，看端端表情恍惚，眼睛没有盯在棋盘上，他终于冷不丁地说："有心事啊？"

端端一听这话，就醒了，赶紧否认："没有没有。"

怕赵栓锁追着她问，她扭头去看儿子。儿子正在做手工作业，糨糊抹在剪刀上，把个好好的彩纸绞得乱七八糟。她火冒三丈，一个箭步上去，就将小皮手里的东西夺了下来。

小皮吓了一跳，但也知道自己做错了事，厚着脸皮抓紧时间将剩下的糨糊赶紧抓到手里，顺便要往脸上抹，端端气得一声不吭，将小皮从小板凳上拖起来，就往洗手间里拽。

赵栓锁说："唉，这娃娃，怎么淘气怎么来。小皮呀，这回爷爷不帮你了。"

小皮也知道自己没做对，一副认打认罚的表情，还回头安慰爷爷呢："没事。"

端端押着儿子洗了手，又将他扒光，扔到了热水笼头下洗澡。小皮出来时浑身光着，就围着个大浴巾。这是他每天最高兴的时候，不仅可以光着身子，还可以突然拉开浴巾，大大地跳支舞。爷爷和妈妈看他这个样子，都特别高兴。小皮自己高兴倒是小事，能把爷爷和妈妈逗得哈哈大笑，那他可太有成就感了。

但今天情况有点不妙，妈妈给他搓完小衣服，看也不看他的"大鹏展翅"一眼，跟赵栓锁说了句："爸，我出去一趟。"就拉开了门。

赵栓锁问："干啥去？"

端端说："散步。"

赵栓锁没见过闺女这个样子，她肚子里啥也藏不住，如果有一点小事需要隐藏，她就会变得有点无情，躲避和家人的交流，就像今天。

端端出了门，连小皮都察觉到有点不对头。他问爷爷："妈妈是去买吃的了吗？"

赵栓锁听着可乐，这小子好事坏事都能往吃的上面想。他问小皮："你是不是想吃什么了？"

小皮点点头："我想吃点小饼干。"说着还捏着两个指头，做出很小很小的样子来。

赵栓锁最见不得孙子这么卖萌，心一下就酥了。站起身："爷爷给你买去。你呀，你乖乖坐床上懂不懂？一会儿我就回来。"

小皮朝床靠墙的地方爬了两下，兴奋地拍手："好好好。"

赵栓锁拿了钱出了门，天气稍有凉意，他的外套不扣，被风吹得呼啦啦的。老头鞋，肥裆裤，头发剃得发青，那阵势，还真是和村里走在土路上差不多自在和得意呢。

出了小区门，左右瞧瞧，突然就看见了端端的身影，已经走得有点远了，他刚紧追了两步，突然就见端端旁边，冒出了特别漂亮的女人。她喊住了端端，两人似乎挺熟，又说又笑的。

见了那个女人，端端没了在家里的愁苦样，两人一边说还一边打着手势，仿佛在讲什么重要事，突然端端指指对面百货商店的楼顶，女人看看，两人就一起出发了。

赵栓锁心里奇怪，他们看来是要去楼顶，那楼高得二十来层，去上面干什么？

好奇心让他不由自主地跟在了后面，突然想起孙子还在床上，赶紧转身，进了小商店，去买字母饼干。

是的，那个漂亮女人正是容利。但这次端端和容利的见面，是白天就约好的。确实正如赵栓锁猜的那样，端端怀里揣着个大秘密，而且这秘密，是和容利有关的。

按理说，端端这性格，和容利那样的女人，是不容易合到一起的。可因为上次电梯里的奇遇，加上后来一起喝茶，说了不少家里事，心里就种了点友谊。以后两人偶然打过几次电话，也在街上遇到过，说得还算热闹。今天她们是正儿八经有事要谈，端端就说，不如再去楼顶喝茶吧，上次是你请的客，这次我请你。

容利就说好啊好啊。

原来，容利最近麻将的搭子，是个姓黄的五十出头的男人，据说以前在证券公司做过什么副总，现在和几个朋友在做黄金期货交易。不做国内的，专做国外公司代理的。他的炒金公司在国贸的某幢写字楼上，容利专门去打听过，那楼的租金都是几万一平米，一天就要多少钱流出去呢。

容利给端端说："我很想让黄老板帮我做这个，但他最近手里还没有项目，要过一两周。反正收益很惊人，他们一般不接受我这样的小客人的，我听他打电话跟人谈过，一单就是几百万。我哪里有那么多钱，辛苦这么多年，也就二十来万存款，我求他让我加入，他说看在熟人面上，可以考虑。"

端端问："你去看过他的办公室没？"

容利说："那还有假？我每天跟他打牌，人家做大生意，却很随和。一起打牌的好多人都投资他那里，还有做房地产的老总呢。"

端端就问："你跟这些人一起打牌啊，那你输得起不？"

容利说："人家就是图个好玩，没想要靠这个赌多少钱的。你想啊，他的办公室每天都要十几万租金出去，能有假吗？"

端端说："那就按我们之前说的，你要去的话，带上我。我跟着你做，没有多的，也就做个十万，咱们一起凑三十万，不是挺好？"

容利想了想，爽快地说："行。"

端端终于敲定了这么一笔投资，不由心里高兴，晚上回到家里，见儿子已经睡了，赵栓锁正在看着电视等她。她哼着歌进了门，嘴角都含着笑意。赵栓锁终于放心了，问她："你终于高兴啦？还是吃了什么开心果？"

端端想了想，不能给老爸说这事。毕竟是老人家，提心吊胆的时间多，糊弄道："是吃了开心果，脆着呢，就是没啥味道。"

临睡前，就给陈昊天报告喜讯："我有个朋友，可以做一些投资，收益很高，最少也要百分之五十呢。我想投点钱，做一把，你说怎么样？"

昊天一听，乐了："那好啊，重要的是可靠不？"

端端说："他们办公楼就在国贸那边，每天租金就十几万，是做国际炒金的，有证书，他们只是代理，帮你投资。不会是骗子，不过是钻了点空子。一般少于百万的，人家都不做，但因为朋友的关系，我可以蹭着做一点，我想做十万，你说呢？"

"十万？真的靠谱啊，人人都说天上没有掉馅饼的事呢。"

端端不许陈昊天质疑她："我还觉得少了呢。咱们已经有四十来万的存款了，要是能再赚回个四十来万，装修就能好好做一下，还可以买个稍微大点的房子。要不全投进去？"

陈昊天不肯："别，那样太冒险了。投资嘛，都是有风险的。我觉得还是少点，先探探路。"

端端想想："行，那听你的。要是还可以，我们就全投？"

陈昊天坚决反对："不行。你还是要慎重一些。就算要投，也等我回来。我得跟着你，一起去看看。"

端端想到这么好的投资，很快就能赚个几万回来，再看所有人，包括儿子小皮，都觉得特别顺眼。

第二天上班前，她主动问老爸参加的那个什么歌舞团的事，听赵栓锁说下午还要排练什么的，就说："那今天小皮放了学，我接到单位去吧，给你腾半个下午的时间，好好摸摸唢呐和二胡。今天正好，蔡丹言出差了，好多人都会开溜，我带个孩子去，总没事吧。"

小皮眨着眼睛仔细听，觉得能去妈妈办公室很有意思，立刻大声表态，妈妈，我保证听话。

可等到了办公室，他就忘记了他的话。

端端带他进门时，自然是受到了大家的欢迎，但在岗位还没开溜的人，都是手里活儿没干完的，欢迎完毕，就埋头干活，顾不上理他。连端端也只是给他指指角落的沙发，让他坐到那里去等她下班。

小孩子怎么能安静下来呢，他开始蹭着墙挨着每个人的办公桌看，这就走到了小乐跟前。

小乐阿姨他是认识并熟悉的，妈妈至少经常会讲起她。小乐的桌边，放着一袋开了袋的零食，是饿了吃的。不过是些非油炸的薯片，小皮走过去，假装不认识，问小乐："这是什么呀？"

小乐知道他的意思，开玩笑："我也不知道呀。"

小皮就说："那我替你尝尝吧，尝尝我就知道是什么了。"

小乐说好。

小皮吃了几块，没够，摇头说："还是不太清楚是什么，我再吃点吧。"

小乐不由哈哈大笑。她摸摸小皮的头："我听你妈说，你有点调皮是不是？"

小皮当然否认："不会的，我一点也不调皮，我只是太可爱了。"

这话让小乐顿时笑喷了："你真的很可爱。可是你为什么这么可爱呢，是你妈妈给你吃了什么特别的东西吗？"

小皮听了这话，觉得很有可能，他立刻皱起眉头想起来："我爱吃鸡腿，可是妈妈说有激素，吃多了会像女孩子。"

小乐笑："你觉得你像女孩子吗？"

小皮说："不像。女孩都很爱干净，她们是因为吃鸡腿吃多了变成的吗？"

小乐听小皮说话很有趣，索性放下手边的活，跟他闲扯："那你觉得你妈是女孩吗？"

小皮说："她是妇女，不是女孩。"

"那我呢？"

小皮说："你没孩子，你是女孩。小乐阿姨，你是不是吃很多鸡腿才变成女孩的？"

小乐忍住笑，使劲点头："可不是吗，我还吃了好多鸡翅膀鸡爪子。"

小皮有点惊悚："真的是这样啊。那要是我变成女孩子了，我妈妈就不认识了。这太可怕了，看来我以后最好别吃鸡腿了。"

他们的话断断续续传到了端端耳朵里，端端说："小乐，你注意啊，不带这么欺骗青少年的啊。儿子，你别听小乐阿姨胡说，我不是跟你说过吗，男孩女孩是天生的。"

小皮说："那吃鸡腿也变不成女孩喽？"

端端被将住了，她转过身，看着小皮，无奈地说："你吃多了就会变。就这么回事，得，别问我了！"

小皮转过身，把袋子里最后一块薯片吃完了，拍拍手："这个好像是薯片，小乐阿姨。"

小乐抱住他，情不自禁地狠狠亲了一口。

打开MSN，给李春来发了一句话："我真是迫不及待想见到我们的孩子了。孩子真可爱，这是我第一次这么感觉到。你说，是不是我的母性终于复苏了呢？"

第四十一章　离婚

张如芬最近有点不好过。

离婚二字说出口后，杜光明居然二话不说就接了招，这完全出乎她的预料。虽然两人没有再就此事说过别的话，但不痛快已经在张如芬的心里扎了根。

她对杜光明参加老年乐活队有了新的看法，之前总觉得他是为打发时间，另外跳跳唱唱对身体也好，所以虽然看不惯会反对，但还不至于深恶痛绝。可现在，她从杜光明的行为举止看。经过这么一段时间的蹦蹦跳跳，他整个人都发生了变化，他离她的轨道似乎越来越远了。在家庭事务上，他成了一个自由派、极右派、在野党、评论家，他不再分享她的痛与乐，而更关注他自己的苦与甜。而且，他对她的辛苦、操心、担忧、忙碌，都持有不同政见，觉得她是自作自受，或者动不动就说，既然你愿意做，就请不要发牢骚。

很多年里，杜光明对她是言听计从，不敢冒犯的，而且因为怕惹她不高兴，甚至会不顾对错地息事宁人。她乱发脾气，不管对还是不对，他都会带着孩子向她认错，她生气时离家出走，他会冒着寒风跟在后面，直到劝到她回心转意。而所谓劝，其实就是责，自己责备自己，事无巨细，从新婚开始，他就仅仅因为是个丈夫是个男人，就自觉处处对不起她。张如芬后来做了领导，被老公惯坏的娇骄二气，有了发泄的对象，那时杜光明也做了总工，地位得到了提升，她才没有变本加厉。

但退休后，心情一直不很愉快。虽说注意力转移到了孩子身上，但权力意识并未退去。一双儿女都已成家，参与太多，容易引起矛盾，所以急需靠掌控杜光明来体现权威。偏偏这时杜光明思想解放了、与时俱进了、追求自我了，竟跳上了交谊舞！

跳上交谊舞的杜光明，变得让张如芬陌生了。以前不管他同意不同意她的观点，表面上总是同意的，现在则开始一点点告诉她，原来他从来就没同意过她什么！

他瞧不上她。原因？还用说，当然是因为天上掉下个高稚影。

敢情跳舞不仅强身，还洗脑啊。

想起赵素棠说的那些话，张如芬觉得自己一定得有所行动了。高稚影太有魅力，也太危险了。看来一个老莫或是婚介所里的其他老头儿，还不能满足她，她还想对杜光明下手。

张如芬从没想过离婚，就算是闲话成真，她也不会离婚的。离婚是个生命中的大错误，要是你知道那是个明摆着的错误，你还会去犯错吗？不会的，张如芬五十五岁时，因为国光正在跟集团公司合并，准备包装上市阶段，所以延迟了一年。加上这两年休息，她转眼也快六十岁了。六十岁还离婚？那不成了晚节不保吗？

何况，她要是真离了婚，那便宜的不还是高稚影？

现在，张如芬已经将高稚影当做了自己的假想敌。既然是敌人，她就绝对不能便宜了她！

吵架过后，她不会再像年轻时，饭不做，孩子丢给杜光明，一走了之。她还是该干什么干什么。反倒是杜光明，一进家门，见脏衣服也洗了，饭也做了，老婆虽然吊着脸，但并没有掉眼泪摔碗筷，心里就很是过意不去。吃饭时会有意给张如芬夹菜，还抢着洗了几次碗。

杜光明越是这样，张如芬越是狐疑。这老东西是不是真的做了什么对不起她的事？不行，她得弄清楚。

第一步，当然是去找赵素棠，谁让是赵素棠给她放的风呢？

偏偏张如芬早上去小乐那里两次，都没遇见赵素棠。原来赵素棠去看赵栓锁表演去了。好不容易在下午终于堵到家里了，张如芬不说来过两次的话，只说是来给小乐送床被子。

"打折，便宜，我想这以后家里人会越来越多，就多准备几条。"她说。

赵素棠不会想别人话里的话，没意识到张如芬是在表达她一家人都到小乐这里来住的不满。

她刚睡醒，正在看电视，倍儿觉无聊。见张如芬来了，只有高兴，赶紧拍拍沙发，让她坐下。两人柴米油盐的说了几句，张如芬就把话题扯到杜光明身上了。只是她说得很巧妙，讲："老杜最近要有比赛，忙得很。我也得帮着他搞好后勤，所以也有点忙。"

赵素棠就问："比赛？什么比赛啊？我最近常去看他们排练，没听说有比赛啊？"

张如芬不回答这个问题，而是抓住对方暴露的破绽，赶紧问："你最近常去看他们排练啊？难怪，你那天说的什么什么闲话，难不成是你看见的？"

赵素棠这才想起来，自己说过那么一些话。其实都是她自己瞎编的，那不是为了气张如芬吗？可这会儿，她怎么说呢？说没有，不成了自己打自己嘴巴？说有，可确实又什么都没有。

"你别在意，"她先安慰起张如芬来："人们就爱瞎说，无聊呗，看见个男的和女的，就瞎说。"

张如芬听赵素棠这么说，心里更慌了。"到底都说什么了，有没有啊？你说你这还瞒着我。我是相信老杜的，也相信高大夫。可我们总不能让别人在背后嘀咕什么吧，就算嘀咕了，我们也得找出问题，改正是不是？"

这话说得冠冕堂皇的，赵素棠就有些讪讪然。她没话说了，只好说："要不你去看看呗，每天过去看看，不就得了？"

张如芬想想，还真没别的好办法。以前觉得自己做党的工作多年，跑到那种场合去，有点不务正业的感觉。后又想杜光明去了，她再跟着去，好像又显得她多小心眼儿似的。但现在看，情况已经有点不对了，她必须出手了。

结果第一天去"监视"，就听到有人告诉她小军领着个小姑娘的事。这内忧外患的，顿时就让她眼冒金星，支撑不住了。

她没人商量，这时就想到了闺女。可小乐有身孕，又怕给她添麻烦。于是就将小乐和李春来一起叫来。一个女婿半个儿，李春来一贯跟她又处得好，在这个事上，她相信他能给她安慰。

没想到，李春来听她说完杜光明的事，却哈哈大笑起来。摇头说："妈你多虑了，爸肯定不是那种人。他这样做何苦来哉，没有任何好处，也没有任何必要。你说出离婚二字，只是激得他有点恼火，毕竟夫妻吵架，离婚二字是万万不可随便说的。你是在将他的军，男人脾气性格再好，也受不了别人挟持。他当时说出那句话，肯定是在气头上。你不用太在意的。"

"那后来呢，回到家里又讨好？他不心虚他讨好什么？他可以一直这么强硬下去啊，他不是要自由的吗？"

"那是想跟你和好的意思，妈，你不能这么想爸。你们在一起几十年了，应该相互比谁都了解。我和小乐还一直拿你们当榜样呢。"

一听被女儿女婿当了榜样，张如芬也觉得自己有点过分了。当初小乐找李春来，张如芬就考虑到李春来是单亲家庭长大的，怕心理上会有什么问题，一直有顾虑。现在看人家拿她和老杜当榜样，那就最好别给榜样抹黑了。

小乐也劝张如芬："爸那边我去问问，我爸我了解，他就是喜欢跳舞。这么多年，工作一直挺勤奋，没有开发出自己活泼好动的另一面。现在有机会了，所以特投入。让他玩去呗。不过妈，我也劝你，你也跟爸一起去，夫妻俩干同一件事，能大大增进感情呢。你也吹拉弹唱一点，生活不是也会有趣得多？省得坐在家里瞎想，才担心着我和我哥，又得盯着我爸。"

张如芬忧愁地说："说到你哥，我正要告诉你。你知道他在跟什么人来往不？有人看见他领个小姑娘整天转悠来转悠去的，是谁的孩子？还有，最近老拿些小学的数学题来让你爸给讲，我联想到这个，就猜他是不是在给那个小姑娘讲题啊？他这是怎么了，容利不给他生孩子，他找个孩子给人家当爹去了？"

小乐听到这里倒真有点吃惊："不知道啊，我一点也不知道。前天还跟哥打过电话，他说有朋友卖虫草，问我要不要呢。"

张如芬有点担心地说："好吧，我也不知道该怎么去问他。他现在也有点生疏，总好像躲着我似的。怕我多嘴又说容利，或是干涉他的婚姻吧。你爸老劝我什么都别问，我是忍啊忍的，实在是憋屈死了。还有，我要问你啊小乐，那个容利，是不是真的隆乳了？"

第四十二章　杂拌

张如芬提供的小军的情况，竟让刚下楼的小乐和李春来，逮了个正着。看来张如芬真没有做间谍的素质，小军和小姑娘，一直就潜伏在她家楼下。

原来，小军吃完饭，和林林做完了作业，就带她出去买明天的早点。最近这成了他每天的功课，和林林玩得很是开心。林林对他的信任和喜欢，也让他心里特别感动。要过马路了，他伸出大手，林林的小手很自然地就滑进了他的巴掌里。这一幕被小乐看见了，小乐吃惊地叫了一声："哥，这是谁家的小孩儿啊？"

小军回头一看，就笑了起来，给林林介绍小乐和李春来："叫姑姑和姑父。"

哟，这还真是，怎么的，当上孩子的爹……还是干爹了？什么时候的事啊？怎么我一点也不知道呢？

小乐这才觉得说错了。不过这个"口误"还真是让小军有点心花怒放呢。林林害羞地不敢抬头看小乐两口子。小军告诉小乐，这是旁边面馆老板娘的女儿，他常在这里吃饭，认老板娘做了姐姐，这孩子跟他可好了，有时间就粘着他。

小乐看小军一脸幸福的表情，也不知该说什么。就跟李春来一起告辞了。

两人在路上还在嘀咕，小军？老板娘？经常在那里吃饭？孩子？乖巧？这么多信息，唯独怎么没有一点容利的？

两人说着话，刚进楼道，就听见有人在吼。女人的声音很尖利，一听就是在吵架。越靠近门口，越觉得忐忑，到了家门口，果真发现门大开，赵素棠正和李腊妹站在门口，跟一个女人打口水仗。

小乐立刻明白了，这女人肯定是段一市的老婆刘文红，怎么闹仗就闹到她这里来了？李腊妹已经好几天没见了，今天竟将这么大的是非引到家门口来了。

　　果真如此，李腊妹最近又和段一市走到了一起，到底是谁纠缠的谁，谁勾引的谁，在目前的口水仗中，正如鸡生蛋蛋生鸡一般搅个不停。刘文红一定要冲进屋内，赵素棠坚决不让，扛着肩膀往外搡，但李腊妹不同，她大拉开门，口口声声你进来啊，你有本事进来啊，你这叫私闯民宅我马上报警……

　　小乐一见这阵势，顿时头一阵晕眩，李腊妹实在是太不让人省心了。可她又能怎样，这个时候，她肯定要站在家人这一边。刘文红见到小乐两口子，顿时有点吃惊，不知道他们是干什么的，可能拿他们当了看热闹的看客，竟然伸出胳膊向他们控诉："你们看看，这个不要脸的婊子，勾引别人的男人，你以为你换个单位再换个住的地方我就找不到你了？"

　　小乐说："让开，这是我家。请你不要在这里撒野。"

　　李春来也说："走开走开。这是我们家，你在这里吵，我是可以报警的。快走开吧。"

　　刘文红没想到跟错了地方，有点不知所措。楼上楼下邻居大多开着门缝，在偷听。听到小乐和李春来的声音，有人就走了出来。证明这里的确是他们家。还说刘文红扰民，乱吵乱叫。

　　段一市不知突然从哪里蹿了出来，拉着刘文红就走。刘文红不肯罢休，还在挣扎，一边骂难听话，一边邀请李腊妹出来跟她对打。

　　小乐进了门，叹口气。李腊妹说："你们也别难受，我这就走。给你们造成了不好的影响，我道歉。"说着掉了眼泪哭起来："我也不知道她竟然跟在后面，我都已经很长时间没见他了。哪里想到他跑来找我，说好只做朋友的。今天单位发了点东西，我给妈提过来。这个女人，简直就是特务，混账，有事不好好说事，只会胡闹……"

　　李春来不高兴地说："你也别怨别人了——她算对你客气的。你看看网上，三天两头街上揍第三者的，扒光了放到网上去又怎么办？"

　　听了这话，赵素棠吓得一咯噔："还有这事？就光天化日之下？扒光了？"

　　立马转头对李腊妹说："已婚男人就是臭狗屎，谁沾上谁臭一街啊。你不能再这样了，说过多少回了，他要找你，你就不能啐他一口，扭头就走吗？"

　　李春来抗议："妈，我也是已婚男人……"

　　赵素棠一挥手："没说你。"

李腊妹说："又不是中学生，不是朋友就做仇人。我是没想再理他来着，真没意思。算了，不说了，我回去了。"

赵素棠一把拉住她："不行，你在这里住几天再回。谁知道她会不会上那边收拾你去。"

不知道是不是因为这一闹，小乐到了晚上肚子就有些疼。悄悄跟李春来说，李春来就生李腊妹的气，说要把她揪起来，一起送小乐去医院。小乐说这样不好，或者再观察观察看看？

到了两点多，居然有抽筋似的疼，小乐也害怕了。李春来赶紧帮她穿衣服，说去医院。两人的动静把赵素棠惊起来了，张罗着要一起去。李腊妹突然把门打开，口气硬硬地说："是我害你要流产了吗？"

赵素棠扑过去就要打她嘴巴："不能说点好听的吗？胡说什么呢。"

李春来下去先开车，小乐扶着墙下楼，被赵素棠一把搀住。李腊妹一脸生硬地要来搀小乐，赵素棠瞪她一眼，站住了。

一家三口坐车走了，李腊妹站在楼下发呆。她穿得少，风大，裹来裹去还是个冷。看看天，看看地，一副说不出的倒霉样。长长地叹气，一声接着一声。

端端家里，这天是对面小小的生日，小小邀请小皮过去吃蛋糕。端端买了一只工艺小蜡烛，让小皮送给小小去做礼物。小皮郑重其事地捧着，头发用水抿过了，准备出发。

赵栓锁说："你去吃蛋糕啊？"

小皮说："是，是那种大大的蛋糕。"

端端从没给小皮过过小小这样的生日，请一群小朋友来，她嫌麻烦。平时小皮生日，买一块五块钱的小蛋糕就打发了。所以今天小皮想到要吃很大的蛋糕，就特别激动。

赵栓锁也很好奇，贪馋地说："我还没吃过奶油蛋糕呢。"

小皮眨眨眼睛："那爷爷一会儿我带回来给你。"

端端拍他一巴掌："你还会给爷爷留？不把别人的抢光就不错了。"

偏偏小皮就是对爷爷好，生日聚会十分钟不到，刚分了第一块蛋糕，小皮就飞快跑回家，急着要喂爷爷吃一口。爷爷赶紧吃了一口，小皮说："好吃吗，好吃吗？"

爷爷点头。小皮自己也吃两口，捧着碟子又跑去小小家。

不一会儿，又来了，碟子上居然又是一块蛋糕，又要爷爷吃，还喊："吃大口吃大口，还有一点儿我再去拿。"

端端一看这不合适吧，让小小父母怎么想。难不成你家孩子吃了，大人还要吃？端端赶紧喝住："不要去了，小皮。吃一块就够了。"

小皮不干："这是我给爷爷拿的。"

端端说："爷爷够了。你也够了。你都拿两块了，其他小朋友呢？"

小皮摇头："不知道。"

他急得把蛋糕倒到爷爷手上，就又跑了。端端说："这可不行，人家说我们占便宜，连蛋糕都没有吃过。"

爷爷说："味道挺好的，要不你也吃点？"

端端说赵栓锁："好了，小皮再来，你不能再吃了。这样不合适。"

赵栓锁奇怪地问："有啥不合适的？这是孙子孝敬我的，我不吃才不合适。"

端端跺脚："爸，我们不能这样教育孩子。别人会笑话的。"

赵栓锁不太情愿地答应："好吧。"

赵栓锁说好吧，其实心里却想得多了。第二天，见到赵素棠，他就讲起这个事来。他问赵素棠："你说孙子有啥错的？给爷爷拿点吃的，闺女就这样。我心里很不舒服，觉得她对我有看法。"

赵素棠安慰他："自己闺女想啥有什么了不起，换成儿媳妇，才不好受呢。"

赵栓锁就问她："你的儿媳妇呢？对你好吗？"

赵素棠想想小乐，应该还是不错。没什么毛病，性格也可爱。"哎，这年头，就像你说的，跟闺女也越来越觉得隔一层了。孩子不是小时候的孩子了，他们有了自己的生活，自己最贴心的人，就和当妈的不那么好了。这么想想，有时候也挺伤心的。不知道该怎么办，你也不能要求他们像小时那样处处听你的，粘着你靠着你，但被他们推开、不再需要的滋味，还真是不好受。"

赵栓锁点点头："来，我给你拉一曲吧？"

说着，他就拉了一曲《二泉映月》，赵素棠听得如痴如醉，眼里含上了泪水，感动得说不出话来。

等曲子结束了，赵栓锁突然握住了赵素棠的手："大妹子，跟我回乡下去吧。我那里还有一院三大间的房子，门口有两棵大柳树。屋檐下有燕子窝。出了门就是地，种麦子种玉米种菜都可以。天一黑，星星那个多啊，坐在院里，抽袋烟，说说话，我还可以给你再拉拉这曲子，多踏实啊。你肯定会喜欢那地儿的。"

赵素棠听着，露出一脸神往的表情。突然意识到自己的手被赵栓锁抓着了，立刻羞了。又急又火地说："放开，快。别让人看见！"

她不说干啥呀，我要喊了。而是说别让人看见。赵栓锁听出啥意思了，松了手，不由哈哈笑出声来。"好好好，"他站起身，啥也没说张嘴吼了一句秦腔：

> 汉苏武在北海将苦受尽啊，好不痛煞人了呃
> 忍不住伤心泪痛哭伤怀
> 想当年在朝把官拜
> 朝朝带露五更来
> 我闲暇无事游郊外……

第四十三章　致橡树

赵素棠和赵栓锁，这两人自己还没整清楚是怎么回事，高稚影已经看出了端倪。赵栓锁喜欢赵素棠，这没问题，关键是赵素棠的态度很模糊，可能她自己都没想清楚到底怎么办，所以高稚影一说破，她竟吓了一跳。

"没有吧，不会的，就是本家大哥，人挺好，他的话，那都是玩笑。这么大把年纪了，也不能当真了。说一说，就行了。"

高稚影看着她乐："嗨，看你说的，人老了，就啥也不能当真了？赵大哥那是真喜欢你，要是你想再嫁，那也不是不可能的呀。"

赵素棠一听这话，着急了："呸呸呸，高大夫你可不能这么说。我还有儿有女的，可不能让他们被人在背后戳脊梁骨。"

高稚影还真没弄懂这里面有什么关系，她真心好奇地问："为什么会被戳脊梁骨？"

赵素棠说："人家会说他们不养老妈的呀。"

高稚影哈哈笑："这都什么年代了，老人再婚和儿女有什么关系啊？何况你有退休金，又不需要靠儿女。还真是的，这么封建。那要不要我去告诉赵大哥，让他别再对你动心思了？"

赵素棠又着急了："你这是说什么呢？别跟他提这事，跟谁也别提！"

高稚影拍拍她的肩，温和地说："好，不说。不过你知道吗，我是真心喜欢看到，在我们这个年龄，还有人愿意去爱，也愿意接受爱。这可真是个挑战呢。我自己知道这滋味——也许正因为自己知道，所以特希望别人都能快乐，能顺利。"

赵素棠以前从没有跟高稚影在一起谈心的机会，这次两人是偶然走到了一起，才聊得这么深入。想到自己还对亲家母造过高大夫的谣，赵素棠就有点不好意思。她说："高大夫，你在我们这些人眼里，一直像仙女似的，不食人间烟火。那时上着班时，你就穿得特漂亮，什么时候都干干净净的。我们都说，你看人家高大夫，一个人又当爹又当妈，还带着个残疾孩子，孩子也收拾得干净，自己也清清爽爽，都是怎么做到的。一直没机会跟你认识，也没怎么跟你说过话，真没想到，你这人还挺随和的，很好说话嘛。"

高稚影笑："那都是因为不熟悉。前些年，我也是忙，所以哪里有时间到处交朋友。下班就回家，回家就忙家务。"

赵素棠点点头："你和我一样，都是单身女人，可你要更苦一些。读书人嘛，人又漂亮，加上孩子身体也不好……"

高稚影不想跟她谈这个，她想说服赵素棠参加周末乐活队的活动。之所以放在周末，是因为平时很多人还要给孙子给儿女们做饭。

"你来吧，当我们的特邀嘉宾。"

赵素棠摆手："我去算什么啊，又不是你们的人。"

高稚影拉住她："你算我特邀的，不行吗？我们每个人都可以特邀一个嘉宾的。你来，你陪我来。否则人家都是两口子，我也孤单不是？"

到了周末，赵素棠还真是捧场，竟来了。

赵栓锁一见赵素棠露了面，就特高兴，跑到她跟前起腻，要替她背包。赵素棠不好意思跟他站在一起，上车坐座位时，一定要和高稚影坐在一起。

这天杜光明有事，没有来。张如芬也没机会见到赵素棠和赵栓锁玩暧昧，否则非替小乐气坏不可。

活动也简单，就是去爬山。大家带了水和吃的，爬了一个多小时，终于到了山顶。就铺开塑料布，把各自带的吃的拿出来，一起吃点喝点，赵栓锁这样张口就能唱的，自然要表演节目。

唱完一段秦腔，大家就鼓掌。有人怂恿赵栓锁，再唱段信天游，给妹妹表表忠心。说着这话，就看着赵素棠起哄。赵素棠哪里能受得了这个，脸色立刻就难看了。高稚影赶紧起身："行了行了，赵大哥也不能总唱主角啊，换人换人，看谁乐意表演，再来唱一段。"

老莫赶紧举手："我来个诗朗诵行不行啦？"

行啊，高稚影说："老莫，看不出来啊，你还会诗朗诵啊。"

大家赶紧鼓掌。老莫站起来，扯扯衣服，这就开始了。"《致橡树》，作者，舒婷。"

他要将这首诗献给谁，大家都知道。瞧他爱演的，刚报完诗歌的名，就自觉地站在了高稚影跟前，高稚影无奈地看着他笑笑。他却记不住词了。问高稚影："第一句是什么，你提醒我一下好不？"

高稚影就说："如果我爱你——"

"对！"老莫大声说："要是去掉如果就更好啦。"

大家笑，高稚影也乐。终于，他开始朗诵了。句子还是记不全，结结巴巴的，记不住的地方，就无所畏惧地跳过去。一遇到关键的句子，他就冲高稚影伸出胳膊：

"我必须是你近旁的一株木棉，"伸胳膊。

"每一阵风过， 我们都相互致意"，伸胳膊。

"我们分担寒潮、风雷、霹雳； 我们共享雾霭、流岚、虹霓，"伸胳膊。

高稚影任他摆造型，只管站得直直的。一言不发。等老莫朗诵完了，她跟着众人一起鼓掌。

谁也看不出她在想什么，是否被老莫卖力的表白所打动。赵素棠看着她这么镇静，不禁为自己刚才的慌张，有点惭愧。她看了一眼赵栓锁，他也正在看着她。两人不禁一起笑了起来。

大家下山时，高稚影走到老莫跟前，说了一句话："你以后，能不能不要穿黑白格的袜子了？真的很耀眼，有点……有点……不让人那么舒服。"

鲍勃回国了，在艾真这里住了一个月后，他说他想回国办手续，然后来跟艾真结婚。他带了在中国照的很多照片走的，有艾真的笑脸，有高稚影的饭菜，有朋友们的身影。他说要拿回去给父母和祖母看看。

鲍勃走之前，艾真一点风声也没透露给高稚影，直到人都上了飞机，她来高稚影这里过周末，才轻描淡写地说，鲍勃回国了。

高稚影手里的碗，叭叽就摔到了地上，裂得粉碎。

她心一凉，心想完了完了，小鲍这一走，肯定不会回来了。以后艾真还会好找男友吗？毕竟她这事，闹得朋友们都知道了。

"你怎么也不告诉我呢？"她不知道该怎么表达这份着急，只好这么说。

艾真奇怪地问："告诉你干什么，难道他会永远不回去吗？"

高稚影一屁股坐下来："至少等他跟你结了婚啊。"

艾真笑她："妈，你这么想得通的一个人，怎么遇到女儿的事，也会糊涂啊。怎么，你想拿结婚绑住他啊？没有必要的，是不是？这段时间，我们一直都很好，他回来结婚，是正常。不回来结婚，也是正常，毕竟人家在那边生活三十年了。不管怎样，能有这一段相处，我很高兴。"

高稚影问艾真："你真的不担心啊？"

艾真摇头，干脆地说："担心也没用。不担心。"

高稚影说："如果他回来，你们结了婚，接下来打算怎么办，讨论过吗？"

艾真点点头："是，说过。他说留在中国，毕竟这里是个新地方，他很好奇。而且如果想了解我，那就一定要多在中国待几年。我们在这里成家，他呢，也找份工作……"

高稚影说："他能做什么？跟你学中医呀？"

艾真笑："哈哈，那怎么行。他说结婚了，就找套大点的房子，他可以开英语学校，教孩子们学英语。也可以慢慢多认识一些人，继续从事设计。他是做工业品设计的，这需要人脉的积累。所以，你知道，就先当老师，我觉得也挺好。"

高稚影听着还真是觉得不错："那他的英文学校开了，可以聘我去管教务吗？我可以帮你们发广告、联系家长、收费，还可以帮你们做饭、洗衣服。"

艾真哈哈大笑："不用，老妈。你别想掺和我们的事。我们有了钱，就会请专业人士来做这些的。"

高稚影歪歪嘴，点点头："我就知道。你呀，小鲍这一来，就更独立，就更不要妈了。"

艾真哄她："别呀，你这是吃醋还是什么呀？什么都没定呢，这只是我们一个美好的设想。"

高稚影说："是啊，就怕他不回来了。"

艾真说："呀，说着说着又绕回去了。来，别说我的事情了。你讲你吧，这么长时间，我都没空跟你聊你的故事了。怎么样了，和那个金朋？他还是不放手？"

高稚影点点头："可不。而且，他没觉得我在拒绝他，他认为我只是在考虑。"

艾真哭笑不得："他主要是太自信了，不相信有人居然敢拒绝他。"

高稚影说："我跟婚介所的刀主任说，你们帮他找个特漂亮，特贤惠，也特愿意服从命令听指挥的女的吧，他肯定就不再惦记着我了。"

艾真夸母亲说："主要是你太优秀，太鹤立鸡群了，搞得没人能比得上。"

高稚影摸双臂："天哪，鸡皮疙瘩落一地。赶紧闭嘴。"

艾真说："那你呢？"

"我什么？"

"你有没有遇到别的老头，特有趣，特玉树临风，特让人喜欢的？"

"哈哈，"高稚影笑，眼睛望着天花板："我想想啊，是不是还真有那么几个呢？"

艾真严肃了："得，看出来了，肯定有了。妈，我可学过表情学的哟。你这么看天花板，左斜视，那意味着是在掩藏心事哟。"

高稚影哈哈笑起来："小鬼头，不许你这么逗你妈啊。不厚道。"

艾真摇头晃脑地哼起了张惠妹的歌："我要 相信你是爱我的/我要 相信你是勇敢的/我烦 时间是最残酷的/我怎么等……"

艾真歌喉很好，也很会唱。

高稚影坐在边上听着她唱。这样温暖深情的时候，母女俩已经很久都没有了。高稚影甚至拿出了一包烟来，静静地点上。她满脸慈爱，又带着点点调皮，看着女儿唱呀唱的。可是，别看艾真表现得这么高兴，她心里却和她一样，对鲍勃的归期，也充满了担忧。所以，当艾真唱到"我用一万个答案/解释我们的距离/到最后发现我全都猜错/你害怕的是什么/你想要的是什么/站在你背后/我连呼吸都痛……"时，她突然哽咽，唱不下去了。

高稚影给女儿递过去了一根烟，"嘘，别说话。"

她对艾真说。

两个女人，静静地坐在四方方的小餐桌前，默默的，看着烟袅袅上升。

第四十四章　神秘电话

李腊妹不跟段一市联系了，却变得比以前更神秘起来。

按赵素棠的要求，她会每周到小乐这里来吃两三次饭，每次来都会带点东西。但最近小乐发现，她来来去去都很匆忙，不仅忘记给小乐或赵素棠买东西，连自己的东西都丢三落四的。唯独从不离身的，是手机。

不仅短信频繁，而且电话铃声也随时响起。小乐和李春来使眼色，赵素棠扯着嗓子问："到底是谁是谁打来的？总这么没早没晚的，他不吃饭的呀？"

大家都猜李腊妹是有了新情况，一边替她高兴，一边又觉得刚结束上一段感情就开始下一段，是不是有点太不靠谱？

这天又是这么个情况。赵素棠难得买了好菜做了一桌，刚举筷子，李腊妹的电话就响了。她一看号码，立刻起身，就要去阳台。赵素棠手快，硬是抓住她的胳膊，嚷道："打就打，跑什么跑，是不是又有什么见不得人的事？不许走。"

这话说的，让小乐悄悄踢李春来："你妈真过分。"

李春来倒无所谓，他习惯了母亲就这么不给人面子。

李腊妹没挣脱开，索性就当着大家表演起来。首先是声音立刻发嗲，变细变嫩了不少。

"喂，哎，是我。是，挺好啊，吃饭呢。没人，没事。说吧，没关系，就会说这个啊，"捂住了话筒，低了头，小乐又跟李春来使眼色，李春来开始皱眉头。

李腊妹继续："好啦，知道。不会，嗯，不要啦，别，好好好，嗯嗯嗯嗯……"

听着这一串象声词感叹词，赵素棠一脸茫然，可依然不松手。小乐和李春来当然知道这背后的潜台词都是什么，不说别的，就是最后那一串嗯字，其实就是亲吻。

小乐和李春来当年也玩过这个把戏。

事已至此，李腊妹重新恋爱已经无疑。只是对方是个什么样的人，实在是让人好奇。

因为李腊妹并没有像恋爱中的人那样，疯狂地约会，她上班下班很正常，晚上常常还宅在家里。这点赵素棠是有把握的，她经常通过各种方式抽查，还有邻居大妈的帮助。那么这个神秘的男人，到底是谁？

赵素棠一说，小乐就点头："知道了，是网恋。我姐可能上征婚网了。"

赵素棠一听就吓着了，网恋？网上征婚？这不是比找个有妇之夫更可怕吗？至少对方是干什么的，长什么样，好对付还是不好对付，图个什么，总是知道的。可网上的人，算什么？是男的还是女的怕都不清楚吧？

"男的，应该是男的。"小乐说："声音姐应该能听出来。"

李春来忧心忡忡地说："小乐啥时候跟我姐好好谈谈吧，你们女的好交流，问问到底是个什么情况。"

小乐说好，又说也别抱太大希望。你姐好文艺，不食人间烟火。未必能问出你想知道的。

果不其然，李腊妹哼啊哈地，就是不说实话。小乐说是不是恋爱了，要真恋爱了，就不帮姐再找对象了？

李腊妹说："你什么时候帮我找过对象？都不三不四的，也好意思给我领来。"

小乐强忍着怒气，假传圣旨："妈说要是你觉得还不错，就领家里来认个门，见见面什么的。"

李腊妹说："没门！都什么和什么啊。"

小乐问了一圈，什么消息也没得到。

可是过了几天，李腊妹突然主动找小乐借钱，而且一开口就是七万。小乐很吃惊。李腊妹自己没什么积蓄，在小乐和李春来的概念里，赵素棠的那套房，以后肯定就是她的。他们不会要。所以可能也是因为这个，李腊妹不怎么存钱，当然工资也不高。但一下子借这么多钱，小乐不问清楚，也不可能给她啊。

"要做什么？"

李腊妹说："借还是不借呗？"

小乐就多了个心眼："那你什么时候还啊？拿什么还呢？"

李腊妹说漏了嘴："朋友生意周转一下，很快就还回来的。"

小乐了解李腊妹，她根本不是个爱交朋友的人。而且多年来认识的人就集中在媒体编辑圈，哪里有什么做生意的朋友，而且是能一下借这么多钱的"老铁"？

小乐警觉地问："是跟你打电话的那个朋友吗？"

李腊妹说："是又怎样不是又怎样？"

小乐觉得李腊妹活这么大，如此不懂事，还真是让人够想不通的。这样的性格，别说找男朋友，就算在单位里又怎么混得好呢？

她告诉了李春来，李春来一听就不同意："有钱也不能借，小乐啊，我可警告你，不许心软听到没有。她再找你，你让她来找我。如果是那个男的向她借，这里一定有猫腻。"

小乐没敢告诉赵素棠，怕赵素棠大嘴巴嚷得到处都是，而且还会将李腊妹收拾得很狼狈。

她想等等，李腊妹却等不得。一天六七个电话地打："小乐，你不能见死不救啊。这事关我的幸福，而且最多两星期就能还，你怎么这样呢？"

小乐说："不好意思，我问了李春来。家里存款也不多，他刚好拿去买了基金，现在手边没什么钱。"

李腊妹说："好，我就知道你们这些人靠不住。行，我到外面借高利贷去。"

这话一出，小乐吓着了。李腊妹本质上就一文艺女青年，做事爱冲动，理性一贯欠缺。一方面总揣测别人居心不良，一方面又特别容易轻信上当。真要借了高利贷，还债的那不还得是李春来和她？

赶紧地，小乐说："家里还有两万，先借给你好了。"

李腊妹想想："也行，你先取给我吧。"

到了晚上，李腊妹来小乐这里取钱，趁她上厕所，小乐赶紧拿出她的手机，调出通话记录和短信，就看见一个显示所在地是香港的电话号码，密密麻麻的，每天都有四五个。短信很肉麻，确实谈到了钱，有汇款账号，又说对不起，一时周转不开。下个星期就有几千万可以用了。

这么明显的骗子，李腊妹怎么竟会相信？

小乐气得要摔手机，李腊妹却急急忙忙出来了。小乐心疼那两万块钱，也心疼李腊妹这个傻傻的大龄女青年。她终于脱口而出："姐，我看网上说的，只要是个男的，跟女的借钱，尤其是想跟这女的好的男的，不管找什么借口，管她借钱，那基本上就可以做出准确判断，他是个骗子，根本就是利用这女的。就算说今天借明天还的，也是一骗子。"

李腊妹听了，站了一下。有点迟疑地说："人家本身就是大老板。"

小乐说："这就更不可靠了。想给大老板借钱的人，肯定特别多。亲戚朋友银行当铺，谁不希望给他钱啊？至于借到一个连面都没见过的女朋友身上吗？"

李腊妹一听这话，突然不高兴了："你怎么怎么知道我给谁借钱，又怎么知道见没见过面。你是担心你的钱吧……"

小乐摆手："行，我不说了。你看着办吧。不过我要告诉你，情况不对头，赶紧就报警。"

李腊妹拿着钱走了，小乐没告诉李春来，也没告诉赵素棠。她知道她这是看着李腊妹在犯错，保不齐到头来李腊妹还会怨她。可事逼到这个份儿上，她又能怎么办？

等李腊妹走了，她给李腊妹发了个短信："恋爱时最好不要谈钱，谈钱伤感情。如果这人合适，你更要注意每个细节，别让钱破坏了好感觉。"

好长时间，李腊妹回话："知道。"

又好长时间，再回一条："谢谢。"

看到李腊妹匆匆来了又走，还跟小乐嘀嘀咕咕，赵素棠感觉到小乐有事瞒着她，而且是跟李腊妹有关的。她以为小乐打听出了李腊妹的情况，却故意不告诉她，打心眼儿里不高兴。

这天晚上，可找到发泄的机会了。

原来，又到了月底，小乐手里的活儿堆成了山。她怀孕这段时间，一些部门的账已经分给别人去做了，但月底谁也没有办法，只能加班加点。

单位干不完，回到家继续干。连饭菜都端到电脑前去吃。李春来看着心疼，又帮不上忙，只能来回给她端茶送水。一转眼就忙到了快十一点，李春来和婆婆都在打哈欠。李春来叫小乐："可以了吧，老对着电脑对身体不好。"

小乐回应："快了。"

又是半个小时过去了。这次赵素棠来了，拿出家长作风："小乐睡觉，不弄了。

早点休息。"

小乐说："好。"

手不停眼不停的。

赵素棠扭头喊李春来来助阵："你也来说说你媳妇，这么熬夜辐射，哪一点都对孩子不好是吧？"

李春来见赵素棠动了气，就劝她："她活儿没干完，没办法。喊也没用。"

赵素棠嘟囔："你就这么惯老婆吧。"

小乐不吭声。

小乐不睡，李春来就不睡，他耗在客厅里看电视。灯开着，赵素棠进了自己屋，也睡不着觉，估计翻来覆去烦了，火气上来，过了十二点，没任何预兆，赵素棠突然出了卧室，直接到书房，二话不说，将小乐电脑上的插头给拔了。

小乐一声尖叫，在大半夜的还真够瘆人。李春来跑过来时，小乐已经哭了起来。

"怎么了，妈，"李春来看清楚了："妈，你这是干什么啊。"

赵素棠说："看看都几点了？"

小乐生气了。小乐一般不生气，可真要气了，那是不好哄的。她二话不说，背对着赵素棠，再次开了机。

赵素棠气咻咻地说："小乐，有你这样对老人的吗？"

小乐不理她。

赵素棠开始诉苦了："我每天辛辛苦苦伺候你，图个啥，还不就是为了你和孩子吗？你这是什么态度，说了多少遍了，为什么就不听呢？"

李春来拉赵素棠："妈，你回去睡觉吧。要是我电视吵着你了，我关掉。走吧走吧。小乐，你也快点。"

小乐面无表情，重新开了电脑，她居然不干活了，打开一家视频网站，下载起电影来。

"今晚上我通宵，不睡了。"这就是她的回答。

赵素棠气坏了，小乐这么明目张胆地跟她对着干，这还是第一次。她可不能让她得逞，否则有了第一次，就会有第二次第三次，到时候猪怎么说，鹅怎么说，她还怎么在婆婆界里混呢？

"小乐，你这是对我有意见是吧？"赵素棠开门见山，觉得自己说出这话还挺

有文化。

小乐不理她。李春来难得听见自己妈以这样的开场白说话，他叫小乐："妈问你呢？"

小乐摇头，眼睛里冒出了泪水。

赵素棠狐狸尾巴夹不住了，嚷起来："嘿，你还委屈了！我问你，今天李腊妹来跟你嘀咕什么呢，为什么你什么都不告诉我，她是我闺女，你是我儿媳妇，你们有什么事情凭什么要瞒着我？是瞅着我老糊涂了，还是觉得我没用了？小乐，别以为你们能瞒住我，我看见你给她拿钱了，那么多钱给她做什么，她又在干什么？我一直在等你告诉我，你还真沉得住气……"

李春来一听小乐拿钱给了李腊妹，就着急了："你还真把钱给她了？你这不是把她往火坑里推吗？我姐那性格，你又不是不知道……"

小乐哭了起来，喊道："行了，你们家人怎么都这么难伺候啊！我不给她钱她就要去借高利贷，到时候又怎么办？"

高利贷？赵素棠和李春来一听就吓着了，这个李腊妹，到底要干什么呢？赵素棠立刻就说："不行，李春来，跟我回家去。我们问问她到底要干什么。小乐啊，"这会儿态度已经大为好转："妈拔你插销不对，因为白天的事让我很不高兴。我问问你，你弄明白她拿钱是干什么没？"

小乐见婆婆道了歉，也就没那么生气了："说是朋友生意资金周转，我怀疑是那个男的在问她借钱。还有，我没给她多，只给了两万，也提醒她了。你们别去找她，逼到头上反而不好，也就两万块，要是能让她买个教训，也值。"

"两万块买教训，"赵素棠心疼得眼珠都要出来了："这代价太大了，不行，我不同意。我现在就要给她打电话。"

李春来和小乐一起拉住她，才把她从电话机旁拉开。"妈，妈，"李春来说："别，等过两天，再慢慢问她。你这样激她，只会让她更过分。"

第四十五章　蛇蝎老妈心

杜光明和高稚影的双人舞，在文化馆拿了个优秀奖，而且入选了参加省里的老年舞蹈大赛的资格。文化馆一人发了一百块钱以资奖励。

但这不是重头戏，退休办为乐活队办的表彰大会，才是华彩乐章呢。仪式竟然放在了国光厂虹云宾馆的会议室里，这个宾馆比较高级，是这两年才盖的。中央领导来视察，也会住在这里。因为乐活队的这帮人退休了，所以几乎没有机会能来这里。一进会议厅，那调节到适度的温度，就让人很是清爽。老头老太太们都说："真气派，真气派。"

杜光明把张如芬和一双儿女也拉来了，说要她看看他的风采。张如芬走进会议室，不由觉得有点奢侈了，和外面五星级酒店比也差不到哪里去。三四百人的厅里，座位全都是沙发，很舒服，前面还有放着果盘的长桌呢。

头顶的吊灯更是金碧辉煌，总之，到处都装饰得美轮美奂的。

退休办的小赵，还请来了主管后勤工会以及老干部的副厂长，大家一起起立，欢迎副厂长讲话。

副厂长哼啊哈地，说了一通老同志永葆革命激情的话，顺便给退了的同志们讲了讲厂里这些年的大好形势。

然后就是退休办的领导，工会的领导分别讲话，内容大同小异。

到小赵时，气氛才比较欢乐。因为她常年和这帮老头老太太打交道，所以比较熟悉。她开始点名，让这次参加文化馆演出的节目，一一上台表演，也给大家展示展示。

其中就有杜光明和高稚影的伦巴舞。

小乐和李春来一见杜光明出场，立马拿出相机，咔嚓咔嚓拍起来。李春来还猫着腰，一路小跑儿跑到台前，跟个职业摄影师似的，蹲着长焦短焦地拍个不停。

张如芬这还是第一次正式看杜光明和高稚影的演出，真是没有想到，在灯光、服装、音乐的装饰下，这舞蹈会如此好看、专业。杜光明不像杜光明了，像是电视上的什么老头儿，高稚影也不像高稚影了，似乎比平时看起来小了一号，她特别纤细、灵活、柔软，哪里能看出是快到六十岁的人了呢？

短短几分钟，张如芬觉得呼吸都要停了，她手捂着胸口，头晕目眩，半天说不出话来。这是一个什么样的世界啊，她怎么觉得这么陌生呢？杜光明还是那个跟她睡在一张床上的男人吗，他在灯光和音乐中旋转时，他到底在想些什么呢？他到底在这样的旋转中，得到了什么样的收获呢？

这个震撼太大了，张如芬几乎都要傻了。她曾经长久的潜在的不舒服、对高稚影的愤怒，在这一刻，核裂变般飞快地增长起来。

之后是其他的节目，张如芬几乎充耳未闻，视而不见。甚至连杜光明什么时候换了衣服，卸了妆，又重新坐在了她旁边，她似乎都不大知道。

终于节目表演完了，小乐和小军在她跟前拍着巴掌，小乐发现了她一脸的严肃，悄悄问："妈，你怎么了，肚子疼啊？咋这表情。"

张如芬咕嘟咽了口唾沫，摇头："没事。"

她艰难地说出这两个字。

到处都是喜气洋洋，欢天喜地，她这个样子，别说别人怎么想，她自己都觉得势不两立，格格不入。可是怎么办，她实在是装不来。她相信很多人都看到了杜光明和高稚影珠联璧合的舞蹈，他们一定会猜测她张如芬是个啥感受吧？

猜就猜吧。她就是不高兴。换了那谁，你能高兴起来吗？

可是杜光明什么也没发现，他沉浸在演出的喜悦中，跟个娘们儿似的朝小乐小军和女婿在炫耀："怎么样，你们的老爸还算身手矫健吧。"

几个孩子能有啥说的，赶紧着阿谀奉承。

该发奖了。除了文化馆给的奖状奖金外，退休办还给每人发了一百元劳务费。但这钱不会在这里发。这里要发的一个大奖，是给高稚影的，表扬她这么多年，对这个艺术团的努力和付出。

这也是应所有团员的要求而颁发的，厂里还特意为她做了一面锦旗。

领旗的时候，放起了运动员进行曲。高稚影有点害羞地走上舞台。刚站下，老莫就站了起来，大声喊道："不要着急，我有话要说。"

他一露面，大家就都热烈鼓掌。只见老莫抱着早就准备好的一捧花，兴冲冲地朝舞台上跑去。

高稚影这下更不好意思了。她冲老莫摆手，意思是让他别上来。老莫人来疯，哪里会停住呢。到了台上，不仅双手将花献上，还搂着高稚影的肩膀，伸出手指，摆出胜利造型。等着底下给他照相呢。

这下，更是掌声雷动了。高稚影大方地感谢老莫，跟他拥抱。这一下，连喊声都出来了。

最可恨的却是杜光明，竟带头站起来，嘴里喊着"好"，热烈鼓掌。于是大家纷纷起立拍手。张如芬一动不动，看着杜光明这么投入，心里那股邪火怎么也压不住了，一抬脚，竟狠狠朝他的脚面踩去。

杜光明哎哟一声，腿一软，扑味就坐了下来，结果是没坐到位子上，竟一屁股摔到地上了。疼得直叫唤，站也站不起来。

小乐一看，吓了一跳，赶紧去拉："老爸，你这是咋啦。嫉妒还是激动呀，怎么站都站不住了呢？"

杜光明刚要说是你妈干的，张如芬立刻打住。她意识到自己过分了，这要让孩子让别人知道，她该多丢份儿啊。她连忙也伸手去拉，嘴里嚷嚷着："怎么这么不小心，没人碰你啊，怎么就倒了呢？"

哟，这话说的。杜光明那个气啊，他坐着不动，扭头看她，仿佛要看清她脸皮有多厚似的。"不行了，我站不起来，屁股疼，脚疼，可能是哪里断了。"

他故意夸大其辞，就是不肯站起来。张如芬一看，已经有别人在朝他们看了，这还得了，再啰唆两句，说不定就吵起来了。她赶紧叫李春来和小军："快快，把你爸扶出去，背上出去。"

这么一叫，杜光明也不好意思了。慢慢站起来，脚却真是疼得走不了。张如芬这一下也忒狠了，那得有多大的仇啊，是要废了他的脚，让他再也跳不成舞吗？

于是，这一家人，在大家的鼓掌声中，一个挨着一个，先退场了。

李春来背着老丈人，一出来，杜光明就说："放下放下，我试试，要是骨头真的断了，我非……"

这话带威胁性质，张如芬一听就不高兴了："你要干吗？自己不小心，还想威胁谁？"

杜光明没理她，试着放脚在地面，压了又压，终于压实了，可以走，但也疼。没办法，小军和春来一边一个搀着他，朝停车场的车上走去。离家还有一小截，春来只能开车送过去。

一家人挤进车，小乐还是不明白："爸，爸，怎么这么诡异呀。你是屁股着地，怎么脚背又伤了呢？"

这回张如芬没围堵住，杜光明脱口道："你妈踩的！"

"啊？"一车人都惊了，小乐大喊："妈，你这是干啥呀？练什么功夫呢，拿我爸当靶子！"

张如芬一时没话说。小乐突然明白了："妈，不会吧？你真的……哎哟，我都说不出口。你也忒那啥了吧？"

小军和春来不明所以，还在追着问："怎么了怎么了？"

张如芬呵斥："小乐你不许瞎猜。"

小乐特平静地招供了："妈这是嫉妒高稚影，看爸热情鼓掌，就当空一脚！妈，你这是传说中的空脚道呀。"

杜光明看她一眼，张如芬脸色难看，不想说话。小乐也没客气："老妈，我认为你得跟我爸道歉。你这个做派很不地道。不服气人家，可以光明正大比呀，你也去跳呀去舞呀去唱呀，比不过，那就别比呀。你自有比得过她的地方呀。你都是爸的老婆了，而且当老婆都当了一辈子了，居然嫉妒跟爸跳舞的女人。真是的，明明是大奶，非要做二奶三奶样，这这这，简直是……"

这话说重了，连杜光明都听不下去了："小乐，不许这么说你妈啊。你妈那是不小心，突然站起来，把我踩的。"

张如芬听了这话，眼圈都红了。她感激地看了一眼杜光明，再什么话都没有说。

因为杜光明当着孩子的面，给张如芬台阶下了，张如芬也不好再跟杜光明赌气。两人相安无事地又过起表面平静的日子。

拿着文化馆和退休办各发的一百块钱回到家里，杜光明给张如芬炫耀："这可是我靠艺术才华赚的二百块！我呀，我咋就觉得我这么优秀呢，老婆你看，文能跳舞，武能绘图，你一定没想到自己能嫁这么双全的男人吧？唉，醒悟得迟了点，要是年轻那会儿，把这项潜在的才华也能发掘出来，你说说看，那我该多风光啊，走在街上……"

"回头率肯定特高是吧？"张如芬看他那么高兴，阴阳怪气地扫他兴："你就是想说，到了那时，我就配不上你了，说不定你早跟高稚影成一对了，是不是？"

"说什么，怎么又扯人家高大夫身上了，"杜光明不满。两人虽然和好了，可杜光明还是听不得张如芬说高稚影的坏话，张如芬一提高稚影，他就特警惕。不过，他还是说："我想请人家高大夫吃个饭，能拿这个优秀奖，高大夫帮了我不少。你说呢？就拿这二百，我们吃个火锅什么的去？你也一起来。"

张如芬不愿意跟高稚影一起吃饭，但她知道，她不去吃，杜光明背着她还不知道会请高稚影干吗，说不定喝咖啡都有可能。这么一想，她就说："不如这样吧，你把这二百块钱给我，我在家里办个家宴，请她到家里来。孩子们也一起来，气氛更好，你说行不行？"

杜光明一听，觉得这样更热情，就点头同意道："这样也行。"

想想，又说："不过你别酸不溜丢的。"

张如芬说："我酸什么，你真当你是块宝呢？没有的事，你放一百个心，我心早凉了，你为她都乐意跟我离婚了，我吃醋管什么用我啊。"

杜光明说："你也别含沙射影、说话夹枪带棒。"

张如芬火起："你放心！我不会对你心爱的小老婆怎么样的！"

杜光明生气："你这都说的是什么话啊，算了，不要请她来了！你这人，怎么总把人想得那么龌龊呢。本来挺美好的一件事情，让你一说，成什么了都！"

张如芬又退一步："行了行了，算我不对。我去请她，好吧，我亲自请，支持你，支持你们！"

"这还差不多，"杜光明满意了。

张如芬算是明白了，退休后，她和老公的地位，或是角色已然发生了变化。很多年里，她在家里说一不二，只要她一硬，杜光明立马就软。现在好了，杜光明一硬，只有她服软的份儿。为什么会这样呢？是她懂事了不争了没地位了心软了，还是杜光明霸气了舒展了越活越来劲了？

她心里不舒坦，可又一点办法也没有。她总不能硬是把杜光明往高稚影怀里推吧？

到了周末，终于张罗起了一大桌饭菜，高大夫那边也请好了。还真是她去请的，没上门，打的电话。没有再像上次在高稚影家里那么不自在，这次她做主人，她得理直气壮。高稚影小心翼翼地问有没有老莫，张如芬听出她不想见他，就说没有请。

高稚影打扮得很是贤雅，黑色的针织开衫，里面穿件真丝衬衣，下身阔腿裤，高跟鞋，头发盘着，还戴条长长的白色珍珠款项链。一进门，小乐只觉得眼前一亮，对杜光明赞叹道："爸，你的舞伴真是太漂亮了。"

杜光明很得意，这话被张如芬听见了，心里那个酸啊。看见杜光明在笑，不由狠狠剜了他一眼。

容利没有来，这次连电话都不打了。只是小军来说了句她有事情。小军一脸尴尬的样子，让张如芬看着心紧。再这样下去，儿子的婚姻真的会有问题了。

可这会儿不是说这个的时候。杜光明坐下就举杯，讨好老婆，怕也是为了封张如芬的嘴，说让大家先敬张如芬一杯，辛苦了好几天，采买烹煮，这么一桌菜功不可没。高稚影更是大加赞美，直夸张如芬心灵手巧，工作上敢为人先，是女同胞的榜样，退休后又转攻厨事，竟也做得如此头头是道。真是能动如脱兔，静如处子，能进能退，女中豪杰，女界精英……

虽如滔滔江水，但高稚影的话听着并不让人讨厌。张如芬心里暗暗高兴，有种敌人前来投降的感觉。她示意都别说了，先吃吧先吃吧。

一筷子下去，高稚影又是震惊："张姐，你这糯米排骨真是做得太好了。要知道这道菜，要么糯米太硬，要么米软肉又会太烂，没有嚼劲。这样米烂肉精的状况，还真是太少见了。"

又夸张如芬的南瓜百合也做得巧妙："怎么会想起加薏米呢，这真是神来之笔。"

小乐见母亲被夸得满脸红光，不由笑道："高阿姨你太会夸奖人了。我妈肯定好多年没有这么被人夸过了。妈，你看，你这么辛苦，我们个个却都是白眼儿狼，每次吃了就吃了，嘴巴一抹啥话都没有。哪里像高阿姨，每道菜都吃得这么有心得体会。"

高稚影被小乐说得不好意思了："你们是身在福中不知福啊。我呢，长期家里就和女儿两个人，吃饭什么的凑合惯了，看见这么精心烹制的饭菜，真是感动得要命。我还在想，以后自己也应该在厨艺上多下下功夫。张姐，我要是经常请教你菜方，你不会烦吧。"

这话说得，张如芬哪里还有烦的意思呢？

李春来找话题，问高稚影：“高阿姨，你的女儿在做什么工作？”

高稚影女儿是残疾人，李春来听了就给忘了，小乐来时也忘了提醒他少问家事。他这么赤裸裸地问出来，其他几个人都有些紧张，生怕高稚影会尴尬或是不愿意回答，没想到她很是爽快地说：“孩子从小腿有残疾，后来上了中医学院，现在在一家私人诊所跟着个老中医坐诊呢。她身体不好，医术没到精湛的年龄，正规医院进不去，只能临时到处挂名看诊。不过孩子很喜欢她的工作。”

李春来点点头，忍不住夸出口：“高阿姨你真乐观。”

高稚影哈哈笑：“只是实事求是，和乐观没什么关系。”

小军好奇地问：“高阿姨，你女儿赞同你跳舞吗？”

高稚影奇怪地问：“我跳舞为什么要她赞同？当然她是赞同的，这有什么问题吗？”

小军嗫嚅着：“就是你这样会不会少了时间照顾她？”

高稚影哈哈笑：“她成年人了，而且都自谋生路了，这半年还坚决搬出去独自住了，哪里需要我照顾什么呢？虽然她有残疾，上下班都要坐轮椅，但她从没觉得自己生活能力有什么问题。跟我在家里住的时候，她也从没拿自己当公主，谁回家早谁做饭，自己的衣服也是自己洗的。我没在这些事上对她有过任何纵容，她也习惯了。我们都觉得挺好的。”

小军看了张如芬一眼，张如芬的表情不以为然。起身去端汤了。

趁张如芬不在，小军说：“那我妈真该向你学习。她真是管得多啊，有时让人透不过气来。”

小乐笑：“哟，哥，你还有这样的感觉呀。我一直以为你很享受妈的照顾呢。”

小军说她：“你还不一样，不过现在是婆婆。我看你也不独立。”

小乐点点头：“而且不自由。”

杜光明说：“你们这是要声讨老人啊，看来关心你们还关心错了。”

李春来说：“爸，这不叫声讨，这简直是控诉嘛。”

小乐打他一拳：“小心我妈听见，会不高兴的。”

高稚影谦和地说：“各家有各家相处的方式，只要自己舒服就行。”

小军说：“问题是不舒服。我都不舒服几年了，就是怕我妈会不高兴，一直不敢说。”

杜光明摇头：“你这个不敢说，真不好。是不是现在跟容利也有话不敢说呀？”

小军叹口气，转向高稚影："高阿姨，我觉得你是老年人中少见的看得开想得通的那种人，我就问问你好了。你说，要是老婆整天沉迷于麻将，做老公的该怎么办？"

高稚影自嘲道："比我沉迷于跳舞还要沉迷吗？"

小军点点头："我们已经三个月没怎么说过话、照过面了。她回家我都睡了，待在家里，说两句就会吵，干脆懒得说。现在搞得我也懒得回家。"

高稚影表情严肃起来："这样啊……那你们都会为什么而吵呢？"

小军说："她嫌我赚钱少没出息吧。反正她最近认识了一些有钱人，常在一起打麻将，弄得班也不好好上。她的单位都找我说过了，说再这样下去，就要下岗了。"

张如芬端着砂锅出来了："谁要下岗了？"

杜光明冲小军使眼色，小军含糊道："我们在说我一个姓陈的朋友，他和老婆关系最近不好。"

张如芬坐下："那怎么办呢？"

小军说："我正问高阿姨呢。"

高稚影就说："如果是这样，那你真要……你这个姓陈的朋友真要小心了。女方的心思看来不在家里了，诱惑太大。你这个朋友，是不是得采取点强硬的措施呢？"

小乐和李春来都严肃地望着高稚影，仿佛她有多少主意似的。这让张如芬看着很生气，怎么到她的家里来了，这帮孩子也跟杜光明似的，被高稚影弄得五迷三道？

她态度坚决地说："什么强硬不强硬，要我说，这样不顾家的女人，直接跟她离婚是最好的办法。让她尝尝离婚女人有多难。"

张如芬是无心吗？当然不是。离婚女人的滋味，高稚影不是最有发言权吗？她怎么傻了眼似的，没话说了呢？

杜光明当然知道张如芬为何说出此话，他火了，冲张如芬投去这个女人真蛇蝎的表情，张如芬硬是用比他更犀利的目光接住了。小乐和李春来面面相觑，小乐悄悄对李春来说："看见空气中电光四射没？"

只有小军，微微一愣，慢吞吞地说："妈，你真的是这么想啊？"

第四十六章　天上掉下个后公公

　　杜光明回家曾经说过，说亲家母赵素棠经常来乐活队，跟一老头儿打得火热。亲家母说是本家老哥，开始他还当是什么亲戚呢。后来才知道，只是同姓，都姓赵。赵家老哥是个农村老头儿，但嗓音嘹亮，会唱信天游。这次文化馆选节目，他自吹唢呐又唱信天游，也被选上了。两人关系挺好的，常常一起来一起走，老头还给亲家母带早点哪。

　　张如芬开始听着没当回事，还讽刺杜光明："你们那是个什么地方啊，怎么这么藏污纳垢的？老赵守寡那么多年了，那么本分个人，怎么一去你那破文艺队，就和老头儿拉拉扯扯的？"

　　杜光明听张如芬这么说，就生了气："你这人真没意思。"

　　以后再遇见赵素棠和赵栓锁，也不给张如芬说了。可张如芬有自己的眼线，乐活队里有个曾经是厂子弟学校的音乐老师，和张如芬认识。老师姓单，也退休了。她倒没发现杜光明和高稚影有啥，但对赵素棠和赵栓锁，有了那么点小发现。于是来问张如芬："你的那个亲家，是不是在找老伴儿呀？"

　　张如芬一听这话，脑海里立刻想起了杜光明之前说的那些。她赶紧追问："是不是跟一农村来的老头儿？"

　　单老师说是啊，两人还真是挺合得来，我呀，我也不是胡乱说。昨天我是看见老赵给那老头儿擦汗来着，才意识到人家这是不是在谈恋爱呀？而且呀，单老师说到这里突然特神秘，我们高大夫好像在帮他们拉对子呢。她应该知道得最详细！对，这事你得问她！

　　又是高稚影！张如芬这火腾地就上来了，怎么什么好事都有她呀。她把自己的老头儿弄得晕晕忽忽就算了，现在居然又来插手亲家母，插手自己闺女的生活了?!

不过气是气，张如芬还是赶紧摇头，这样的谣言，可不能帮着传播，否则对小乐也不好啊。她说："没有。那老头儿，就是她一亲戚，她叫哥的。我听说过。"

单老师说："哟，那这样敢情最好，否则我还寻思呢，你家闺女好端端的摊上个后公公，那还不真是啰唆事情一大堆啊。"

是啊是啊。张如芬心里着急，赶紧往家赶。一进门，见杜光明正悠闲自得地在洗水果，就冲他嚷："我看你这个老家伙真是越活越自私，你是不是巴不得赵素棠再给我们闺女找个公公来伺候啊。这么重要的情报，也不跟我说。"

杜光明一愣，随即明白了："我看你才是狗抓耗子多管闲事呢，找不找老伴儿那是赵素棠的事，你着急个啥？就算告诉小乐，他们还会阻拦不成？亲家母四十岁不到就带着两个孩子过，多不容易，能找个老伴儿过晚年，儿女应该高兴不是？"

"高兴你个头！"张如芬骂道："你这就是跳舞跳黑了心，连闺女的幸福都不管了。你也不想想，那老头是个农村老头，家里指不定还有多少孩子，要是跟赵素棠在一起了，就得住到她那里。虽然小乐和李春来说不会要她的房子，留给李腊妹，可即便是老房旧房，那好歹也能卖个几十万啊。以后老头病了，小乐能不管？家里亲戚要这要那，小乐能不管？一大把年纪了还黄昏恋，这不是给孩子添麻烦添乱是什么？"

杜光明伸手做制止的动作："你可别乱造谣啊。谁也不知道人家是不是谈恋爱了。就算谈了恋爱，是不是要结婚你也不知道啊。瞎猜什么呢，还一想就十万八千里。再说了，就算亲家母真要结婚，那也是她的事。儿女没资格干涉，我们就更没资格干涉了。"

张如芬不理他了："我不跟你说，我找小乐和女婿说去。"

这天晚上，小乐和李春来被张如芬又叫到了家里。张如芬一脸严肃，招呼他们坐下，开场白甚是感人："小乐、李春来啊，你们结婚三年了，很快就要有孩子了。人生的篇章已经拉开了大幕，以后的日子，可需要你们好好一起努力，做好工作，带好孩子，有了孩子，日子过得可快了，一眨眼，他就成人了性格也定型了。那时，就该到了你们收获的季节，到底有没有好好经营自己的生活，外人一眼就能看得出来。所以，你们一定要踏踏实实，走好每一步路。不要让一些节外生枝的东西，分散自己的注意力……"

小乐看看李春来，不知道母亲在暗示什么。她问："你担心我们会搞婚外情？还是……你知道李春来什么事情了吗？"

李春来骇得跳起来："没有啊，我可什么都没有。"

张如芬压压巴掌，让李春来坐下。"跟春来没有关系。"

小乐赶紧说："那也不是我。"

张如芬说："我没说是你。"

小乐问："那你说谁？啊，我知道了知道了。是老爸。他和高大夫终于……"说着两个食指还往一起凑。

张如芬气恼："杜小乐，你还能不能更能想一点？"

小乐说："吓死我了。虽然我常想到他们俩会怎样，不过我还是很高兴不是他们俩。"

张如芬气咻咻地，终于忍不住偏离了主题，问李春来："春来，你也觉得你爸会跟高大夫那个吗？"

李春来摇头，瞪了小乐一眼："你还真是会吓唬妈啊。没有，我从没有认为爸会做那样的事。他就是在学跳舞，并且在跳舞的过程中发现了很多乐趣，以前没有发现过的乐趣。他才不会跟高大夫怎么样呢，他们本质上不是一种人。他和妈还是一种人，都很认真负责。男人和女人，最后总会和自己本质上是一样的人在一起的。"

张如芬听了这话，心里很是舒服，不高兴地看看小乐："你这么讲你爸有意思吗？"

小乐哈哈笑："爸爸才不会生我气呢。"

张如芬言归正传："我说的是你的婆婆，春来，是你妈。"

两人大吃一惊，嘴巴半天合不拢。

张如芬把单老师和杜光明的话，综合了一下告诉了他们。然后说："我并不是对亲家母找老伴儿有什么不满啊，只是觉得这些事，可能会给你们带来麻烦。你们也要做好心理准备。毕竟两个老人在一起，身后必定会有其他别的人和事搅和进来。财产啊，子女啊，生老病死啊……没有一样是轻松简单的。你们说是不是？"

李春来点点头，自言自语地说："真是没有想到，太吃惊了。不会吧，我怎么一点也没有感觉到呢。我妈也从没有说过。"

小乐想想："没有说，是不是就正好说明有情况呢？"

李春来一脸沮丧地给自己打气："不会的不会的不会的不会的……一定是捕风捉影。"

小乐拍拍他的腿："都擦汗了，亲爱的。"

张如芬当着女婿的面，没跟小乐说高稚影在这其中起的破坏作用，但事后却去专门找了一趟小乐。她气呼呼地问小乐："你说说这个姓高的，她鼓励你婆婆跟那老头好，到底安的是啥心？她自己今天找这个，明天找那个，哪个老头条件都挺好，她还挑挑拣拣没个够，却让你婆婆盯住这个农村老头，你说说她安没安好心？"

小乐说："妈，你这么说好像也有道理。可具体事情具体分析。我觉得高阿姨不是那种人，她挺好的，挺大度挺明白事的人。这种人一般不会害人的，我估计也就是跟我婆婆随便开开玩笑什么的，要么就是真心觉得我婆婆跟那老头挺合适。"

张如芬最听不得人夸高稚影，尤其是自己家里人。杜光明赞不绝口就算了，闺女这也夸上了。她顿时七窍生烟，唰地起身就要走："行行行，你们都觉得是我小人之心，是我在跟那女人过不去，我无耻，我卑鄙，我下流。哎，我就不明白了我，那个女人到底有什么好的，让你们个个看她都那么顺眼？一大把年纪，不读书不看报，花枝招展地整天在外面跳啊蹦的，把那些老头子们个个勾得不爱回家、看不上自己的黄脸婆，然后就显得她特美、她特出众、特有风采。完了，还美其名曰热爱生活，动不动就要当老年人的代表。噢，老年人都她这样，那会成什么了？光顾着自个寻欢作乐，多少家庭会破裂，多少儿女会怨恨……"

眼见张如芬刹不住了，小乐赶紧打断："妈，你扯到哪里去了都！至于吗，就这么一点破事，你看看你说的都什么跟什么呀。什么就叫勾引老头了，人家高大夫乐意跳舞唱歌，那是她的事，跟老头们有什么关系呀。再说了，谁不乐意看见自己的爹妈活得潇洒快乐啊？只要他们高兴了，家里的气氛才能好，这有什么不好的？让你上纲上线说的，好像人家都是坏人似的。妈，我说你就别那么老看不惯高阿姨了，唱歌跳舞那是她的爱好，你不喜欢，不能就说别人的爱好有问题。总之，我觉得她没做错什么。"

张如芬见闺女听不进她的话，心里又悲凉又失落："好吧，她没做错什么，是我做错了好吧？我在你们眼里，反正就是一无是处。随随便便一个外人，都能让你们觉得特好，特有意思。"

小乐一见老妈要闹着不讲理了，赶紧去哄："妈，你这是耍什么脾气呢。高大夫再好，那不也是别人的妈吗？谁敢说你不好呀，你最好了，真的，世上只有妈妈好，有妈的孩子是个宝……"

张如芬岿然不动，还沉浸在悲情当中："成，她再好，也是别人的妈。你羡慕是吧，没有那样的妈让你丢人了是吧？"

哎哟，这是怎么了，眼见张如芬眼泪都要出来了。小乐心里扑通直跳，敢情老妈真是被这个高稚影伤害得不浅啊。这么些日子，她可积累了太多的负面情绪。小乐抱住张如芬，攀在她身上撒娇："好吧，我坚决跟你站在一边，强烈声讨高稚影！她勾引我爸，伤害我妈，还妄图掺和我杜小乐的家事，给我硬塞一个农村来的后公公。婶可忍，叔不可忍！我非找她去算账不可。妈，你就下命令吧，告诉我该怎么做，是去砸她家玻璃呢，还是拿剪刀把她的演出服绞个稀巴烂？"

说着还做一使剪刀的动作。

张如芬见小乐这么说了，心头的恨，就减轻了一些。好了好了，反正她也知道，孩子大了，老公退了，个个翅膀都硬了，说什么也都是白说了。站起身，拍拍屁股，走人。

其实小乐对婆婆找老伴儿，并没有母亲或李春来反应那么激烈。她甚至觉得挺好的，婆婆找了老伴儿，就不会把心思放她这里了。她受够了处处要受钳制被人管的滋味。想象着婆婆结婚时的样子，她忍不住问李春来："你妈爱穿中式的旗袍还是西式的婚纱？"

李春来不高兴地说："你幸灾乐祸个啥？"

小乐说："这怎么是幸灾乐祸呢？我是真心替她老人家高兴。干吗那么愁眉苦脸的，是不想让你妈幸福吗？难道你要做电视里演的那种破坏老人再婚的坏儿子？"

李春来说："都什么和什么啊。我还真得先问问我妈，到底咋回事。怎么就横空出来个老赵头呢？"

赵素棠听李春来委婉地问自己最近在忙什么，她感到很奇怪。"我有什么好忙的？我一个老太婆，不就是买买菜做做饭看看电视拉呱拉呱吗？"

李春来说："都跟谁拉呱呢？"

赵素棠说："见谁就跟谁拉呱呗。这哪里有个准头！"

李春来提示她："没有什么娱乐活动吗，比如……唱歌，或听人唱歌什么的？"

赵素棠想了想，突然明白儿子在问什么了。她想了想，觉得自己也说不清楚，于是坚定地摇摇头："没有。"

"真没有？"

"真没有。"

赵素棠回答得越干脆，李春来就越着急。他决定破釜沉舟："那我怎么听说，你和一个姓赵的老头走得挺近的。人家都看见了，说你给他擦汗来着。"

赵素棠生气地说："这都是什么人在嚼舌头啊，你听谁说的，啊？这些人真是吃饱了饭没事干。你妈我这么多年了，要找个伴儿还不早找啊，等到这个时候再结婚，我有毛病啊？你也真是，还问得出来！是不是小乐妈说的，她还真能挑拨闺女和我的关系。去，你就去告诉她，我老赵是想找老伴儿了，就想找亲家公那样的老头！"

李春来忙摆手，让她声音小一点："妈，妈，别这么激动地乱嚷嚷。小乐妈没说你什么，你老这么跟人家过不去干嘛呀。"

"那你从哪里听的？除了她，还会有谁？以为我不知道呢，哼，虚伪、装腔作势，这个人年轻时就虚伪，就会打小报告拍领导马屁，现在还这么让人讨厌！"

李春来说："好了好了。你没事就当我也没问过。不说了不说了。对了，可是那个擦汗是怎么回事？"

赵素棠说："他正在表演，两个手拿着唢呐。汗都要淌进眼睛了，不擦能行吗？"

李春来吃惊："那干吗是你擦？"

赵素棠铿锵有力地说："他坐我旁边呢，我不擦谁擦啊？"

赵素棠不承认和赵栓锁有什么，就算那天抓过手，可说的也是农家乐的事儿，而且不是很快就放开了吗？两人到目前为止，一直是老哥大妹子地叫着，她真拿他当老哥哥，赵栓锁待她也挺随意，什么事都跟她讲。儿子突然这么问起来，真是让她挺窝火。

"有这么样的亲家母吗？李春来娶小乐，真是憋屈了。"半夜她还在嘀咕呢。

但赵栓锁的事她还是很关心。选拔赛要进入复赛决赛了，赵栓锁也入选了。可是穿什么服装才合适呢，赵栓锁问她。赵素棠知道杜光明是要做丝绸衬衣的，而且听到他跟高大夫说，用上好的料子，一件衣服下来要近两千块。这成本也太大了，她问赵栓锁："你有钱没有？要是一件衣服好几千，你会愿意吗？"

赵栓锁当然摇头："好几千？好几十我都不愿意。"

赵素棠说："这可是上舞台。人家都说那灯光照的，就跟照妖镜似的，会把破衣烂衫放大好多倍。必须得穿得特好看特高级才能行。"

赵栓锁有点为难，他还真是没什么钱。来到端端这里，花的都是端端的钱，要是开口要演出服，端端不会拒绝，但他不舍得。不就是玩的事嘛，还要花那钱干啥？要是花这么多，不就失去了玩的意义吗？

没事的，他对赵素棠说，我这表演的就是老农民，哪里需要穿金戴银的。

于是到验收那天，他就穿着家常衣服去了。高稚影说，老赵，你上舞台就穿这个啊？

赵栓锁点点头："这大褂挺好的，我没穿过几回。"

高大夫说："样子挺合适，就是料子有点普通。怕站到舞台上看着寒酸。能不能换个布料，颜色也鲜艳点，蓝的或是红的？这回要上电视呢，画面感很重要的。"

赵栓锁见高大夫说得很严肃，不知该怎么拒绝，就点了点头。

但他一老头，哪里知道做衣服的事，这会儿就显示出有个女人的重要性来了。赵素棠听他吭啊哈地之后，想了想说："得，我帮你做好了。去祥和老店，买块料子——现在就那里还有卖布料的了。你把旧衣服给我，我比着给你做一件。"

赵栓锁感激不尽，直说谢谢。又说："那买料子时你陪我去啊。我请你吃饭。"

第四十七章　演出服

　　杜光明的衣服，是买的现成的。歌舞团附近有家专门卖舞台服装的店，这地方高稚影熟，自己去买的时候拉着杜光明一起去的。杜光明对这身衣服很是满意，回到家就让张如芬"开开眼。"

　　张如芬警觉地问他："你自己去买的？"

　　杜光明说："和队里好多人一起去的。演出服嘛！"

　　他没敢说是和高大夫一起去的，但张如芬不放心，采用刑侦手法，从不同的角度、在不同的时间问同一件事。没两下，杜光明就露了馅。

　　第二天一早，张如芬假装随意地说起那衣服，在什么地方也见过，便宜三四百呢。杜光明说："不可能，那肯定是布料不同。高大夫说这家专门做舞台服装的，衣服款式尺寸都和普通衣服不同。"

　　到了晚上，张如芬又说："哟，这衣服领子不平展，买的时候你试过没有？"

　　杜光明凑过来看："试了啊，还让高大夫看了的。"

　　几次对话里，只有高大夫一人出场，说明杜光明肯定是跟高稚影一起去的。张如芬装出一副受了委屈的样子，早上起来话也不说，早饭也不做，抱着胳膊坐在沙发上发呆。

　　杜光明说："你这是怎么了，一大早的？"

　　张如芬说："你和高稚影去就去了，为什么要编出很多人一起去的来蒙我？你心里没鬼你骗我干什么，你当我是傻瓜还是什么？"

　　杜光明心里咯噔一下，以为张如芬已经掌握了实情，赶紧认错："老婆你听我说，我这不是怕你着急多想吗？"

"你不说实话还不让我多想，世上有这样的好事吗？"

张如芬一生气，就会克扣杜光明的排练时间。偏偏这会儿到了关键时期，下午老头老太太们都抽出时间在练习。杜光明却被张如芬反锁在家里不许出去，急得在房间里团团转。

杜光明经过近一年的活动，对自我的认识得到了大幅的提高。张如芬总以为他还是以前的那个他，闹一闹压一压，就能听话，可杜光明早觉得自己变了一个人。现在谁要阻拦他寻找快乐，谁就是他不共戴天的敌人。

被张如芬这么关着，就如困兽，简直可以用新仇旧恨一齐涌上心头来形容。在房间里转了无数圈后，他终于下定决心破釜沉舟，要给张如芬一个教训。

他拨通了张如芬的手机号，让她立刻回来开门，否则他就要站在阳台上，直接跳到楼下去。张如芬听到他这么歇斯底里的宣言，非常生气。这老头还威胁她，当领导这么多年，最恨的就是被手下人威胁！她连话都懒得跟他说，就压了手机。

不一会，手机就此起彼伏地响起来。小乐的，李春来的，亲家母的，到后来，甚至高大夫也打来了。都告诉她，快点回去把门打开吧，杜光明已经很生气很生气了。

张如芬一概不听，杜光明越是这样，她越是恼火。居然告状还告到高稚影那里去了！走到这一步，她真后悔，应该把杜光明腐化作风的苗头扼杀在摇篮里，应该早在他刚加入乐活队，就将他反锁起来，何至于搞到自己这么被动？最后悔的是，在杜光明装腔作势绝食的那会儿，竟然还亲自去高稚影家里，求她挽回局面。嗬，杜光明他还委屈了？

不如她自己抱块东郭奶奶的牌子，跳楼算了。

赵素棠的电话很快又来了，声音哆嗦着："亲家母，你赶紧回家吧。亲家公闹得大了，楼下站了一群人，厂里派出所的人都过去了。赶紧回去，不能让别人看热闹啊。"

张如芬这才意识到事情严重了，赶紧朝家跑。刚进院子，就看见楼下乌泱乌泱地围着一大群人，正是上班时间，看热闹的全是退了休的老头老太太。个个头仰着，正对着三楼张如芬家的阳台。杜光明站在上面，手里居然举着张大纸，上面用毛笔写着："控诉张如芬将我禁闭！还我自由，我要参赛！"

这个年龄的老人，大部分都是刚工作就在同一个厂里，彼此都认识。见张如芬过来了，人们纷纷让开。有人跟杜光明开玩笑，喊道："老杜啊，老张来了，表演可不要到此结束啊。"

杜光明面无表情，只是两腿岔开，两手高举标语。张如芬又羞又气，高大夫这时从身边钻了出来，对张如芬说："你把钥匙给我吧，我去帮你开。你先别进去，怕引起他情绪波动。"

张如芬不得不承认，高稚影确实比她想得周到。可这一切还不都是因为她引起的？她看一眼高稚影，眼里全是气愤和不信任。赵素棠这时过来了，身后跟着个一口陕北腔的老头儿。老头儿说："大妹子，钥匙给我给我吧，我去开门。杜工听我的，我保证把事给你办漂亮了。"

张如芬手一松，钥匙就落在了赵栓锁的手里。他驼着个背，一步三个台阶地上了楼。

不一会儿，就看见赵栓锁在阳台上露了个头，好像手里还提着个椅子。说了几句什么，杜光明转回头跳到了椅子上。张如芬的眼泪哗哗流了下来。

赵栓锁那天跟杜光明说了什么，让杜光明那么爽快地就跳了下来，事后张如芬从没有问过，既没问过杜光明，也没问过赵栓锁。她想，这老头实在是鬼迷心窍了，她彻彻底底地伤了心，决定以后对杜光明的事再也不闻不问。

赵素棠倒是问过，可赵栓锁只是嘿嘿笑，并不说。他也没想到，他随便一句话，杜光明就会那么听劝，这不由让他对自己的聪明才智，充满了信心。

时间过得飞快，转眼小乐怀孕已到了37周，肚子大了，行动也不方便。在公司里走来走去，对很多人都是个挑战，一方面觉得不忍心，一方面又知道还没到休息的时候。蔡丹言很干脆，叫小乐进去，直接扔给她开水房旁边一个小单间的钥匙："你把东西搬到那里去，上好最后这段时间班。可以早退，但不能迟到，工作量我已经给你减少。我想你自己也希望能这样被安排吧？"

小乐哪里敢说她不愿意呢。再一个，她自己也觉得怀孕怀到这个时候，还天天进进出出，在人们眼皮底下招摇过市，还真是需要很大的勇气。别的不说，就是技术部那些小伙子的眼神，就够让她如坐针毡的。大头的玩笑话依然会说，但跟她说的最多的，总是固定的几句："你要多保重啊。""昨晚睡得好吗？""听说腿会肿，那滋味肯定不好受吧。"

人人都拿她当瓷人来照顾，她一个鬼脸，也会让对方情不自禁地看看她的肚子。

好的好的，搬个办公室，远离人们的视线，少受点关注是对的。

收拾东西时，端端跟她嘀咕："她这是歧视孕妇有没有？"

但也只是嘀咕而已。小乐忍着心里的不块，对她说："欢迎你来小房子看我。"

真到了小房子，小乐不禁觉得这还算是好安排。虽然在楼角，但光线还不错，而且离开水间和洗手间都很近，她现在每隔半小时，就会有尿意。蔡丹言人冷心热，竟将自己房间里的一个长沙发，让大头给小乐搬了过来，虽然再三叮嘱："不要弄脏，部长说等你休假了还得给她搬回去。"

小乐累了，就会在沙发上躺躺，吃吃饼干，发发呆。怀孕对女人来说，不仅是生理上的挑战，更是心理上的挑战。几个月前，她还无法想象自己会和母亲婆婆那样的女人为伍，可现在，她突然就觉得自己变老了，年龄赶上了父母，青春的臀部、膝盖和双脚，都产生了老年人才会有的疼痛。甚至连阴道，都干燥起来。她动作越来越缓慢，继而偏见和政治观念也变得老化起来，她开始像老年人那样讨厌年轻人，连带他们喜欢的手机型号和时髦用语。她待在这个小房子里，感觉又孤独，又适合自己。

她对李春来说："我现在突然知道了，为什么女人会比男人感性，比男人早熟，比男人悲观，比男人敏锐……一定是因为她们比男人更早地体会过衰老的感觉。"

也是因为这个原因，她不去食堂吃饭了。那么多人看见她排队，眼神总有一些不忍，要么让她站到前面，要么自己离开她排的那个队伍。打饭的师傅，看见她也是说不出的尴尬表情，总忍不住会给她食谱上的建议："不吃鱼吗？今天有海带，听说萝卜通气，我们今天有新鲜的排骨，还有汤……"

不带饭的时候，小乐请端端跟她一起上街去吃。她说："人人都喜欢孩子，可对孕妇，啊？哈！哼哼……"

端端一脸的无所谓："你得忍着。最多两三周，就见分晓了。这没什么，就像我们喜欢帅哥一样。如果一个男人，人很好，性格也不错，从没得罪过你，可他到了癌症晚期，你愿意天天跟他坐在一个办公室，看着他强忍病痛工作，不迟到不早退，遇到个问题还一本正经地跟你商量怎么解决吗？"

小乐生气："喂，你还真是会比喻。"

端端说："道理差不多。孕妇还不如癌症病人呢，她的不便、痛苦、压力，全都赤裸裸地表现在外面，大家都能看见。没人愿意看着别人在自己眼前受罪，真的，何况还是个曾经年轻漂亮，现在已被摧残成残花败柳的女人。"

小乐挥挥手："得得得，不跟你说这个了。反正你就是歧视，自己是过来人，完了还歧视别人。这就是中国人的劣根性。"

端端拍拍她："别这么愤世嫉俗，我也没那么坏，至少见了孕妇还是会让座的。"

两人边走边去吃饭。一站路远的宜家附近，有家小笼包子馆，包子特别有名，还有不少便宜又好吃的家常菜。两人进了饭馆，见人满为患，端端将小乐推到前面，说："不知道看见你是个孕妇，会不会有人起恻隐之心，给我们让个桌子出来。"

小乐打开她的手："孩子还没出生，你就利用他，这个世界太残酷了，大人都太坏了。可耻。"

端端不理她，还是继续推着她朝前走，一边走一边看，想看到奇迹发生。突然她站住了脚，声音压低，头也埋在了小乐的肩后："站住，站住。我看见我爸了。快，跟我一起向后转。"

小乐完全没明白怎么回事，就跟端端转过了身。她也压低了声音："看见你爸又怎么了？不是挺好吗，他那桌有多余的位子没？"

端端拉着小乐就朝外走。到了外面，又趴在玻璃窗上朝里望："真是我爸。和一老太太，两人还挺亲密，完了完了，他要给我找后妈了。我的娘啊，这么多年了，他咋最后一步坚持不住了呢？这不是……咳咳……"

小乐也凑过来要看，被端端拉住了："别那么明目张胆，会被他发现的。得，我们也别去这家吃了，去旁边那家米粉店吧，他们桌子摆在外面，我们就坐在外面吃。边吃边等他们出来。我倒要看看他们到底是个什么情况，进入几级状态了。"

小乐连忙同意，两人一起坐了下来。一边等米粉，一边看着包子馆里进进出出的人。

小乐说："现在时髦黄昏恋啊，李春来他妈最近也有点可疑。我听我妈说的，和一老头儿打得火热。还给人家老头儿擦汗呢。"

"都擦汗了？"端端问："那肯定是有情况了。"

"可不咋的。李春来有点郁闷。"

"能不郁闷吗？家里突然要冒出个新人来，还得管他叫爸，或是叫妈。咱们都这个年龄了，不像小孩子，有个能赚钱或是当劳力的后爹后妈，好歹能改善一下家里的经济状况。对现在的我们来说，那不就是添麻烦吗？"

小乐说："要是你爸愿意，你也得受着。再麻烦也得受着。重要的是他高兴——他有了自己的生活，还能少管点你和小皮。我就这么跟李春来说的。"

端端说："你别站着说话不腰疼了。换了你妈给你找个后爸，再看你怎么说。"

小乐点点头："那是。婆婆到底是婆婆，隔了一层。我妈着急我搞不好摊上个后公公，跟着他受穷不说，再遇到他家里贪得无厌的儿女，就更遭罪了。所以，她坚决让我反对。"

端端突然变脸，对小乐说："转过身转过身，他们出来了。完了完了，还牵着手呢。完了完了，比你婆婆的擦汗更可怕。你慢慢看，别让他们发现……"

就听小乐"噢"的一声尖叫，端端去捂嘴，没捂住，两人一起赤裸裸地暴露在了俩老人面前。老头儿老太太也看见了她们，刚还靠得挺近，突然就拉开了距离，一脸的惊异。

端端说："爸。"

小乐说："妈。"

第四十八章　扮爸爸

小军和林林的关系越处越好，比起他和谈丽丽之间那渐渐说不清道不明的感情，这孩子对他细腻、温柔的喜爱，让小军欲罢不能。

这天，小军刚进面馆，谈丽丽就朝他招手，让他进去。

谈丽丽是那种猛一看很普通，越看却越漂亮的女人。个子矮，加上常年劳累隐忍，脸上总有点淡淡的哀愁，可仔细看，会发现她不仅眉清目秀，而且外柔内刚。她气质从容，不卑不亢，并不因做服务工作，而待人有特别的热情。她每天都忙忙碌碌，早上五点多就起床去买青菜，买材料，七点开张，从早餐一直要做到晚餐。小军问过她房租水电，基本要用掉一半的收入。纵是这样，她赚得还是比他要多。小军打心眼里敬佩她。一个女人，带着孩子，不靠任何人，养活自己，碰到年关，还要给老家的父母寄钱。她真勇敢，但最了不起的是，她从不觉得自己这样做非常了不起，她的理想是，再存个一两年钱，就回老家的县城里去买套房，然后将父母接到身边。然后再开个面馆，林林呢，也该找个正规学校上学，要准备上个好中学呢。

小军问："你没想过留在这里啊？"

谈丽丽淡淡笑道："我的家不在这里啊。"

小军听了这话，心里突然涌上说不出的感觉来。谈丽丽走，意味着林林也要走。虽然相处不过半年的时间，他已经觉得和这母女俩有点难分难舍了。

于是，他脱口而出："那你要是在这里成了家呢？"

谈丽丽笑："那就不走了嘛。不过你看我这样的，有谁会要呢？"

小军脸涨得红红的，他不知道该说什么，只好叫一声："姐。"

谈丽丽拍拍他肩膀，进到厨房去忙碌。

这样的谈话，一次就够了。小军有家有口，有稳定的工作，他的着急脸红，最多只是一种同情，或是对自己熟悉的人事所拥有的不舍。能有这样的感情，谈丽丽已经万分感谢，还能要求更多吗？

但今天，谈丽丽却是一脸有求于他的表情。小军走进后厨，谈丽丽正戴着围裙，在滚烫的大锅里捞着一碗碗面条。脸被蒸汽熏得红扑扑的。她见小军走过来，手脚并不停，问他："见到林林没？"

小军摇头。

谈丽丽说："姐求你个事成不？"

小军说："有啥事你就说吧。"

谈丽丽说："明天周六，上午林林学校要开表演会。我想请你跟我们一起去，好不好？"

小军高兴地说："好啊。没问题呀。"

谈丽丽小声地说："一会见到她，你主动说你想去看她表演，她会高兴的。"

小军点点头："没问题。"

果真，他出去坐下没两分钟，林林就从阁楼母女俩住的地方下来了。她站到小军旁边，一言不发。直到小军帮她拉个椅子，让她坐在他旁边，她才靠到他身上。

"今天有作业吗？"小军问她。

林林摇头。

"为什么没有作业呢？"小军想，肯定和明天的演出有关系。

林林果真很为难，想想才说："明天要早早起来。"

小军问："为什么？"

林林拿手指在桌上划来划去的，一会儿才说："我们要表演。"

小军瞪大眼睛，很是吃惊的样子："你也上台吗？是唱歌还是跳舞呢？"

林林说："是演话剧。"

小军肃然起敬了："太棒了。演话剧，这么好的事。我能去看吗？要买票才能去看吗？"

林林眼睛里有了笑意："不用。"

小军又请求："那你也带我去看行不行？"

林林点点头："可以。"

说着，把小手滑进了小军的大巴掌里。小军心里一热，说不出的疼惜和爱怜。

林林上的是附近的一所打工学校，师资不好，可会有同城的一些大学生来做志愿者。这学期，一所艺术院校的几个孩子，硬是凭微薄之力，在这样的学校里成立了一个话剧社，而且排的是莎士比亚的经典名著《罗密欧与朱丽叶》！没人看好这个项目，既不看好那几个年轻人，也不看好这群孩子。谁知道居然弄成了，节目出来后，好评如潮，立刻就有一些公益组织捐钱捐物，送服装送道具。明天是第一次正式的公开演出，市里的大剧院竟然拿出了场地，请了很多媒体。学校很高兴，号召孩子们将爸爸妈妈全部请来。

林林从没跟人说过自己爸爸不在身边的事，见其他同学都嚷着要两张票时，她也就要了两张。可回到家，见到谈丽丽，却悲从中来，伤心得说不出话来。谈丽丽问了半天，才知道是这么回事。于是告诉她，她会帮她找个临时爸爸的。

这些情况，是那天晚上林林去睡觉了，小军才听谈丽丽说的。

关门前，他们俩会在一起聊会儿天。谈丽丽收拾铺面和厨房，为明天的工作做些准备，一样停不下来，小军就跟着她，能帮就帮一下，两人顺便说说话。小军这样过完一天，看着谈丽丽关门上楼，他再慢慢走回家去，心里会觉得很舒服。

第二天一早，小军就来到谈丽丽的店门口等这母女俩。谈丽丽今天关门歇业，特意在门上贴了一张道歉的告示。之所以要早点去，是因为林林还要去化妆。小军想象不到这个不说话的林林，上了舞台会是什么样。他问她，她只是摇头傻笑。

走在小军和谈丽丽的中间，林林心情特别好。小军心里暖洋洋的，他偷偷看谈丽丽，倒没发现她有什么异样。

林林果真让人大吃一惊，她不仅上了台表演，而且演的竟是女主角。整个舞台上，也只有她光彩照人，对角色的理解非常到位。而且她口齿清晰，没有一处忘词的。那身华丽的长裙，穿在她身上，仿佛换了一个孩子似的，说不出的美丽与纯洁。小军和着众人鼓掌，心里想这掌声百分之八十都是给林林的。

谈丽丽从一看到林林出场，就开始抹眼泪，不管剧情怎样变化，她一直在激动地哭。小军不知道该怎么安慰她，最后索性一把抓住她的手，紧紧攥在自己的手心里。一到高潮，别人鼓掌，他就对谈丽丽的那只手使劲。

林林出来时，看见他们就是那样拉着手。她的小脸突然红了，转过身去，咬着嘴唇，假装整理衣角，眼角也红了。

小军这才意识到自己失态了，忙松开谈丽丽。

三个人看完演出，已经到中午了。谈丽丽说，好不容易出来一趟，也要感谢小军，一起吃个饭吧。林林高兴得直点头，一边听着小军对她热情洋溢的夸奖。

突然，小军站住了。谁能想到，迎面走来的，竟是容利！

容利的表情，从吃惊、生气、蔑视到仇恨，那意思仿佛在说，她可以无视小军，冷落小军，甚至可以背叛他，但他则永远不可以对她这样。

"杜小军，"她说："怎么，外面孩子都养这么大了？"

她的口气冷冷的，眼睛并不看谈丽丽和林林，仿佛根本没有这两个人似的。小军跟谈丽丽说："你带林林先走。"

容利一步挡住："先走？走哪里去？这么亲密的一家三口，怎么能随便拆开呢？"

谈丽丽望小军，小军着急："容利，这是我拜的干姐姐。这是她女儿，你不要乱说……"

容利说："那我是谁你给她说了吗？"

小军曾对谈丽丽说过，老婆贪玩，结婚后从不做饭，迷上麻将后，就更是很难见到了。谈丽丽从不多问小军的家事，他说多少她听多少。脑子里想象的容利，一定说不出的娇气，哪里想到也有彪悍的一面。虽然对小军从没有过什么非分之想，但想到刚才在剧院的抓手，又想到三个人走在街上，还想到小军每天在她的店里待到那么久，她还是不敢直视谈丽丽的眼睛。

谈丽丽一躲闪，容利立刻就占了上风。她在当街扯开嗓子骂了起来："臭不要脸的，勾引别人的男人。哪里来的乡下婆娘，也不撒泡尿照照自己……"

小军举起巴掌，就朝容利打过去。不是谈丽丽抓住，这巴掌还真不知会把容利打成啥样。

林林在一边，眼睛里含着泪水，哭了起来。容利捂着脸，堪比打到了脸上："好啊，杜小军，你打我，你敢打我。你胆子大了啊，你倒是说说看，你到底要哪样？这个家，我看你是一点也不想要了。"

小军吼出一声："我们那个就不是家！"

容利再次震惊："不是家是什么，我们没有扯结婚证吗，我没有做你老婆很多年吗？那是法律保护的家，我告诉你，杜小军，不管你说什么，那个家才是真的家。"

　　小军用手指着容利，他已经没有那么生气了。在一瞬间，他压住了自己的火气，他惊讶于自己的这一瞬间，因为，他突然想明白自己想要的是什么了。

　　他说："容利，家不仅是张结婚证。这段时间，我知道家是什么了。有饭菜有儿女，还有能一直跟你说话的女人，那才是家。"

　　容利从没见过小军深思熟虑的样子。这一句，比她看见谈丽丽和林林还要让她吃惊，她张口结舌地说不出话来。小军伸出胳膊，搂住谈丽丽，另一只手拉住林林，三个人走了。

第四十九章　老茧手

孩子的来临，一点征兆都没有。白天小乐还在上班工作，还因同事没弄清楚一张表格，特意跑了趟税务局。预产期算的是十二天后，她甚至觉得自己步履还挺轻松。

离下班还有四十分钟，小乐打算提前走人。走廊上遇到端端，两人不咸不淡地笑了笑。自从发现赵素棠跟赵栓锁的事后，两人的关系变得微妙起来。

端端生气老爸背着她谈恋爱——"那当着你的面谈就可以了？"赵栓锁这么问她。她还是摇头——谈什么啊，都这个岁数了。小皮，爷爷要给你找个后奶奶，你要不？

小皮并不清楚后奶奶是什么意思，可听端端这口气，就是不赞同的。他也立刻摇头，扑到爷爷怀里撒娇："我不要厚奶奶，我要薄奶奶。"

小乐无所谓婆婆找什么老头，但却不大喜欢对方是端端的父亲。世界怎么这么小啊，她对李春来说，这以后，我跟端端还得姐妹相处了？别扭不别扭呀？

李春来说："这么想一想，好像比找个不认识的人，还靠谱一点。端端农村老家还有个哥哥是吧，不知道情况怎么样？"

于是，小乐拐弯抹角地去问端端："你哥知道你爸和我婆婆这事没，他怎么说？"

端端一脸的不高兴："他当然高兴了。从此扔了个包袱，老爸不用管了，扔给后娘就行了。"

小乐一听，心里打鼓："这这这，也不全是后妈的事情吧？子女赡养老人，那不是法律规定的吗？"

端端说："说的是啊。但以后我爸要是真成了家，那肯定在城市里待的时间比较长啊。他又没房子，只能住在女方家，老家的房子啦的啦，还不都便宜了我

哥呀？"

小乐说："那万一两个老人乐意回老家去住呢？"

端端眼睛一瞪："不可能，哪里有城里人想去农村的？"

说了这话，才想起老太太是小乐的婆婆，小乐这么问，是有原因和目的的。她就拍拍自己的嘴巴："哎，现在说什么都是白说。也许他们根本就没想过要结婚什么的，现在不是很多老人都只同居不结婚吗？你先别担心你婆婆的房子。"

小乐说："只同居不结婚？这事我婆婆可能做不出来。她正统着呢。"

端端不高兴了："我爸也很传统，好不好？"

小乐点点头，想说什么，又闭了嘴。

两人的关系，突然就变得有点不酸不辣不甜不苦起来。再没有了从前的那份心无芥蒂，口无遮拦。就比方今天，迎面在走廊上遇到了，端端竟把脸转到了一边去，小乐也赶紧低头，假装在看自己的鞋子。

鞋子上当然啥都没有，她看也是白看。到了电梯口，刚伸手去按按钮，肚子就突然一阵钻心的疼。小乐手叉着腰，不由地就发出哎哟一声。这声音让端端的脚步停了下来，她朝后看看，小乐扶着肚子，低着头，腿微微颤抖。

端端转过身看，拿不定主意是否要过去，甚至像是在等小乐发出更大声的哎哟来。小乐却不吭声了，但身子却一点点弯下去。电梯门到了这层，打开了，小乐动作缓慢地朝里面进。端端看不下去了，快步跑起来，赶在关门之前一步抢了进去。

就这么一会儿，小乐头发也乱了，脸色也变得蜡黄了，嘴里发出嘶嘶的叫声。端端明白是什么情况了，一边给蔡丹言打电话，告诉她自己送小乐去医院，一边扶住小乐。

小乐这时也没话可说了，只能握住端端的手。两人搀扶着出办公楼的大门。

李春来一个小时后赶到医院，又过了半小时，赵素棠和张如芬陆续赶到。小乐没看见杜光明，问了声："我爸呢？"

张如芬脸色平静，却语出惊人："我没跟他说。我不跟他说话好多天了。"

小乐气得噎一声，转过了头。

李春来这才赶紧跑出去，给老丈人拨电话。

杜光明和张如芬确实好多天不说话了，无非还是关于高稚影，关于跳舞啦唱歌啦等等等等。张如芬做好了饭，也不等他。该吃就吃，吃完自己洗自己的碗筷，剩下的就给他扔桌上。可这天回家一看，张如芬人也不在，饭也没有，他就有些着急。因为一直没有主动跟张如芬说话，这会儿要找老婆，那明显就是冲着关心饭而不是关心人去的。他想了想，还是下了楼，准备到外面吃点东西，刚出院门，就看见了杜小军，正要进旁边的内江面馆。杜光明喊住小军，搂住儿子的肩膀："我跟你一起去吃饭，怎么样？"

杜小军还没回答，林林就从里面跑了出来，一把拉住小军的手，仰着脸看着他笑。杜光明听张如芬说过这个孩子，两人也问过小军，但小军说只是别人的孩子，跟自己玩得好，他们也没有再多想。哪里想到小军看到林林后，下定决心似的，郑重其事对杜光明说："正好，我要带你见个人。"

杜光明跟着杜小军进了面馆，见店面不大，桌椅地板都很干净，每一寸地方都安排得很是紧凑，靠门的小桌上，还放着老板娘送的豆粥。夏天绿豆，冬天红豆，熬得又细又软，恰到好处。

小军熟人熟路地先给自己和老爸各打了一碗粥，又问林林要不要，林林小声说喝过了，就在杜光明对面坐下来，瞪着眼睛观察他。

杜光明逗她："你不认识我是吧？可我早就认识你。你的很多数学题，还是我讲给这个叔叔听的呢。"

林林就点点头，还是不说话。

小军走过来，对林林说："叫爷爷没有？"

林林摇头，还是不叫。杜光明说："不叫就不叫，以后熟悉了再叫。你叫我来，就是认识她的吗？"

小军说："是。她是其中之一。等下，我再去叫个人来，是要你见见她。"

说着放了碗，进了厨房。

谈丽丽一听小军说，自己的父亲在外面吃饭，而且他要叫她一起出去见见老头儿，顿时就慌了手脚。"不去不去我这么出去算什么，他该怎么看我呢？你太冒失了，小军。"

自从小军那天和容利在街上彻底说开后，小军就和谈丽丽在一起了。这张本来只剩一张薄纸的关系，终于顺理成章地走到了那一步。

小军在劝说谈丽丽，晚见不如早见。见老爸比见老妈要容易。先做容易的事，再攻克更难的碉堡。谈丽丽眼圈有点红，脸也红红的，既感动小军对她的厚意，又

伤心自己的身份，怕配不上。在她眼里，杜家父母，那都是多么了不起的人啊。

　　杜光明和林林在外面大眼瞪小眼，无论老头说什么，林林只是摇头或点头。杜光明说："你不说话啊？要不要我帮你看看舌头，看看上面是不是长了个什么，说不了话？"

　　林林就笑，还是不说话。

　　小军和谈丽丽终于出来了。一前一后，两人的表情都很不自然，杜光明猛地一惊，立刻猜到了什么。

　　小军说："爸，这是谈丽丽。我的未婚妻，我要和她结婚的。"

　　杜光明脑袋一懵，他下意识地说："你妈知道吗？"

　　小军说："先告诉你。"

　　杜光明就有些着急，这样的事，向来是张如芬去处理的。他该怎么办呢，他说什么或不说什么又不顶用。但是且慢，如果说什么或不说什么，都不管用，那么说点什么又何妨呢？

　　杜光明的话，慢吞吞地从口里一个字一个字蹦出来。他不想对这个惊人的消息，露出手忙脚乱的窘迫样。但也不想让小店里其他的人，听到他说了什么。总之，在心里，他对这事有太多的拿不准吃不消了，所以，他没法大声说出好或不好来，只能压低声音，冲谈丽丽伸出手去："你好。"

　　谈丽丽没想到迎来的，会是这样的两个字。她连忙在围裙上使劲擦手，然后伸出去两只手，握住杜光明的手。杜光明心里一顿，这是一双老茧密布的手——女性的手，他已经多少年没有握过这样的手了？记忆中，在大山深处的母亲，才有这样的手。这一握，让他突然感慨万千，这个女人不容易，这是个好女人，小军终于找到适合自己的女人了！这些念头，顿如翻滚的云一般，罩住了他的脑海。

　　还没来得及说第二句话，手机就响了。是李春来的电话："爸，是你吗，不在家里啊？对，我妈在小乐这里呢。妇幼保健医院，住院了，肚子开始疼了，是，医院收了。我也刚到一会儿。都来了。就告诉你一下，生还不知道什么时候呢，不，你别急，不用来，我随时报告，进了产房，你再来也来得及。我给我哥说，哦，他跟你在一起啊？好好好，那就这样，没问题。"

　　李春来打电话时，张如芬就在跟前。她也不怕将家丑暴露在赵素棠跟前了。赵素棠终于看到了张如芬的弱点，心里不由一喜，觉得这个亲家母终于越来越有凡间女人的样子了，也越来越让人好接近了。她贴心地凑到张如芬跟前："小乐妈，跟亲家公闹别扭呢？"

张如芬鼻子里哼了一声，嘴巴本来闭着不想说，可想想又没忍住："不想理他了。一大把年纪，为老不尊，唱唱跳跳，男男女女，算是什么！"

哟，这话说的！杜光明那样就算为老不尊了，那赵素棠和赵栓锁算什么呢？

听到这话的小乐，肚子再疼，也不敢干躺着了。再不提醒老妈，俩老太太就会掐起来的。这不，赵素棠的脸色顿时黑了下来，而张如芬还浑然不觉，还要滔滔不绝下去："我就看不惯那些人，一大把年纪了，突然又蹦又跳的，一看就是年轻时亏大发了，该蹦蹦跳跳、谈情说爱的年龄没尽兴，现在来补课呢。可惜喽……"

小乐抬起头，说："妈，我想吃点东西，你回家去给我做点吧？"

张如芬打住了话，赵素棠却已站了起来："我去我去，让李春来送我回去。你想吃啥？"

小乐说："喝点粥什么的。"

赵素棠和李春来走了，小乐说张如芬："妈，你刚才那么说，不是得罪我婆婆啊？"

张如芬这才恍然大悟："哟，我这个脑子，真是不顶用了。我怎么一点也没想到和她有什么关系呢？对了，她和那个老头儿的事，你们弄清楚了没有？到底打算怎么办？"

小乐一直不想告诉张如芬，赵栓锁就是端端的父亲。而且两个老人还真是挺好，虽然儿女都没仔细问过，但看样子要在一起的可能是很大的。

她想了想："不知道。人家爱干什么就干什么吧，谁能管住谁呢？"

张如芬点点头，叹气："也是。我连你爸都管不住，他这阵儿真是，太疯狂了。我一听他说话，一见他回家翻那些个衣服鞋子，就特生气。这个老头子，以前是个多朴实的人，跟姓高的在一起，都快变成老娘们儿了。真受不了。"

小乐拍拍张如芬的手："妈，你呀，你得把这事掰碎了揉烂了想通了消化了。而且，要是你爱我爸，你就得支持他的爱好，最好，还要积极参与进去。你不跳，可以像我婆婆那样，经常去看看啊。你去看看，那也是对他的支持，也是向别的女人宣张主权是不？我就这么想的，爸真的比赛的那天，我和李春来就要去喊加油。到时候你也来好不？"

"我不去，"张如芬气鼓鼓地说："我去不就说明我赞成他了吗？不，这事我从来都不赞成。没有商量的余地。"

小乐想笑，肚子又疼，只能咧着嘴吸气。张如芬握着她的手，摸她的脸，着急得一点忙也帮不上。

门开了，进来个护士："杜小乐。"

小乐说："到。"

护士走过来："你请了月嫂是不是？"

小乐说是。

护士说："得打电话通知她了，就这两天生了，一生她就会来医院里照顾你是不是？医院这边要做登记啊，进进出出你们也放心是吧？现在偷孩子的人这么多。"

小乐点点头："行。"

护士走了。张如芬吃惊地站起身："你请了月嫂？"

小乐说："是。"

张如芬问："你有婆婆有亲妈，你干吗还要请月嫂？"

小乐头一蒙，坚定地说："反正请就是请了。"

第五十章　骗子开店

李腊妹终于出事了。

果不出小乐的猜测，她的所谓男友，竟真是个骗子。李腊妹每天上网，而且因为关注剩女问题，在网上还看过不少被男人骗钱骗色的故事，她怎么也想不到，这么老套陈旧毫无新意的骗术，竟然在她的身上，也能变成事实。

幸好小乐只给了她两万，幸好不是七万。幸好两万打到对方账户上后，那个叫阿华的香港男人突然关了两天手机。幸好关机之后他又开了机，并且再次甜言蜜语，甜言蜜语之后又问她要钱。幸好甜言蜜语的时间有点长，让李腊妹捕捉到了一个和以前说的不一样的信息：男人一直说自己的家人在香港，店也开在香港，这次突然提到台湾，家人和生意全部又都在台湾了？

李腊妹长了个心眼儿，她反过去问，那香港的家人和店铺呢？

阿华愣住了，但他应对能力很强："正在筹划搬到台湾这边来。这边才是我的老家。"

李腊妹说："你父母什么时候见我？我下周正好要去台湾旅游呢。"

因为之前他一直说家人对李腊妹充满好感，一直想见到她。阿华雀跃，说那太好了，你能亲自来就太好了，我去接你，我妈妈一定会高兴死的啦，她会亲自煮菜给你吃，她老人家已经很多年不下厨房了……

李腊妹没忍住："你不是说过你妈早就去世的话吗？那次，母亲节时，你说的……"

"我说过这样的话？对了，我说的是我的干妈。"对方接得还挺快："我有个干妈，一直也跟我在一起。"

这个骗子！李腊妹基本上已经能确定对方的职业了。可她还想拿回那两万块钱来："你还需要钱吗？"

阿华说："需要啊。今天正是新店开张，要送大的花篮。我们自己去订，没有那么多现金。你能不能给花店把钱打过去五万，随后我一并还你？"

李腊妹说："你先把那两万打给我吧。这钱也是我借别人的。我到下午就可以给你打去十万。"

对方连声说好，但热情已淡，没两句话后就挂了电话。再拨，就成空号了。

李腊妹怒火中烧，却再也没有跟段一市时那会儿一样，气啊乐啊都能跟海浪似的，一波又一波地连着来。气归气，气得很快就到了一点声气都没有的地步。她喊不出哭不出，甚至连惨笑两声都不会。

那个叫阿华的男人，到现在连面都没有见过，只是在电话里听过他的声音。他从没有跟李腊妹说过亲妈或是干妈的事，李腊妹真后悔自己汇款前，为什么没有这么灵机一动，多问一句呢。

真是鬼迷心窍啊！她把男人给她的相片输到电脑里搜索，立刻在各大征婚网站都出现了他的影子。微胖，高大，面相看着挺老实，表和鞋子是名贵货，职业都是私营业主。

为什么在汇款之前，她就没有在网上搜搜这张相片呢？

李腊妹失恋了，失得灰头土脸，甚至比起跟段一市那次还要丢人。小乐没问过她钱的事，但估计猜都猜得到是种什么情况。为什么别人都知道不能做的事，到了她这里，不仅飞蛾扑火做得津津有味，而且一而再，再而三，在男人问题上，总是犯路线性错误？

李腊妹想不通，一肚子的怒气，又凝聚不起来。只好去酒吧借酒浇愁，她觉得那里是个能发泄出怒气或是哀怨的地方，说不定还能找到倾听者。

酒吧里单身女人不多，像她这样抱着自己跟自己过不去的心态来喝酒的女人就更少了。一进门，就被一群小伙子给盯住了。这帮无聊的男人，认定走进门的单身女人，都是想被操的。他们毫无怜香惜玉之心，只想灌醉了她看看洋相。

李腊妹一杯一杯地跟这群混蛋喝，声音也高起来。不远处一桌坐着三个男人，其中一个看不下去了，站了起来："不行，这女的我认识，不能让她这么被人欺负。"

他撸着袖子要去主持正义，一个朋友拉住他："于力，你认识她，她认识你吗？瞧瞧现在那个样子，怕你是谁都不记得了。别去了，人家那是乐在其中，巴不得堕落一把呢。"

于力坐下，想想又站起："这样不好，这帮男的明显在灌她，会出事的。我去去就来。"

"李腊妹！"于力一巴掌拍在李腊妹肩上，声音洪亮得能让那一帮男的吓一跳："我还没来，你自己就这么喝上了？"

李腊妹被于力这一巴掌拍得差点没坐稳，滚到地上去。她果真不太认识于力了，冲他嚷嚷："你使那么大劲干吗？想拍死我啊？"

于力冲那帮小伙子笑笑："这是我朋友，一家四口，连老公带老公家亲戚，一夜之间被人抄了门，全杀了。最近情绪不大稳定，让你们受惊了。"

听了这话，小伙子们哪里还有心情灌李腊妹喝酒，纷纷转身，不理她了。李腊妹着急，举着杯子还在喊："来啊来啊，你们怎么不喝了，告诉你们，老娘不怕你们，别跟孙子似的……"

于力从她手里把杯子拿开，将她的脸掰过来对着自己的脸："喂，看着我，看着我……"

李腊妹一个酒嗝，熏得于力直恶心："您也太没修养了同志！枉让我拿你当文艺女青年看来着。你这又是咋的了，被那个有妇之夫给害的？"

李腊妹呸了一声："那个家伙，早已经成历史了。老娘这次是遇到骗子了，活活被骗了两万块钱。我这猪脑子，硬是一直没有发现。活该活该活该，来喝一杯再说。男人真是没好东西，要么就是我吸引不了好男人，我这个女人遇到的都是极品贱男。喂，你是不是也是一个极品贱男啊？"

大着舌头，说着说着就往于力怀里钻。于力只好站起身，替她把酒钱交了，跟那两个朋友打个招呼，扶着她出了门，上了他的车。

"说吧，你家在哪里，我给你送回去。"他给李腊妹把安全带绑好，见她东倒西歪，已经不省人事了。

"哎，你醒醒啊。这么不能喝跑酒吧里干什么呢？真有病哎。"

他拍她的脸，打她巴掌，李腊妹头仰靠在椅背上，嘴大张，睡着了。于力想想，只能发动车，朝自己家开去。

车刚启动，李腊妹头就一歪，喉咙里发出一阵响。于力大喊一声不好，使劲将她的头推出去，李腊妹一边吐一边喊："不要管我不要管我，让我死让我死……"

"还说别人极品贱男呢，"于力说："瞧你这样，看看谁更贱。"

车外面，一个姑娘指着这一幕，跟男朋友说："看到没，这女的喝醉了，那男的又有钱。哼哼，他俩一定会有故事的。"

第五十一章　儿子出生

　　小乐生了个儿子。医生会说话："瞧这体重，太吉利了。天生一个小帅哥。"

　　小乐躺在产床上，有气无力地问："吉利体重是多少啊？"

　　医生说："六斤六两。孩子不胖也不瘦，怎么样，生个儿子高兴吧？"

　　小乐累得死去活来，哪里还能高兴或是不高兴。她随便点点头，嘴里嘟囔着谢谢大夫谢谢大夫。护士抱着孩子出去了，刚喊了一声："杜小乐家属"，立马围上来一群人，张如芬和赵素棠挤到了最前面，围着护士看孩子。一边看一边伸出手要抱，还议论着：

　　"像爸爸。"

　　"像妈妈。"

　　谁都不想让孩子像对方家里的人。护士不耐烦地躲开："孩子爸爸呢，签字的那个人，出来！"

　　李春来终于从后面站到了儿子跟前，猛一看孩子，差点没把他吓了一跟头，这孩子怎么这么丑？电视上也看到过做奶粉广告的孩子啊，他想象中自己的孩子没有那么漂亮，但也应该差不多啊。可这个，怎么这么皱巴巴红彤彤的，最让人生气的是，他妈还说这孩子像他！

　　"没抱错吧？"他脱口而出。护士给他递孩子，他半天不伸胳膊。

　　张如芬趁他犹豫的一瞬间，把孩子抱到了自己怀里。这个举动，让她立刻在人群中占了绝对的上风。她大呼小叫着："这鼻子，是小乐的。老杜，来看看，和你一样，和小军也一样。还有这眉毛，瞧，多浓密啊，也是我们家男人独有的。真是个好孩子，圆头圆脑，好有福气。"

护士说："先抱到病房去，产妇观察一会就推回去。等会儿有护士来会说明注意事项的。"

说完拿出张纸让李春来签字，还不忘嘲笑他："不敢抱孩子是吗？那是你自己的儿子不？"

小乐还没回病房，月嫂已经来报到了。这是个四十岁左右的女人，麻利干净，刚一张口说出自己是月嫂，赵素棠立刻跳了起来："小乐请的？春来你知道吗？知道，你们怎么想的，一个月好几千，为什么要请月嫂，是不放心我给你们坐月子吗？"

张如芬跟上一句："还有我。"

李春来解释："小乐说你们岁数都大了，怕累着。请个月嫂来帮忙，大家都能轻松一点。"

赵素棠一脸诧异、生气、受伤的表情："你们为什么之前从没有给我说一声？"

张如芬也气鼓鼓地说："还有我。"

李春来看一眼杜光明，杜光明回望他，耸耸肩，仿佛在说："别问我，不关我的事。"

李春来说："现在大家都请月嫂。这没有什么啊，带孩子很累的。睡不好觉什么的。正好，妈你可以回家去休息段时间。你们都不用来，我们自己带孩子。"

两个妈这会儿同时回答道："不可能。"

两天后小乐出院，儿子取了个小名叫胖胖，大名还没想好。跟着小乐进家门的，除了月嫂，还有张如芬和赵素棠。张如芬提了个箱子来，里面是换洗衣服和自己的茶杯牙缸。仗着自己是亲妈，比婆婆对女儿更有支配权，她将李春来赶到了书房，自己和小乐睡一张床。孩子的小床也放在大卧室里，给月嫂则临时支了一张折叠床，挨着孩子的小床。总之，这间房子里全是床，各种各样的床。赵素棠被排斥在外，很是着急，再三跟月嫂说："孩子哭了，就抱到我这屋里来。我这里宽展。"

张如芬严厉地说："哪里也别去，胖胖要吃奶，她那里有奶吗？"

小乐的晨昏彻底被小家伙搞乱了，她觉得自己成了一个喂奶机器，想象中就是一个超级大奶瓶，或是身上绑着两个超级大奶瓶。她时刻在等着胖胖一声啼哭，就把乳头塞给他。但最难受的不是这个，而是在两个妈的照顾下，她几乎没有时间能和李春来单独在一起。每天除了孩子的哭声，就是两个老太太的唠叨，她没法睡觉，

没人说话。荷尔蒙分泌水平还没恢复正常，短短两天时间，因为缺乏李春来的安慰和拥抱，她就患上了产后抑郁症。

儿子一哭，她就开始掉眼泪。张如芬吓坏了，如临大敌地赶紧给她擦："不能哭啊小乐，月子里掉眼泪会让眼睛花的。你总不想年纪轻轻就戴老花镜吧。"

赵素棠凑不到跟前来，就想抢孩子："要不我帮你抱着胖胖，你哭完了再喂奶？"

月嫂一脸不高兴地说："两位妈妈，可以给产妇一点宽松的空间吗？她在哺乳期，最要不得的就是人凑到跟前。"

等小乐睡了，孩子也睡了，两个老太太就拿月嫂开刀。

一个叫她做饭时，加点调料，给小乐开开胃口，另一个干脆不让她管做饭，自己一定要亲自来。月嫂倒不偷懒，力争道："我是拿了钱的，饭一定要做，不能这样。"

张如芬去买菜时，特意买了一双橡皮手套，送给月嫂，说让她保护手。施行了贿赂，她就觉得自己可以使唤对方了。她说："你不觉得家里人太多了吗，这么多人吵吵嚷嚷的，不利于产妇休息。反正你在这里做饭带孩子，我呢，买菜打扫房间，我们两个足够了。你说是不是？"

赵素棠因为张如芬的缘故，插不上手，又心虚又着急。就问月嫂说："你的工作内容包括买菜打扫吗？"

月嫂说："都包括的。"

赵素棠就对张如芬说："老张啊，你要放手，把活儿交给月嫂干吧。她拿了钱的，我们俩都可以什么都不干的。"

张如芬说："我每天都要活动活动，买个菜什么的，没问题。"

说着，她鄙夷地看着赵素棠。小乐坐月子，吃的都是高蛋白，顿顿排骨鱼猪蹄肘子牛肉都不断，她每天买菜几乎都要花掉一百来块。她知道赵素棠舍不得花这钱。所以只好眼睁睁当落后分子，什么都不做。

两人挑拨完月嫂还不算，还得到小乐这里来嘀咕。张如芬是做了好事一定要嚷得全天下人都知道，她每天都给小乐报账，说说自己花了多少钱，而赵素棠一分钱也不花，还跟月嫂说她的不是。小乐听着又掉眼泪，张如芬不耐烦地说："你老哭是个什么事啊，我们怎么你了？"

月嫂见多识广，站在门边，不动声色地说："家里人太多了。小乐妈，这不利于产妇的恢复。我建议你们中间离开一位。"

赵素棠听到了这话，立刻跑过来："亲家母，真的，你不用忙着照顾小乐。家里还有亲家公呢，你还得照顾他不是？你回去吧，放心好了，我一定会照顾好小乐的。"

小乐再也忍不住了，终于吼出声来："你们都走。我请了月嫂，就是希望你们都走的。快点走，快点走好不好啊……"

吼到最后没力气了，又开始趴在床上哭起来。

她这是怎么了？曾经看过一本心理学的普及手册，谈到过辨识临床抑郁症的危险征兆，医学权威一致赞同的一种，便是不合时宜地哭泣。她品尝着梗塞在喉头的苦涩和孤独，内心完全无助。

张如芬拉上门，站在外面和赵素棠谈判："孩子这个样子太让人不放心了，我是她母亲，我留下来比较好。你说呢？"

赵素棠能说什么呢？这几个月里，她搬到这里来住，要的可不是这个结局。坐月子，带孩子，一直到教会孩子说话走路，这才是她需要的结果啊。

居然居然，孙子刚出生，她就得离开儿子家。这让她的朋友，邻居们听到或看到，该怎么说呢？

住在儿子家里的这段时间，小乐和李春来不大自由，赵素棠并不是没有察觉到。但她认定这是孩子们的问题，年轻人总得适应和老人住不是？这是中国，又不是国外，老得不能动了，就去养老院。老年人可以理直气壮不需要孩子照顾，年轻人呢，有了孩子，要么送托儿机构，要么辞职在家，当然也可以理直气壮地不需要老人帮着带孩子。

小乐和李春来不喜欢她事事掺和，可他们不也同样需要她的帮忙吗？月子里有月嫂，可以让她走。那等月嫂走了呢？小乐自己带儿子，还是找保姆来带？保姆能靠得住吗？能有自己的奶奶靠得住吗？

既然有求于人，那就得忍着，何必哭呀闹的，还让自己离开，那样有用吗，合适吗，那不是给自己挖坑吗？

张如芬是那种亲力亲为带孩子的人吗？是的，她会每天都上门，也会给孩子买很多东西，但抱，哄，喂，换，洗，擦，陪……这些事，她会做吗？她只会批评别人抱孩子姿势不对，或是质问她小乐为什么又瘦了？

不，她才不走呢。要走也该张如芬走。小乐怀孕这段时间，自己一直在照顾她，

等孙子生了，张如芬却要来摘桃子了？

不走，就不走。她要走，张如芬也得走！

赵素棠这么想着，索性拉下了脸，说："这是我儿子家，买房的钱基本上都是儿子挣的。我住这里没有什么不可以的吧？我相信李春来也不会赶我走的。"

话说得这么难听，张如芬就大大地不高兴了："你的意思是说房子是李春来买的，我就没有资格在这里了？行，我这就带上小乐和胖胖离开。我们回家去住，既然这房是李春来的，那我那套房小乐总是有份儿的。我们走，你乐意住你就住！"

两老太太谁也不让谁，都要挟小乐以令天下，小乐听着心烦意乱，情绪难以控制，二话不说，就下了床整理起行李来。装自己的衣服，带宝宝的东西。背了一大包，她抱着孩子从卧室出来了。脸上还带着眼泪："我走，我走好吧。你们在这里想怎么吵就怎么吵，吵翻天也和我没有关系，好不好？"

一把没拉住，小乐已经拉开门出去了。张如芬喊一声："糟糕，还没出月子，不能出门。"说着就追出去。小乐却动作飞快，已经嗖嗖下了楼。等老太太和月嫂一起追出来，她已经坐上一辆出租走了。

张如芬和赵素棠站在街边傻了眼，愣愣地看着车流和人流，半天说不出话来。

第五十二章　大出风头

这天清早，端端有时间送小皮。到了学校门口，这孩子才一拍脑袋，嘴里一声"哎哟"。这口气和动作让端端心里一悚："你又忘做作业了？还是没带什么？快说！"

小皮说："我忘了要穿白衬衣。"

端端松口气："那有什么了不起，不穿就不穿。"

小皮说："今天要拍电视。老师说大家都穿白衬衣，排着队伍才好看，我们要做操。"

端端问："拍什么电视？"

小皮说："拍我们幼儿园。"

端端想，儿子一贯调皮捣蛋，碰到拍电视这事，就算他穿上崭新的白衬衣，老师也未必会让他露脸。不如就这么着吧，正好没穿衣服，不让他参与拍摄，还有点理由。

"算了，"端端说："来不及回去再穿了，就这样吧。我去跟吕老师说，你就自己待在教室里玩好了。"

小皮想了想，估计也只能这样了："那教室里的玩具我全都可以玩吗？"

端端说："当然可以了。这还用说。"

小皮嚷道："耶，好耶。"

两人到了教室门口，吕红老师果然问端端："小皮怎么没穿白衬衣？"

端端还没说话，小皮抢着回答："教室里的玩具都是我的吗，吕老师？"

吕红老师显然被这句话问得没头没脑，端端让小皮进了教室，赶紧着解释："孩子给忘记了，到门口才想起来。我一琢磨，小皮那么淘气，站在队伍里也会没个样子的。不穿就别让他出去做操了，省得破坏纪律。让他待在教室玩玩具，一想那么多玩具都可以一个人玩，他就挺高兴的。"

端端算是说出了吕红老师的心声，她不由大松了一口气，连忙说："这样也好这样也好。还是你想得周到。这样大家都好。"

虽然预料之中，可端端听老师这么说，还是有点小心酸。儿子混成这样，真是悲剧啊！

拍电视的人上午九点左右来的，并不是给幼儿园做广告的那种节目，而是和几个幼儿专家在一起，拍的关于教育理念的纪录片。摄制组也不是电视台的，而是一些独立制作人。但老师和孩子们并不清楚，都以为是电视台的宣传片呢。

见摄影机架起来了，老师们连忙招呼孩子们出来一起表演韵律操。

这套操的音乐很好听，编的动作也很可爱。小皮到学校后，已经做了一两年了，可他从来不按老师教的路数做。电视里看到个什么新鲜动作，做操时就赶紧加进去，一会儿学摇滚歌星，一会儿学动物奔跑。逗得其他小朋友笑个不停，总被老师拉出队伍之外罚站。

这会儿，教室里就他一个人，玩具他可以随便玩，老师都这么说了。可听着音乐响，他又坐不住了。头天晚上他刚看了街舞大赛，就着音乐来翻几个跟头，那不是很帅吗？

想到这里，他放下玩具，立刻就出了门。也不管别人在干什么，站在队伍的后面，就自编自跳起来。嘴里还自言自语着："哟，嗬，呵，哈。"

那个生龙活虎的小身影，立刻吸引了摄影师和导演，比起一群穿白衬衣，对着太阳直皱眉，动作整齐划一的孩子们，小皮显得特别有趣，特别招摄像头的待见。

摄影机方向的改变，吕红老师马上注意到了。她看见了小皮在那里出乖露丑，不由心里暗喝："糟了，坏事了。"

她快步跑到小皮跟前，伸出胳膊就要拉他。导演却一路跟着跑了过来，立刻制止："不要，不要，让他跳。"

小皮见有人笑着鼓励他继续跳，不由来了精神，越跳越高兴。孩子们操也不做了，纷纷跑到跟前，围成个圈帮小皮鼓掌。

导演对吕红老师说："这孩子很好啊。是你们学校的吗？"

吕红老师恨铁不成钢地说："是我们的孩子。今天没穿白衬衣，我没让他出来做操。够调皮的，平时做操也没个样子，总是这样自己跳自己的。今天让你们见笑了。"

导演扶扶眼镜："很好啊。真是个很有意思的孩子。他还会干什么？"

导演的最后这句话，被其他小朋友听见了。小小立刻冲上去，邀功地喊道："小皮还会吹唢呐，他跟他爷爷学的。"

导演眼睛一亮："真的啊？会吹唢呐的孩子，如今还真是不多见了。"

小皮一个鲤鱼打挺，结束了舞蹈，自己跑到导演跟前，大声说："我还会唱歌。"

"那你唱一个。"几个幼儿专家也围了过来，仿佛小皮是个有趣的实验品一样，几个人交换眼色，看着孩子乐。

小皮仰起脖子，手掌拢起，放在耳朵后面，歌声冒出来，居然是一曲悠扬高亢的信天游！

水圪灵灵的女子呦虎圪生生的汉，
人尖尖就出在这九曲黄河边。
山沟沟里那个熬日月，磨道道里那个转。
苦水水里那个煮人人，泪蛋蛋漂起个船。……

这会儿，连吕红老师都什么也不说了。孩子们沉浸在这辽阔深情的歌声中，仿佛感受到了什么似的，小身体一起摇晃着，脸上露出陶醉的神情。小皮稚嫩的声音，却唱着信天游这样沧桑的曲调，真是别有一番味道。

歌唱完了，几个大人一起凑过来："你还会唱吗？还会什么？"

小小说："他还会打架。他帮我打跑欺负我的坏孩子。"

小皮听小小这么说，就得意地把胳膊举起来，要给大家展示肌肉。

导演说："这样吧，小皮，你想干什么就干什么好了。我有个请求，想到你们班里去拍拍你和其他小朋友怎么玩，怎么吃饭和睡午觉，好不好？"

小皮点点头。他热情地拉着导演朝自己的教室走，一边走一边还介绍自己的同学："我们班的张胖子，睡觉会打呼噜。有时候他是装的，有时候是真的。我们就去戳他的鼻子。"

……

吕老师跟在孩子们后面走着，一脸的不知所措。

　　孩子们中午吃饭时，她给端端打了个电话。

　　看见是老师的号码，端端心就扑扑直跳。先喊几句阿弥陀佛，上帝保佑，才接通手机。

　　"小皮妈妈吗？"吕老师说："对，是找你。没事，小皮没问题，没什么意外，没什么意外。拍得也挺顺利，还没走，就在我们班里。说要跟班拍，拍一天吧。是，是挺好的。还有，男主角，哎呀，就是告诉你这个，是小皮。导演说让他当男一号，所有的故事都围绕着他在拍。不知道啊，我也不知道为什么会这样。听说他还会吹唢呐？摄制组派个人去给他买唢呐去了。你不知道？这么重要的事你会不知道？我也不知道，他还会唱信天游，会唱好几首呢。这你也不知道？这就是……小皮妈妈，我们交流得太少了，你很多信息也不清楚，搞得我们工作很被动啊。本来是拍全校的，现在只拍小皮。而且孩子又比较淘气，也不知道是正面还是要当反面教材。是，我们也不好多问。只是看他们拍得很来劲。唢呐是爷爷教的对吧？听他们说还想拜见拜见你们家老爷子呢。"

　　端端越听越心惊胆战，这到底是祸是福，怎么听不出来？还要去见老爸？见他干什么，听他讲怎么教小皮打架、不学习、下河游泳，然后跑丢？

　　"别别别，吕老师，你给配合一下。别让他们去家里。下午爷爷来接得早，你就早早把孩子送出去交给爷爷就行，啥也别说。我家老爷子人来疯，要是知道拍电视，还不知道会疯成啥样呢。"

　　吕红老师回头看看那群人和跟爷爷一样人来疯的小皮，担忧地哼了一声。

　　到了下午四点，估摸着爷孙俩该到家了。端端给赵栓锁打了个电话，没人接。再打，还是没人接。她预感到事情不好，干脆找了个借口去银行办事，溜出了公司。

　　打个车立马回家，刚进门道，就听见说话声，搬东西的声音，唢呐的试音声，小皮的喊叫……乱成一团。三步并做两步上了楼，果然看见自己家门口，挤成一团地放着两个衣柜，一张桌子。椅子摞在桌子面上，粗大的电线，通向房间。

　　客厅沙发挪了位子，茶几也靠窗了。墙上贴一张花花绿绿的大纸，大灯照得满房子晃眼，赵栓锁换上了前段时间去表演比赛的绸子大褂，头上还跟阿宝似的，绑了条白头巾。再看小皮，竟然和爷爷穿得一模一样，难道老头儿做服装时，偷着给孙子也做了一件？头上也绑着条白毛巾。两人一人手里拿根唢呐，放在嘴里，鼓着腮帮子，就等导演喊"开始"了。

门被堵得死死的，邻居看热闹的，围了个水泄不通。端端挤不进去，只能踮着脚在外看。她刚伸出胳膊，想喊一声："等一等"，导演已经下了命令。

赵栓锁和小皮，一定背着端端，在很长时间里练习过这首叫《雪花飘》的曲子，他们俩配合得那叫个天衣无缝，一气呵成。表情，眼神，姿势，动作，无一不默契，无一不流畅。

空间时间，仿佛都凝固住了。屋里屋外的人，都屏住了呼吸。没有人说话，也没有人鼓掌。等一曲终了，导演手一抓，大喝一声："棒极了！"

看来这一条，一次就拍成了。

小皮高兴地扑到爷爷怀里，爷孙俩紧紧拥抱在一起。这一刻感动了观众，大家纷纷鼓起掌来。端端这才能有个空隙，挤进房间。

一见端端，小皮立刻从爷爷身上滑下来，跑到妈妈怀里。兴奋得语无伦次："妈妈妈妈，我拍电视了。你看，我上电视了。"他给她指镜头后面的放映机："大家都说我是个小天才。"

端端听到"小天才"这三个字，吓得一哆嗦，赶紧去捂儿子的嘴："这话可不敢乱说，会被笑话的。"

导演走了过来："你是这个小朋友的妈妈呀，恭喜你啊，养了个这么优秀的小天才。这孩子很有表演天分啊，你真该好好培养培养他。"

端端吸口气，吓得捂住了自己的嘴巴。她什么时候听人夸过小皮啊，而且还是被拔到如此高度的夸奖——她支吾着："这孩子淘气。"

导演说："我们这片子拍了一年多，拍了近一百个孩子了。小皮可以说是最出色最生动最鲜活的一个。他那不是淘气，是可爱，小皮妈妈！这才是孩子啊，小皮妈妈！"

端端扭头，正碰到赵栓锁的目光。他看着她，眼里说不出的喜悦和自豪——他终于有机会证明他的那套无为而治的理论有多么正确了。端端不服气，但对儿子能这样露脸，还是得意非凡。她拉着小皮的手，让他跟摄制组的叔叔阿姨爷爷们说谢谢。

那天小乐抱着孩子没有走远，上了出租，司机问她去哪儿，她突然哭出声来，嘀咕了一声随便。师傅被吓了一跳，以为碰到了精神失常的女人，而且说不定还跟拐卖孩子有关。他悄无声息地竟将车开到了一个派出所的院子里。门都来不及关，跳下车就朝房间跑，大喊着："快来人啊，这个女人有问题。"

几个警察立马冲了出来，小乐还没反应过来，孩子已经被一个年轻警察抢到了手里。而且有人冲她大喊："下车。"

过了一会儿，李春来一头汗水地跑了进来。他急着先看小乐，又看孩子。复印机似的直问小乐："你到底怎么了？你到底怎么了？"

有警察见多识广，轻描淡写道："产妇最容易得抑郁症了，你们做家属的难道不知道吗？"

不一会儿，张如芬和赵素棠一前一后地也赶来了。一见小乐，张如芬就赶紧表态："小乐，你回家。我马上就离开。保证不烦你了。"

赵素棠也跟着说："我也走我也走。肯定是家里人太多，吵着你了。还你清净，还你清净。"

听了这话，小乐的心情终于雨过天晴了。她走到赵素棠跟前，伸出胳膊拥抱了她："对不起，妈。"

又拥抱张如芬，还是那句话："对不起，妈。"

第五十三章　老茧手（2）

　　杜小军拿到了离婚证，他想先瞒着张如芬和杜光明，等和谈丽丽的事有了眉目，再讲给他们。可他和容利一分手，张如芬就知道了。

　　当然是容利告诉她的。容利在电话里不叫她妈了，改口叫起了张阿姨。"是啊，不好意思，以后我得叫你张阿姨啦。我和小军离婚了，证件还在我手里呢。刚离刚离，这钢印还热着哪。你一点也不知道？那个女人也没见过？啧啧，还有个孩子呢。我以为他早就全告诉你们了的。他要离，我有什么办法。我成全他，君子成人之美嘛！再说了，这不也是阿姨你多年的心愿吗？要不是你总这么掺和着我们的家事，我们俩还没那么多可吵可闹的呢。离了真好，我还得谢谢你。我没什么好失去的，小军又不是什么杰出人才，不过是一普通工人，相貌也很一般，对吧？钱也没有几个，我嫁他我当然亏了。幸好没有孩子，离婚才能这么利索，否则你说，有了孩子再离，该多么造孽哟。他住到哪里去了我不知道，肯定是和那女人在一起吧。我现在和朋友们一起做生意，投资黄金，早就不去上班了。上班有什么意思呢，拼死拼活的，一月就两千块。买点吃的，顾不了穿；买了穿的，顾不上吃。你怎么不说话了？是很吃惊吗？不用！像我一样，开开心心的多好。我呢，就是跟你们告别一声，毕竟也做了这么多年的一家人，算有缘分呢。从此以后，我们就没啥关系了。不过你和叔叔要是有啥事，找我我还是很乐意帮忙的……房子存款我都拿了，对，他以后住哪里，我没问过……"

　　张如芬再也听不下去了，随手将电话就挂了。

　　容利这是在炫耀在挑衅在故意气她呢。这个傻瓜小军，说不定这女人早就起了外心，早就等着要离婚了。现在可好，小军落下这个把柄，居然只身离家，什么都

没落下。房子虽然是套旧房，但好歹也是个落脚的地方。而且这几年，两人存的，加上他们老两口陆陆续续给的，至少也有个二十万的存款。就这么轻飘飘地给了容利？以后按他的收入，想存够这些钱，要到何年何月呢？三十五六岁了，却成了一个一无所有的穷光蛋，完了还怎么结婚，拿什么娶老婆？小军啊小军，你这真是把自己的人生好端端地给耽误了。

杜光明刚锻炼回来，正坐在家里看报喝茶。听见张如芬接这个电话，语气就不对头。等放下电话，悲从中来，竟然趴在沙发扶手上哭了起来。杜光明也就恋爱时见过张如芬掉眼泪，这么多年，多少难事会引出她的眼泪呢？杜光明知道事情不好了，忙蹲到旁边安慰她："怎么了，怎么了？刚才是谁来的电话，出什么事了？"

张如芬哽咽着："小军。小军离婚了。"

杜光明心里咯噔一下，脱口而出："他竟真走到了这一步？"

张如芬听着蹊跷："你以前知道？你都知道些什么？"

杜光明见瞒不过去了，只好将那次见谈丽丽的事讲了出来："我感觉有点不对头，但无法确定。也不知道是不是因为那个女人，确实是带着个孩子，是女孩。挺乖的，就在咱们院外，小军常去那里吃面条。说是认的干姐姐。"

张如芬一下子坐起来："干姐姐？这么说比小军还要大？"

杜光明只想大事化小，说："人看着倒很勤快，长得也清秀。"

张如芬问："就是个进城务工人员？"

杜光明说："是不是农村来的我不知道。不过没正式工作是肯定的了。"

张如芬又哭："可怜的小军，这是怎么回事啊。好好的一个老婆，都抓不住。放出去玩，还隆胸。容利在外面结交的朋友，听上去这有钱那有钱的，谁知道都是些怎样不三不四的人。她的心早就不在小军身上了，这点谁都能看得出来。我从没喜欢过她，但也不想看到她欺负小军。小军自己也不争气，要找女人，至少也找个比容利强的啊。怎么人能往低处走呢？找个比自己大的，还带着孩子，还是个做小面馆的，他真是找不到更好的了吗……"

杜光明打断张如芬的如泣如诉："我握过那女人的手，手上都是老茧。肯定是个很能吃苦的人，让人敬重呢。"

"呸。"张如芬一口啐过去："有老茧就了不起啊？知道小军有老婆，还勾引他，全身都是老茧那也是坏女人。不行，我要去找她算账，我倒要问问她，为什么插足小军的家庭，害得小军房子存款统统都拿不到！以后怎么办，靠她卖面条去买房子啊？"

杜光明急忙拦她："站住站住。你弄没弄清楚就跑去找人算账。万一不是这么回事呢？你这不是出丑吗？还是等问问小军再说吧。"

小军上班时间，估计在开会，把手机给关了，张如芬怎么都拨不通。余下的几个小时，张如芬急得如热锅上的蚂蚁。硬着头皮，又找容利，这次口气很硬，充满了不共戴天的仇恨："我就问问你，你凭什么房子存款都要拿？那房子是你出钱买的吗，和你有个毛的关系？还有存款，有我们老两口多少的心血。靠你们俩的工资，存一辈子都存不到。你凭什么就这么拿走了？"

容利并不生气："是小军不要的啊。他主动不要的。他说他什么都不要，只要我跟他离婚就行。我说好啊，这么好的事我何乐而不为呢？他以为我会赖着他啊，哈哈，笑话，我早就想离婚了，多少年前就不想跟他过了。不过是看他可怜，才一直忍着。既然他主动提出来了，那就离啊。钱啊房子啊他不要，我干嘛不要呢是吧，我又不是傻子。"

张如芬恶狠狠地说："这事没有完。我要和你打官司。小军不要，我和他爸爸会要的。"

不等容利说什么，就挂了电话，气得又抹眼泪。

杜光明凑跟前，犹豫地问："你不是真想打官司吧？"

张如芬说："打什么打！我就吓唬吓唬她。你儿子自己不争气，我们能有什么办法！我真是没有想到，小军这么个老实人，居然也会离婚。那么多年，他都容忍着容利，她懒，她不生孩子，嘴巴坏，脾气坏，他都能视而不见。你说你既然要离，早干嘛去了呢？女人的时间耽误不起，男人也是一样啊。转眼快四十了，好了，没钱没房没地位，哪个女人会跟他哟。"

杜光明小声地说："所以能找个开面馆的老板娘也挺好。那女人勤快，一手的茧子。"

张如芬怒吼："你少再跟我提那破茧子。"

说着，想起什么来了，站起身要下楼："我到那女人店里坐着去，我去等小军。要是他们真有事，一下班小军肯定会去那里。"

杜光明也跟着穿鞋，被张如芬拦住了："你别去，她见过你。我去，我跟她聊聊天，我去试探试探。"

杜光明说："好吧。不过你还是要多克制，别把事情搞砸了，害小军怪你。"

张如芬出了门，走到面馆跟前，心想："敌人总是潜伏在身边，都怪我，没有足够提高警惕。"

刚十一点，离吃饭的高峰期还有点时间，面馆里还没有客人，谈丽丽搬张小凳子，坐在外面摘豌豆尖。她穿件红色的毛衣外套，黑裤子，戴着红白竖条的围裙，倒很干净利索。皮肤白里透红，一点斑都没长，还真是让张如芬怪吃惊的。见张如芬进门，她连忙站起身招呼她，问她要吃什么面。

菜单只是一张打印的A4纸，过塑后拿给客人。面条是川味的，牛肉面，肥肠面，担担面……还有小笼包、卤鸡蛋、泡菜、花生米、炒土豆丝、圆白菜，一些家常凉拌菜等。张如芬正在看菜单，谈丽丽端了一碗红豆粥过来，张如芬一愣："我没要稀饭。"

谈丽丽说："送客人的。先喝点粥，暖暖胃。"

很小的一碗，却熬得很细。谈丽丽将白糖罐放到张如芬的桌上："阿姨，想吃甜自己放。"

张如芬说好。就拉开了家常："你一个人做这个店啊？"

谈丽丽说："还有个本家的外甥在帮忙。等吃饭人多了，他会来端饭送菜的。我在厨房自己做。"

张如芬看看，店里也就六张桌子。"客人也不多是吧？"

谈丽丽说："吃面的人流动快，也不少的。有些人是常客，就会等。阿姨，尝尝我们的牛肉面，还是很多客人喜欢的。"

张如芬就说："不急，我再看看。还没到饭点，等等再说吧。"

谈丽丽就摘菜，跟她主动说话："阿姨，今天看来是不想做饭啦？"

张如芬说是啊。没什么好吃的，乱七八糟的事，哪里有心情做饭吃。她发牢骚，谈丽丽一吐舌头。四川女人大多显年轻，那个样子，竟比容利看着还要活泼年轻一些。

从来都很厌恶八卦别人家事的张如芬，硬着头皮问："你没有男人帮你啊？"

谈丽丽摇头："早离婚了。我自己带着孩子过。没过多久又下了岗。我们那个小县城，找个活路不容易。正好有个亲戚在这个厂里工作，我就投奔他来了。租了这个铺面，开了个面馆，就这么支撑下来了。现在还觉得这样也挺好，要是当初没离婚，我可能不敢走这么远谋生路，下了岗，也就死死困在家里了。"

张如芬见谈丽丽一脸快乐，试探地问："那你没打算再结婚啊？"

谈丽丽摇头大笑："碰到了那个合适的人再说噻。我现在只想好好做生意，带女儿，攒点钱，要么回老家去买房子，要么待在这里，扩大铺面，把生意再做大点。"

见张如芬不说话，谈丽丽有些尴尬了。她站起身，再问张如芬要不要下面？来端张如芬面前的粥碗时，张如芬突然拉住了谈丽丽的手，她摸到了老茧，的确很多，这样的手，别说女人，现在在男人身上，都不多了。

谈丽丽吓了一跳，赶紧抽出手来。她站得远远地，看着张如芬。张如芬若有所思，突然转过头："给我来碗牛肉面吧。"

第五十四章　刀、发、骚

　　自从小军离婚后，张如芬多年不服输的心劲仿佛突然被人抽空了，她开始琢磨以前杜光明说过的那些话。那些她从来都没有听进去过，而且一直认为是些毫无价值的价值观的东西。她不仅认识到自己无力把握孩子的前途，而且开始对人各有命这样的话接受了。

　　人各有命，让他们自己走自己的路去吧。

　　当杜光明习惯性地迎合她的观点时，无论是说别人，还是孩子，她都会突然冒出这样的一句话来。

　　杜光明很吃惊。虽然他不赞同张如芬对孩子的管教，但还从没有到对命运臣服的境界。现在，他反而成了那个更积极一点的人："如芬，你怎么能这么说呢。性格决定命运呀，所谓性格，不就是面对困难，解决困难的秉性和智慧吗？"

　　张如芬摇摇手："随便你怎么说。人各有命，只要不过分不胡来，上天都不会辜负他的。算了，我不想再操心了。"

　　小军和谈丽丽的事，她在反对过一阵后，便偃旗息鼓了。小乐的月子坐完后，继续聘月嫂在家里帮她。她有三个月的产假，蔡丹言还算仁义，又给她加了一个月，再加上年假，等再上班时，胖胖就已经快五个月了。临上班头几天，她狠下决心，辞职了。理由很简单，孩子的童年只有一次，她得陪着儿子过好这个童年。

　　幸好之前已有小军的离婚，小乐的辞职才没有给张如芬更大的打击。曾经一门心思希望儿女谙世事，有成就，至少现在看来，已经是个泡影了。张如芬鼓得满满的心劲，泄得差不多了。

　　赵素棠和赵栓锁，并没有让端端和小乐更担心。两人似好非好的，就这么处着。

说到过的最远那一步，就是赵素棠跟着赵栓锁回农村老家去住一段时间。

李腊妹和于力，一阵热乎一阵又像陌生人。赵素棠看着干着急，却什么也说不出口，现在她也终于像张如芬一样，一夜之间全都想通了。再多的话，也能和着唾沫咽下肚子了。

"爱怎么办怎么办吧，反正你没法替她过日子。她的生活，总得让她自己一天天去过。"

赵栓锁点点头："这就对喽。顺其自然，顺其自然。"

端端交给老黄投资的那十万块钱打了水漂。老黄的公司，一夜之间，就从高端写字楼上蒸发了。容利比她更糟糕，就那点小家产全没了踪影，急得没地儿发泄，还回去找了一次小军。鼻涕眼泪地要小军原谅她，跟她重新复合。小军不理她，反倒是谈丽丽，陪着她流了眼泪，又给了她五千块钱。

容利知道和小军再无复合的可能了，倒也不是特别伤心。她屁股后面一直有男人在追，但多是一些爱吹牛撒谎的人。可是她能怎样呢？层次更高的，她认识不上，层次低老实巴交的，她又看不上。结果就是，总是和一些身份不明的江湖人士搅和在一起。

还认识了一个据说是当地黑社会的大哥。大哥给她说，只要有老黄的线索，他就能把钱给她要回来。容利心里怀着这个美好的愿望，天天在街头转，各个麻将馆里进进出出，还常常联系端端，给她汇报情况。甚至在网上发出了悬赏令。

端端心里明白，那十万块钱肯定是找不回来了。这让她抓心挠肺了很长时间。

陈昊天知道后，倒没有生气，他电话里安慰她，要是这两年军衔再升不上去，就打算转业了，转业时能有一笔钱。到时候托战友，找个差不多的工作，怎么都能买套房的。只是时间早晚的事情，让她别再自我折磨了。一个女人又工作又带孩子，本来就不容易。但好在让人特别高兴的是，小皮已经被外语学校破格提前录取了，竟还真是不要钱的那种。

原来，上次电视剧组里，有一个幼儿专家，正是外语学校的投资人之一，对小皮念念不忘，说学校就需要这样多才多艺、童心盎然的孩子，才能给校园带来活力，出去比赛什么的，也是学校的一张招牌。

端端一说起这些事，就是又哭又笑。小皮凑到她跟前，帮她擦擦眼泪，又对着话筒叫声爸爸，说："你就放心吧，妈妈我一定会照顾好她的。把她养得白白胖胖。"

"去你的，"端端不领情，踢儿子一脚："谁要白白胖胖？"

小两口带孩子，比起有老人在家，肯定要辛苦一些。但李春来和小乐宁愿累点，也不愿和老太太们搅和在一起，当娘的还能说什么呢？当初她们哪个不是这样把孩子拉扯大的？如果她们愿意看到子女变成自己的样子，最好的办法不就是让他们走自己的路吗？甭管那路有多么难多么累，只要走过了，他们不仅能长成你所希望的那样，而且，还会越来越理解你、爱戴你、敬重你。

张如芬刚开口问小乐："要我去给你做做饭吗？"

小乐眉头一皱，她立刻举手投降："行。我知道了。需要帮忙你叫我。随叫随到，其他的，我不管。"

小乐打趣她说："妈，你突然这么通透，我还真不习惯。怎么的，是跟谁学的？高大夫？"

张如芬呵斥："别跟我说那个人。"

这中间，发生了一件事。说大不大，说小不小：鲍勃回来了。

艾真这回没瞒着高稚影，头两三天就告诉了她。还邀请她跟她一起去机场接他。高稚影一听乐坏了，同时内疚也冒了出来，后悔上次小鲍回去时，没给他父母带点东西。

"都怪你不说，"她埋怨艾真。又乐又喜的，人都有些糊涂了。接机那天，麻烦艾真的一个朋友开车去的。朋友一见艾真就说："鲍鱼这下回来，你们是要结婚啦？"

艾真有点儿羞涩地点点头。高稚影疑惑："鲍鱼？"

艾真说："大家给他起的外号，说这样叫好听好记。"

看来鲍勃也知道他这个外号了，上了车，高稚影问他累不累，他就跟高稚影开玩笑，说自己是条鱼，不会累的。高稚影见小鲍这么随和开朗，但对鲍鱼的理解，并不准确，不由哈哈大笑。

之后的一切，进行得很顺利，从领结婚证，到重新租了一处大房子，到办婚礼，就在半个月中间。婚礼当天，鲍勃的"鲍鱼外语学校"也挂牌了。

高稚影将乐活队的老头老太太们都请来参加婚礼，这帮人一来，气氛立刻就大不一样。又唱又跳又舞的，把鲍勃也乐得手舞足蹈，一定要跟高稚影跳一曲。高稚影一手背在后面，一手被鲍勃牵着，跟着他的轮椅转圈儿。老莫当然也来了，来了就嚷嚷着还要献诗，而且还是《致橡树》。为什么总是这一首呢？有人说，你是不是对橡树情有独钟啊，或者还是你除了这个，别的什么都不会呀？

"当然不是，其实原因很简单，就是因为这次我背叟（熟）啦！"

杜光明拉着张如芬也来了。艾真和这个新西兰的小伙子真的结婚了，这事还让张如芬有点吃惊。当然也有点尴尬，当初她可是为了这事惹过高稚影不快的。

一屋子的人都在唱唱蹦蹦，新娘艾真打扮得格外漂亮，她的那些年轻朋友们，一个劲地围着她在照相。张如芬备感格格不入，看看吧，连赵素棠都跟乐活队的这帮疯子们玩熟了，她摩拳擦掌地，正和几个老太太对着乐谱头碰头，要唱《花儿为什么这么红》呢。

花儿为什么这么红，哎，为什么这么红？红得好像，红得好像燃烧的火……

红的都是别人，她只有寂寞。

张如芬悄悄走了出来。

鲍勃和艾真租的这套房，临街。前面的铺面，让他们改成了教室，后面要经过一个斜坡，才是他们住的房间。张如芬溜出来，先趴在教室窗户上看了看。里面还没收拾好，看上去好像沿墙要做一圈台子，估计会放孩子书包什么的，地上还散落地扔着工人们的工具。

她相信这肯定会是个好生意，有鲍勃这个招牌，学校一定能办好的。她心里有点酸溜溜的，高稚影不费啥事，就招到了这么个女婿。她还怪能的！

张如芬悄悄走了，杜光明并没察觉。反倒是高稚影看见了，她知道张如芬在这里不舒服。毕竟她从没有一天真心接纳过他们这些人，所以当然也无法融入他们的快乐。

她叫杜光明过来，推他出门："你老婆走了，你去追追她吧。"

杜光明正玩得高兴，还等着要跟高稚影来一曲舞蹈呢，这下好了，老婆跑了，他也表演不成了。心里不快，匆匆跑出门，就见张如芬正在马路边上，朝公交车站走去。

杜光明在后面追着喊："如芬，如芬，张如芬。"

她终于听到了，因为正对着太阳，她转过头来，眯着眼瞧。杜光明走近了，喘着气，说："你怎么走了呢？"

张如芬吁口气，落寞地说："我待在那里干什么，腰来腿不来的，又不会唱又

337

不会跳，没意思。"

杜光明说："那你可以吃东西啊，可以找人聊天啊。"

张如芬不高兴听他这么说："我没叫你离开啊，看你这不满意的，你回去继续玩啊。我只是自己不想待了，份子钱也交了，腿长我身上，我当然可以离开好吧？"

杜光明说："怎么一说你就炸呢？我不过是说，你得合群一点。退休了，原有的同事关系，就都散伙了。你得重新建立一个朋友圈来。不是劝你要加入我的队伍，不过你自己也应该多交点朋友啊。如果没有的话，和我的朋友们多玩玩，那不也是个很好的办法吗？"

张如芬没好气地："我没你那闲心！"

杜光明被堵得生气，他也不说话了。

两人默默地走着，突然发现，竟然早过了公交车站。前面的路还有好远，张如芬没有继续说话的意思，杜光明着急，边走边踢起石头来。

突然一个石头吸引了他的注意，他拣起来，拿在手里看。张如芬还在朝前走，杜光明叫她："如芬，你来看。"

张如芬站住，见杜光明没有上前的意思，只好退回去看他拿的是什么。这石头还真是漂亮，黄中带褐，中间有白色的细线。杜光明让张如芬看那是什么，张如芬看半天没看出来。杜光明喊："琴谱啊，五线谱啊，没看见啊？还有音符呢。看见没有，一模一样的小蝌蚪，三个！我来认，我来认，我都多少年没认过这个了。"

张如芬拿过来，硬邦邦地说："刀、发、骚。"

杜光明取下眼镜，仔细看："哎，还真是的。你居然还记得啊？"

张如芬没说话。

说起来这还有典故呢。两人认识，就是在厂里组织的歌咏队里。那时张如芬刚从中专学习回来，杜光明大学毕业分到了厂里。当时厂里为年轻职工搞了很多的活动队，每个人都要参加。歌咏队是其中之一。

张如芬是个没有什么特长的人，去歌咏队，想的就因为人多，可以滥竽充数。老师第一天就开始教大家认五线谱，很多人都学不会，张如芬肯下力，挺认真，学得最快。但最后还是因为五音不全，没能坚持到上舞台。

那时，是张如芬主动追的杜光明。现在杜光明一提歌咏队的事，张如芬心里还有些膈应。怎么的，要借着这块石头，翻旧账啊？当时是我先追的你没错，可那时高稚影也没在厂里啊。何况，也没别的人跟我抢你呀。

杜光明笑起来："你这个老太婆，这么敏感干什么？你追得好，追得妙，不是你主动，我哪里敢主动去找你？当时在厂里那么红，是多少年轻人心目中的女神。这么多年，我还是要感谢你当初勇敢追我，这是你这辈子，做得最正确的一件事。"

张如芬难得听杜光明说出这样的话，她不知道该怎么办，心里感慨万千，还有一点怀疑。于是一声没吭。

直到杜光明回到家里，将那块石头洗干净，放在了玻璃柜里，她才觉得，刚才老头子说的那番话，可能真是肺腑之言。

第五十五章 开往春天的列车

转眼到了五月份，老年歌舞才艺比赛如期举行。这次杜光明和高稚影没拿上奖，反而是赵栓锁拿了个大奖。另外整个团的合唱，拿了个银奖。大家高兴，一合计，索性坐着火车，去新疆玩一趟！

杜光明回家说团里要出去玩，张如芬没好气地说："真是没老没小，够花哨的。就这么男男女女，一路唱着跳着去啊？"

杜光明说可不。要不，你也一起去？

他可不希望张如芬去，张如芬黑着个脸，看谁都不顺眼，还会对高稚影不客气，带上她他就放不开了。幸好，张如芬凶巴巴地说："不去。"

可到上了火车，杜光明放下行李，正兴高采烈地和队友们招呼寒暄时，却发现，张如芬提着箱子，朝他所在的铺位走了过来。

买在同一个铺仓里，而且她是在中铺，一看就是预谋的。这下好了，他总不能让她爬上爬下吧？张如芬一屁股坐在他的铺位上，看着对面的高稚影意味深长地说："我来了。"

一次小小的旅游，还真是状况不断。就在两分钟前，金朋还站在月台上，直冲高稚影飞吻呢。弄得老莫很不爽，他冲金朋大声喊："你回去吧，稚影有我照顾呢。"

嘿，这话说的。别说金朋不爱听，连高稚影都受不了了。她冲金朋合掌，表示谢意。顺手将老莫推开了。

才一会儿，张如芬又一脸老谋深算地来了。

一团的人，都为张如芬这样的出场而有点吃惊。旁边下铺的赵素棠和赵栓锁面面相觑。赵栓锁主动拿着票要和杜光明换："我是劳动人，上上下下习惯了，你去我那里吧。"

杜光明哪里好意思。高稚影识趣地站起身："我来我来。我睡上面。我腿脚比老赵更灵活。杜工，你和张书记在下面，头对头，脚碰脚，也好说话。"

说着就将自己随身带的行李扔到张如芬的头上去了。她果真灵活，两下就爬了上去。坐在床上，还哼着歌呢。

莫蒙天看着这一幕好笑，走过来拍杜光明的肩："这一路被老婆监视住了，杜工，你得夹着尾巴做人了啊。"

杜光明咧嘴苦笑，张如芬狠狠瞪了老莫一眼。

随后倒是一路欢笑。这群人爱唱爱笑，嘴不停，歌不停，一车厢的人都羡慕得不得了，连隔壁车厢的人都跑来看热闹。张如芬渐渐受到了感染，越发觉得自己一贯严肃紧张的生活态度，确实是有点问题。

一天半夜，四点多，张如芬起来上厕所。等回来时，就见高稚影坐在靠窗的位置在看外面的夜景。她也睡不着了，就坐在高稚影对面，问她："不睡啦？"

高稚影摇摇头："睡不着了。"

张如芬有点歉疚地说："是不是睡在上面不舒服？"

高稚影笑笑："哪里，没有。你别多想，和这个没关系。我平时睡的也不多。习惯了早早起来。"

张如芬说："起来运动啊？"

高稚影摇头："不，我只是坐着冥想。"

张如芬睁大眼睛看看她。这是一种什么运动？她可太不理解了。

前半夜似乎下了雨，在黑暗中，被雨水冲洗得发亮的慢车月台飞快驶过，车轮在轨道上咔咔作响。

张如芬没话找话说："艾真结婚后适应吗，两个……他们两个生活能方便吗？"

说是找话题聊，其实也是她心里很想知道的。

高稚影悄悄地说："也许在你们很多人眼里，我这个当妈真是心狠，让两个残疾孩子，在外面独自生活，自己却跳舞旅游，活得自在快活。但你们哪里知道，让他们独立自强，这才是我能给孩子们最好的爱啊。艾真身体残疾，父亲不堪压力，离家而走。我能做的，就是给她一个健康快乐的心灵，一个能自食其力的未来。这两样，对她来说，比什么都重要。很早以前，我就看过一本书，书上的观点，深深

地影响了我。作者说，如果你想让孩子成为一个什么样的人，那你自己去那样做，就足够了。那时我刚离婚不久，面对一个残疾孩子，心情灰暗到了极点，死的心都有了。可是我不想让女儿跟我一样，也背负着如此多如此大的痛苦。这句话让我豁然开朗，我得为了孩子，快乐起来。我得找到一个能让我长久保持热情和活力的东西。大学时，我是爱跳舞唱歌的，在唱歌跳舞中，能忘记很多忧和愁。于是，我就开始了学习国标舞。从那以后，我的精神状态一年比一年好，回到家里，总能和孩子一起说说笑笑。直到有一天，她对我说，妈妈，我们俩这样生活挺好的，我觉得比爸爸在时更快乐。我心里那个暖啊，我知道，我给了孩子足够的精神力量。至于生活方面，她自己也知道，她需要比正常人更能干更勤快才行，所以，别看她坐轮椅，拄拐杖，拖地、擦窗、擀饺子皮，甚至修煤气灶捅下水道，她比我还要能干。我不怕她身体吃苦，只愿她灵魂强大，面对困难时，能足够坚强和乐观。能给她这个，就是我最成功的为母之道。所以现在啊，我每次出门，比方像这样出远门，我就特别放心。就算是随时死在路上了，也没啥可担心的。"

话没说完，张如芬的眼泪已经流得止不住了。她从没想过，高稚影的母爱，竟是这样深邃和美丽——她并不怕孩子会遇到什么困难，她怕的只是孩子没有应对困难的坚强和勇气。而这个简单的道理，张如芬却和很多人一样，因为肤浅，从没有能力领悟到其中的壮美。

她伸出手，握住了高稚影的手。高稚影的手指纤长，冰凉，如玉一般。她想，杜光明和这样的女子跳舞时，就握着这样的手。她是那么柔弱，却又是那么坚强。是不是因为这样的相握，才给了杜光明越来越多的豁达和成熟，以致在很长时间里，她都觉得那不是她曾熟悉的他了？

张如芬对高稚影说："我前不久，还握过一个女人的手。我发现啊，原来女人和女人是有很大的不同的，而这个不同，其实你可以通过握手来感知到。那个女人，是个开面馆的，个子不高，比较丰满，相貌很清秀，皮肤很白。她的手呀，有很多很多的老茧……"

从不爱八卦，更瞧不起女人们坐在一起拉家常的张如芬，在五十八岁的这个凌晨，突然打开了心灵的闸门，如滚滚江水，对着高稚影讲起了家事、心事、儿女事。她一直在说，高稚影只有听的份儿。她说了小军的过去和现在，说了容利的相貌和品质，说了小乐的娇气和女婿的乖巧，说了自己退休后的迷茫和不适。她的心如果不放在孩子的生活上，简直就像是浮在云上。

"和很多母亲一样，越老就越觉得自己被孩子排斥，被边缘化。"张如芬说："现在我想，孩子大了，不需要你再像他小时候那样照顾和付出了。所以你越靠近，他就会越不适应，越想能躲得更远一点。结果就造成了自己的失落，感觉被抛弃了。这是个恶性循环，并不是他们没有照顾自己的能力，也不是他们过不好自己的生活。事实上，他们的现在，往往比我在他们那个岁数更有出息。可是我总是不放心，不停地叮咛，给他们压力。其实是我在把自己脱离社会的恐惧、对渐渐老去的不安，用母爱的借口，强加在了他们头上，给他们制造新的不安和恐惧。这样想想啊，就觉得我这个当妈的，真的很失败。没有给他们做一个勇敢、宽容和从容的榜样——像你一样，而是给他们带来了不满、隔阂和自责。老杜曾经说过我好多次，让我放手，过好自己的日子，做个满足感恩内心松弛随遇而安的老太太，就是对他们最大的支持。可我一直没有领悟到这些……"

这会儿，该高稚影伸出手握张如芬的手了。

赵素棠看见了这一幕，悄悄凑到赵栓锁跟前："唉，你瞧。亲家母和高大夫多聊得来啊。对了，我一直想问你呢，那次杜工站到阳台上，你去劝他下来，到底跟他说了句什么啊，那么立竿见影？是不是提到了高大夫啊？"

赵栓锁瞥她一眼："那怎么可能？那不是证明老杜喜欢高大夫了吗？"

赵素棠说："他不是就喜欢她吗？我看你们团里的男的，没有一个不喜欢她了。换了我是男人，我也喜欢她。"

赵栓锁说："唉，真是女人家，头发长见识短。光想着谁喜欢谁了。我告诉你啊，男人喜欢女人和女人喜欢男人是不一样的。男人可以喜欢一个人，也可以喜欢很多人。但在心里，只有一个女人才是最重要的，是和他分不开的，那个女人简直可以说就是他自己。张书记就是杜工这样的女人。"

"那你那天说的啥？"

赵栓锁凑到赵素棠跟前，小声地说："我说啊，你把张书记的脸都丢完了，她以后还怎么做人哪。"

赵素棠不相信地看着赵栓锁："就这么一句？"

赵栓锁点点头，笃定地说："可不是么？我发誓，就这一句。我也没想到效果会那么好。他二话不说就跳了下来，肯定是因为担心以后自己不好做人了吧？"

火车突然进了山洞，一片漆黑，车厢里除了车轮的咣咣声，其他的声音都停了

下来。

　　一瞬间，车头出了山洞。天空在这几秒钟的时间里，就突然变了样子。东边的云层正在逐渐消散，出现了深浅不一、对比强烈的淡紫色和金黄色。

　　杜光明睡眼惺忪地才起来，他没看见张如芬和高稚影亲密谈心的一幕，而是一跃跳到窗前，大喊道："日出日出。快来看日出。"

　　磅礴的、艳红的、巨大的太阳，正从东方缓缓上跳。阳光照在油菜花盛开的土地上，斑斓耀眼。望着窗外温暖的春意，张如芬的心里充满了希望。她已经快六十岁了，她将开始与从前截然不同的新生活。

知名作家夏景作品系列

新青年文学

星生代

图书在版编目（CIP）数据

老爸老妈的春天 / 许洁主编；夏景著.
—北京：中国青年出版社，2014.4
ISBN 978–7–5153–2317–6

I.①老… II.①许…②夏… III.①长篇小说—中国—当代
IV.① I247.5

中国版本图书馆 CIP 数据核字（2014）第 063896 号

书　　名：老爸老妈的春天
著　　者：夏景
主　　编：许洁
责任编辑：庄庸　王昕
特约策划：张瑞霞
特约编辑：于晓娟
出版发行：中国青年出版社
社　　址：北京东四十二条 21 号
邮　　编：100708
网　　址：www.cyp.com.cn
门 市 部：(010) 57350370
印　　刷：三河市君旺印务有限公司
经　　销：新华书店
开　　本：787mm×1092mm　1/16
印　　张：22.75
字　　数：400 千字
版　　次：2014 年 6 月北京第 1 版
印　　次：2014 年 6 月河北第 1 次印刷
印　　数：0,001~5,000 册
定　　价：35.00 元

本图书如有印装质量问题，请凭购书发票与质检部联系调换。
联系电话：(010) 57350337